Zwarte engelen

CW01654697

Ævar Örn Jósepsson

Zwarte engelen

Vertaald door Willemien Werkman

2006
uitgeverij Signature / Utrecht

Europese thrillers van wereldniveau

Speur nu ook op internet
www.signa.nl

Wilt u op de hoogte worden gehouden van de literaire thrillers en romans van uitgeverij Signature? Meldt u zich dan aan voor de literaire nieuwsbrief bij uitgeverij Signature via de website, www.signa.nl.

© 2003 by Ævar Örn Jósepsson
Published by agreement with Edda Publishing, Reykjavik, www.edda.is
Oorspronkelijke titel: Svartir englar
Vertaling: Willemien Werkman
© 2006 uitgeverij Signature, Utrecht
Alle rechten voorbehouden.

Omslagontwerp: Wil Immink
Typografie: Pre Press B.V., Zeist
Druk- en bindwerk: Koninklijke Wöhrmann, Zutphen

ISBN 90 5672 189 5
NUR 305

Diepe duisternis. Ook al begon buiten de helderste nacht van de zomer, volkomen, diepe duisternis. Net zo zwart als de duisternis van de kelder in het huis in aanbouw waar haar broers haar ruim dertig jaar geleden opsloten, toen ze vijf jaar oud was. Ze leunde tegen de deur en tastte links en rechts naar een schakelaar, maar vond er geen. Toen ze de deur wilde openen, vond ze geen deurknop. In een kort moment van verwarring ging ze met haar hand op en neer over de deur tot ze besefte dat de oneffenheden die ze steeds weer voelde, hendels waren en de deur aan de andere kant scharnierde. Ze ademde lichter toen het licht door een kier binnenstroomde. Idioot om je zo aan te stellen, dacht ze en ze schudde het onbehaaglijke gevoel van zich af.

Birgitta bekeek de deur en probeerde te ontdekken waarom hij in het slot viel, maar zag niets wat dat kon verklaren, geen dranger of een ander mechanisme dat hem sloot. Ze probeerde hem los te laten en de deur viel onmiddellijk dicht. Het moest een of andere oneffenheid ergens zijn, besloot ze, een hobbel in de vloer of spanning in de scharnieren. De deur viel weer zachtjes dicht terwijl ze een samengevouwen krant pakte van de tafel die tegen de buitenmuur stond. Ze vouwde hem nog eens dubbel, opende de deur op een kier en schoof de krant eronder. Ze liet los. De deur bewoog niet meer en Birgitta ging de kamer weer binnen. Vaag waren het bureau en de computer zichtbaar in het licht dat door de deur naar binnen viel. Ze zocht de muren van boven naar beneden af, maar vond geen schakelaar. Ze begon opnieuw en bekeek de muur aan de andere kant, maar vond niets. Gek.

Maar niets aan te doen. Birgitta liep naar het bureau, ging zitten en keek nog even besluiteloos naar de lamp voor ze de computer aanzette.

De computer piepte en ze schrok ervan. Pfff. Ze voelde haar hart kloppen in haar borst en een zweetlucht verbreidde zich door de kamer. Maar goed dat een mens dit niet elke dag doet, dacht ze. De computer zwoegde door de teksten en snelkoppelingen op het scherm en had er duidelijk moeite mee. Birgitta vond dat het oneindig lang duurde, maar probeerde zich te ontspannen, het haalde toch niets uit. Als alles zou gaan als gepland, had ze twee uur, waarschijnlijk zelfs drie of vier uur de tijd, stelde ze zichzelf gerust. Ze kon beter uitgaan van twee uur, voor de zekerheid. Dat zou ook wel genoeg zijn. Haar capaciteiten waren echter maar net toereikend. Ze veegde met haar vingers het zweet van haar voorhoofd en droogde ze af aan de stoel. Haar harde schoenzolen roffelden in een snel, maar ongelijk ritme op het parket, tot ze opeens dacht aan de woning in het souterrain en snel ophield. In plaats daarvan beet ze op haar onderlip. Startte die stomme computer dan nooit op? Wat was dat voor prehistorisch apparaat?

Haar ogen waren inmiddels gewend aan het gedempte licht en ze tuurde om zich heen. Dikke gordijnen waren bijna volledig voor het raam geschoven en daarachter glansde in het donker een rolgordijn, dat helemaal omlaag was getrokken en de heldere zomernacht buitensloot, zodat nergens licht doordrong. Net als bij de andere ramen. Birgitta vroeg zich af of ze ze zou ophalen om meer licht te hebben, maar besloot dat niet te doen, ze kon haar tijd wel beter besteden. Er kon altijd iemand langslopen en naar binnen kijken, misschien wel iemand die deze verdomde gek kende. Ze schudde haar hoofd, veegde haar klamme handen aan haar broekspijpen af en richtte zich weer op de computer, die eindelijk opgestart leek te zijn. Een vage glimlach gleed over Birgitta's gezicht; ze kon beginnen.

Haar vingers gingen snel over het toetsenbord en alle zenuwen verdwenen als sneeuw voor de zon. Haar concentratie was totaal, haar ogen waren helemaal op het scherm gefocust en ze begon zacht en vals te fluiten zonder dat ze er erg in had, zoals altijd als ze helemaal opging in een spannende opdracht. De schaarse beveiliging die op de computer zat, doorbrak ze met gemak, ze vond eenvoudig wat ze zocht en voerde snel uit wat ze van plan was; ze was dan ook goed voorbereid. Het was bijna te gemakkelijk nu het erop aankwam. Als het zo doorging, zou ze in een halfuurtje klaar zijn. Dat maakte de spanning er echter niet minder op en ze bleef fluiten. Hij had tot nu toe geen aandacht voor haar gehad, de idioot, maar dat zou snel veranderen, want ze kon dan wel zorgvuldig haar sporen uitwissen zodat niets bewezen kon worden, dom was hij niet. Hij zou precies weten wie het gedaan had, als het uitkwam. En dat was goed. Dan drong het misschien tot hem door dat hij niet op deze manier met mensen kon omgaan. Niet met haar.

Birgitta rondde zonder enig probleem af wat ze zich had voorgenomen en keek op haar horloge. Er was nog genoeg tijd over. Misschien goed om van de gelegenheid gebruik te maken, dacht ze, en even naar de mail te kijken. Eens zien wat hij de laatste dagen aan het uitvreten was. De ene mail bleek nog interessanter dan de andere. Er speelde een lachje om haar lippen en haar witte tanden glinsterden in het schijnsel van het scherm. Bijna had ze de mails direct doorgestuurd naar de mensen van wie ze dacht te weten op wie ze betrekking hadden, maar ze weerstond de verleiding en kopieerde ze in plaats daarvan naar een cd. Vervolgens stond ze op, haalde de krant onder de deur vandaan en ging naar buiten, de heldere nacht in, waar de sterren aan de hemel trilden van opwinding of angst, maar Birgitta zag het niet. Ze had genoeg andere dingen aan haar kop. De mails waren een onverwachte bonus en ze was vastbesloten om er zo veel mogelijk uit te halen. Je hoefde geen kenner te zijn om de inhoud te begrijpen en te weten wat er zou gebeuren als ze in de verkeerde – of de goede – handen vielen. Het had echter ook bepaalde voordelen om ze nog even bij zich te houden. Voorlopig althans. Er was geen haast.

"Oké", zei ze toen ze in de auto stapte, "rijden."

"Waarheen?" vroeg de chauffeur en hij trok op.

"Terug natuurlijk, idioot, wat dacht je dan?" Ze veranderde op de Lönguhlið van gedachten. "Sla de volgende links af", zei ze vastbesloten. De chauffeur volgde zwijgend haar aanwijzingen.

Birgitta had de smaak te pakken gekregen. Ze had nog genoeg tijd over om die andere sukkel ook een bezoekje te brengen.

1

Maandag

De jeep was groot en zwart en de strakke lak glansde in het heldere licht van de late ochtend. Hij vulde de smalle straat bijna geheel en stak schril af tegen het oude, vriendelijke schelpenzandhuis en de hoge bomen die er in volle bloei aan weerskanten naast stonden. Het was aan de lak, de gloednieuwe 38 inchbanden en de glimmende chroomvelgen te zien dat het monster nog nooit de stad uit was geweest en nooit te maken had gehad met steenslag of wat je ook maar tegenkwam op een moeilijk begaanbare weg. De krassen waren echter diep en gingen dwars door de zwarte lak, door de gele grondlaag recht het staalgrijze metaal in. Ze waren ook bijzonder breed. Degene die ze gemaakt had, had er ruim de tijd voor genomen en zich goed van zijn taak gekweten, had elke letter enkele malen diep uitgekrast om er zeker van te zijn dat de boodschap duidelijk was. En deze was duidelijk te lezen, dwars over de motorkap en de beide spatborden: LEASEAUTO.

De eigenaar vormde één geheel met zijn auto, van top tot teen. Donker haar, bijna zwart, achterover gekamd en glimmend van de gel of van een vergelijkbaar goedje, een doffe glans op zijn koolzwarte Armanikostuum en glimmende zwartleren schoenen, die ook nooit iets anders dan asfalt hadden gezien. Niets anders ook dan marmer en parket, vermoedelijk. Het zilvergrijze overhemd en de donkergrijze stropdas van hetzelfde materiaal, die elk meer kostten dan de hele garderobe van Árni bij elkaar, onderstreepten de arrogantie die uit zijn staalgrijze ogen straalde. Hij raasde en tierde over de bandeloosheid van de jeugd van tegenwoordig, dronkenschap en drugsgebruik, het falende ouderschap en niet deugende schoolsysteem. Hij klaagde uitgebreid over wat dat vandalisme hem wel niet zou kosten. Árni had geen medelijden met hem. Als hij zich zo'n jeep kon veroorloven, dan kon hij hem gemakkelijk weer laten overspuiten. En als de vandaal gelijk had met zijn boodschap, dan was die jeep niet eens van hem. Bovendien zou de verzekering het grootste deel vergoeden, wie de eigenaar ook was.

"Ik denk niet dat het jongeren zijn geweest", zei Árni.

"Waarom niet?" De eigenaar – of huurder – van de jeep, Steinar Ísfeld Árnarson, directeur van meerdere bedrijven, sloeg zijn armen over elkaar, zodat de zilveren manchetknopen en het stalen Rolexhorloge uit de zwarte mouwen tevoorschijn kwamen.

"Gewoon. Dit is niet in een opwelling gedaan. Zit nog aardig wat werk in, lijkt me."

"En?" De directeur wierp een blik op Árni. Die was autoritair bedoeld, maar Árni sloeg daar geen acht op, was veel te druk bezig om letter na letter met zijn vinger na te trekken.

"En ik kan me ook niet voorstellen dat een of andere jonge vandaal er tien minuten of een kwartier voor uittrekt om dit in het holst van de nacht in alle rust uit te krassen. Het is gewoon te ..." Hij vond het juiste woord niet en begon opnieuw. "Als het nou één grote kras over de zijkant was geweest, of de auto was bespoten met verf uit een spuitbus, dan misschien ... Of als dit inderhaast in de lak was gekrast ... Maar niet dit. Dit wijst meer op ..." Hij zweeg, deed twee passen achteruit en bekeek de auto nog eens goed.

"Wijst meer op wat?" vroeg de directeur, geërgerd en ongeduldig.

"Dat degene die dit gedaan heeft, niet zomaar een willekeurige jeep heeft uitgekozen."

Steinar ging voor zijn jeep staan, zijn armen nog altijd gekruist over zijn opgezette borst.

"Wat bedoel je?"

Árni deed net alsof hij hem niet zag. Hij liep om hem heen en streek met zijn hand over de motorkap, maar trok zijn hand snel terug toen een metaalsplinter in zijn wijsvinger drong.

"Shit." Hij stak zijn vinger in zijn mond en zoog het bloed eruit.

"Ik bedoel alleen dat dit geen toeval is, dat dit niet gedaan is door een of andere vernieler of dronkenlap. En ook niet door iemand die uit politieke overtuiging een hekel heeft aan jeeps of aan mensen met geld. Dit is ... persoonlijk. Ja. Ik denk dat dat het goede woord is, dit is iets persoonlijks. Bedoeld voor de eigenaar van deze ene jeep." Hij wendde zich weer tot Steinar en keek hem recht aan. "Voor jou dus. Heb je een idee waarom?"

De directeur staarde terug.

"Wat is dat verdomme voor onzin?" siste hij tussen zijn opeengeklemde witte tanden.

Árni bleef rustig. Zoveel had hij nu wel geleerd in het jaar dat hij bij de recherche had gewerkt. Je nooit opwinden, tenzij dat het verloop van het onderzoek ten goede kwam.

"Heb je enig idee wie dit gedaan zou kunnen hebben?"

"Nee."

"Ken je iemand die kwaad genoeg op je is dat hij je jeep wil vernielen?"

"Nee."

"Een ontevreden werknemer, misschien?"

"Onzin."

"Of een buurman?" Steinar schudde zijn hoofd. "Een familielid?"

Hetzelfde antwoord.

"Geen ruzie gehad, de afgelopen tijd?"

"Nee."

"Heeft niemand je bedreigd?"

"Mij bedreigd?" Zijn ogen trokken samen, maar zijn mondhoeken zakten iets en zijn handen vielen langs zijn zij omlaag. "Waarom zou iemand mij bedreigen?" Hij was echt verbijsterd. Misschien te lang in zijn hoge ivoren toren vertoefd, dacht Árni, maar hij vertrok geen spier.

"Dat weet ik niet", zei hij, "maar niemand heeft je dus bedreigd?"

"Nee."

"Heb je zoiets al eens eerder meegemaakt?"

De directeur aarzelde een ogenblik voor hij ook dat ontkende, net zo beslist als al het andere. Árni reageerde op de ontkenning met een hoofdknik, maar maakte een mentale notitie van de aarzeling.

"Het was de nacht van zaterdag op zondag, toch?"

"Ja."

"En je hebt niemand gezien die bij je auto rondhing of zo?"

"Nee."

"Je vrouw ook niet?"

"Nee."

"En de buren? Hebben zij iets gezien?" Steinar haalde zijn schouders op en keek op zijn horloge. Árni besloot er niet op te letten. "Heb je het gevraagd?"

"Nee. Het leek me beter dat aan de vakmensen over te laten." De directeur stond inmiddels te rillen, van de narigheid of van de kou, en zijn sarcasme ging verloren in het geklapper van zijn tanden. De dag was helder en het beloofde goed weer te worden, maar het was nog vrij koel, en wat je ook van zijn pak kon zeggen, het gaf niet veel warmte. Nu en dan was een zachte bries uit het noorden voelbaar, die zonaanbidders in zwembaden en tuinen die niets warms bij zich hadden, de rillingen over het lijf joeg, en de thermometer in Árni's auto wees maar negen graden aan.

"Klopt het trouwens?" vroeg Árni en hij gaf een klap op de motorkap. "Leaseauto?"

De directeur aarzelde nogmaals en deze keer wat langer. Toen zei hij kortweg: "Ja. En wat dan nog?"

"Staat de auto op jouw naam of is het een bedrijfsauto?"

"Een directeursauto, bedoel je?" vroeg de directeur. Hij probeerde nog steeds een koelbloedige indruk te maken.

Árni knikte. De directeur schudde zijn hoofd.

"Hij staat natuurlijk op naam van de zaak. Wat heeft dat er nou mee te maken?"

"Waarschijnlijk niets", zei Árni. "Wie weten dat?"

"Wat?"

"Dat de jeep op naam van de zaak staat en een kooplease is van Glitnir?"

"Bedrijfslease, geen kooplease."

Steinar haalde zijn schouders op. “Ik weet niet wie dat weten. Vast en zeker een hoop mensen, het is geen geheim. Ik ken maar weinig bedrijven die tegenwoordig nog hun eigen auto’s aanschaffen.” Hij was rusteloos en kon het ongeduld in zijn stem niet verbergen; hij was meer gewend om vragen te stellen dan ze te beantwoorden. “Is het zo nog niet genoeg?” vroeg hij en hij spande zijn schouders met zijn handen diep in zijn broekzakken gestoken. Dat kon nooit goed zijn voor die broek. Árni negeerde Steinars kouwelijkheid, hij was nieuwsgierig geworden. Je kon er altijd iets van opsteken.

“Stond de auto afgelopen nacht hier?”

“Nee, hij stond op de oprit. Voor de garage.”

Árni haastte zich erheen en Steinar liep met een onwillige uitdrukking op zijn gezicht achter hem aan.

“Hoe om stond hij?” vroeg Árni. Hij keek om zich heen. Manshoge lariksen stonden in een dichte rij langs de oprit en belemmerden het uitzicht op de tuin van het volgende huis. De oprit was aan de rechterkant voor alle nieuwsgierige blikken afgesloten.

“De jeep?”

“Ja. Rij je hem er achteruit in of stond hij met zijn neus naar de garage?”

“Met zijn neus naar de garage.”

Árni knikte. Dat betekende dat de dader een omweg had gemaakt die uitstekend paste bij het idee dat het hier niet om een willekeurige vernieling ging. Bovendien was de vandaal vrijwel onzichtbaar geweest, behalve misschien voor een paar nachtbrakers die langs de oprit waren gelopen. Hij keek omhoog naar het huis van de directeur. Drie verdiepingen en een kelder. Twee ramen op elke verdieping keken uit op de oprit.

“Bewoon je het hele huis?”

“Wat heeft dat in godsnaam met de zaak te maken?” vroeg Steinar en hij schopte kwaad in het witte grind onder zijn voeten. Zijn handen waren nog steeds samengebald in zijn broekzakken.

“Je boft maar”, zei Árni. “Eén verdieping, twee verdiepingen, drie?”

“Vier verdiepingen”, mompelde de directeur zacht. Hij ging

verder met het beschadigen van zijn schoenen. "Wij bewonen alleen de eerste verdieping."

Alsof dat iets is om je voor te schamen, dacht Árni. Misschien was het iets om je voor te schamen in zijn wereld. Árni kende die niet.

"En de garage, natuurlijk", voegde Steinar eraan toe, om het een beetje goed te maken.

Árni glimlachte bij zichzelf, maar liet niets merken. Hij leunde tegen de garagedeur, haalde een pakje sigaretten tevoorschijn en stak er een op, de eerste van die dag. Het liep al tegen elf uur; dit was waarschijnlijk een record. Hij inhaleerde eens goed en sloot zijn ogen even. Het was lekker beschut bij de garage; de deur was zwart en opgewarmd door de zon die er op dat uur van de dag recht op scheen. Steinar gaf het op, volgde zijn voorbeeld en kwam ook tegen de garage aan staan, maar hij sloeg de sigaret die Árni hem aanbood af.

"Kun je een lijstje voor me maken van de mensen die weten dat de auto niet jouw eigendom is?" vroeg Árni en hij gaapte in de richting van de zon.

Steinar fronste zijn voorhoofd. "Nu?"

"Zo gauw mogelijk, ja."

"Denk je dat ..."

Árni hief zijn hand op. "Het is maar een schot voor de boeg. Iets om mee te beginnen. En je mag ook nog een ander lijstje maken, van alle mensen die volgens jou kwaad op je zijn."

De directeur trok weer een geërgerd gezicht.

"Ik heb je al gezegd dat ik niemand ken die ..."

Árni viel hem weer in de rede: "En ik ken niemand die alleen maar vrienden heeft", zei hij. Met zijn voet drukte hij zijn sigaret uit voordat hij de peuk in het zakasbakje deed dat hij overal waar hij heenging met zich meedroeg. "Ik heb het niet over vijanden", legde hij uit, "zo bedoel ik het niet. Maar iemand is duidelijk boos op je. Misschien iemand die jaloers op je is of iemand die je pasgeleden hebt ontslagen. Zoiets, of een buurman die het vervelend vindt dat je de jeep hier neerzet of er genoeg van heeft dat je niet op tijd bijdraagt aan de servicekosten van het huis." Hij stopte de asbak in zijn zak. "Iemand die nog geld van je krijgt, iemand die je hebt opgelicht, iemand die je op de stoep van de bank hebt beledigd of wat dan ook. Het probleem is dat het niet eens iets belangrijks hoeft te zijn, mensen raken van de raarste dingen over de rooie." Hij keek naar de directeur, die plotseling diep in gedachten verzonken leek te zijn, bezorgd zelfs. Árni vloekte binnensmonds. Hij had beter moeten opletten. Eén schot was raak geweest, maar hij had geen idee welk.

"Wat?" vroeg hij.

"Niets." De directeur zette zich af tegen de garagedeur en klopte onzichtbaar stof van zijn jasje. Árni dacht na. Steinar was een knappe man. Hij stond goed bekend en was bemiddeld. Lieveling van de media, een kopstuk uit de bankwereld.

"Een bedrogen echtgenoot wellicht?" De directeur lachte zachtjes en herschikte zijn donkergrijze stropdas, al zat die nog volkomen perfect.

"Hou op. Ik ben pasgetrouwd." Natuurlijk. Árni had hem gezien op de omslag van de glossy *Séð og Heyrt* en alle ins en outs over de nieuwe vrouw gehoord. VERLIEFD IN ITALIË! Maar toch, het zou niet de eerste keer zijn. Hij zei dat, maar Steinar Ísfeld Árnarson, directeur van de IJslandse Perscombinatie en andere ondergewaardeerde ondernemingen, schudde alleen zijn hoofd en glimlachte. Hij had zich hersteld, Árni zat op het verkeerde spoor en dat wisten ze allebei.

"Is er nog iets anders?"

Árni schudde zijn hoofd. "Als je misschien nog iets te binnen schiet wat ik vergeten ben … of als je er nog iets aan wilt toevoegen …" Hij hield zijn handen omhoog met zijn handpalmen zichtbaar in een gebaar dat zowel vragend als vertrouwenwekkend moest zijn.

"Ik weet niets meer", zei de directeur en hij beloonde het gebaar. Er was geen ergernis meer in zijn stem en er waren geen tekenen van ongeduld meer te zien. Hij had veel meer ervaring dan Árni op dat gebied en het scheelde dat Árni hem vertrouwde.

"Oké. Dus je neemt contact op als je iets te binnen schiet", zei hij en hij gaf hem een hand.

"Doe ik. En jij ook", zei de directeur. De handdruk was stevig, hun ogen ontmoetten elkaar. Het was een vakman, dat was duidelijk. De oprechtheid straalde van hem af en overtuigde Árni er uiteindelijk van dat hij loog. Maar waarover? En waarom?

"Nog één ding", riep Árni toen hij al bijna bij zijn auto was. Steinar bleef in de deuropening staan en keek hem vragend aan. "Je moet nog naar het bureau komen en een verklaring afleggen", zei hij en hij genoot van de gezichtsuitdrukking van Steinar.

"Wat bedoel je, een verklaring afleggen? Heb ik dat zojuist niet gedaan?"

"Nee nee, dit was alleen maar een informeel babbeltje."

"Informeel bab…"

Árni viel hem nogmaals in de rede: "Je moet naar het bureau komen en een officiële verklaring afleggen. Dan nemen we dit allemaal nog eens door, stap voor stap. Het moet allemaal op schrift worden gesteld en dan moet jij het ondertekenen. Je wordt binnen enkele dagen uitgenodigd." Árni glimlachte, een en al beleefdheid. "Tot dan." Hij reed snel weg om niet in een ruzie op straat verzeild te raken. Zoiets deed je nu eenmaal niet.

* * *

Óskar liet het gordijn los en liet het weer voor het keukenraam van zijn woning op de derde verdieping vallen toen de man afscheid had genomen van Steinar. Hij vroeg zich af wie dat was. Waarschijnlijk iemand van de verzekering, naar zijn uiterlijk te oordelen. Of degene die de jeep zou overspuiten. Hij grijnsde bij zichzelf. Leaseauto. Verdomd goed. Verdomd goed idee. Óskar dronk zijn koffie, stak zijn telefoon bij zich en ging naar zijn werk. Toen hij op de eerste verdieping was aangekomen, aarzelde hij even. Moest hij misschien aankloppen en Steinar vertellen wat hij vannacht had gezien? Was dat niet zijn plicht als buurman? Als burger? Hij schudde zijn hoofd en ging naar buiten, de zon in. Steinar Ísfeld Árnarson was zo hoog boven dergelijke plichten verheven dat zijn buren en medeburgers zich in dat opzicht nergens aan gebonden hoefden te voelen. Bovendien zou hem dat zelf behoorlijk in de problemen kunnen brengen. Men zou zich kunnen afvragen wat hij die nacht allemaal had uitgevreten. Er misschien nieuwsgierig naar worden. En daar had Óskar helemaal geen behoefte aan.

* * *

Stefán was die maandagochtend vroeg wakker geworden, fris en uitgeslapen na een plezierig weekeind en had de hele weg naar zijn werk gezongen. Nog vijf dagen, dacht hij. Vijf korte dagen en dan zou hij op vakantie gaan, de eerste echte vakantie in vijf jaar tijd. Een weekje hier en een weekje daar en daartussenin af en toe een dag of twee, drie, langer was het hem niet gelukt om weg te blijven bij die sukkels, idioten en misdadigers met wie hij en zijn mensen dagelijks moesten optrekken. De oorzaak lag niet in zijn eigen laksheid om vrij te nemen, noch in de ongehoorde werkdruk in de zomermaanden, maar in het simpele feit dat er niemand was geweest om hem te vervangen. In gewone bedrijven was het de gewoonste zaak van de wereld dat als de chef vrij nam, degene direct boven of onder hem de zaken gewoon waarnam, of de werknemer met de langste dienstjaren. Bij de recherche was dat niet zo eenvoudig.

Ze waren met zijn tweeën, de commissarissen bij de Centrale Recherche, Stefán en Steinþór. Ieder had vier rechercheurs onder zich en ze hadden doorgaans allebei genoeg te doen. Ze losten elkaar voor korte perioden weleens af en leidden dan de gehele afdeling, maar dat lukte niet voor langere tijd. Svavar, adjunct-hoofdcommissaris die een hoofd van de recherche en een chef over hen beiden had moeten benoemen, had andere, belangrijker dingen aan zijn hoofd. Bureaucratie, voorlichtingswerkzaamheden en hoogstnoodzakelijke bestuurs- en beleidsvergaderingen met de leiding – en niet te vergeten andere gewichtige bijeenkomsten en landelijke overleggen – verhinderden dat hij zich kon bezighouden met zulke onbelangrijke zaken en de dagelijkse sleur van zijn ondergeschikten. En nadat de oude Einar Ársælsson vijf jaar geleden met pensioen was gegaan, was er niemand meer binnen het korps die geschikt was om boven hen benoemd te worden zonder dat het kwaad bloed zette en tot conflicten en narigheid leidde. Niet eens tijdelijk. Tot nu, had Stefán gehoopt.

Het ging alleen niet helemaal zoals ze gewenst hadden. Guðni, halverwege de vijftig, half kaal en op dat ogenblik totaal overstuur, was de oorzaak. Hij zat met een rode kop strijdlustig tegenover Stefán.

"Wat bedoel je, dat dat niet jouw beslissing is?" brieste hij. "Natuurlijk is het jouw beslissing, het was nooit doorgegaan als jij het niet goed had gevonden!" Hij was echt woest en beledigd en dat was te zien en te horen. Stefán kreunde in gedachten eens diep. Het kwam niet uit de lucht vallen, hij kende zijn pappenheimers, maar hij was optimistisch gebleven. En hij was vastbesloten om dit te laten doorgaan, wat er ook gebeurde. Hij wilde zijn vakantie niet mislopen. Er zat nog maar één ding op, besloot hij, en dat was open kaart spelen, niet om de dingen heen draaien, dat zou een belediging zijn voor het intellect waarover deze herrieschoppende vijftiger ondanks alles beschikte.

"Oké, ik weet dat jij hier langer zit dan Katrín ..." begon hij, maar hij kwam niet ver.

"Langer?" brieste Guðni. "Langer? Dat kind is geboren in 1968. Weet je wanneer ik bij de politie ben begonnen?"

"1968", zei Stefán zonder aarzelen. "Maar dat is niet het enige waar het om gaat en dat weet je. Als dat het enige was, dan zou jij mij hier iets moeten uitleggen en niet andersom."

Er kwam rook uit Guðni's oren en de bullenbijter die in hem had postgevat, brak nu los. "Daar gaat het helemaal niet om!" schreeuwde hij.

"Daar gaat het wel om. We weten allebei waarom ik hier zit en Steinþór daar, en niet jij." De hondenkop veranderde in een vulkaan die op het punt van uitbarsten leek te staan. Stefán leunde over zijn bureau en ging snel verder voordat Guðni zijn trillende kaken weer in bedwang had. "Zij zit tien jaar bij de politie, elf als je het jaar op de politieacademie erbij optelt, waarvan vijf hier bij ons. Je kunt dus niet beweren dat ze een beginner is."

Guðni opende zijn mond, maar Stefán snoerde hem met opgeheven hand. "En anders dan wij twee heeft zij het diploma van de politieacademie op zak. En is ze ook nog eens afgestudeerd", voegde hij eraan toe voordat hij Guðni ertussen liet komen.

"Diploma of geen diploma, iedereen kan een fucking diploma

halen", gromde Guðni die zijn best deed om te praten zoals hij dacht dat jonge mensen praatten. Het resultaat was op zijn zachtst gezegd belachelijk, maar men was allang opgehouden hem daarover aan te spreken. "Is ze niet zo'n fucking psycholoog of iets van die bullshit?"

Stefán knikte.

"En vijf jaar?" vervolgde Guðni. "Wat zijn nou vijf jaar? Ik ben al vijfendértig jaar bij de politie, vijfendertig fucking jaar, waarvan zeventien bij de recherche, al een miljóén cursussen gevolgd ..."

"Die je zelden hebt kunnen afronden", concludeerde Stefán. Hij leunde weer achterover in zijn stoel, schoof zijn felgroene pet achter in zijn nek en sloeg zijn armen over elkaar. "Katrín is nog nooit dronken op haar werk verschenen", zei hij rustig, "is nooit naar een afkickkliniek gestuurd, nooit aangeklaagd wegens mishandeling, nooit geschorst, nooit gewaarschuwd wegens het overtreden van de regels – moet ik doorgaan?"

Guðni sprong op van zijn stoel, die met veel geraas op de vloer belandde. Hij stond op het punt met zijn vuist op het gezicht van zijn chef en collega sinds vele jaren te timmeren, maar beheerste zich op het laatste moment en zwaaide in plaats daarvan met zijn wijsvinger. Als een oude leraar, dacht Stefán.

"Ik ga hiermee naar de bond. Reken daar maar op, jullie komen niet weg met die verdomde onzin. Dat ... dat kind gaat me niet vertellen hoe ik mijn werk moet doen, *no way* ..." Hij draaide zich om, stampte naar buiten en sloeg de deur hard achter zich dicht.

Stefán zuchtte. Waarom kon die vent niet praten als een man? Een beetje volwassen worden? En af en toe zijn tanden poetsen? Hij boog zich naar de telefoon en toetste een nummer.

"Svavar."

"Stefán hier. Probleempje."

"Wat?"

"Guðni." Svavar zuchtte. Stefán wachtte.

"Oké, ik praat wel met hem." Ze zwegen beiden even.

"Hoe gaat het verder?" vroeg Svavar toen en het duurde even voor Stefán besefte dat hij doelde op de bespreking die ze hadden toen hij die ochtend op zijn werk verscheen. Dat was nóg een wolk aan de verder heldere vakantiehemel van Stefán. Het was niet Svavars gewoonte om dergelijke bijeenkomsten zonder reden te arrangeren en dat was nu ook niet het geval. Deze bijeenkomst was echter anders dan de andere omdat de aanleiding ervoor helemaal niet duidelijk was.

"Het gaat verdomme helemaal niet!" schreeuwde hij buiten zinnen en hij telde in gedachten tot drie voor hij verderging, een stuk rustiger. "Maar we staan natuurlijk nog maar aan het begin. Je bent vergeten me dat vanochtend te zeggen, maar wat is dat eigenlijk voor een vrouw?"

"Jij hebt het dossier, daar vind je alle informatie."

"Ik weet hoe ze heet", zei Stefán kortaf, "en wat ze doet en hoe ze haar koffie drinkt. Maar wie ís ze en waarom moeten wij ..."

"Je weet dat ik er bovenop zit", zei Svavar en hij verbrak de verbinding.

Stefán legde de telefoon neer en staarde er een poosje in gedachten verzonken naar, terwijl hij met duim en wijsvinger aan zijn onderlip trok.

"Jaha", zei hij toen hardop en hij zette zijn pet af, die hij vrijwel nooit afdeed en die altijd te klein leek voor zijn grote hoofd. En te groen. Hij zuchtte nog eens diep en lang. Stefán wist heel goed dat Svavar niets was vergeten te zeggen op deze onplezierige en ongewone ochtendbespreking. Hoe langer hij erover nadacht, hoe geïrriteerder hij werd en het gedoe met Guðni maakte het niet veel beter. Het beloofde niet veel goeds, zoveel begreep hij wel, en op de een of andere manier leek hem deze maandag niets meer te lukken. En hij was toch zo goed begonnen.

"Die stomme trut", mompelde hij tegen zijn kruis, "waarom kunnen de dingen niet gewoon gaan zoals ze moeten gaan?"

Zijn kruis antwoordde niet.

* * *

Katrín verkeerde in tweestrijd. Het was duidelijk dat er iets moest gebeuren als Guðni en zij ooit wilden samenwerken, of ze nu op gelijke voet stonden of zij een tree hoger. De vraag was alleen wát? Ze vond het op een bepaalde manier een beetje zielig dat zij als toekomstige leidinggevende – weliswaar alleen als vervanging, maar toch – huilend naar Stefán of Svavar moest rennen, zoals ze dat in haar hoofd noemde. Als een klein kind of een zeurkous. Ze had een hekel aan zeurkousen. Aan de andere kant had ze nooit in haar vijfendertigjarige leven zo'n stroom scheldwoorden, beledigingen en verwensingen over zich heen gekregen als nu en ze was toch wel het een en ander gewend na tien jaar bij de politie – elf als ze de politieacademie meerekende – zowel van collega's als verdachten. Ze begreep wel dat Guðni ontevreden was met de regeling. Dat hij zich gepasseerd voelde en de gedachte niet prettig vond orders te moeten aannemen van iemand die zoveel jonger was dan hij en zoveel minder ervaring had. Maar ze wist ook dat dit in zijn ogen niet het voornaamste was, dat dit alleen maar een handige kapstok was om zijn boosheid aan op te hangen, omdat de werkelijke reden het daglicht niet verdroeg.

"Vuile seksist", mompelde ze, "vieze vuile seksist."

Er waren er genoeg in haar omgeving. Ze had ook niet anders verwacht toen ze destijds solliciteerde, en haar collega's hadden wat dat betreft aan al haar verwachtingen voldaan. Er ging geen dag voorbij of ze lieten haar voelen hoe gehandicapt ze in dit vak was zonder pik tussen haar benen. Het was prima om borsten te hebben; sommige collega's van het zogenaamd sterke geslacht waren hard op weg er zelf een stel te kweken, maar het ontbreken van ballen was eigenlijk een schande. Haar salaris ging gelijk met dat van de anderen omhoog, ze mocht extra surveillances lopen met de jongens, ze kreeg na opvallend korte tijd een baan bij de recherche en daar zou ze tot hoofd worden benoemd. Het was bijna alsof ze haar als gelijke zagen op het lichamelijke vlak, ze tackelden haar net als ieder ander bij het voetballen (ze had hen trouwens wel laten merken dat er ook op dat terrein niet met haar te spotten viel) en ze werd ook nooit overgeslagen voor werk dat uithoudingsvermogen en kracht vereiste, door haar chefs noch door haar collega's. Maar ondanks alles was het haar zonneklaar dat ze toch niet een van de jongens was en dat ook nooit zou worden. Geschater dat ophield zodra ze de koffiekamer binnenkwam en lachsalvo's die kort daarna weerklonken. Blikken en gefluister op de gang. Betekenisvolle glimlachjes als het gesprek op iets kwam waarvan zij meenden dat vrouwen er geen verstand van hadden. En allerlei opmerkingen die grappig bedoeld waren, maar alleen maar vernederend overkwamen. De lijst was lang en werd elke dag langer. Meestal lukte het haar het te negeren, zoals het tikken van een klok, maar ook het tikken van een klok kon op zijn tijd ontzettend irritant zijn.

Ze besefte volkomen dat een van de redenen dat ze zo snel carrière maakte bij de recherche juist te danken was aan het feit dat ze vrouw was. Er was een vrouw nodig op de afdeling en daarom was zij uitgekozen toen de oude Einar stopte, hoewel er veel mannen vóór haar waren in de onzichtbare maar niet minder werkelijke rij. Ze had dus veel goeds van haar vrouw-zijn ondervonden, maar ze moest er ook voor betalen. Ook al wist ze dat ze net zo geschikt was als alle mannen die in aanmerking kwamen, geschikter zelfs, anderen keken daar niet altijd zo tegenaan. Verschillende mannen hadden haar weliswaar op de carrièreladder ingehaald of waren haar voorbijgestreefd binnen andere afdelingen en in andere functies, maar ze vergaten niet dat ze gepasseerd waren. In hun ogen was ze geen volwaardige collega, maar bleef ze een excuustruus, en ze betwijfelde of dat ooit zou veranderen.

De meeste rechercheurs waren van die typische kerels die ervan overtuigd waren dat ze uitstekend functioneerden, maar velen zaten er volkomen naast; ze hadden bij de recherche eigenlijk niets te zoeken. Dat bleek een jaar geleden maar weer eens toen twee van haar collega's naar een andere afdeling werden overgeplaatst. In hun plaats werden er twee jonge broekjes benoemd, dwars tegen de officieuze wachtlijst in. Een van hen, Friðrik, was een jonge jongen die werd binnengehaald in het jaar dat hij zijn diploma aan de politieacademie had behaald. Ze wist dat hij eerder in Amerika was afgestudeerd in criminologie, enkele zomers als vakantiekracht bij de politie had gewerkt en bovendien de zoon was van de secretaris van het ministerie van Justitie en kleinzoon van de voormalige minister van Justitie, dus niemand hoefde gek op te kijken. Hoe die andere kerel, die Árni, bij de recherche terecht was gekomen, was haar echter een raadsel. Een eeuwige student van tegen de dertig met roos en een vlotte kuif, die er niet eens in geslaagd was de politieacademie af te maken – net zomin als enige andere opleiding, als ze het goed had begrepen – voordat hij enkele maanden later de afdeling betrad. En het waren ook niet zijn lichamelijke kwaliteiten die hem daar hadden gebracht. Ze wist zeker dat ze hem met een blinddoek voor haar ogen en één hand op haar rug omver zou kunnen werpen. Maar ze kon het uitstekend vinden met Árni en had over Friðrik eigenlijk ook niets te klagen, al was haar beeld van hen als vakmannen tot nog toe beperkt gebleven.

Katrín wist dat ze daar niet alleen in stond en dat meer mensen die benoemingen wonderlijk en zelfs twijfelachtig vonden. Het was daarom des te irritanter om te zien hoe dat duo toch direct in de groep leek te passen, ieder op zijn manier. Ondanks het feit dat Stefán de vervangingen met haar had besproken en vanaf het begin haar grootste steun en toeverlaat was geweest, kon ze het gevoel niet van zich afzetten dat Árni nu dichter bij hem stond dan zij. En die kleine Frikki was twee handen op één buik met die afschuwelijke Guðni. Ze huiverde weer als ze aan hem dacht. Klootzak, dacht ze. Wat moest ze doen?

Hij was natuurlijk een zeer ervaren en zeer slimme rechercheur, maar daarbuiten was hij een vreselijk onverdraagzame idioot, die een vrouw als chef gewoon niet kon accepteren. Want dat was, meer dan wat ook, de reden voor deze rel, daar was Katrín van overtuigd. In zijn ogen stond de wereld op zijn kop met die beslissing, dacht ze. En Katrín kon het nog begrijpen ook. Guðni liep al tegen de zestig en werkte zijn hele leven in een omgeving waarin tot voor kort nauwelijks vrouwen voorkwamen, behalve om voor de koffie te zorgen en de telefoon op te nemen. Het was dus niet vreemd dat hij er moeite mee had om het af te leggen tegen een vrouw, juist nu hij dacht dat hij eindelijk aan de beurt was. Tegen een jongere vrouw, bovendien. Ze trok een gezicht naar de lege stoel aan de andere kant van het bureau, waar Guðni tien minuten geleden nog had gezeten, sputterend, vloekend en tierend. Hij ging door tot ze haar dictafoon inschakelde en hem vroeg eindelijk te vertrekken. Toen had hij zijn vuist tegen haar gebald, met een vuurrood gezicht, en was op de deur afgestevend. Guðni vond misschien dat hij een geldige reden had om zich zo te gedragen, maar hij had geen enkel excuus. Zijn collega – en toekomstige chef – uitmaken voor koe, heks, hoer en erger, kon je gewoon niet goedpraten, hoe je het ook wendde of keerde.

Ze keek op haar horloge, het was bijna twaalf uur, en toen door het raam naar buiten. Daar scheen een stralende zon en ze besloot de middag vrij te nemen van Guðni en zijn maten, pakte het dossier dat open op haar bureau lag en deed het in haar tas voor ze de zon instapte en in haar opgewarmde auto plaatsnam. Onderweg in Laugardal vroeg ze zich af waar die vrouw kon zijn die in de nacht van zaterdag op zondag was verdwenen, waarom uitgerekend zij direct op maandagochtend naar haar moesten gaan zoeken en niet de reddingsdiensten of wie het ook waren die al die gegevens hadden verzameld die in haar dossier zaten.

2

Maandag

"Waarom denk je dat hij aan het liegen was?" vroeg Stefán, zijn mond vol met een Deens koffiebroodje van de Mosfellsbakker. Met chocolade. Hij beweerde dat het de beste Deense koffiebroodjes ter wereld waren, beter dan die hij in Kopenhagen kreeg. Hij had het ervoor over elke morgen onderweg uit Vogahverfi een omweg te maken zodat hij over de Háaleitisbraut kwam. Árni vond ze veel te zoet, maar omdat hij alle Deense koffiebroodjes veel te zoet vond, had hij geen argumenten om deze bewering te ontkrachten, temeer daar ze van zijn chef afkomstig was. Hij slikte een hap van zijn broodje door, veegde zijn mond af en nam een slok cola. Ze zaten in het kantoor van Stefán, dat Árni korte tijd met hem had gedeeld tot hij zijn eigen hok kreeg, een opnieuw ingerichte cel in de gang, iets minder dan een jaar nadat hij bij de recherche was begonnen. Ze misten elkaars gezelschap, ieder op hun eigen manier, maar droegen het als een man. Árni liet een boer, zette het flesje weg en kruiste zijn handen achter zijn hoofd voor hij antwoord gaf.

"Het was gewoon overduidelijk, toen hij zei dat hij nooit eerder zoiets had meegemaakt. Je zag gewoon dat ik een slapende hond bij hem wakker maakte, je zag het aan zijn gezicht. Weliswaar niet lang, maar toch. Toch beweerde hij nergens iets van te weten toen ik hem aan de tand voelde. Hij loog dat hij barstte, dat is zeker."

"Ja, ja, oké, maar waarom?" Stefán zette zijn pet af en draaide hem een paar maal rond voor hij hem weer opzette.

"Waarom was hij aan het liegen, bedoel ik?" Árni nam weer een hap en kauwde erop terwijl hij nadacht.

"Wat het eerst in mijn hoofd opkomt, is dat dit een persoonlijke afrekening is waarvan hij niet wil dat wij ons ermee bemoeien", zei hij en hij nam nog een slok cola. Tonijn was lekker, het was alleen de nasmaak die hij niet verdroeg. "Zijn eerste reactie was natuurlijk de politie te bellen, maar toen kreeg hij volgens mij een idee door iets wat ik zei en besloot toen het liever zelf af te handelen." Stefán knikte, leunde achterover in zijn stoel en legde zijn reusachtige voeten op zijn bureau. Árni had een keer stiekem gekeken, hij had schoenmaat 49.

"Of er eerst zelf achteraan te gaan en ons dan weer te bellen als hij zich vergist heeft", zei Stefán en hij sloot zijn ogen. "Nu of later, dat hangt ervan af wat hij van plan is, wie hij op het oog heeft."

"Yep. Ik begrijp alleen niet waarom je mij erop afstuurde, waarom we ons er überhaupt mee bezighouden." Zijn chef toonde geen enkele reactie en zag eruit alsof hij in zijn stoel in slaap was gevallen. "Ik bedoel, het was gewoon vandalisme aan een auto. Iemand maakt een proces-verbaal op, er gaat iemand van de verzekering naartoe en maakt foto's en dan is het afgehandeld. We hoeven toch niet achter dergelijke klusjes aan te gaan? Of wel soms?"

"Heb je de Hond nog gezien?" vroeg Stefán in plaats van zijn vraag te beantwoorden en zonder zijn ogen te openen. "Of iemand van zijn mensen?" De Hond heette eigenlijk Friðjón en was het hoofd van de Technische Recherche, een magere, langharige overjarige hippie van in de vijftig met een paardenstaartje en een ronde bril. Zijn kledingsmaak was geheel in stijl, maar niet zijn humeur, zoals zijn bijnaam al aangaf.

"Nee", zei Árni een beetje verbaasd. "Had dat gemoeten?"

"Dan moet hij er nu zijn. Of Eydís. Of iemand anders van de technische afdeling."

Stefán propte de andere helft van het koffiebroodje naar binnen en staarde naar Árni zonder hem te zien, terwijl hij uit alle macht kauwde. Hij leek op de koeien in Dalir, waar hij weleens geweest was, vond Árni, het was dezelfde nietsziende blik die zij hem soms hadden toegeworpen. Vooral Rauðka, een zevenjarige premiemelkkoe met een bijzonder lege, starende kauwblik, zo volstrekt uitdrukkingloos dat hij zich soms had afgevraagd of ze blind was. Hij besloot deze herinnering niet met Stefán te delen, rekte zich uit en probeerde een priemende blik terug te sturen. Nieuwsgierig en gretig tegelijk, hoopte hij. Hij had net zo goed kunnen proberen Rauðka tot enige communicatie te bewegen. *Curiouser and curiouser*, dacht hij en hij at zijn broodje op.

"Waarom?" vroeg hij toen. "Gaan ze echt naar vingerafdrukken zoeken op die verdomde jeep? Er zitten er vast een heleboel op de motorkap, de meeste van mij waarschijnlijk …" Stefán schudde zijn hoofd.

"Officieel wel, ja."

"En onofficieel?"

"Onofficieel zoeken we naar vingerafdrukken in de auto, en haren en vezels van textiel en dergelijke rommel." Hij rekte zich uit op zijn stoel en was weer klaarwakker. "Misschien zelfs bloed, wie weet. En ik zou het prettig vinden als je een zo nauwkeurig mogelijk verslag schrijft van jullie gesprekje. Alle vragen, alle antwoorden, alle reacties. Welk gevoel je had en waarom. De hele reutemeteut. Nu meteen."

"Okeeej… Bestaat er een mogelijkheid dat ik te horen krijg wat er aan de hand is?"

"Een vermiste vrouw", antwoordde Stefán.

"Ik hoorde zoiets", zei Árni, "maar wat heeft dit met haar te maken?"

"Ze is verdwenen in de nacht waarin dit is gebeurd. De nacht van zaterdag op zondag."

"Ja, dat heb ik ook gehoord, je zei dat vanochtend, maar wat …"

"Ze werkte bij hem."

"Sinds wanneer? Was ze niet …"

"Vroeger. Ze werkte vroeger bij hem of in zijn bedrijf. Of vroegere bedrijf. Het is over de kop gegaan of gaat over de kop, ik weet het niet meer precies. Het staat in het dossier. En andere bedrijven die met hem te maken hebben."

"En wat dan nog? Is dat niet wat ver gezocht?"

Stefán haalde zijn schouders op. "Jawel. Heb jij een beter idee?"

De schouders van Árni gingen omhoog, net als die van zijn

chef. "Ja, ja. Alles waar we het op de vergadering vanochtend over hadden en nog meer. Alles waar je normaal gesproken aan denkt als een volwassen mens na een avondje stappen niet thuiskomt. Ik begrijp niet waarom dit zo …"

"Natuurlijk niet. Ga nu maar, rook een sigaret en zet dan alles voor me op papier."

"Is er iets veranderd?" vroeg Árni verbaasd. "Iets nieuws ontdekt?"

"Nee. Niets."

"Wie is die vrouw eigenlijk?"

"Dat staat daar", zei Stefán kortaf en hij wees naar het witte bord dat aan de muur hing. Birgitta Vésteinsdóttir stond er in grote, rode letters en daaronder, wat kleiner, systeemanalist, alsof dat alles zei wat er te zeggen viel.

"Dat zegt me niets", zei Árni. "Wie …"

"Ik weet niets meer."

"Maar ik begrijp niet …"

"Ik ook niet", viel Stefán hem in de rede. "Ik ga samen met Katrín met de familie praten. We zijn waarschijnlijk rond half-drie, drie uur terug. Dan heb je genoeg tijd om te schrijven", bromde hij. "Ga nou maar aan het werk." Árni keek hem een ogenblik verwonderd aan, maar stond toen op en bracht zijn hand naar een denkbeeldige pet.

"Aye aye, kapitein!" Hij draaide op zijn hakken en marcheerde de kamer uit.

Stefán lachte niet.

"Ik weet niets meer", mompelde hij toen de deur dichtsloeg. "Wat een belachelijke situatie." Een dunne blauwe map lag geopend op zijn bureau. "Het is maar het beste als je snel gevonden wordt", zei hij zachtjes tegen de bruinogige, donkerharige vrouw op de foto voor zich. "Wie je ook bent. En levend, want ik wil aan het eind van de week met vakantie."

* * *

Wat een rothumeur heeft die vent, dacht Árni toen hij de smalle, lawaaierige gang in stapte. Wat is verdomme zijn probleem? En hij staat nog wel op het punt op vakantie te gaan. Het kantoor van Stefán was het grootste van de afdeling en het enige dat niet tot voor kort als cel had gefungeerd, maar als wachtkamer, en het grensde daarom direct aan de gang. Het kantoor van Árni lag daarentegen erg achteraf en hij moest de verhoorkamer en de kantoren van Guðni, Friðrik en Katrín passeren om er te komen. Alle anderen hadden anderhalve cel, maar hij had er maar één en hij vond hem erg klein. Daar stond tegenover dat hij een originele, echte muur had in plaats van de gipsplaten scheidingswanden waar de meeste anderen genoegen mee moesten nemen, een schrale troost. Een pluspunt was ook dat hij Katrín in de kamer naast zich had. De enige mens op de afdeling op Stefán na met wie hij het gevoel had enig contact te hebben, al had ze de neiging om soms een beetje ongeduldig en scherp tegen hem te zijn. Friðrik was jonger en harder, bijna een fascist in zijn ogen, maar Guðni was ouder en harder en soms nauwelijks te volgen in zijn kijk op de wereld en de mensen die deze bevolkten. Katrín stond dichter bij hem, niet alleen in leeftijd, maar ook wat opvattingen betreft, vond hij. Ze zag de wereld niet zwart-wit, zocht naar verklaringen waar de anderen de zaken alleen maar wilden afhandelen. Ze dacht logisch, maar vergat niet ook naar haar gevoelens te luisteren. En last but not least was ze ook nog eens erg aardig. Maar dat was bijzaak, bracht Árni zichzelf regelmatig in herinnering.

Hij ging aan zijn bureau zitten en opende de map die voor hem lag. Birgitta Vésteinsdóttir. Zevenendertig jaar, moeder van twee kinderen, gescheiden, 1 meter 72 lang, 64 tot 67 kilo zwaar, bruine ogen, lang, steil, donker haar. Zelfstandig werkend systeemanalist. Voor het laatst gezien in de dancing Broadway op vrijdagavond, toen droeg ze een zwarte leren broek, een zwartleren jasje over een roodbruine zijden blouse en zwarte, platte schoenen. Haar vriendin had iets voor middernacht met haar aan de bar zitten praten. Daarna had niemand haar meer gezien.

Op zondag, toen haar ex-man iets met haar wilde afspreken om de kinderen te brengen, die het weekeinde bij hem waren geweest, beantwoordde ze noch haar telefoon thuis, noch haar mobiel, en reageerde niet op de berichten die hij achterliet op het antwoordapparaat. Hij belde iedereen die hij maar kon bedenken die iets over de gangen van Birgitta kon weten en ging zondagavond met de kinderen, een zesjarige jongen en een twaalfjarig meisje, naar het Grillhús aan de Tryggvagata, waarna hij ze naar haar huis bracht en met ze meeliep naar de deur. Het meisje had een sleutel en ze gingen met zijn drieën naar binnen. Hij bracht de avond met ze door, bracht ze naar bed, en wachtte. Hij schrok 's ochtends wakker op de bank toen hun zoon om zijn ontbijt vroeg. Toen belde hij nog eens naar haar mobiel, haar ouders, zus en haar beste vriendin voordat hij kort voor halfacht contact opnam met de politie.

Árni krabde zich op zijn hoofd. Er klopte iets niet. Stefán had ze om halftien 's ochtends bijeengeroepen, waarna hij deze inlichtingen van een blaadje voorlas en hen op pad stuurde, zonder verdere uitleg. Árni moest naar die directeursjeep, de anderen ergens anders heen, maar allemaal kregen ze een map met informatie over die vrouw, die ze bij de eerste gelegenheid moesten lezen. Dit was zijn eerste gelegenheid en toen hij de inhoud bekeek, kwam hij tot de conclusie dat de informatie veel gedetailleerder was dan wat Stefán op de bijeenkomst had opgedreund. Onder andere een lange lijst familieleden, vrienden en voormalige collega's van Birgitta en nog een met de bedrijven waarvoor ze de afgelopen weken en maanden had gewerkt. Oude werkgevers uit de tijd voor ze eigen baas was geworden, werden op een derde lijst opgesomd en op het laatste blaadje stond een lijst van de bars en cafés waar ze het meest kwam. Het was duidelijk dat ze die inlichtingen allemaal voor het eerst zagen die ochtend, of iemand moest een betere toneelspeler zijn dan Árni zich kon voorstellen en hij vroeg zich af wie al die gegevens verzameld had en hoe. En wanneer. Er was een signalement van haar en haar auto gegeven in alle nieuwsuitzendingen vanaf negen uur 's ochtends. Hij citeerde weer Alice in Wonderland, hardop deze keer.

"*Curiouser and curiouser*", zei hij zachtjes. Hij sloot de map en ging een bekertje koffie halen uit de automaat op de gang.

* * *

Toen Katrín haar heel gezonde, maar niet zo lekkere salade met kip, bonen en noten had opgegeten, drie koppen koffie had gedronken en driemaal alles had doorgelezen wat in de map zat, was ze nog geen stap verder. De meest voor de hand liggende verklaring was natuurlijk een ongeluk of een zelfmoord, maar degene die deze zoektocht leidde scheen daar weinig geloof aan te hechten. Natuurlijk, er werd een signalement gegeven van Birgitta op de televisie en er werd navraag gedaan in ziekenhuizen, maar er waren geen reddingsdiensten op uitgestuurd, zoals gebruikelijk was onder dergelijke omstandigheden, er werd niet gedregd en voor zover Katrín wist, waren daar ook geen plannen voor. Toch was al direct op de eerste dag de recherche ingeschakeld. Stefán was ongelooflijk terughoudend geweest toen hij hun daar een verklaring voor moest geven en had alleen gewezen naar de orders van Svavar, zonder verdere uitleg, maar zoiets was heel ongebruikelijk, behalve als er een duidelijke aanwijzing was dat de betrokkene niet door zelfmoord was verdwenen. Katrín vond niets in het dossier in die richting, maar ook niets wat op het tegendeel wees. Birgitta was simpelweg verdwenen, was na haar avondje stappen niet thuisgekomen en daar konden honderden redenen voor zijn. De meeste daarvan lagen meer voor de hand dan dat haar iets was overkomen of dat ze ergens tegen haar wil werd vastgehouden. Misschien was ze een man tegengekomen en was het haar niet gelukt zich van hem los te rukken terwijl ze genoot van de vleselijke geneugten, zoals die stomme Guðni het had genoemd. Misschien had ze gewoon genoeg van haar kinderen en de drukte en was ze naar het buitenland vertrokken. Het was wel ongewoon en nauwelijks voor te stellen dat een moeder van twee kinderen niets van zich liet horen, en dat had ze dan ook gezegd. Maar hoewel ze zich niet kon indenken dat ze zelf zoiets zou doen, had ze inmiddels genoeg ongewone en egoïstische mensen meegemaakt.

Ze at de laatste eenzame boon op die op haar bord was achtergebleven en veegde haar mond en handen af. Er was natuurlijk nog een mogelijke verklaring waarom zij werden ingeschakeld om haar te zoeken, dacht ze. Birgitta had iets uitgespookt. Of die verdenking bestond en haar verdwijning had daarmee te maken. Maar waar werd ze dan van verdacht en door wie? En als dat de reden was dat zij waren ingeschakeld, waarom had Stefán dat dan niet gewoon verteld? Ze had hem zelfs gevraagd of Birgitta iets gedaan had, maar hij had alleen zijn hoofd geschud en nogmaals benadrukt hoe belangrijk het was dat ze snel werd gevonden en dat er geen ruchtbaarheid aan werd gegeven.

Katrín sloot de map aarzelend nadat ze hem een vierde keer had doorgenomen. Er stond niets in wat erop wees dat Birgitta van het een of ander werd verdacht. Ze hing haar jasje over haar schouders. De wind was gaan liggen en het leek toch nog warmer te worden dan het zich die ochtend had laten aanzien. Ze voorspelden voor die week ditzelfde weer. Natuurlijk, dacht ze toen ze omhoog tuurde naar de stralende zon, nu wordt het verdomme mooi weer. Het was haar eerste werkdag na een verregende vakantie van twee weken en nu moest ze doorwerken tot in augustus. En nog harder dan normaal, een hele berg overwerk en altijd stand-by zijn.

"Nou ja, aan de slag dan maar", mompelde ze toen ze zich met grote stappen een weg baande tussen de bloemen door, en een ouder echtpaar met een hondje week beduusd opzij. Een groep stoeiende, gillende en lachende kinderen rende rond in het park toen ze de stoep bereikte. Twee kauwgom kauwende jongemannen met de handen in de zakken slenterden achter de kinderen aan en leken geen moeite te doen enig gezag over de groep te willen uitoefenen. Het tafereel was ongelooflijk en de blijheid zo aanstekelijk en ongeremd dat Katrín wel moest glimlachen. Haar glimlach verdween echter net zo snel als hij gekomen was toen ze aan de kinderen van Birgitta dacht. Wat zouden die nu doen? Waren ze in de zon aan het spelen, zorgeloos zoals kinderen moesten zijn? Of zaten ze wanhopig en bang bij hun vader of bezorgde familieleden te wachten op een bericht van hun moeder? Ze moesten weten dat er een signalement van haar verspreid was, dat ze door meer mensen dan zij werd gemist en dat er overal naar haar werd gezocht. Hoe zouden ze daarmee omgaan, zes en twaalf jaar oude kinderen?

Katrín probeerde zich haar eigen kinderen in zo'n situatie voor te stellen, Íris en Eiður. Íris was bijna negen, een in zichzelf gekeerd, nadenkend meisje; zij zou zich waarschijnlijk meteen de eerste dag al vreselijk veel zorgen maken. Eiður, die pas vijf was geworden, vergat een nieuw stuk speelgoed of een geschaafde knie die haar als een mager speenvarken deed schreeuwen zodra er iets anders in haar hoofd opkwam. Zij zou er waarschijnlijk nauwelijks aan denken, behalve misschien vlak voor het slapengaan. Toch waren het alle twee echte moederskindjes, vooral 's avonds, maar zij hadden tenminste nog een vader die bij hen woonde. Nog wel, dacht ze en ze zuchtte diep. Nog wel.

Ze kon amper een grote BMW ontwijken die net voor haar een parkeerplek indook. De bestuurder, een veertiger met een Ray-Ban, een snor en een klein baardje, floot en balde zijn vuist naar haar. Ze stak haar middelvinger naar hem op.

"Mannen", snoof ze terwijl ze met gierende banden wegreed, "die verdomde mannen ook altijd." Wat haar weer aan Guðni deed denken. In gedachten stak ze haar middelvinger ook naar hem op.

* * *

"Maar ik zeg je dat het Teddi niet geweest kan zijn, want hij was de hele tijd de stad uit. De hele tijd, hoor je? Ben je een beetje traag vandaag?" María Dís nam haar nieuwbakken echtgenoot in zich op met een gezicht dat alle hoop op de titel van Miss IJsland in één klap van de tafel veegde. De titel was aan haar neus voorbijgegaan, maar een tweede plaats was toch ook niet iets om je voor te schamen. En haar benen, die haar de titel Oroblumeisje opleverden – een kleine pleister op de wonde – deden hun werk zoals ze daar in de deuropening stond, wijdbeens op zwarte naaldhakken in een strak rokje in dezelfde kleur. Haar blote, bruine armen waren over elkaar geslagen voor haar fraai uitgevallen boezem en haar blauwe topje dat beter bij haar vijfjarige dochter had gepast, als ze die had gehad.

Steinar ijsbeerde even niet meer over de glimmend geboende vloer en keek naar haar.

"Dat weet jij natuurlijk het beste, dat is zo."

"Jezus Christus, begin je nu weer met die onzin? Wat had ik moeten doen? Jij wilde niet eens met me dansen."

"Dansen? Noem je dat dansen? Ik heb er niets tegen dat je met hem danst. Of met wie ook …"

"Steini, hou op met die nonsens. We waren gewoon aan het dansen. Dat zag je toch, we deden het vlak voor je neus. En verder zat hij de meeste tijd bij ons aan tafel."

"De meeste tijd, ja, maar niet de hele tijd."

"De auto stond hier thuis. Denk je dat hij een taxi heeft genomen en de chauffeur gevraagd heeft te wachten terwijl hij de jeep bekraste?"

"Maar het feest dan? Hij was wel een halfuur verdwenen, als het niet meer was."

"Hij was dronken, net als wij, en zonder auto en het feest was in Hvalfjörður. Hoe had hij in hemelsnaam in een halfuur tijd heen en weer moeten rijden? Hij is geen fucking Superman!"

"Weet je het zeker? Ik dacht dat je hem dat de laatste tijd wel vond."

"Christus." Ze zette haar handen in haar zij en keek even naar de grond, terwijl ze diep uitademde. "Steini?" zei ze toen en ze keek naar hem.

"Ja?" Ze liep naar hem toe en sloeg haar armen om hem heen.

"Stop met die bullshit. Oké?"

Steinar antwoordde niet, maar legde zijn handen aarzelend op haar naakte middel.

"Teddi is cool. Maar je weet toch dat er maar één Superman is …" Ze legde haar rechterhand tegen de gulp van haar man en begon zijn mannelijkheid te kneden, voorzichtig maar vastberaden.

"Oké …" Hij slikte en probeerde zich groot te houden. Of zich tenminste te ontspannen. "Maar wie dan?" vroeg hij. "Wie heeft het in hemelsnaam gedaan?" María ritste zijn gulp open en gleed met haar hand naar binnen.

"Zullen we daar straks eens over nadenken?"

* * *

Árni zette met een grote klap een punt achter de laatste regel en gaf in dezelfde beweging een zwieper aan zijn stoel. Hij zette na tweeënhalve draai zijn voeten op de grond en staarde uit het raam. Het proces-verbaal over de bekraste directeursjeep was af, duidelijk, in heldere taal en zonder spelfouten. Het zou nog een uur duren voor Stefán terug was en de zon scheen. Hij overwoog wat hij hierna zou doen. In deze job werd van je verwacht dat je initiatief toonde als er niets bepaalds te doen was en hij kwam tot de conclusie dat hij uit vier dingen kon kiezen. Verdergaan met de inbraak bij Computerwereld waar hij voor het weekeinde aan begonnen was, proberen iets meer te weten te komen over die verdwenen vrouw, naar getuigen zoeken van dat vandalisme aan die jeep of een ijsje halen.

Het was een moeilijke beslissing en Árni had er de grootste moeite mee. Pas toen de rij achter hem in opstand dreigde te raken en de verkoopster hem vroeg of hij nu eindelijk kon bestellen, hakte hij de knoop door. Hij werkte altijd het beste onder druk, dacht hij, en hij bestelde een bananasplit.

Hij ging zitten met zijn ijsje en bekeek de kleine advertenties, eerst in *DV*, toen in het *Nieuwsblad*. Hij noteerde drie telefoonnummers en was van plan ze alle drie te gaan bellen en twee andere terug te bellen die eerder hadden gereageerd, zodra hij het laatste restje ijs uit zijn hoorntje had gelikt. Hij stelde zich niet te veel voor van de resultaten van deze handelwijze. Inbrekers waren weliswaar zelden grote lichten en hoewel dit volkje meestal stijf stond van de dope waren ze nog niet zo gek om te gaan adverteren. Meestal niet. Maar het wás voorgekomen, meer dan eens, en daarom was het een routineklusje geworden voor de acht mensen die de burelen van de algemene recherche bevolkten om de kleine advertenties in de gaten te houden. Computers, televisies, videoapparatuur, dvd's, fotocamera's, telefoons en geluidsapparatuur. Ieder van hen deed het twee tot drie weken per jaar.

Árni besloot zich deze keer te richten op de computers in verband met de inbraak bij Computerwereld, waardoor in de nacht van donderdag op vrijdag vijf laptops, zes towers, zes flatscreens, zes toetsenborden en drie spelcomputers in het zwarte circuit waren terechtgekomen. De inbraak was zo groot dat er die maandag in beide kranten een advertentie was geplaatst waarin een goedkope, maar krachtige computer werd gevraagd, het liefst een laptop. Ook een Xbox of PlayStation in goede staat.

Árni heette Erlendur toen hij het nummer beantwoordde dat in de advertentie stond, net als zijn oudere broer. Hij vond het gemakkelijker om een naam te gebruiken die hij kende en die lekker in de mond lag, maar verder was het toeval. Hij wist dat Katrín zich Sigurborg noemde, naar haar oma, en Friðrik was Georg. Georg Víðisson. Guðni was gewoon Guðni en lachte om al die gekken die zich bezighielden met die '*stupid* padvindersnonsens' zoals hij het noemde. "Dat is mijn schuilnaam", zei hij eens tegen Árni, "Guðni. Wie komt er nu op dat een man die zich Guðni noemt Guðni heet? Denk daar maar eens over na ..." Árni had erover nagedacht en Guðni lachte hard toen hij zijn gezicht zag. "Haast niemand?" vroeg hij en hij lachte nog harder. "Allemaal!" zei hij tussen lachsalvo's door, "allemaal ... *the perfect cover*, begrijp je?" Árni had zijn hoofd geschud in diep onbegrip en deed dat nu weer toen hij eraan terugdacht.

Niemand had nog op de advertentie gereageerd, maar de krant was nog maar net uit en de hele dag lag nog voor hen. Hij zou de volgende dag weer worden geplaatst en de dag daarop, als het nodig was, maar niet vaker. Als er dan nog niemand had toegehapt, betekende dat waarschijnlijk dat de hele partij in opdracht was gestolen en een nieuwe eigenaar had gevonden.

Toen Árni de deur van De Zwarte Zwaan uitging na een geslaagd ijsje, stak hij de vierde sigaret van die dag op en slenterde op zijn gemak terug naar het bureau.

"Hé, maat, heb je er ook een voor mij?"

Árni haalde automatisch zijn pakje tevoorschijn en wilde er een sigaret uithalen, maar stopte abrupt toen hij degene die het vroeg aankeek. Het was een van de vaste gasten van Hlemmur, een bijna kale, bleke, magere man ergens tussen de vijftig en de tachtig jaar met drie ondertanden en vier boventanden, praatziek en vrolijk tussen zijn hoestbuien door en altijd goedmoedig voor zover Árni wist. Hij had hem vaak een sigaret gegeven en ook weleens op een vrijdagmiddag een blikje bier toegestopt, maar nog nooit zo'n uitdrukking als vandaag op zijn gezicht gezien. Árni keek onzeker achterom om te zien waar die uitdrukking vandaan kwam, maar slaagde er niet in. Wie of wat hem aan het schrikken had gemaakt, leek te zijn opgelost in het niets. Behalve een bus met een schreeuwerige reclame voor een tijdschrift op de achterkant, een paar auto's die langsreden en wat mensen op straat, was er niets te zien. Alleen twee jonge meisjes die met elkaar fluisterden, in het zwart gekleed en met zwarte haren en met een stekelhalsband om hun hals, een oude man op een bankje en de rug van een blonde vrouw die haastig wegliep en om de eerstvolgende hoek verdween. Toen hij weer voor zich keek, was de man ook verdwenen. Árni bleef even aarzelend op de stoep onder de klok staan, alsof hij zich geen raad wist met zichzelf, maar toen stak hij het pakje weer in zijn zak en slenterde verder in hetzelfde tempo als daarvoor.

De agent die baliedienst had op het politiebureau naderde de pensioengerechtigde leeftijd, en hoewel Árni hem meer dan eens had gegroet, wist hij niet meer hoe hij heette.

"Hoor eens, ken jij die kerels van Hlemmur? De vaste gasten?" vroeg hij en hij leunde over de balie. De agent trok zijn wenkbrauwen op.

"Een paar, ja. Dode en levende."

"Die ik bedoel, is nogal klein, nauwelijks 1 meter 60, bijna tandeloos, kaal ..."

"Kleine Bleekneus, ja, ja, die ken ik. Hij slaapt weleens hier in de winter. Waarom vraag je dat?"

"Kleine Bleekneus?"

"Reynir Hámundur Aðalsteinsson, als je het precies wilt weten."

"Reynir Hámundur?" De agent keek hem niet-begrijpend aan.

"Ja. Is daar iets mee?" Árni schudde zijn hoofd.

"Nee, nee. Daar is niets mee. Ik kwam hem net tegen, hij leek ergens bang voor te zijn. Of voor iemand." Hij dacht na. "Heb jij een idee waar hij bang voor zou kunnen zijn? Of voor wie?"

"Bang?"

"Ja."

"Kleine Bleekneus?"

"Ja."

"Nee. Hoe zou ik dat moeten weten?"

“Nee, nee. Het is al goed, ik dacht, ik vraag het even.” Árni draaide zich om en liep weg.

“Luister eens!” Hij stond stil en draaide zich weer om toen de agent hem riep. “Waarom vraag je dat?”

“Omdat hij ergens bang voor is”, antwoordde Árni, “of dat was hij tenminste daarnet.”

“Was hij niet gewoon bang voor jou?”

“Nee”, zei Árni. De agent richtte zich weer op zijn computerschermen en telefoons. Zwervers, of ze nu ergens bang voor waren of niet, stonden kennelijk niet hoog op zijn prioriteitenlijst. Net zomin als verwarde rechercheurs die rare vragen over hen stelde.

“Maar hij was bang”, mompelde Árni op weg naar zijn kantoortje. “Gewoon doodsbang, die arme kerel.”

* * *

Ja, ja, dacht Reynir Hámundur, beter bekend als Kleine Bleekneus, dus het is zover. Het is eindelijk zover.

Hij vond het niet eerlijk. Hij was in de bloei van zijn leven en de zon scheen eindelijk weer eens langer dan alleen bij zijn kale bekertje koffie en dan moesten die monsters hem weer verduisteren. Wat een timing. Hij schudde zijn hoofd machteloos, er was niets aan te doen. Misschien alleen een flinke borrel, maar dat duurde maar kort. Beter dan niks, herstelde hij zich in gedachten en hij haalde zijn fles tevoorschijn. Er zat nog wel wat in, maar hij was niet van plan dat met iemand te delen, zoals het er nu uitzag. De deur ging open en hij kromp als vanzelf in elkaar in de wc, hield zijn adem in en staarde als gehypnotiseerd naar het onbeduidende stukje hout dat een deur moest voorstellen, maar zag niemand. Durfde zich niet te bewegen voordat hij hoorde dat iemand zachtjes begon te neuriën en even later in het urinoir klaterde. Toen de man vertrokken was, zette hij zijn voeten weer voorzichtig op de smerige vloer en durfde hij eindelijk de dop van zijn fles te schroeven en een flinke slok te nemen. Het zag ernaar uit dat hij hier langer zou zitten, maar waar kon hij heen? Was er eigenlijk wel een ontsnapping mogelijk? Dat was de grote vraag. Of een van de vele. Dit was een van de kleinere: hoe moest hij hier in godsnaam ongezien vandaan komen? Het zou hem niet eens helpen om op de avond te wachten, als dat al mogelijk was.

"Een beetje duisternis, verdomme", bromde hij en hij nam nog een slok, "het is te licht de laatste dagen."

3

Maandag

Fossvogur zag er vredig en rustig uit; er was weinig verkeer, afgezien van een paar lijsters en spreeuwen die rondscharrelden in de chique, doodlopende straat waar Birgitta en haar kinderen woonden. Alleen een oude, kapotte voetbal waarop duidelijk het merk Coca-Cola stond vermeld, en twee fietsen, de ene groen en de andere blauw en kleiner, waren te zien op de betegelde oprit voor het witgeschilderde rijtjeshuis.

De tuin was goed onderhouden, een dikke wilgenhaag diende als omheining en er liep een kleurige bloemenborder langs. Een lange, krachtige vrouw van voor in de zestig in een spijkerbroek, een groene coltrui en sportschoenen ontving hen en stelde zich voor als Hjördís.

"De moeder van Birgitta", verklaarde ze en ze ging hen voor naar de kamer. "Koffie?"

De kamer was groot en licht, de muren waren wit en er hingen een paar kleurrijke schilderijen. De meubels waren ook van het losse, lichte soort en er stonden bloeiende potplanten voor de grote ramen op het zuiden. Stefán wierp door de openstaande tuindeuren een goedkeurende blik op de zorgvuldig bijgehouden achtertuin, terwijl ze stonden te wachten. Hij had zich er zelf van kunnen overtuigen dat het een mooie dag werd en een nog betere week en hij was vastbesloten om zich daar niet van af te laten brengen.

"Ik zie dat de tuinmeubelen buiten staan", zei hij toen Hjördís met de koffie terugkwam. "Daar is het nu zeker weer voor." Hij nam plaats aan de tafel waar Katrín al voor hem was gaan zitten.

Hjördís wachtte even met het neerzetten van de kopjes en glimlachte aarzelend naar hem.

"Wilt u misschien liever dat we de tuin ingaan?" vroeg ze.

Stefán pakte zijn kopje en stond op. "Weet je, ik vind gewoon", zei hij, "je weet nooit wanneer zulke warme dagen weer afgelopen zijn, dan kun je er maar beter van genieten zolang ze duren. Waar zijn de kinderen eigenlijk?" vroeg hij in één moeite door terwijl hij zijn 1 meter 94 en 112 kilo voorzichtig in een smalle rotan stoel neerliet, die luid kraakte.

"Beneden, ik denk dat kleine Ásgeir achter de computer zit en Dísa een video kijkt. Melk?"

"Graag, een drupje."

Katrín bedankte voor de melk en keek gefascineerd hoe haar chef vier volle theelepels suiker in zijn koffie deed. Ze had hem dat ontelbare keren eerder zien doen, maar was nog altijd even verbaasd.

"Zal ik ze halen?" vroeg Hjördís, maar Stefán schudde zijn hoofd.

"Later. Het is hier heerlijk", zei hij en hij keek zo tevreden om zich heen dat het bijna ongepast was, vond Katrín. Maar ze was het wel met hem eens. De achtertuin lag op het zuiden en je voelde er geen wind. Ze zou er helemaal niets tegen gehad hebben om daar onder andere, vrolijker omstandigheden te zitten met een hele dag voor zich. Zelf woonde ze op de vierde verdieping in een flat en had alleen een balkonnetje op het westen dat geen enkele noemenswaardige beschutting bood tegen weer en wind of tegen de nieuwsgierige blikken van de buren aan weerszijden. Ze schraapte haar keel en Stefán hield op met glimlachen.

"Jaja", zei hij, "je hebt zeker niets meer van of over Birgitta gehoord?"

"Nee", antwoordde Hjördís, "en ik begrijp dat gewoon niet. Ze is er in de loop der jaren weleens vaker tussenuit geknepen, zoals wij allemaal weleens, maar ze heeft zoiets nog nooit eerder gedaan." Haar stem was rustig en zonder enige dramatiek, maar haar kopje kreeg stevig met het theelepeltje te maken toen ze erin roerde.

"Maar je maakt je niet speciaal zorgen over haar of zo?"

Hjördís stopte abrupt met roeren en wierp een scherpe blik op Stefán.

"Natuurlijk maak ik me zorgen over haar", zei ze met een licht verwijt in haar stem, "ik zei al dat ze zoiets normaal gesproken niet doet."

"Maar het is dus weleens eerder gebeurd?" vroeg Katrín voorzichtig.

Hjördís aarzelde een ogenblik en knikte toen, langzaam en nadenkend.

"Ja. Het is eerder gebeurd. Eén keer. Toen zou ze twee dagen wegblijven en werden het er vier. Zonder te bellen." Ze sloeg haar ogen op en keek van de een naar de ander. "Maar dat is langgeleden en het was heel anders", zei ze nadrukkelijk. "Toen had ze er een reden voor. Had gewoon tijd nodig om zichzelf te hervinden." Ze keek naar Katrín. "En toen bracht ze de kinderen eerst bij mij voor ze verdween."

Stefán keek haar vragend aan, maar ze leek niet van plan zich nader te verklaren. Hij dacht even na en besloot toen om te gokken op de meest algemene en daarmee meest voor de hand liggende verklaring, zonder dat hij daar een andere aanwijzing voor had dan het gezicht van Hjördís.

"Heeft ze een aanklacht ingediend?" vroeg hij. Hjördís keek hem aan met een gezichtsuitdrukking die grensde aan minachting.

"Nee, ze heeft hem niet aangeklaagd. Helaas. Ging gewoon bij hem weg. En is later van hem gescheiden."

"En hij heeft toch omgangsrecht op de kinderen gekregen?" vroeg Katrín.

"Er was geen andere mogelijkheid, omdat er geen aanklacht was", zei Hjördís. Ze haalde haar schouders op. "Er was haast niets aan haar te zien en het is bij die ene keer gebleven, het was verstandig dat ze meteen vertrokken is. En hij heeft de kinderen nooit een haar gekrenkt. Dat moest hij eens proberen, die rotzak."

Stefán stond op en begon de bloembedden te inspecteren. Hjördís keek vragend naar Katrín.

"Vraag maar niets", zei ze en ze nipte aan haar koffie. Een slap bakkie, dacht ze, je zou er bijna de krant doorheen kunnen lezen. "Je zei dat je je zorgen maakte ... ben je bang dat haar iets is overkomen, een ongeluk of iets dergelijks, bedoel ik, of dat ze zichzelf iets heeft aangedaan?"

"Iets aangedaan? Zoals wat?"

"Dat weet ik niet. Daarom vraag ik het."

Stefán kwam terug en ging weer in de krakende stoel zitten.

"Prachtig zijn die lelies", zei hij, "en de tijm. Die wil het bij mij nooit doen."

Hjördís draaide haar kopje in haar handen rond zonder er een slokje van te nemen en durfde Stefán niet aan te kijken.

"Ja, ja, zo is dat nu eenmaal", zei hij met zijn ogen op het perk gericht, waar de tijm groeide tussen Engels gras en vetkruid en andere planten waar hij de naam niet van wist. "Achter het stuur in slaap gevallen", begon hij, "of zichzelf verloren in de armen van een man. Pillen geslikt. De mogelijkheden zijn eindeloos", ging hij verder zonder die te noemen die het meest voor de hand lag. Hjördís begreep hem niettemin en schudde haar hoofd.

"Nee", zei ze zacht. "Nee. Het is ook even bij mij opgekomen, dat moet ik toegeven." Ze zweeg om een onzichtbare traan in haar ooghoek weg te vegen. "Maar nee, ik geloof niet dat ze er een eind aan heeft gemaakt", zei ze toen. "Helemaal niet." Nu keek ze naar Stefán. "En ik zou het prettig vinden als je mijn dochter niet zou beschuldigen van onverantwoord medicijngebruik", voegde ze eraan toe, een stuk zekerder. Stefán hief zijn handen verontschuldigend op.

"Ik vroeg het alleen maar. Ik ken je dochter helemaal niet."

"Nee, dat is duidelijk", zei ze scherp. Toen verzachtten haar gezichtsspieren weer en praatte ze verder op zachte en milde toon.

"Mijn Birgitta is allesbehalve saai, maar ze is niet onverantwoordelijk of gek. En ze zou haar kinderen nooit verwaarloosd achterlaten om bij een man te zijn. Ze neemt die mannen ook meestal mee naar haar eigen huis, al heb ik haar weleens gevraagd zich in te houden met dat soort zaken. Vanwege de kinderen."

"En gebeurde dat vaak?" vroeg Stefán.

"Wat is vaak?", zei Hjördís aarzelend. "Daar kun je over twisten.

Maar het is een volwassen vrouw en wie is het nu eens met alles wat zijn kinderen doen?" Ze zweeg, kruiste haar armen over elkaar en fronste haar voorhoofd. Stefán en Katrín wachtten af.

"Nee", zei ze toen langzaam, "ik ben er niet bang voor dat ze iets stoms heeft gedaan. Helaas, zou ik bijna zeggen." Ze reikte naar de koffiepot en schonk hen nog eens in. "Dan kon ik er tenminste zeker van zijn dat ze binnenkort weer heelhuids voor mijn neus staat." Katrín wilde haar in de rede vallen met een vraag, maar Stefán snoerde haar de mond door zijn wenkbrauwen zo hoog op te trekken dat zijn groene pet mee omhoog ging. Nu was het de beurt aan Hjördís om naar de bloemperken te kijken. Ze nam daar ruim de tijd voor en toen ze zich weer omdraaide, haalde ze haar neus op en droogde weer wat tranen in haar ooghoeken. Deze keer waren ze wel zichtbaar. "Ik denk dat haar een ongeluk is overkomen, die arme meid."

* * *

Árni had zijn ijsje op, had de kleine advertenties doorgenomen en besloten dat het weinig zin had om op dit tijdstip op de maandag bij de buren van Steinar aan te kloppen. Er stond nog maar één ding op zijn takenlijstje. Hij bladerde door het dossier en besloot het eens te proberen bij de vriendin die met Birgitta in de bar had zitten praten, kort voor ze verdween, en vervolgens met de mensen in de garderobe en de uitsmijters bij Broadway. Hij stuurde een e-mail naar Stefán waarin hij hem dat meldde en belde de vriendin terwijl hij *Let it bleed* in de cd-speler in de auto schoof. Ze was op haar werk, in Mosfellsbæ, en Árni kon de cd helemaal afluisteren, omdat hij ook nog eens drie keer verkeerd reed voor hij eindelijk bij Reykjalundur arriveerde.

Het laatste stuk van de weg liep langs een terrein dat grensde aan een bosperceel, en toen hij uit de auto stapte en om zich heen keek, wist hij niet meer helemaal zeker in welk deel van de wereld hij zich bevond. De geur van versgemaaid gras kwam hem tegemoet. Een paar opgeschoten jongens waren aan het voetballen op het grote grasveld voor Reykjalundur, dat half ziekenhuis, half werkplaats leek te zijn. Lage, Deens aandoende kleine gebouwen stonden in rijen tegenover woonhuizen van verschillende grootte en makelij, verspreid op dit grasveld. Overal hoge bomen. Wat een wonderlijke plek, dacht hij en hij stak zijn zonnebril in zijn borstzak.

De vriendin heette Ásta en was fysiotherapeut. Árni vroeg naar haar bij de receptie, waar hem werd gezegd dat hij moest wachten; haar dienst zat er over een paar minuten op. Hij benutte de tijd door een bekertje koffie uit de automaat te halen en buiten tegen de muur een sigaret te roken naast een corpulente man zonder benen in een rolstoel. Árni kon maar moeilijk zijn ogen afhouden van de stompen die onder een wit laken vandaan kwamen.

"Ze moesten ze afzagen", bromde de dikzak en hij gaf een klapje op zijn dijen. "Vlak onder de knie. Drie maanden geleden." Hij tilde het laken op. "Wil je het zien?" Árni haastte zich zijn hoofd te schudden en kreeg een hoestbui. De dikzak schaterde het uit, maar begon al snel om het hardst met Árni mee te hoesten en zegevierde met overmacht.

"En hier, ben je hier in revalidatie?" bracht Árni moeizaam uit toen de hoestprikkels wat afnamen.

"Dat zou het moeten zijn, ja." Zijn onderkinnen bewogen in en uit als een harmonica toen hij knikte.

"Waarom?"

"Waarom ik moet revalideren?" vroeg de man verbaasd.

"Wat? Nee, waarom moesten je benen eraf?" De man zwaaide zijn sigaret heen en weer, klopte zich op zijn buik en begon weer te lachen. En te hoesten.

"Daar ben je dus, ik had het kunnen weten." Árni draaide zich om en zag een vrouw van zijn leeftijd of misschien iets jonger met haastige passen op hen afkomen. Ze droeg boven haar broek een wit jasje dat haar koffiebruine huid benadrukte, en haar ravenzwarte haar was in ontelbare kleine vlechtjes gevlochten die om haar hoofd en schouders speelden. De beenloze grijnsde breed, nam nog een trekje en haalde hoestend het pakje tevoorschijn van onder het laken.

"Wil je er één, liefje?"

"Ach man, stop daarmee en schiet een beetje op. Unnur is je

overal aan het zoeken, je had al tien minuten geleden bij haar moeten zijn voor looptraining." De man mopperde wat dat het allemaal toch geen zin had en vervelend was, schoof zijn sigaret naar zijn andere mondhoek en rolde weg. Dat ging hem slecht af, de rolstoel slingerde van links naar rechts terwijl hij zich met horten en stoten voortbewoog. De vrouw schudde mistroostig haar hoofd.

"Ongelooflijk die vent. De mensen zijn gek, wist je dat?" Op de een of andere manier had Árni het gevoel dat hij niet was uitgesloten van deze conclusie en beschaamd maakte hij zijn sigaret uit.

"Ik probeer te minderen", zei hij verlegen, terwijl hij zich afvroeg waarom hij zich eigenlijk zou moeten verontschuldigen bij iemand die hij helemaal niet kende. Zeker het gevolg van die eindeloze en zonder uitzondering op het geweten werkende antirookcampagnes, dacht hij met de onverbeterlijke logica van iemand die weet waarvoor hij zich schaamt.

"Wat wilde je weten?" vroeg ze.

"Ik? Wacht eens, neem me niet kwalijk ..."

"Je bent toch Árni, of niet?"

"Ja."

"Hallo, ik ben Ásta." Ze lachte, zodat haar parelwitte en ietwat scheefstaande tanden oplichtten, toen ze vergeefs probeerde te doen of er niets aan de hand was. "Jónsdóttir", voegde ze eraan toe en ze stak haar hand uit. "Wat voor iemand had je verwacht?" Hij pakte haar uitgestoken hand, stamelde een of andere betekenisloze verontschuldiging en wachtte gelaten tot de rode kleur van zijn wangen wegtrok. Hij had het allang opgegeven om die volkomen beheersing van zijn gezichtsuitdrukking waarover Stefán leek te beschikken te bereiken.

"Het geeft niet", zei ze. "Je bent niet de eerste."

"En waarschijnlijk ook niet de laatste", bromde Árni. Hij probeerde te glimlachen. Het lukte maar matig. "Dat moet op den duur toch gaan vervelen?"

"Het went. Als dat nou het ergste was ..." Ze haalde haar schouders op en beantwoordde zijn glimlach. "Maar je bent hier niet gekomen om over racisme te praten, is het niet?" Hij schudde zijn hoofd.

"Nee, ik …"

"Alleen om mijn hand vast te houden, misschien …" Ze lachte nog breder. Árni trok zijn rechterhand terug en stak beide handen in zijn zakken. De rode kleur kwam terug, versterkt. Godverdegodverdegodver. Hij verlangde naar huis. Onder de dekens. Onder het bed. Helemaal weg. In plaats daarvan schraapte hij zijn keel.

* * *

"Wat dacht je van Alli? Of Kiddi?" Steinar schudde zijn hoofd.

"Zij zouden zoiets nooit doen", zei hij en hij ging door met het masseren van María's schouders. "Te laf."

"Eiki?" Steinar dacht na.

"Misschien", zei hij nadenkend, "maar ik denk het toch niet. Niet het type voor zoiets."

"Zal ik hem toch maar op de lijst zetten?" vroeg ze met de pen in de lucht.

"Nee, vergeet hem maar. Maar zet Raggi er wel op. Hij is een idioot, hij zou iets dergelijks weleens in zijn hoofd kunnen halen, zeker als hij te diep in het glaasje heeft gekeken."

"Raggi?"

"Raggi P."

"Ken ik hem?"

"Nee, denk het niet. Is misschien maar goed ook. Hij … ach, dat maakt niks uit. Gewoon een gek die een keer voor me gewerkt heeft." Steinar ging rechtop zitten tegen het hoofdeinde van het bed. "Geef me die lijst eens … is hij nog niet af?" María gaf hem de lijst, kroop tegen hem aan en trok het dekbed over hen heen.

Veertien namen, zes vrouwen en acht mannen, allemaal huidige en vroegere werknemers in een van de vele bedrijven die Steinar op poten had gezet en waarvan de meeste over de kop waren of hard onderweg naar een faillissement.

"Waarom denk je maar steeds dat het iemand is die voor je gewerkt heeft?" vroeg María. Steinar haalde zijn schouders op.

"Wie dan wel?"

"Zomaar. Iemand anders …"

"Zoals?"

"Ik weet het niet", zei María, onnodig beslist en beledigd.

"Ik ook niet", zei Steinar, een en al onschuld. "Behalve dat het natuurlijk Teddi geweest is." María trok zich los uit zijn omarming en ging rechtop zitten.

"Wat is dat toch altijd voor een onzin over Teddi? Ik heb je net nog gezegd dat …"

"Of jij", viel Steinar haar in de rede en keek grijnzend hoe kippenvel zich over haar naakte huid verspreidde. "Het was niet alleen Teddi die verdween die nacht. Ik had het er eerder ook al over, ik weet niet beter dan dat jij ook even verdwenen was." Ze staarde naar hem of ze haar grote blauwe ogen, noch haar mooie oortjes kon geloven. "En ik denk dat het iets langer dan een halfuur was, als ik er iets beter over nadenk", voegde hij er lui aan toe. Ze sprong uit bed en begon zich aan te kleden.

"Verdomde gek dat je bent. We zijn nog maar een maand getrouwd en jij … jij …" María zweeg even en rekte zich uit. Ze trok haar rok aan en knoopte hem rustig dicht.

"En ik wat?" vroeg Steinar spottend. Ze antwoordde niet meteen, bukte zich om haar bh te pakken en trok hem aan waarna ze er een wijd vest over aantrok.

"En jij gedraagt je als een krankzinnige", zei ze toen. "Ik had naar Gitta moeten luisteren."

"Gitta? Birgitta V.?" vroeg Steinar verbaasd. María knikte en schikte de losse kraag om haar hals.

"En naar Gugga."

"Wat heb jij in godsnaam met hen te maken?"

"Ze hebben me voor jou gewaarschuwd. Zeiden dat je een ellendeling was en een gierigaard voor iedereen die onder je staat." Steinar probeerde spottend te lachen, maar het werd niet meer dan wat zielig gepiep. Ze keek hem minachtend aan. "Ik denk dat ze allebei kwaad waren. Gugga omdat je haar verlaten had en Gitta omdat je mij hebt gekozen in plaats van haar." Ze trilde van woede. "Nou, dat klopte wel van die ellendeling en die gierigaard. Waarom is de jeep een leaseauto?"

"Ik heb je al gezegd dat dat beter uitkwam voor de belasting …"

"Beter uitkwam voor de belasting? En hoe zit het met die bankschuld? Het huis dat nog steeds niet meer is dan een gat in de grond? Hoe zit het met onze huwelijksreis die je voortdurend uitstelt? En al die bankroeten? Komt dat misschien ook beter uit voor de belasting? Denk je dat ik gek ben of zo? Denk je dat ik een simpele ziel ben die jij maar wat kunt wijsmaken?"

"Lieve schat …" begon hij terug te krabbelen, maar het was te laat.

"Wat lieve schat", brieste ze. "Weet je, ik heb je gisteravond op zijn hoogst maar een uur gezien. Misschien twee. En ik vond je nergens toen ik naar huis wilde, pas toen ik buiten kwam. Maar ik ben nergens heen gegaan, alleen hooguit een kwartier naar het toilet met Begga, wat je ook beweert. Waar was jij? Nou? Waar was jij?"

"Ik?"

"Ja, jij."

"Ja, ik …" Steinar haalde diep adem en ging rechtop zitten. "*Come on*, waarom zou ik mijn eigen jeep bekrassen? Mezelf voor schut zetten? Waarom?"

"Hoe zou ik dat moeten weten?" vroeg ze spottend. "Misschien kwam het beter uit voor de belasting. Die stomme jeep is toch niet van jou."

"Lieve María, ik …" Maar hij praatte alleen nog tegen de deur die in zijn omlijsting trilde van de klap.

María leunde tegen de deur met haar handen achter haar rug en haalde een paar maal diep adem voor ze rustig de gang doorliep en naar buiten ging. Toen ze haar kleine, lieve Toyota Yaris in beweging zette en achteruit de oprit af reed, glimlachte ze onwillekeurig. Mannen, dacht ze, wat zijn dat toch simpele zielen.

Steinar keek haar na tot ze om de hoek was verdwenen. Hij was er steeds weer verbaasd over hoe gemakkelijk hij van zijn vrouwen af kwam. Zelfs echtgenotes. Eén verkeerd woord op het juiste moment en ze sprongen op en renden weg. Sommigen kwamen zelfs nooit meer terug. Maar María zou wel terugkomen, daar twijfelde hij niet aan, dus hij kon maar beter zijn tijd goed gebruiken. Steinar wist weliswaar niet wie zijn jeep had beschadigd, maar hij had wel een sterk vermoeden wie het geweest was en waarom, en vond het niet nodig dat met María te bespreken. Het zou alleen maar meer problemen geven. Grote problemen. Hij kon zoiets onmogelijk tolereren. Het was nu genoeg geweest.

* * *

"Dus jij heet Hjördís, net als je oma?"

Het meisje knikte verlegen en durfde nauwelijks te kijken naar die boomlange kerel die zich over haar heen boog. Zijn zachte stem, vriendelijke glimlach en rare pet maakten haar ongerustheid om de een of andere reden alleen nog maar groter en ze besloot alleen naar de vrouw te kijken die naast hem zat op de bank. Katrín knikte haar bemoedigend toe.

"Heb je een idee waar je mama kan zijn?" vroeg ze.

Het meisje schudde haar hoofd.

"Geen enkel idee?"

Niets.

"Ze heeft niets bijzonders tegen je gezegd voordat jullie naar jullie papa gingen, niets over een reisje of werk of ...?"

"Nee", zei ze. Het eerste woord, er zat vooruitgang in.

Stefán besloot het meisje aan Katrín over te laten, leunde opzij op de bank en maakte zich zo klein mogelijk. Dat was niet erg klein, maar hij deed zijn best.

"Had ze het er misschien over wat ze in het weekeinde ging doen?"

"Alleen ... werken misschien. Thuis. Omdat wij niet thuis waren." Ze keek aarzelend in de groene ogen van Katrín. "Ze werkt altijd idioot veel."

Katrín zocht in haar broekzak en haalde er een pakje kauwgom uit tevoorschijn. Ze nam twee kauwgommetjes en gaf er een aan Hjördís junior, die het dankbaar aanpakte.

"Is ze altijd aan het werk, zeg je?"

"Eigenlijk wel." Er klonk een klaagtoon door in haar stem, maar ze veranderde die onmiddellijk en herstelde zich. "Ze komt wel altijd naar huis voor het avondeten en kookt dan voor ons en zo. Bijna altijd. Altijd als ze kan." Ze betrok weer.

"En dan werkt ze weer verder. Hier thuis." Katrín pakte haar hand en klopte erop terwijl ze haar vol medelijden en vertrouwen aankeek. Stefán knikte in gedachten. Katrín was slim, dat was hem meteen haar eerste dag op de afdeling, vijf jaar geleden, al opgevallen. Ze zou op een dag hoofdcommissaris worden, meende hij te weten, misschien nog wel meer. Het was alleen een kwestie van tijd. Als ze zo haar best bleef doen, zou hij waarschijnlijk orders van haar ontvangen voor hij met pensioen ging. Die gedachte baarde hem geen zorgen. Hij kon zich veel ergere chefs voorstellen dan zij.

"Ik weet dat het moeilijk voor je is, Hjördís", zei Katrín, "maar als we je mama willen vinden, dan moeten we zo veel mogelijk weten."

Het meisje trok vragend haar wenkbrauwen op, maar Katrín keek in gedachten naar hun handen en liet het moment even op hen inwerken.

"Hoe oud ben je, twaalf, is het niet?" vroeg ze toen en keek het meisje weer aan, dat knikte.

"In september word ik dertien."

"En je besprak van alles met je moeder? Meidendingen, bedoel ik?"

"Jaaaha. Soms."

"Jongens?"

Hjördís junior bloosde een beetje. "Soms", gaf ze toe, zo zacht dat het nauwelijks te horen was.

"Weet je of ze een speciale vriend had ... of een liefje?" vroeg Katrín voorzichtig. "Praatte ze daar weleens over?"

"Nee, geen vriend." De beslistheid in haar stem viel Katrín meteen op, maar ze liet niets merken.

"Weet je misschien waarom? Hebben jullie daar weleens over gepraat?"

"Mannen zijn gek", zei het meisje zonder aarzeling.

"Hjördís toch, wat ..." begon de oma en ze hief haar handen op, maar Katrín onderbrak haar.

"Natuurlijk zijn ze dat. Zorg jij maar dat je dat niet vergeet. Maar je mama is het weleens vergeten, toch?"

"Soms", zei Hjördís junior. "Maar toch niet. Ze heeft geen vriend. Niet op die manier. Alleen zijn er soms mannen die mee hiernaartoe komen." Ze keek naar haar oma en lachte verlegen. "Ze noemt ze haar bedspeeltjes."

Stefán kon niet nalaten even te glimlachen en Katrín lachte hardop. Hjördís senior kon zich er niet toe zetten haar voorbeeld te volgen.

"Hoe heet jij?" vroeg opeens een kleine stem die in de deuropening opdook uit de televisiekamer en recht op Stefán afliep, die achteroverleunde op de bank.

"Ik heet Stefán. En jij?"

"Ásgeir." Hij nam Stefán nauwkeurig in zich op. "Ben je op bezoek?" vroeg hij en hij keek naar zijn oma. "Zijn er koekjes?"

"Ik zal koekjes bakken, Geiri. Straks", zei zijn oma en glimlachte. "Een hele berg."

"Ik heb een PlayStation", zei het mannetje trots. "Wil je hem zien?"

"Misschien later. Ik ben naar je mama aan het zoeken. Weet jij misschien waar ze is?" vroeg Stefán.

"Ze is aan het werk."

"En waar werkt ze dan?"

"Overal. Soms zelfs thuis. Ik heb Tekken 4." Hij keek hoopvol naar die vriendelijke reus met die gekke pet op zijn hoofd, maar de reus keek alleen maar terug met een schaapachtige uitdrukking op zijn gezicht.

"Waarom zeg je dat ze op haar werk is?" vroeg Hjördís junior.

"Omdat de kleine computer er niet is."

"De kleine computer?" vroeg Katrín.

"Hij bedoelt de laptop", legde zijn zus uit, iets minder verlegen nu haar kleine broertje op het toneel was verschenen. "Mama gebruikt hem altijd als ze niet thuis werkt."

"Die man wilde hem vanochtend zien, maar hij was er niet", zei de kleine jongen. "Papa keek en toen ging die man ook kijken. Hij dacht zeker dat papa liegde."

"Loog", verbeterde zijn zus hem.

"Ik mag best liegde zeggen", zei Ásgeir koppig. Zijn zus bleef op haar strepen staan en zei dat hij het maar aan die politieagenten moest vragen als hij haar niet geloofde. Ásgeir staarde verbluft naar Stefán.

"Ben jij een politie?" Stefán knikte. "Ben je een geheim agent?" Stefán glimlachte. "Zoiets."

"Omdat je geen uniform aan hebt", legde Ásgeir uit en hij knikte zelfverzekerd. "Mag je niet gewoon liegde zeggen?"

"Het is beter om loog te zeggen", zei Stefán, "maar het is niet verboden om liegde te zeggen."

De jongen keek zegevierend naar zijn zus, die met haar ogen rolde en toen verwijtend naar Stefán keek. Toen vroeg ze wat zowel Katrín als hij hadden willen vragen.

"Welke man?"

"Weet ik niet", zei de jongen en hij haalde zijn schouders op.

"Wanneer was hij hier?" vroeg Katrín en ze keek naar Stefán om zijn reactie te peilen of ze er niet te nadrukkelijk op inging. Hij toonde geen reactie.

"Gewoon. Vanochtend. Jij sliep nog", zei Ásgeir en hij keek uitdagend naar zijn zus. "Ze slaapt eigenlijk altijd", voegde hij er ongevraagd aan toe. "Ze is nog maar net wakker."

"Neehee! Ik ben allang wakker!" zei de beschuldigde, diep verontwaardigd. "In elk geval voor het middag was!"

"Slaapkop, slaapkop!" antwoordde de jongen en hij giechelde vrolijk. Hij richtte zich weer tot Stefán. "Hij was ook naar mama aan het zoeken. Ik zei al dat ze op haar werk was. Waarom zoekt iedereen toch naar mama?" vroeg hij en hij keek met grote ogen naar Stefán.

"Omdat ze weg is, uilskuiken", schreeuwde zijn zus naar hem voor hij kon antwoorden. Ze rende naar haar kamer en sloeg de deur achter zich dicht. Ze hoorden haar door de gesloten deur heen snikken. De jongen keek onthutst naar Stefán.

"Mama is helemaal niet weg. Is ze weg? Nou? Is ze weg?"

"Tja", zei Stefán en hij pakte zijn hand, "we weten niet waar ze is, vriend."

"Ze is op haar werk", zei Ásgeir, "dat zei ik daarnet toch al." Zijn mondhoeken begonnen te trillen. "Is ze niet op haar werk, oma?" Hij liep naar zijn oma, die hem op schoot nam.

"Ja, ja, ze is vast en zeker op haar werk, liefje", zei ze. "Kom, we moeten even met Dísa praten." Ze knikte naar Stefán en Katrín ten afscheid terwijl ze opstond. "We zullen haar vragen of ze koekjes met ons komt bakken."

"Oef", zei Katrín, toen ze weer op straat stonden. "Ik hoop maar dat ze ergens op een feestje is blijven hangen, die vrouw."

"Ja, hm", stemde Stefán in, "zeg dat wel. Of met een gebroken been in de bergen ligt."

"Maar je denkt niet dat dat zo is, of wel?"

Ze gingen in de auto zitten.

"Het is veel te vroeg om al iets te veronderstellen", zei Stefán en hij reed weg.

"En die 'man'? Die vanochtend langskwam? Wie was dat, denk je?"

Stefán schudde zijn hoofd. "Ik heb geen idee. Ik hoop alleen dat … hoe heet hij ook weer? Haar ex?"

Katrín bladerde in het dossier tot ze zijn naam vond. "Kristinn."

"Juist. Kristinn. Ik hoop alleen dat hij daar iets meer van weet."

Ze zwegen de hele weg naar Borgartún, waar Kristinn werkte. Het was Stefán die de stilte verbrak, op het moment dat ze uit de auto stapten.

"Wat is Tekken 4?"

4

Maandag

Ze hadden samen gegeten bij Ásta thuis, bij het eten rode wijn gedronken en waren na een uur of elf naar de disco gegaan. Ze hadden hun jassen afgegeven bij de garderobe, iets te drinken gehaald en waren aan een tafeltje gaan zitten op de eerste verdieping, waar ze goed zicht hadden op de dansvloer en de zaal beneden en de mensen die binnenkwamen. Ze kletsten over alles en niets, meestal over niets, tot hun glazen leeg waren. Toen ging Birgitta naar het toilet en Ásta naar de bar, waar ze haar buurman tegenkwam. Ze praatte even met hem tot Birgitta terugkwam.

"En ze had haar jas aan", zei Ásta, "waardoor ik dacht dat ze misschien wegging." Árni knikte. "Wat natuurlijk gek was, want we waren er nog maar net." Arni knikte weer. Netjes, zoals het hoorde en licht bemoedigend. "Ik vroeg of ze wegging, maar ze schudde alleen haar hoofd en pakte het drankje dat ik voor haar gekocht had en liep langzaam de zaal in." Ze haalde haar schouders op. "Daarna heb ik haar niet meer gezien."

"Bleef je daarna nog aan de bar staan of niet?" Ásta antwoordde niet meteen. Keek hem onderzoekend aan en wikkelde een vlechtje om haar vinger.

"Wat is er eigenlijk aan de hand?" vroeg ze. "Waarom vraag je al die dingen? Wat is er met Gitta gebeurd?"

"Wordt ze zo genoemd? Gitta?"

Zij knikte met een bezorgd gezicht en hij schudde zijn hoofd.

"Zoals ik in het begin al zei, hopelijk niets", zei hij, "maar ze is niet thuisgekomen. Bleef je lang aan de bar?"

Ze liet het vlechtje los om haar handen op te heffen. "Dat weet ik niet. Nee. Niet zo lang, vijf minuten, tien minuten op zijn hoogst. Toen ging ik weer naar ons tafeltje en vroeg Siggi – mijn buurman – om bij ons te komen zitten. Wat hij deed."

Árni probeerde te zien of ze bloosde, maar zag alleen haar glimlach en haar vlechtjes. En dat ze geen ring droeg. Maar dat kon ook vanwege haar werk zijn, dacht hij en hij besloot zich te concentreren op het zijne. Hij had een keer de vergissing begaan met een getuige naar bed te gaan, nou ja, drie keer met een en dezelfde getuige. Hoewel hij die keer met de schrik was vrijgekomen – en een knoop in zijn maag – was hij niet van plan nog eens in zo'n situatie terecht te komen. Niet dat hij zichzelf een grote kans gaf dat hij deze keer zoveel geluk zou hebben, maar toch, een gewaarschuwd mens ...

"Is er iets?" Árni schrok ervan. "Je kijkt ineens zo gek." Hij las wantrouwen in haar bruine ogen af.

"Wat? Nee. Nee nee. Ik zat even te suffen." Hij rekte zich uit en strekte zijn benen. "Het is hier ook zo rustig." Dat was geen leugen, hij had best in slaap kunnen vallen, zoals hij daar zat, tegen een muur op het zuiden, in de zon en met het gekwetter van de vogels. "En je hebt niets gemerkt ... niets ongewoons? Aan Birgitta, bedoel ik?" Hij keek eens naar haar. Het was aan haar gezicht te zien dat ze niet begreep waar hij het over had. "Was ze opgewonden? Kwaad? Zenuwachtig? Geïrriteerd?"

Ásta schudde haar hoofd bij de ene suggestie na de andere en Árni keek betoverd hoe de veelkleurige kraaltjes heen en weer zwaaiden. Hij zocht naar meer vragen waar ze nee op kon antwoorden.

"Heeft ze die avond niets gezegd of gedaan wat je raar vond? Toen of misschien later, als je eraan terugdacht?"

Ze dacht na en schudde toen weer haar hoofd. "Ze was gewoon blij en vrolijk. Zei dat ze een opdracht had afgerond en even vakantie had. Of in elk geval een kleine pauze had ingelast."

"Weet je misschien welke opdracht?" De kraaltjes vlogen weer door de lucht. "Of voor wie?"

"Nee."

"Is ze iemand tegengekomen in de disco?"

“Niet dat ik weet. Ze kan natuurlijk iemand in het toilet hebben ontmoet. Of onderweg erheen.”

Nu was het Árni’s beurt om na te denken. “Was ze met de auto?”

Ze aarzelde even. “Ik vertelde je net dat we rode wijn bij het eten hadden gedronken. En twee glazen aan de bar.”

“Dat vroeg ik niet …” De stilte was deze keer nog langer.

“Ja.” Ze vermeed Árni’s blik en deze keer was hij er bijna zeker van dat ze bloosde. “Ze deed dat soms. Ze dronk maar weinig bij het eten”, zei ze verontschuldigend, “en ik weet niet of ze later nog wat gedronken heeft in de disco.”

“Maar is ze ook weggegaan met de auto? Weet je dat?”

“Hij was in elk geval verdwenen toen ik naar huis ging. Ik keek nog.”

“Wanneer was dat?”

“Drie uur, halfvier misschien, ik weet het niet zeker.”

“En je hebt daarna niets meer van haar gehoord?”

“Nee.” Ásta stond op en keek Árni recht aan. “Zeg eens, wat is er eigenlijk aan de hand?” vroeg ze nog eens met haar fraaie handen op haar ronde heupen terwijl ze haar in het wit geklede boezem als een aanklacht en een uitdaging ineen vooruitstak. Árni besloot op te staan in plaats van zijn benen over elkaar te slaan.

“Ik weet het zelf ook niet precies”, gaf hij toe, “maar Birgitta is in elk geval weg. Dat is eigenlijk het enige wat ik je kan vertellen.” Ásta schoffelde met haar ene voet door het gras en keek afwezig naar het resultaat.

“Ik hoorde het opsporingsbericht op de radio”, zei ze zacht, “en toen werd ik vanochtend natuurlijk meteen gebeld.”

Árni spitste zijn oren. “Wie was dat?”

Ze haalde haar schouders op. “Kiddi natuurlijk. Kristinn.”

Natuurlijk. Haar ex. Árni ontspande zich weer. “En nog iemand. Wat later. Een politieagent, ik weet niet meer hoe hij heette. Maar dat weet jij natuurlijk wel.” Hij spitste zijn oren opnieuw.

* * *

"Bedoel je dat het niet de eerste keer is dat ze niet op de juiste tijd terugkwam?" vroeg Stefán. Ze waren nog maar tien minuten binnen in het benauwde, witgeschilderde kantoor dat een ongeïnteresseerde secretaresse hun gewezen had of Katrín was niet goed geworden. Met Kristinn leek het ook al niet zo goed te gaan, zoals hij daar achter zijn overvolle bureau zat met Katrín en Stefán tegenover zich. Hij was halverwege de veertig en half kalend en bekleedde de functie van salesmanager bij een klein en snel kleiner wordend computerbedrijf. Hij was minstens 15 centimeter kleiner dan Stefán en nauwelijks een kilo lichter en hij zweette ontzettend. Ze deden niets om hem zich prettiger te laten voelen. Hoewel Hjördís duidelijk had gezegd dat het maar één keer was voorgekomen, namen ze haar woorden met de nodige korrels zout. Bij mannen die hun vrouw zo erg mishandelden dat ze van hen wegliepen met de kinderen en het aan hun dierbaren vertelden, was het meestal niet de eerste keer.

"De juiste tijd", zei Kristinn en hij frommelde met dikke worstenvingertjes aan zijn slecht geknoopte blauwe stropdas. "Zoals ik al zei, er was geen afgesproken tijd. Gitta zat de laatste tijd tot haar nek in het werk, dus het kon soms weleens avond worden."

Donkerblauwe vlekken waren op zijn lichtblauwe overhemd te zien en het was goed te ruiken dat hij geen deodorant gebruikte. Katrín probeerde zich voor te stellen hoe hij eruit had gezien toen Birgitta voor hem gevallen was en wat het was in zijn gedrag dat voor haar de doorslag had gegeven. Ze was niet erg succesvol.

"Maar nooit langer?" vroeg Stefán.

"Het is wel gebeurd dat ze belde en vroeg of ik de kinderen tot maandag wilde houden." Zijn schouders gingen een fractie omhoog en daalden weer. "Maar toen belde ze tenminste."

"Tot haar nek in het werk, zeg je, weet je misschien waarmee? Of voor wie?"

"Nee. Geen idee. Ik vroeg haar er laatst naar … het begon een beetje veel te worden, maar ze zei alleen dat het me niets aanging."

Kristinn sloot beide ogen en legde zijn handen in zijn nek. Katrín stond op en deed een raam open. De lucht die van de straat naar binnen stroomde, was net zo vervuild als de lucht in de kamer, maar van twee kwaden koos ze liever die van uitlaatgassen. Ze had nog geen woord gezegd sinds ze zich hadden voorgesteld en was niet van plan daar verandering in te brengen.

Kristinn opende zijn ogen en zuchtte diep.

“Ik bedoel, de kinderen zijn de laatste twee of drie maanden ongeveer elk weekeinde bij mij en soms door de week ook nog. Hun oma heeft tussendoor op ze gepast als ze uit school kwamen. Het is niet zo dat ik er iets tegen heb om ze bij me te hebben, maar het zou toch vanzelfsprekend moeten zijn dat ik te horen krijg waarom? Of niet soms?”

“Ja, ja”, stemde Stefán in, “dat is zo.”

Kristinn knikte tevreden. “Maar dat was het antwoord dat ik kreeg. Dat het me verdomme niets aanging.” Hij brieste van woede. “Dat was overigens typerend voor haar. Altijd iets geheimzinnigs.”

Katrín stond op het punt te vragen of hij het niet uit haar had kunnen slaan, maar ze beheerste zich en bleef er het zwijgen toe doen.

“Waarom vraag je dat eigenlijk?” vroeg Kristinn. “Denk je dat dit iets te maken heeft met haar werk? Dat ze gewoon ergens als een krankzinnige aan het werk is?”

Stefán schudde zijn hoofd. “Jij kent haar beter dan ik”, zei hij. “Lijkt je dat waarschijnlijk?”

Kristinn haalde een verfrommelde zakdoek uit zijn broekzak en veegde het zweet van zijn kale schedel voor hij antwoordde.

“Nee”, zei hij toen. “Nee. Wat je verder ook over Gitta kunt zeggen … en dat is nogal wat, kan ik jullie vertellen”, zei hij gretig en hij keek ze om beurten aan. “Ze zorgt altijd goed voor de kinderen.” Het leek of het hem moeite kostte om dat toe te geven, zijn bezorgdheid had kennelijk plaatsgemaakt voor zijn oude kwaadheid en er ging een rilling over Katríns rug, ondanks de benauwde hitte. Er kwam een beeld van haar eigen man in haar gedachten, nu ze Kristinn zag. Wat zou hij over haar zeggen over zo’n vijf of tien jaar, als iemand ernaar vroeg? Ze maakte een snelle beweging in haar stoel toen ze over haar man nadacht als haar ex. Kristinn merkte niets, maar Stefán keek haar vragend aan. Ze maakte een gebaar met haar hand en hij richtte zich weer tot Kristinn.

"Je hebt overal heen gebeld om haar te zoeken, maar niemand had haar gezien?"

Kristinn bevestigde de vraag met een hoofdknik.

"Wij hebben dat nog eens overgedaan", zei Stefán, "iedereen gebeld, gewoon om zeker te zijn. Is er een plek die je te binnen schiet waar ze naartoe kan zijn gegaan? Waar ze eerder heen is gegaan als ze met rust gelaten wilde worden, bedoel ik?"

Kristinn haalde zijn schouders op. "Je hebt natuurlijk het huisje. We hebben ... zij heeft een huisje in het Skorradal. Maar daar is ze niet."

"Hoe weet je dat?"

"Omdat de sleutel thuis in de voorkamer hangt." Hij werd een beetje rood. "Bij haar. Er is maar één sleutel."

"Toch hebben we informatie nodig over dat huisje. Waar het precies ligt."

Kristinn gaf ze het adres van het huisje. Katrín noteerde het.

"Ik begreep van je zoon dat er vroeg in de ochtend iemand bij Birgitta thuis is langs geweest?" vroeg Stefán toen dat was afgehandeld.

Kristinn knikte. "Ja, ja, inderdaad, hij ..." Hij zweeg en keek verwonderd naar Stefán. "Wat bedoel je, begreep dat van mijn zoon? Hij was toch een van jullie?"

Stefán vertrok geen spier. "Heeft hij zich voorgesteld?" vroeg hij.

"Natuurlijk heeft hij zich voorgesteld. Hij heette ... heette ..." Kristinn krabde zich in zijn nek en vergaste hen meteen op de heerlijke geur van zijn rechteroksel. De dieselvrachtwagen die op hetzelfde moment onder het raam wegreed was als een godsgeschenk voor Katríns neus. "Weet je, ik ben het vergeten. Maar hij was in elk geval van de politie. Verdorie, jullie weten toch zelf wel wie het was?"

* * *

Een man, waarschijnlijk tussen de veertig en vijftig, dacht Ásta, met een nogal lage stem. Meer durfde ze niet te zeggen over de man die haar gebeld had. Wat ze ook probeerde, de naam schoot haar niet meer te binnen.

"Weet je, ik ben er niet eens zeker van of hij zich wel heeft voorgesteld", zei ze ten slotte, met haar vinger onder haar kin, "ik geloof dat hij alleen goedemorgen heeft gezegd en dat hij van de politie was of zoiets. En toen begon hij vragen te stellen over Gitta. En die vrijdagavond. Hij vroeg ook naar de auto. Of ze de auto bij zich had gehad."

"En jij zei 'nee', is het niet?"

"Ja." Ze lachte kort. "Maar jij zet dat wel recht als je hem spreekt. Ik word toch niet aangeklaagd?"

Árni keek haar verbaasd aan. "Omdat ik tegen de politie heb gelogen?" Hij glimlachte.

"Nee, hoor."

"En de computer."

"De computer?"

"Haar laptop. Hij vroeg me ernaar. Of ze hem bij zich had gehad."

"En? Had ze hem bij zich?"

"Ik zei 'nee', maar ik weet het eigenlijk niet. Kan goed zijn dat hij in de auto lag, ik heb geen idee. Ik heb hem in elk geval niet gezien." Ze keek op haar horloge. "Ik moet eigenlijk weer naar binnen", zei ze en ze trok een gezicht, "maar jij beveelt me natuurlijk nog wat langer in de zon te blijven ..." De grimas maakte plaats voor een brede glimlach en Árni kreeg een gevoel dat hij niet nader durfde te benoemen.

"Helaas", zei hij, "ik ben bang dat ik daar geen opdracht toe heb." Ze namen afscheid en hij bereikte de openbare weg zonder verdere kleerscheuren.

Wat zijn er toch verdomd veel rotondes in zo'n kleine stad, dacht hij, hoe moest hij dat zwarte meisje in bed krijgen? Hij zocht tussen zijn cd's tot hij *Stoosh* vond van Skunk Anansie. Zij was ook verdomd leuk, vond hij, die zangeres, Skin. Met die gladde schedel en pikzwart, hij had er niets op tegen ... Árni gaf zichzelf in gedachten een draai om zijn oren. Had zich nog maar net hersteld van die blunder in het begin van zijn gesprek met Ásta, die volgens hem de vooroordelen waarvan hij overtuigd was dat hij ze niet had pijnlijk duidelijk maakte, en nu maakte hij het nog erger. Hoe moest hij dat zwarte meisje in bed krijgen? Hij wist zeker dat dat zowel seksistisch als racistisch was geformuleerd. Oké, hij had sinds de week tussen Kerstmis en Oud en Nieuw geen seks meer gehad en het was nu bijna de langste dag van het jaar, maar toch. Dat was een te gemakkelijke en voor de hand liggende verklaring. Was het niet iets anders?

Tegenover Korpúlfsstaðir zag hij een oude Saab en de bestuurster, een meisje van rond de twintig met blauw stekeltjeshaar en blauwe lippenstift, lachte vrolijk naar hem. Árni drukte het gaspedaal dieper in. Hij had haar al uitgekleed voor hij weer zijn eigen baan op draaide, was begonnen aan haar trillende tepels te knabbelen toen hij langs het Technologisch Instituut reed en was bijna door rood gereden op de Suðurlandsvegur. De Saab stopte recht achter hem en hij keek in zijn spiegel. Ze lachte nog steeds, maar niet naar hem. Dat veranderde niets. Toen hij weer optrok, besloot hij dat zijn monnikenbestaan waarschijnlijk de oorzaak was van dit alles. Maar een oorzaak is niet hetzelfde als een verontschuldiging, wees hij zichzelf terecht. Mocht hij wel zo denken? Dat was een heel andere vraag en het antwoord hing er natuurlijk mee samen of het seksistisch en racistisch was of een gewone en natuurlijke gedachtegang van een gezonde man in de kracht van zijn jaren, die al bijna een halfjaar geen seks meer had gehad. Maar hoe lang Árni er ook over nadacht, hij kwam niet tot een conclusie.

"Wat een ongelooflijke bullshit is dat", verzuchtte hij midden in de Ártúnsbrekka en hij vroeg zich af waarom hij zich er in godsnaam zijn hoofd over brak. "Misschien moet ik eens bij een psychiater langsgaan", mompelde hij en hij schakelde naar de vijfde versnelling, "of aan een vrouw zien te komen, natuurlijk … godverdomme!" Hij sloeg op zijn stuur, maar het was te laat. De draaimolen was weer op gang gekomen in zijn hoofd en stopte niet voordat hij de auto parkeerde op een beschaduwd plekje voor het huis van de portier van Broadway.

* * *

Kristinn keek hoe de deur dichtviel, langzaam en zacht, tot hij in het slot klikte en zowel de luchtstroom als het zachte geroezemoes uit het halflege kantoor buitensloot. Hij zat stil en bleef zweten. Hij ademde diep in en uit en wachtte tot zijn hartslag weer normaal werd. Hoe langer hij erover nadacht, hoe minder zeker hij van zijn zaak was; die man had zich bij nader inzien helemaal niet met zijn naam voorgesteld. Hij had gewoon aangeklopt, gezegd dat hij van de politie was en was naar binnen gelopen. Het was nooit bij Kristinn opgekomen dat hij niet was wie hij zei dat hij was. Maar wie was hij dan? Die politieagenten hadden er duidelijk geen idee van en dat baarde hem zorgen.

De vragen van Stefán waren aan de andere kant precies geweest wat je kon verwachten in deze omstandigheden, dacht hij, en hoewel het zwijgen van die roodharige, groenogige vrouw die hij bij zich had ondraaglijk was geweest en ook wel wat angstaanjagend, maakte hij zich over deze twee niet zo'n zorgen. Die geheimzinnige vent was een ander verhaal. Die stelde andere vragen. Wilde bijvoorbeeld weten waar Kristinn in de nacht van zaterdag op zondag was geweest. Hij had gezegd dat hij natuurlijk bij de kinderen was geweest. Waar had hij anders kunnen zijn? Kristinn maakte zijn stropdas los en begon zijn lichtblauwe overhemd los te knopen.

Drie minuten later had hij een schone, groene sweater aan van de University of California, schone sokken en een paar oude gympen. Nu ontbraken alleen nog wat frisse lucht en rust om na te denken voor hij weer naar Fossvogur zou rijden. Hij sloot het raam en deed het rolgordijn naar beneden voor hij wegging en zei tegen de receptioniste dat hij het die dag voor gezien hield.

"En ik weet nog niet of ik morgen kom", voegde hij eraan toe, "of de dag erna."

De vrouw knikte. De mededeling leek haar niet veel te kunnen schelen.

* * *

De portier kon zich Birgitta niet herinneren, maar Ásta des te beter en wist echt niet meer of er iemand met haar mee gekomen was naar de disco toen Árni ernaar vroeg. Of dat Birgitta was? Dat kon heel goed zijn, hij had niet op haar gelet. Of hij zich een vrouw herinnerde die rond middernacht naar buiten kwam en die op haar leek? Geen idee. Maar die zwarte vertrok om een uur of drie met een of andere kerel aan haar arm, zei hij en hij grijnsde.

"Ze heet Ásta", zei Árni, "en het is haar buurman."

De portier bleef grijnzen. Idioot, dacht Árni toen hij weer achter het stuur zat. Ze deelden natuurlijk een taxi samen. Dat wil nog niet zeggen dat ze ook het bed deelden, toch? Of wel soms? En al was dat zo, wat dan nog? Wat ging hem dat aan? Die gedachten achtervolgden hem tot hij bij de barman thuis was aangekomen, die Birgitta ook niet van de foto herkende, al had hij met de portier gemeen dat ook hij zich Ásta heel goed herinnerde.

"Ik weet alleen dat ze met een of andere vent stond te praten", zei de barman, "en dat hij alles voor haar betaalde. Ik hoop maar dat hij er iets voor teruggekregen heeft, die arme vent. Hij stond ernaar te smachten, dat kon je zo zien. En begrijpelijk", hij knipoogde naar Árni, "als je begrijpt wat ik bedoel. Je ziet ze niet vaak, die zwarten, tenminste niet hier. Heb je haar gezien?" Árni gaf hem in gedachten een schop en nam meteen afscheid. Racisten, fascisten en seksisten, dacht hij onderweg naar winkelcentrum Kringlan, zijn we diep in ons hart echt allemaal zo? Hij probeerde aan iets anders te denken, maar het maakte niet uit waar hij zijn gedachten op richtte, overal doken Ásta en het blauwharige meisje op en ze werden steeds verleidelijker.

De meisjes van de garderobe waren samen aan het winkelen toen Árni belde en ze hadden afgesproken in een café binnen Kringlan. Ze zaten aan een rookvrij tafeltje toen Árni arriveerde, maar stonden hem toe zich aan zijn zonde over te geven. Hij haalde een foto van Birgitta tevoorschijn en hoewel ze zich haar niet direct herinnerden, ging er een lampje bij hen branden toen Árni over Ásta begon. Ze herinnerden zich dat Birgitta een leren jas aan had gehad en dat ze hem rond middernacht had opgehaald en de zaal weer was ingelopen. Maar ze wisten niet meer of ze haar daarna nog gezien hadden.

Árni dacht diep na, de hele weg terug naar het bureau. Na rijp beraad kwam hij tot de conclusie dat het donkerharige meisje hem het best beviel.

* * *

"Maar als je erop staat, ben je van harte welkom om hem zelf te komen halen", zei Stefán, "hij staat op de parkeerplaats hiervoor."

Katrín, Árni, Guðni en Friðrik zaten en stonden in het kantoor van Stefán en wachtten tot hij zijn gesprek beëindigd had.

"Nee, we betalen geen huurauto voor je ... nee ... ja, ja, dat is jouw zaak ... vanzelfsprekend. Stefán ... Ja. Stefán Einarsson." Hij legde neer en rekte zich uit. "Idioot."

Het groepje keek hem verwachtingsvol aan en hij gaf toe. "Dat was Steinar Ísfeld Árnarson, die belangrijke vent. Árni heeft vanochtend met hem gesproken en de Hond heeft zijn jeep vanmiddag opgehaald. De generaal was niet blij, hij zei dat hij niets begreep van de gang van zaken en het lukte me niet goed om hem tevreden te stellen zonder te veel los te laten."

Stefán vertelde ze in het kort wat hij 's middags al tegen Árni gezegd had en kreeg van de drie anderen dezelfde reactie.

"Ik weet het, ik weet het", zei hij en hij hief zijn handen vertwijfeld omhoog. "De Hond heeft ook niets gevonden. Maar als je in het duister tast, dan volg je elk spoor. Tja, wat weten we eigenlijk?"

Friðrik had contact gehad met ziekenhuizen, luchthavens en luchtvaartmaatschappijen overal in het land en alle buschauffeurs die hij had kunnen bereiken en van het busstation waren vertrokken sinds Birgitta was verdwenen, maar hij had tot dusver geen enkel resultaat geboekt. Hetzelfde gold voor alle cafés en restaurants die Guðni had platgelopen met een foto van Birgitta op zak. De politie van Borgarnes was in het Skorradal gaan kijken, maar had niets aangetroffen. Pas toen Árni vertelde over het telefoontje dat Ásta later gekregen had, spitsten ze hun oren.

"En ze dacht dat hij tussen de veertig en de vijftig was?" vroeg Stefán.

Árni knikte.

"Dan moeten we haast wel concluderen dat het dezelfde man was als degene die 's ochtends bij Birgitta thuis is geweest", zei Stefán.

Gedrieën trokken ze hun wenkbrauwen op en keken in hun aantekenboekje.

"Rond de vijftig, bruin, grijzend, kortgeknipt haar, circa 1 meter

80, mager, geen baard of snor, grijs jasje, blauwe stropdas, geen bril. Dat is het signalement dat we van Kristinn hebben gekregen. Haar ex. Onthoud het goed en laat het me weten als er ergens belletjes gaan rinkelen."

Guðni gooide wat tabaksdraadjes in de prullenmand en stak het natte sigarenstompje weer in zijn mond.

"Het is iemand van ons, is het niet?" vroeg hij uit de mondhoek aan de kant van de anderen.

"Daar gaan we wel van uit", bevestigde Stefán. "Maar het is niemand van dit bureau", zei hij, "Katrín en ik zijn dat nagegaan."

Guðni trok onwillekeurig een grimas en Katrín merkte dat op zonder met haar ogen te knipperen.

Ze gingen de verschillende mogelijkheden af; het bureau van de openbare aanklager, het ministerie van Justitie en de rijksrecherche.

"Er moeten ergens foto's te vinden zijn van alle medewerkers", zei Stefán. "Katrín, jij gaat daarnaar op zoek en gaat er morgen direct mee naar Kristinn. Guðni, jij gaat morgen naar de kantoren van die instanties en praat met iedereen die je kent en kijkt of er nog meer mensen zijn die in deze rol passen. Is er verder nog iets uit de telefooncheck gekomen?"

Katrín schudde haar hoofd. "Niets spannends. Het laatste gesprek via de telefoon thuis was naar haar moeder om een uur of drie zaterdag, het laatste gesprek via haar mobiel was twee uur later, naar Ásta. Klopt met wat we weten. Daarna niks meer en ook eerder niets ongewoons. Kristinn, vriendinnen, de pizzaboer enzovoort."

"Kristinn?"

"Op vrijdag. Voor hij de kinderen ophaalde."

"Creditcard, pinpas?"

Nu was het de beurt aan Friðrik om zijn hoofd te schudden. "Niets na zaterdag middernacht. Opname met de pinpas rond de middag, vijftienduizend, en met de creditcard bij het benzinestation en kort daarna bij de Nettó in Mjódd, daarna niets meer."

"Waar nam ze geld op?"

Friðrik bladerde in zijn aantekenboekje. "Bij de Landsbanki in Mjódd."

"Wat deed ze in Mjódd? Waarom deed ze daar haar boodschappen?"

"Omdat het dicht bij Fossvogur is?" zei Katrín na een kort zwijgen.

"Verder weg dan Kringlan", mopperde Guðni.

"Misschien lag het op haar route. Waar ze vandaan kwam", zei Árni.

Niemand leek daar verder iets aan toe te kunnen voegen.

Stefán haalde zijn schouders op, zette zijn pet af en wreef over zijn slapen. "Misschien. Waarschijnlijk." Hij tuurde vanonder zijn zware wenkbrauwen vandaan, die rimpelden van inspanning toen hij het gezelschap in zich opnam. "En het is misschien ook niet belangrijk." Hij leunde over zijn bureau heen alsof hij daarmee wilde onderstrepen wat hij ging zeggen. "Ik weet dat jullie je een voor een afvragen", zei hij, "waar dit allemaal over gaat. Waarom wij naar deze vrouw zoeken. Birgitta Vésteinsdóttir, systeemanalist, gescheiden, moeder van twee kinderen uit Fossvogur. Jullie hebben er allemaal ..." hij keek ze een voor een aan, "... naar gevraagd, direct of indirect, en zijn er natuurlijk verbaasd over dat ik jullie dat niet heb uitgelegd, zoals ik natuurlijk had moeten doen."

Ze zwegen afwachtend.

"De reden is simpel", vervolgde Stefán na een korte stilte, "ik weet het zelf niet. Er komt geen woord uit Svavar", zei hij en er klonk een mengeling van ergernis en minachting in zijn stem door, "en dit alles ..." de mappen die voor hen lagen, het bord aan de muur en zijzelf pasten gemakkelijk in zijn wijde armgebaar, "... is allemaal zotheid, dus meer valt er niet over te zeggen. Ik heb in elk geval nog nooit eerder naar een mens hoeven te zoeken zonder te weten waarom ik daarmee bezig was." Hij sloot zijn ogen weer een ogenblik voor hij verderging. "En daarom wil ik weten wie ons in de weg loopt in plaats van ons te helpen. Wie het ook is, hij weet misschien waarom we naar Birgitta zoeken. Hij wil haar vinden en wat belangrijker is, hij heeft er om de een of andere reden ook nog eens haast mee. Ik weet bijna zeker dat de dossiers die jullie in handen hebben gekregen van hem afkomstig zijn. Hij heeft Kristinn vast gevraagd om vanochtend dergelijke lijstjes voor hem op te stellen, maar dit ..." Stefán klopte op het geopende dossier dat voor hem lag, "dit kreeg ik al vóór negen uur vanochtend in handen. Deze inlichtingen hebben al voordat hij Kristinn bezocht klaargelegen."

"En dat betekent wat?" vroeg Friðrik.

Stefán schudde zijn hoofd. "Ik weet het echt niet. Maar wie het ook is, hij weet duidelijk alles over Birgitta."

"Waarom liet hij Kristinn dan die lijsten opstellen?" vroeg Friðrik weer. "Als hij dat allemaal al wist voordat hij die man ontmoette, bedoel ik?"

"Waarschijnlijk om te zien of er iets nieuws aan het licht kwam, zoals een naam of een café dat niet op die lijst staat", zei Stefán. "Maar wat in elk geval duidelijk is, is dat die man alles op alles zet om Birgitta te vinden. En niet alleen haar, lijkt me."

"De computer?" vroeg Árni.

"Ja", stemde Stefán in. "Hij wil die computer vinden. Als ik Kristinn goed begreep, leek hij er meer op gebrand te zijn die computer te vinden dan Birgitta toen hij vanochtend in Fossvogur langskwam." Katrín knikte.

"Hij keek ook op haar pc", zei ze.

"En vond hij iets?" vroeg Árni.

"Kristinn wist dat niet, maar ik denk het haast niet. Hij zei dat hij nauwelijks meer dan vijf minuten in de werkkamer is geweest en ..."

"Wacht-wacht-wacht ... was hij daar niet bij?" viel Guðni hem in de rede. Hij ging zo op in de materie dat hij even vergat aan zichzelf te denken.

"Nee. Hij zat in de kamer een lijstje te schrijven."

"En dus weten we niet wat die ... die spookfiguur ondertussen aan het doen was?"

"Nee."

"Maar hij nam hem niet mee? De computer?"

"Nee."

"Gek. Ik bedoel, als het op de een of andere manier met werk te maken heeft ... en dat is waarschijnlijk waar je op doelt ..." zei Guðni en hij keek naar Stefán, "waarom nam hij de pc dan niet mee? Werkte ze niet ook thuis?"

"Misschien niet aan deze opdracht", zei Katrín, "wat die ook inhield. Misschien werkte ze alleen op haar laptop, zowel thuis als elders."

"We laten die computer in elk geval ophalen; daar wordt nu aan gewerkt", zei Stefán. "En ik wil hem persoonlijk zien. Als jullie hem vinden, dan komen jullie ermee hierheen. Naar mij. Als de auto wordt gevonden, gaat een van ons er direct heen en kijkt of die laptop erin ligt."

"Oké, maar die vrouw dan?" vroeg Friðrik, "Birgitta. Zijn we niet een beetje afgedwaald?"

"Misschien. Het zij zo. Er is de hele dag een opsporingsbericht voor haar en de auto op de televisie uitgezonden en er komt vanavond een foto van haar op tv en morgenochtend in de kranten. Iedere agent in het hele land staat op de uitkijk en als ze met de bus of met het vliegtuig reist, zouden we dat meteen moeten horen. Árni en jij gaan morgen verder met het ondervragen van haar vrienden en kennissen. Ik geloof niet dat we veel meer kunnen doen onder deze omstandigheden." Stefán stond op en zette zijn pet weer op. "Probeer ook aan andere zaken te werken, maar dit heeft voorrang. Vraag me niet waarom. We zullen het nog wel horen."

De telefoon ging voordat ze de deur door waren en Stefán gaf een teken dat ze moesten wachten.

"Het was Elín", zei hij toen hij het gesprek had beëindigd, "van de computerafdeling. Nu weten we tenminste wat hij in die werkkamer aan het doen was, wie het ook was."

5

Maandag

“Welk virus is het?” vroeg Ragnhildur en ze schonk haar man een bodempje in zijn glas.

“Dat weet ik niet”, zei Stefán, die op dat moment vastbesloten was om meer dan één artikel in het Wetboek van Strafrecht te overtreden zonder daar enig schuldgevoel over te hebben. Hij had nooit geaarzeld om de zaken waar hij aan werkte te bespreken met zijn vrouw, die hij meer vertrouwde dan zichzelf, en omdat ze die overtreding alleen maar thuis begingen, zag hij geen reden zich aan de regels te houden. Hij hield zijn glas tegen het licht. “Ik ben niet zo thuis in die computerproblemen dat ik een bepaald virus kan noemen.” De donkerrode vloeistof was mooi helder en voldoende vol. Dat beloofde iets goeds. “Maar ze zei dat ze deze variant nog nooit had gezien.” Hij bracht het glas naar zijn lippen.

“En?” vroeg Ragnhildur toen hij lang genoeg had gesmakt.

“Nou ja, zoals ik al zei, alle tekst- en beeldbestanden zijn vernietigd. Alles.”

“Ik bedoelde de wijn.”

“Sorry. De wijn is uitstekend, schat. Een goed jaar, mag ik wel zeggen.” Hij glimlachte en zij vulde zijn glas bij.

“Vind ik ook. Volgens mij hebben we niet zo’n goede wijn gehad sinds Kerstmis negenennegentig.”

“Daar drink ik op.” Hun glazen klonken.

“Wat betekent dat?” vroeg Ragnhildur.

“Nou, dat wij de beste wijnmakers van het land zijn, natuurlijk”, zei Stefán en hij liep achter haar aan de kamer in, waar hij zich nestelde in de ene hoek van de bank. Zij ging in de andere zitten en legde haar voeten op zijn schoot.

"Dat weet ik wel, ik had het over dat computerprobleem", zei ze en ze wiebelde met haar tenen. Hij reageerde. Haar voeten leken heel breekbaar in zijn grove klauwen, maar Stefán masseerde ze met meer gevoel en deskundigheid dan je zou verwachten van een man met zulke grote handen.

"Ik weet het eigenlijk niet", zei hij ten slotte na een lange stilte. Hij liet de tweede voet los en reikte naar zijn glas. "Maar het bevalt me helemaal niet."

Ze bewoog ongeduldig met haar losse voet.

"Knuffelbeest." Hij dronk zijn glas leeg voor hij verderging met masseren.

"En is het niet mogelijk om die bestanden te redden? Op die computer?"

Stefán schudde zijn hoofd. "Weet ik niet. Waarschijnlijk niet, ze gaan morgen verder met hun pogingen."

"Het is wel een rare zaak, hè?"

"Ja. En irritant. Verschrikkelijk irritant."

Ragnhildur tuitte haar lippen. "Ach, arme jij. Krijgt de hoofdcommissaris er nu genoeg van?"

Stefáns hart ging sneller kloppen. "Ja, een beetje ... heel erg genoeg, eigenlijk."

"Dan moeten we daar wat aan doen."

"Zoals wat?"

Zij leek erover na te denken terwijl hij met zijn vingers omhoog ging langs haar kuiten. "Ik ga in bad", zei ze, toen haar knieholten aan de beurt waren. "En jij rookt je sigaartje."

"En dan?"

"Dan kom je me natuurlijk afdrogen."

Perfect, dacht Stefán. Ze waren nu drieëndertig jaar getrouwd, hadden drie volwassen kinderen, drie kleinkinderen en een vierde onderweg en zijn hart maakte nog altijd een sprongetje bij de eerste aanzet van een vervolg van de voetmassage. Hij ging een sigaar halen in de keuken, de enige sigaar van de dag, vulde zijn glas nog eens bij en liep naar de veranda. Drieëndertig goede jaren. Vanaf de plek waar hij zat zag hij noch de Akrafjall noch de

Skarðsheiði, maar alleen een eenzame, rozerode wolk boven de Esja. Niets is mooier, dacht hij. Helemaal niets. Een mooie avond, goede wijn, een goede sigaar en die verrukkelijke vrouw in het bad. Hij was een bofkont en dat wist hij. De groeiende ergernis over die ongewone en onuitstaanbare toestand dat hij zich met een onderzoek moest bezighouden waarvan hij niet wist waar het werkelijk over ging, kon niets afdoen aan het geluksgevoel dat hem op dat moment vervulde. Zijn pet bleef achter op de rand van het balkon toen hij naar binnen ging om haar af te drogen. Er waren nu eenmaal grenzen.

* * *

"Mogen we een video kijken?"

"Nee."

"Alsjeblieft, mama, een video kijken ..."

"Nee, we gaan vanavond geen video kijken."

"Waarom niet?"

"Omdat we gisteren een video hebben gekeken en omdat jullie over een uur moeten gaan slapen en omdat jullie tot dat moment buiten moeten zijn met dit mooie weer."

"Maar het is vakantie, we hoeven niet vroeg op, waarom mogen we niet ..."

"Jullie mogen tot negen uur buiten spelen. Ga nou maar, anders kan het niet meer."

"Maar mama ..."

Na zestien tegenwerpingen, smeekbeden, dreigementen en beloftes van allerlei slag gaven ze het op.

"Trek een trui aan", riep Katrín ze na.

"Maar het is mooi weer", riep haar dochter terug, "Je zei het zelf."

"Trek een ... ach, ga maar. Ga niet te ver weg." Een langverwachte stilte verbreidde zich door het huis na het dichtslaan van de deur. Al haar spieren ontspanden zich. De afwas moest maar wachten. Katrín pakte de map en haar notitieblok en ging naar de veranda. Uit alle richtingen sloeg haar een barbecuelucht tegemoet, maar ze liet zich er niet door storen. Van het uitzicht wilde ze echter genieten en ze nam er even de tijd voor, voor ze begon te lezen. Birgitta Vésteinsdóttir, zevenendertig jaar, gescheiden, moeder van twee kinderen. Verdwenen. Ze raakte de draad kwijt en droomde weg. Ze stelde zich de gevolgen voor voor de achterblijvenden en was net diep in gedachten verzonken toen de balkondeur werd opengeduwd en Sveinn, sinds krap tien jaar Katríns echtgenoot, lachend in de opening stond. Zijn lach bevroor op zijn gezicht toen hij de gezichtsuitdrukking van zijn vrouw zag.

"Hé", zei hij. "Wat is er?" Katrín keek voor zich uit en veegde een onzichtbare traan uit haar ooghoek.

"Geweldig dat je eens langskomt", zei ze geïrriteerd.

"Ook leuk om jou te zien", antwoordde hij, al net zo geprikkeld. "Wat is er te eten?"

"Gebakken vis. De rest staat op het aanrecht, naast de afwas, zet het maar in de magnetron."

"Wat is er?"

"Niets."

"Dat dacht ik al."

"Heb je de kinderen gezien?"

"Ja, ze zijn bij de videotheek."

"Wat bedoel je?"

"Gewoon. Ze wilden een film zien en ik heb ze het geld gegeven." Katrín werd rood van woede en keek haar man voor het eerst sinds hij op het balkon was gestapt aan.

"Daar hebben we het toch over gehad, Svenni. Geen video door de week in de zomer, alleen als het regent."

Hij haalde zijn schouders op. "Hè, dat is toch niet zo belangrijk. Ze wilden een video kijken en ..."

"En ik had 'nee' tegen ze gezegd. Een heleboel keer. Omdat we besloten hadden dat we het deze zomer zo zouden doen. Wij samen. Jij en ik."

Sveinn bewoog zijn schouders weer om te laten zien hoe belangrijk hij de zaak vond. "Sorry, oké? De wereld vergaat niet, hoor. Ik ga even wat eten, moet daarna weer weg. Oké?"

Katrín zat stil. Ze pakte haar aantekenboekje en begon het door te bladeren zonder te zien waar ze naar keek. Drie maanden geleden hadden ze hun tienjarig huwelijk gevierd, maar ze betwijfelde of ze ermee door moesten gaan. Sveinn was nog steeds een knappe man en kon heel gezellig zijn als het zo uitkwam, maar er was weinig over van de man die Katrín twaalf jaar geleden had leren kennen en op wie ze verliefd was geworden. Zijn dagelijkse liefdesbetuigingen klonken allang als een willekeurige opmerking over het weer en hoewel hij ze regelmatig kracht bijzette met een bloemetje of bonbons, woog dat nauwelijks op tegen zijn desinteresse in nagenoeg alles in hun dagelijks leven. De opvoeding van de kinderen kwam grotendeels op haar neer, net als de was, klussen in huis, de boodschappen en het koken. En hun gesprekken, de schaarse gesprekken die ze tegenwoordig nog hadden, gingen nauwelijks ergens over behalve over de dagelijkse beslommeringen met de kinderen, geldzaken of het avondeten.

Katrín zuchtte en legde het aantekenboekje weg. Ze dacht dat Sveinn er niet erg van zou schrikken als zij hem zou verlaten of hem de deur uit zou zetten en dat was op zich wel degelijk een scheidingsgrond als het erop aankwam. Ze wist ook dat haar financiële situatie er het minst op achteruit zou gaan bij een scheiding, want het was haar salaris waarmee de hypotheek van het huis en de dagelijkse onkosten werden betaald. Hoewel Sveinn fors meer verdiende dan zij, ging zijn geld rechtstreeks naar de jeep, de sneeuwscooter, reisjes de bergen in en meer van dergelijke dingen waar zij geen weet van had en waar hij niet over wilde praten, als zij erachter probeerde te komen waarom ze geen beter huis konden kopen. Maar het was haar ook heel duidelijk dat een scheiding moeilijk zou zijn, zowel voor de kinderen als voor haarzelf. "Schuldgevoel omdat je nooooit thuis bent ..." neuriede ze zacht voor zich uit, een oud volksliedje; ze stond op.

Ze was er altijd weer verbaasd over als ze invloedrijke vrouwen in volle ernst hoorde beweren dat de gelijkheid van de seksen een feit was en dat de tijd was gekomen zich met belangrijker zaken bezig te houden. Ze woonden waarschijnlijk in een andere wereld dan zij. "Schuldgevoel omdat je een vrouw bent, waarom ben je altijd zoooo ..."

"Is er nog remouladesaus?" riep Sveinn uit de keuken.

"Hou je bek", mompelde Katrín binnensmonds. "Op de onderste plank", riep ze toen terug.

* * *

Het was aan alles te merken dat de man alleen woonde. De woning was nieuw, wit en koud, er stonden weinig meubels en veel apparaten. Een thuisbioscoop, een spelcomputer, een dvd-speler, een schotelantenne, reuzenbeeldschermen, grote computers ... en een andere computer, iets kleiner en iets ouder, losgekoppeld op de grond. De man keek vragend naar Árni.

"Vijfenzeventig? Het is een prima computer, met een cd-brander, een dvd-speler en alles ingebouwd, je krijgt er zo een niet voor minder dan honderdveertig, honderdvijftig in de winkel ..." Árni schudde zijn hoofd.

"Nee, dat geloof ik. Ik neem contact met je op als ik van gedachten verander."

"Oké, zeventig, maar lager ga ik niet." De man reikte hem de hand en even stond Árni op het punt de overeenkomst te bezegelen. Hij wilde die stomme computer dolgraag hebben. Nog maar een jaar oud, nog binnen de garantie, uitstekende luidsprekers ...

"Sorry." Hij moest ook nog koffie, een stuk taart en een biertje afslaan voor hij weer op straat stond. Hij had bijna medelijden met die man, het moest afschuwelijk zijn om zo eenzaam te zijn ...

De Peugeot, zijn nieuwe beste vriend, stond buiten op Árni te wachten, nog net zo glimmend zilverkleurig en cool als toen hij hem een maand eerder de garage uitreed. Hij keek op zijn horloge; het was nog geen negen uur en er stond een zonovergoten midzomernacht voor de deur. Beide computers die hij had bekeken waren eerlijk gekocht, niemand had op de advertentie gereageerd en de buren van Steinar waren bijzaak geworden nu de jeep niets met Birgitta te maken leek te hebben. En op het bureau waren ze allang naar huis. Árni wist niet wat hij moest doen. Het weer was te mooi om de avond te verdoen in de bioscoop of met het kijken naar een video en hij had helemaal geen zin om een berg te beklimmen in het gezelschap van een hoop andere mensen die ook geen betere manier wisten om midzomernacht te vieren. Hij besloot om dan maar een ritje met de auto te maken. Een midzomernachtrit, dacht hij. De glimlach die op zijn lippen verscheen, verdween weer voordat hij helemaal was afgerond.

Hij verwisselde de somberte van Nick Cave voor de energie van Rammstein, trapte het gaspedaal in en scheurde weg zonder te weten waarheen, maar dat maakte ook helemaal niets uit, want deze auto was anders. Eigenlijk was hij er helemaal tegen om veel geld aan een auto uit te geven; hij had altijd kleine auto's gehad die minstens vijf jaar oud waren en op zijn hoogst twee maandsalarissen kostten, maar het nieuwe 307-type was gewoon zo geweldig dat hij zich niet door een of ander principe kon laten tegenhouden. Árni troostte zich ermee dat hij nog niet zover gegaan was dat hij hem helemaal nieuw had gekocht, dat dit niet de duurste variant was en, last but not least, dat deze het minst verbruikte. Meestal lukte het hem wel om zijn geweten met dergelijke argumenten te sussen, maar zijn portemonnee was er niet minder leeg door. Was nog niet zo leeg geweest sinds hij de vrouw met wie hij had samengewoond, vier jaar geleden had uitgekocht uit het huis aan Þingholt.

Toen hij op de Miklubraut was aangekomen, reed hij in oostelijke richting en passeerde Skalli op de Ártúnshöfði, waar hij een worstje en een cola bestelde voor hij verder reed de Suðurlandsvegur op en vandaar de Hafravatnsvegur in draaide. Een halfuur later stond hij met het flesje cola in zijn ene hand en een sigaret in zijn andere op de parkeerplaats bij Reykjalundur en keek verwonderd om zich heen.

"Hoe ben ik hier nou terechtgekomen?" mompelde hij. De jongens voetbalden niet langer op het grasveld, maar waren aan het golfen. Misschien waren het andere jongens. Er hadden zich een paar meisjes bij het groepje aangesloten. Árni ging op een bankje zitten en keek naar de kinderen. Aan het geluid te oordelen ging het de meisjes beter af, maar de jongens droegen dat als mannen.

"Teruggekomen?" Árni draaide zich om. De man zonder benen was naast hem komen staan in zijn rolstoel met een sigaret in zijn mondhoek. "Ásta is allang naar huis, hoor. Ze stopt om vier uur." Árni schudde zijn hoofd.

"Ik reed gewoon wat rond. Ik weet ook niet waarom ik hier ben."

"Omdat je naar Ásta op zoek bent, natuurlijk", zei de man zonder benen. "Zin in een spelletje?" Árni begon tegen te sputteren, maar hield ermee op en knikte. De 'krukkenkoning', zoals hij zichzelf noemde, haalde een spel kaarten onder het laken vandaan en begon te schudden.

"Hartenjagen?"

"Hartenjagen is prima", zei Árni. Hij had toch niets beters te doen.

* * *

Het was natuurlijk het gemakkelijkst en fatsoenlijkst om direct de politie te bellen en hun te vertellen wat hij gezien had, dacht Óskar; uiteindelijk had hij zelf niets te vrezen. Het zou alleen maar dom zijn om zich iets anders te verbeelden. Het verraadde zijn nervositeit. Bovendien zou het Steinar in de problemen brengen, wat natuurlijk een kans uit duizenden was. Hij had de telefoon al in zijn handen en toetste het nummer, toen hij van gedachten veranderde. Er waren meer en belangrijker spelers in het spel. Hij legde de telefoon weer neer en trok zijn jas aan. Hij kon altijd nog naar de politie gaan. Die ging trouwens toch nergens heen, jammer genoeg.

"Lekker weertje", zei hij toen hij buiten op de oprit kwam, waar Steinar bij zijn jeep stond met een kwast in zijn hand, nog altijd in zijn glimmende schoenen, met een vouw in zijn broek en een zijden stropdas om zijn nek. Steinar keek op van zijn werk en knikte naar zijn buurman, die een oud en te ruim tweedjasje droeg met leren stukken op de ellebogen, een versleten ribfluwelen broek en afgetrapte sportschoenen. Zijn haar was muisgrijs, het weinige wat er van over was; hij was een kop kleiner en minstens tien jaar ouder dan Steinar. Het enige wat ze gemeen hadden, was hun adres.

"Daar mankeert niets aan", stemde Steinar gedachteloos in. Hij doopte de kwast in het potje en nam er wat verf uit, waarna hij verderging met zijn werk.

"Mag dat?" vroeg Óskar.

Steinar keek hem vragend aan.

"Van de verzekering, bedoel ik?"

"Ze hebben de schade al opgenomen. Dit is gewoon een dekkende verf", zei hij en hij zwaaide met zijn kwast, "prima zolang het niet gaat regenen." Hij was met alle letters klaar, behalve de G, en hoewel het een al te nauwkeurige inspectie niet doorstond, was het toch minder erg om de auto zo te laten tot donderdag, de dag waarop hij de auto naar de spuiterij zou brengen.

Óskar knikte.

"Rot om in zo'n situatie verzeild te raken", zei hij vol medeleven. "Heb je enig idee wie het gedaan heeft?"

"Geen idee. Jongeren waarschijnlijk. Heb jij niets gezien?"

"Ik?"

"Ja."

Óskar dacht na. "Neeeeh. Of, niet direct."

Steinar keek naar hem. "Niet direct?"

"Niet direct, nee", zei Óskar, ongemakkelijk van de ene voet op de andere drentelend. Steinar deed zijn uiterste best zijn ergernis te verbergen en begon aan de G.

"Maar je hebt dus wel iets gezien?" Zijn hand trilde en hij moest met zijn pols op de auto steunen om niet te veel uit te schieten.

"Ik weet het niet precies. Maar ..."

Óskar fronste zijn wenkbrauwen en legde zijn vinger tegen zijn kin. Hij vermaakte zich kostelijk. Steinar gaf het op en legde zijn schilderwerk opzij.

"Zag je iets of niet, man, wat bedoel je nu eigenlijk?" schoot hij uit. Óskar week achteruit en hief zijn handen op.

"Ik zag niemand bij je auto, begrijp je. Ik zag niemand dit doen ..." Hij wees naar de motorkap, "maar toen ik thuiskwam, zag ik die vrouw, je weet wel, dezelfde waarvan ze nu een signalement verspreiden? Ik zag haar van de oprit aflopen."

Steinar staarde naar hem zonder te antwoorden. "Die verdwenen computervrouw?"

Steinar schudde zijn hoofd en Óskar haalde zijn schouders op. “Dat wilde ik je alleen maar vertellen. Voordat ik de politie bel, snap je. Omdat ze haar aan het zoeken zijn, bedoel ik.”

“Ik heb geen idee over wie je het hebt”, zei Steinar ten slotte, hij pakte de kwast weer uit het potje dat bij zijn voeten stond, en begon weer met overgave te schilderen. “Ik volg het nieuws niet zo. Welke vrouw?”

Óskar grijnsde. “Je spat op je schoenen”, zei hij en hij trok zijn jasje om zich heen. “Het was om een uur of een, meen ik. Misschien beter als jij belt, jij kent haar beter dan ik. Je kunt de politie vragen of ze met mij willen praten als je wilt. We zien wel.”

Steinar stond bewegingloos en staarde nog een hele tijd naar zijn schoenen nadat Óskar al om de hoek verdwenen was. Vervolgens boog hij zich over de verfpot en stak de kwast er met zoveel kracht in dat de spatten op zijn staalgrijze overhemd vlogen. Hij merkte het niet eens.

* * *

Kristinn strekte zich uit op de bank. Hij was totaal gevloerd, het was een zware dag geweest. Kleine Ásgeir was eindelijk tot rust gekomen en zijn dochter lag nog altijd te snikken in haar bed, ook al was het al bijna middernacht. Het maakte niet uit of hij met haar probeerde te praten, haar gerust te stellen, te troosten, ze schudde alleen haar hoofd en zei dat hij moest weggaan. Wat misschien wel begrijpelijk was, dacht hij, want wat kon hij eigenlijk tegen haar zeggen? Dat het allemaal goed zou komen? Mama komt gauw weer terug? Hij sloot zijn ogen en trok de plaid op tot onder zijn kin. Het bed van Birgitta, zijn oude bed, stond opgemaakt en leeg in de slaapkamer, maar ondanks alle pogingen die hij het afgelopen halfjaar had ondernomen om er weer in terecht te komen, weigerde Kristinn er nu in te kruipen, nu er niemand was om hem dat te verbieden. Raar volk, mensen, had zijn vader soms gezegd als hij de radio uitzette na het nieuws. Wat zou hij van zoiets hebben gezegd? En hoe zou hij hebben gereageerd? Er waren drieëntwintig jaar voorbij sinds zijn dood, maar Kristinn miste hem nog altijd, vooral als het slecht met hem ging. En het was zelden slechter met hem gegaan dan nu. Hij gooide de plaid van zich af, stond op en liep naar de keuken. Ergens moest een fles cognac te vinden zijn als hij Gitta goed kende.

6

Dinsdag

“En hij was er honderd procent zeker van dat zij het was?” vroeg Stefán. Katrín en Árni knikten allebei.

“Yep”, zei Katrín. Toen Stefán haar de vorige avond had gebeld, had ze besloten er meteen heen te gaan en het niet tot de volgende dag uit te stellen en ook om niet alleen te gaan. Ze had niet lang hoeven nadenken voor ze besloot Árni mee te vragen in plaats van Guðni of Friðrik.

“Het was om halfeen, beweerde hij, in elk geval voor een uur, de auto was donkergrijs, misschien zwart of blauw, stond langs de stoep voor het huis, de chauffeur was waarschijnlijk een man”, dreunde Árni op uit zijn aantekenboekje.

“Maar hij was er zeker van dat Birgitta niet zelf achter het stuur zat?” viel Stefán hem in de rede en weer knikten ze allebei.

“Ze stapte in aan de passagierskant, dat wist hij heel zeker”, zei Katrín.

“Wat voor auto?” bromde Guðni en hij zoog aan een lange, gedoofde sigaar.

“Een stationwagen, nieuw, Japans of Koreaans, dacht hij. In elk geval niet haar jeep”, zei Katrín.

“Daar zou ik niet zo zeker van zijn”, mompelde Guðni en hij spuugde in de richting van de prullenmand. Acht wenkbrauwen gingen vragend omhoog, maar Guðni nam de tijd om zijn sigaar weer goed in zijn mondhoek te krijgen voor hij verderging. “Óskar Marínósson, zei je dat niet? Een klein ventje?” Katrín knikte weer met een rood hoofd en Guðni antwoordde op dezelfde toon met een spottende blik in zijn grijze ogen.

“Skari Mar”, zei hij en hij deed heel interessant, “je wist hopelijk met wie je in gesprek was of niet?”

Katrín werd eerst rood en trok toen bleek weg. Natuurlijk was dat Skari Mar. En natuurlijk had er bij haar een lampje moeten gaan branden toen ze zijn naam hoorde. Het was geen excuus dat ze hem nog nooit gezien had. Guðni grijnsde minachtend om beurten naar Stefán en Katrín, terwijl Árni en Friðrik er niet-begrijpend bij zaten.

“Ik …”, begon Katrín, maar Stefán greep in en nam het woord.

“Ik had het ook niet in de gaten”, zei hij rustig. Katrín probeerde hem met haar blikken te doden; ze hield er niet van als hij haar te hulp schoot in een meningsverschil met Guðni.

“Wie is die Óskar dan?” vroeg Árni en hij keek van de een naar de ander. “Moeten we hem kennen?” Stefán schudde zijn hoofd.

“Nee”, zei hij nadenkend. “Nauwelijks. Skari is een oude drankstoker en automonteur. Hij heeft de afgelopen jaren niet veel van zich laten horen, maar hij weet alles van auto’s. Dus als hij haar heeft zien wegrijden, weet hij nauwkeurig in wat voor auto dat was, wat voor kleur hij had en hoe oud hij was.” Hij keek naar Guðni. “Friðrik gaat onze grote onbekende zoeken, jij gaat rechtstreeks naar die kerel toe.” Hij keek net zolang naar Guðni tot hij een stuurs gebrom als reactie kreeg en wendde zich toen weer tot Katrín en Árni. “Wat zei Steinar? Hebben jullie hem gesproken?”

Ze schudden hun hoofd.

“Niemand thuis”, zei Árni, “en zijn mobiel werd niet opgenomen. Ook die van zijn vrouw niet.”

“Maar hij heeft dus gebeld?” vroeg Friðrik. “Niet die Óskar?”

“Ja”, zei Stefán, “hij belde rond halftien gisteravond naar het bureau en zei dat Óskar informatie had over Birgitta.”

“Waarom?”

“Waarom wat?”

“Waarom belde hij en niet Óskar zelf?”

“Dat is de grote vraag”, zei Stefán. “Of een van de vragen. Árni, jij haalt Steinar op om een verklaring af te leggen. Twee vliegen in één klap, de jeep en Birgitta. Hoor hem goed uit over Birgitta, we moeten erachter komen of Skari dat allemaal verzonnen heeft of niet. Waren ze vroeger bij elkaar? En wanneer dan? Vraag het ook aan haar vriendin, ze weet er misschien meer van."

Árni liet zich dat geen twee keer zeggen.

"En vraag Steinar naar welk feest hij is geweest", voegde Katrín eraan toe, "op de een of andere manier heb ik het gevoel dat hij in de Broadway is geweest."

"Pfff", snoof Guðni. "We hebben de moordenaar al haast gevonden." Hij stond op en gooide de natte en verfomfaaide peuk in de prullenbak. "Fucking briljant. Nog wat?"

Friðrik begon te grijnzen, maar kwam niet ver.

"Een lijk, misschien", zei Katrín, "voordat we het gaan hebben over een moord of een moordenaar. Maar dat is misschien een onbelangrijk detail?"

Guðni keek naar Stefán, maar hij trok een neutraal gezicht onder zijn groene pet en Guðni zag daar een reden in om weer op zijn stoel neer te ploffen en een nieuwe sigaar tevoorschijn te halen. Árni krabde zich eens op zijn hoofd. Er was iets aan de hand waar hij geen hoogte van kon krijgen. Maar dat was eigenlijk niets nieuws.

* * *

"Nu?"

Steinar was duidelijk nog maar net wakker. Árni wist eigenlijk niet waarom hij zo'n hekel had aan deze man die hij helemaal niet kende. Hij hoopte dat hij hem had gewekt.

"Direct. Zullen we zeggen over een halfuur?"

"Wacht even." Het gekuch en gestommel aan de andere kant van de lijn wezen erop dat hij net uit bed kwam en onwillekeurig genoot Árni daarvan. Hij probeerde nog altijd af te wennen om mensen al na vijf minuten te beoordelen, vooral op aandringen van zijn moeder en zijn broers die het erover eens leken te zijn dat dat een van zijn grootste fouten was – afgezien van zijn dwaasheid en zwakke karakter – maar dat lukte maar met moeite. Hij wachtte geduldig aan de telefoon en hoopte dat Steinar weigerde om voor de middag te komen, zodat hij nog even snel naar Reykjalundur kon gaan en persoonlijk met Ásta kon praten.

“Geef me een uur”, zei Steinar ten slotte. “Waar verwacht je me?”

“Verdorie”, mompelde Árni toen hij het gesprek verbrak en naar Reykjalundur belde. Misschien maar goed ook, voegde hij er in gedachten aan toe. Hij kreeg Ásta direct aan de telefoon en hoorde hoe ze van oor tot oor lachte toen hij zijn naam noemde.

“Steinar Ísfeld Árnarson …”, zei hij na een kort praatje over het weer dat nog beter was dan de dag ervoor. “Ken je hem?”

* * *

De auto op de oprit was een donkerblauwe Hyundai Sonata en Katrín moest meteen denken aan de onduidelijke beschrijving door Óskar van de auto die Birgitta ’s nachts had afgezet. Kristinn zag er hologig en onuitgeslapen uit toen hij de deur voor haar opende, doodsbleek in zijn lichtblauwe, gestippelde T-shirt en de kringen onder zijn ogen wezen op een doorwaakte nacht.

“Koffie?” Zijn stem was al net zo vermoeid als zijn tred.

“Zware nacht?” vroeg Katrín toen ze aan de keukentafel zaten. Hij knikte en haalde een pakje sigaretten uit zijn zak. Katrín schudde haar hoofd toen hij er een aanbood en nog eens toen hij vroeg of hij met de zijne naar buiten moest gaan. “Waar zijn de kinderen?”

“Geiri is buiten ergens aan het spelen en Dísa slaapt. Eindelijk. Ze was tot drie uur in de nacht aan het huilen, het arme kind.”

“En jij?”

“Ik ga straks wel weer liggen. Mijn schoonmoeder komt vanmiddag weer.”

Hij trok om beurten met zijn mondhoeken en zijn oogleden. Een hardnekkige rooklucht, vermengd met een bedwelmende slechte adem en de stank van zweet vulden Katríns neus, maar ze deed of er niets aan de hand was en schaamde zich een beetje voor haar gedrag van de vorige dag, nu ze hem daar ineengedoken zag zitten en onafgebroken in zijn koffie zag roeren, die toch zwart en zonder suiker was. “Die man”, zei hij opeens en hij keek naar Katrín, “die hier gisterochtend was. Hebben jullie al met hem gesproken?” Katrín schudde haar hoofd.

"Nee. Daarom ben ik juist hier." Ze haalde foto's tevoorschijn van drie mannen die volgens hen overeenkwamen met de beschrijving van Kristinn, en legde ze op tafel. Kristinn tuurde ernaar door de rook heen, maar schudde toen zijn hoofd.

"Hij zit er niet bij. Ik begrijp het niet, was hij geen politieagent?"

Katrín haalde haar schouders op. "We weten het niet. Hij heeft in elk geval niet met ons gesproken. Weet je het zeker?"

Kristinn kneep zijn ogen tot spleetjes en bekeek de foto's opnieuw.

"Deze lijkt nog het meest op hem, volgens mij", zei hij en hij wees op de afdelingschef van de vreemdelingendienst. "Maar hij was jonger, geloof ik en ... hoe moet ik dat zeggen, harder? Zo'n indruk maakte hij in elk geval op mij."

Katrín pakte de foto's weer op en deed ze in haar tas. "Geen enkele bijzonderheid die je je herinnert? Helemaal niets?"

Kristinn schudde zijn hoofd. "Nee. Zeg eens ... waarom wordt er nog niet naar haar gezocht? Op grote schaal, bedoel ik? Met reddingsdiensten en honden en zo?"

"Dat gaat gebeuren", zei Katrín, "zodra we weten waar we moeten beginnen. De jeep is nog niet teruggevonden. Heb jij een idee?"

Kristinn hield eindelijk op met roeren in zijn kopje en legde zijn sigaret in de asbak om zijn gezicht achter zijn handen te kunnen verbergen.

"Nee", mompelde hij in zijn handpalmen, zo zacht en onduidelijk dat Katrín hem nauwelijks kon verstaan. "Ik heb er de hele nacht over liggen piekeren. Maar ik heb geen idee."

"Goed. Steinar Ísfeld Árnarson. Ken je hem?"

Hoewel Kristinn tot dan toe vrijwel bewegingloos had gezeten, was het duidelijk dat hij verstijfde op zijn stoel. Er gingen seconden voorbij en Katrín dacht zelfs even dat de keukenklok die recht boven de tafel hing, stilstond. Toen haalde Kristinn zijn handen voor zijn gezicht weg en grabbelde naar een volgende sigaret. Zijn handen trilden toen hij hem aanstak en ook zijn stem beefde toen hij na een lange en ongemakkelijke stilte weer het woord nam.

"Wat heeft die klootzak ermee te maken? Heeft hij Gitta vermoord?"

Katrín probeerde uit alle macht haar verbazing te verbergen, maar dat had ze net zo goed kunnen laten. Kristinn was zo vol van die gedachte en zo druk bezig met zijn sigaret dat ze zich voor hem had kunnen uitkleden zonder dat hij daar enige aandacht aan had geschonken.

"Hebben jullie hem gepakt? Nou? Hebben jullie hem en die trut van hem opgepakt? Hebben ze het samen gedaan?"

Hij ging nog even door met beschuldigingen aan het adres van Steinar en zijn vrouw dat ze Birgitta vermoord zouden hebben en werd steeds feller en onsamenhangender naarmate zijn scheldwoorden grover werden. Hij gebruikte ten minste vier scheldwoorden die Katrín nog nooit had gehoord en twee ervan begreep ze niet eens, hoewel de context haar wel aanwijzingen gaf over hun betekenis. Het was alsof er een kraan was opengedraaid, maar het duurde niet langer dan een seconde of er werd een andere kraan geopend en hij viel snikkend voorover op tafel, met het bijbehorende gesnotter en gesnurk. Het was geen fraaie aanblik. Katrín zocht tussen de afwas naar een glas. Toen zijn bleke schouders wat minder begonnen te schokken in het lichtblauwe T-shirt, liet ze het glas vollopen met water en gaf het hem. Hij mompelde 'bedankt' en 'sorry', voordat hij zijn neus snoot in een stuk keukenpapier en een slokje nam.

"Waarom denk je dat ze dood is?" vroeg Katrín en dit veroorzaakte een nieuwe huilbui. Dat wordt nog wat, dacht ze en ze sloot haar ogen.

* * *

Guðni keek tevreden om zich heen, ondanks het gezelschap waarin hij zich bevond. Hij voelde zich altijd thuis in echt ouderwetse garages. De geur en het licht, de autobanden en her en der verspreid liggende onderdelen riepen bij hem een gevoel op dat hij nooit had kunnen thuisbrengen, maar hij zei altijd tegen iedereen dat hij zeker automonteur was geworden als hij niet per ongeluk had doorgeleerd. Sommigen vonden dat een zwak excuus en wezen hem erop dat het nog niet te laat was om van werk te veranderen, hij kon nog altijd de vakopleiding volgen. De koffiekamers waren altijd het beste, vond hij. Koffiepotten waar de olie van afliep, olie in alle hoeken en gaten op de grond, de tafel en de stoelen, vieze vingers op de koelkast, besmeurde koffiemokken en naakte meiden aan de muur. Het had iets.

Hij stak een sigaar aan en keek naar Óskar, die onrustig tegenover hem zat. "Ja, ja, kleine Skari. Wat ben je nu aan het stoken? Zit de kelder hierbeneden?"

"Ik stook allang niet meer", mompelde Óskar onwillig.

"Het is goed met je. En ik ben allang gestopt met roken", zei Guðni en hij blies de rook in zijn gezicht. "Maar dat is een ander verhaal en daar kom ik niet voor. Ik ben op zoek naar een auto. Om precies te zijn de auto die jij voor je huis zag wegrijden in de nacht van zaterdag op zondag."

Guðni deed poedermelk in zijn koffie en roerde lang, tot lang nadat het laatste korreltje was opgelost en verdwenen. Dat was ook iets wat hij bij een garage vond horen.

"Ik heb ze dat al verteld, dat was een of andere Japanse of Koreaanse auto, een personenauto, donkerblauw dacht ik", pruttelde Óskar.

"Jaaa, dat vertelde je al. Maar omdat wij tweeën buddy's zijn, ga je me nu de waarheid vertellen", zei Guðni en hij nam een slokje koffie. Die was precies zoals hij zijn moest, te sterk en hij had ten minste twee uur gestaan.

"Ik heb de waarheid verteld, het was een Japanse of …"

Guðni legde hem het zwijgen op door zijn linkerhand op te heffen en hem een draai om zijn oren te geven.

"Weet je zeker dat er hierbeneden geen stokerij zit? Het lijkt wel of ik iets hoor, bubbeldebubbeldebubbel …"

"Hé, ze zijn tegenwoordig allemaal hetzelfde, die verdomde auto's", jammerde Óskar, die er werkelijk spijt van had dat hij de ene regel had overtreden waaraan hij zich zijn hele leven wilde houden, namelijk zich nooit met zaken bemoeien die hem niet aangingen. "Ik zag hem alleen van achteren en maar heel kort."

"Hm. Oké." Guðni stond op en hees zijn broek omhoog met zijn sigaar in zijn mondhoek. "*If you say so.*" Hij nam nog een slok koffie voor hij weer de werkplaats in drentelde, waar een Cadillac uit de jaren vijftig en een Mercedes die nauwelijks nieuwer was stonden, naast drie nieuwe auto's uit de minste en goedkoopste klasse. De Amerikaan zat onder het stof en leek bijna uit elkaar te vallen op de vuile garagevloer, maar de Mercedes leek nog in topvorm.

"Worden we niet meer uitgeleide gedaan?"

Óskar volgde hem schoorvoetend, maar stopte plotseling toen hij zag dat Guðni met twee handen een zware hamer pakte en die rakelings langs de Mercedes zwaaide.

"Ben je helemaal gek geworden, man!"

Guðni grijnsde en richtte de hamer opnieuw.

"Ik raakte hem niet. Moet de volgende keer beter mikken."

Zo koppig was Óskar nu ook weer niet en hij kende Guðni helaas maar al te goed. Hij nam razendsnel een besluit.

"All right, oké, het was een jeep. Een Suzuki Vitara, het lange model, rood. Dezelfde waarnaar jullie op zoek zijn. Oké?"

Hij draaide zich om en ging weer aan tafel zitten. Guðni legde de hamer neer en volgde hem.

"En waarom zei je dat niet meteen?" vroeg hij.

Óskar haalde zijn schouders op. "Ik weet dat eigenlijk niet. Vaste gewoonte?"

Het antwoord was zo vergezocht dat Guðni besloot hem te geloven tot hij zelf een betere verklaring bedacht.

"Oké. Laten we het daarop houden. Maar waarom heb je ons niet gebeld? Waarom ging je naar Steinar?" Óskar durfde Guðni niet aan te kijken terwijl hij herhaalde wat hij de avond tevoren aan Katrín en Árni had verteld.

"Het was zijn jeep en zijn wijf. Of zo goed als. Tot hij trouwde in elk geval. Ze liep in en uit bij hem."

"En?"

"En wat?"

"En wat heeft dat met de zaak te maken?"

Óskar stak zijn handen diep in de zakken van zijn overall en staarde door het hoog in de muur zittende raam naar buiten, alsof hij hoopte daar een goed antwoord te vinden. Guðni stond op en schonk zich nog een kop koffie in, deed er een schepje suiker en een scheutje poedermelk bij en roerde erin met een schroevendraaier voordat hij weer ging zitten.

"Sta me toe het anders uit te drukken", zei hij na het eerste slokje. "Waarom dacht je dat Steinar je zwijggeld wilde betalen?"

* * *

Árni belde voor de spelcomputer die in het *Nieuwsblad* werd aangeboden en kreeg meteen de eigenaar aan de telefoon. Deze bleek twaalf jaar oud te zijn en vertelde ongevraagd dat hij genoeg had van zijn Xbox en in plaats daarvan een PlayStation 2 wilde kopen. Hij keek op zijn horloge. Hij had nog een halfuur voor Steinar zou komen en het was te vroeg om al een ijsje te gaan halen. Hij besloot om in plaats daarvan een cola te drinken en wandelde naar Hlemmur. Hij liep eromheen voor hij naar binnen ging, maar Kleine Bleekneus was nergens te bekennen. Hij zag echter drie bekende gezichten op een bankje in de zuidwesthoek toen hij zijn boodschap had gedaan; hij ging erbij zitten en trok het blikje open.

"Hoog bezoek van een hoge ome", bromde de middelste, een slungel van bijna 2 meter lang met één oog, een baard en een zwarte haarbos die tot op zijn schouders hing. "En Satan zit hem op de hielen", voegde hij eraan toe na een passend dramatische stilte. Hij droeg een groene wollen jas, ondanks de zomerse warmte, en hing gewoon wat rond met zijn maten, ontspannen als een luis op een zeer hoofd. Ze leken het goed met elkaar te kunnen vinden.

Árni liet zijn pakje sigaretten rondgaan en kreeg het zes stuks lichter terug.

"Ja, ja, hoge ome ...", zei de reus terwijl hij zijn twee sigaretten liet verdwijnen, zodat het niet opviel, "... zondig nu." Zijn adem piepte.

Árni rochelde en krabde zich in zijn kruis uit solidariteit met hen en vroeg zich tegelijkertijd af hoe hij die vervloekte ridders van de straat moest aanpakken. Hij kon geen gemakkelijke manier vinden en besloot recht op zijn doel af te gaan.

"Ik kwam Kleine Bleekneus gisteren tegen", zei hij voorzichtig, "maar ik heb hem vandaag niet gezien. Weten jullie iets over hem?"

De vriendschap die hij in het begin ontmoette en die door de sigaretten nog was toegenomen, maakte onmiddellijk plaats voor wantrouwen en een haast voelbare vijandigheid. Hij hief zijn handen op en probeerde zo betrouwbaar mogelijk over te komen. "Ik hoef niet te weten waar hij is ...", zei hij, "... alleen of hij in orde is. Hij leek me een beetje ..." Hij zocht zonder succes naar een woord dat voldoende neutraal was. "Een beetje wonderlijk", flapte hij er onbeholpen uit.

De drie mannen keken elkaar aan en schoten toen in de lach.

"Vond jij Kleine Bleekneus een beetje wonderlijk, hoge ome?" bromde de reus in het midden.

Árni knikte. "Ja, dat vond ik. Niet zoals hij ... zoals hij normaal gesproken is, bedoel ik. Hebben jullie hem vandaag gezien? Of gistermiddag? Ik wil alleen weten of hij ... of alles in orde is met hem", herhaalde hij. "Niets anders."

Nog altijd keken de drie mannen zonder iets te zeggen naar hem, maar toen antwoordde hun woordvoerder.

"Nee, hoge ome", zei hij, "we hebben de hoofdman sinds gisterochtend niet meer gezien." Hij leunde naar voren en keek Árni aan met zijn ene oog, omdat het andere er niet meer was. "Wat jammer is ...", zei hij en hij glimlachte zodat zijn bruine tanden te zien waren, "... want hij had een hele fles vol van dat kostbare koninklijke vocht in zijn zak, die beste man. Ik denk dat hij het te goed vond om met ons te delen", voegde hij eraan toe en zijn glimlach veranderde in een grimas die een slechte adem verspreidde waar Guðni trots op geweest zou zijn. "Die zien we niet meer terug", zei hij. "Daar kun je zeker van zijn. Hij moet oppassen, oppassen dat de schone bergvrouwe niet in vijandelijke handen valt."

Zijn vrienden giechelden hardop, de ene omdat hij een slok ophad, de ander omdat zijn maat giechelde.

Árni gaf het op. Hij begreep er geen snars van. En hoewel hij wist dat het niets zou uithalen, zei hij het toch: "Jullie kunnen me misschien op mijn schouder tikken als hij weer opduikt."

"Tik, tik, tik", bromde de eenogige.

“Tik, tik, tik”, giechelden de anderen.

Árni stond op. *Whatever*, dacht hij.

* * *

Friðrik was niet in zijn sas. De stoel was heel comfortabel, de lucht was schoon en zuiver en niemand kon hem lastigvallen in dit niemandsland – geen zitkamer, geen koffiekamer en geen wachtkamer, alleen een tweezitsbank en een tafel tegen de muur midden in het gebouw van de rijksrecherche – maar hij wist dat hij het verknoeide. Tot dusver hadden de mensen hem ongemoeid gelaten, behalve enkelen die een nieuwsgierige blik op hem geworpen hadden, maar het was slechts een kwestie van tijd voor iemand zou bedenken dat hij daar eigenlijk helemaal niets te zoeken had. Hij vervloekte zichzelf dat hij niet een smoes had verzonnen om zijn aanwezigheid te verklaren. Guðni zou dat gedaan hebben. Guðni zou waarschijnlijk met veel lawaai zijn binnengekomen en iedere idioot die op zijn pad kwam hebben aangeklampt en binnen vijf minuten op elke deur hebben gebonkt. Hijzelf zat daar alleen maar en keek naar de weinige mensen die voorbijliepen.

Geen van hen kwam overeen met het signalement van de grote onbekende en het zweet begon Friðrik uit te breken. Hij schoof ongeduldig heen en weer op zijn stoel. Dit was niet wat hij voor ogen had gehad toen hij bij de recherche probeerde te komen.

Kleine criminelen, zielige figuren, bankrovers en winkeldieven die een dopeschuld moesten aflossen en die niet eens de moeite namen om hun gezicht te bedekken tijdens hun handwerk of dat bewust achterwege lieten om er zeker van te zijn dat ze uiteindelijk in handen vielen van de politie en ze even met rust gelaten werden door hun schuldeisers. Dat soort dingen. Een vermist computerwijf dat zich waarschijnlijk ergens met een of andere kerel aan het vermaken was.

Zijn opleiding in de Verenigde Staten had hem op alles voorbereid, maar niet dit. Niet dit onbetekenende kruimelwerk. Misschien moest hij proberen bij de Financieel Economische Recherche te komen, dacht hij, daar was de afgelopen tijd heel wat aan de hand geweest. Hij schudde zijn hoofd, de Financieel Economische Recherche was voor boekhouders en hoewel er op de Centrale Recherche voor het grootste deel vervelende types rondliepen, waren de nerds bij de Financieel Economische Recherche nog veel erger. Debet en Credit werden degenen die daar de leiding hadden genoemd. Oude, stoffige kerels met kale koppen en dikke brillen. Ruim boven de vijftig. Net als Stefán. Niet dat leeftijd altijd alles zei. Stefán was in zijn ogen een echte softie, maar hij had ook zijn goede kanten, en Guðni was een verdomd fijne kerel, vond hij, ook al was hij zowel oud als dik. Maar hij had nog nooit zo'n man als Árni ontmoet, die toch nauwelijks ouder dan dertig of daaromtrent kon zijn. Niemand kon Stefán gemakkelijk neerleggen, meende hij te weten, en Guðni ook niet, want Guðni was een echte bullebak, dat had hij vaak genoeg van nabij meegemaakt. En Katrín had hun duidelijk te verstaan gegeven dat er op het gebied van sport niet met haar te spotten viel. Maar Árni – Friðrik trok een grimas zonder zich ervan bewust te zijn. Iedere vijftienjarige puber kon Árni met zijn linkerhand tegen de grond werken, dacht hij. Een eeuwige student die nauwelijks bewoog en rookte als een schoorsteen.

Er ging een rilling door Friðrik heen, die elke ochtend 5 kilometer hardliep voor hij onder de douche ging, zodat hij fris en fit op zijn werk verscheen. En nog eens 5 's avonds als hij klaar was met opdrukken. Behalve op maandag, woensdag en donderdag natuurlijk. Dan ging hij naar karate. De narcoticabrigade was meer zijn afdeling, dacht hij. Dat was de enige manier om een beetje in de buurt te komen van de dingen waar zijn studiegenoten mee te maken kregen en waarvan hij een glimp had opgevangen tijdens zijn studiejaren in de Verenigde Staten. Een studiereis naar de Atticagevangenis in de staat New York was hem bijzonder bijgebleven. Hoewel de gevangenen daar op het gebrek aan ruimte en de slechte omstandigheden in de jaren zeventig hadden gereageerd met een van de bloedigste gevangenisopstanden in de geschiedenis van Amerika, zat het daar nog altijd overvol met keiharde criminelen. Drugsdealers, gewapende overval lers en moordenaars, zelfs meervoudige moordenaars, dacht hij, enigszins jaloers op zijn studiegenoten. Twee van hen waren direct bij de FBI gaan werken, twee anderen hadden een goede kans om voor het einde van het jaar erbij te komen en de meesten speelden een belangrijke rol bij het opsporen van boeven bij de recherches in de grote Amerikaanse steden. Friðrik schrok op uit zijn overpeinzingen toen hij snelle en besliste voetstappen hoorde naderen. Hij keek op.

"Friðrik, beste kerel, ik zat gisteren net aan je te denken."

De man glimlachte en reikte hem de hand. "Was je naar mij op zoek?" Hij was voor in de vijftig, mager en van een gemiddelde lengte. Zijn rossige, grijzende haar was kortgeknipt en de scherpe kin onder zijn dunne lippen, rechte neus en staalgrijze ogen had iets dwingends. Natuurlijk, dacht Friðrik terwijl hij opstond en de uitgestoken hand pakte.

"Inderdaad, ja", zei hij zonder met zijn ogen te knipperen.

"Wacht even, ik kom eraan."

De man verdween door de dichtstbijzijnde deur en Friðrik benutte de seconden die hem restten om na te denken over de volgende zet in het spel. Toen de grijzende man drie minuten later weer verscheen, had Friðrik een waterdicht plan bedacht en was hij al begonnen om de e-mail die hij over een halfjaar of zo aan zijn collega's in de Verenigde Staten zou sturen op te stellen. Een jaar op zijn hoogst.

* * *

"Weet je zeker dat jullie het redden?" vroeg Katrín.

Kristinn knikte. Zijn gezicht was nog behuild, maar hij had zijn gevoelens weer wat in de hand en probeerde zich te vermannen. Hij had een schoon overhemd aangetrokken, had zich gewassen en zijn haar gekamd. Hij was het laatste kwartier doorgekomen zonder te huilen, wat Katrín een hele verbetering vond.

"Hjördís, mijn schoonmoeder, helpt me als er iets is. Ze kan mij niet uitstaan, maar ze houdt van de kinderen. Ze komt straks."

Katrín knikte alsof ze de juistheid van beide beweringen wilde bevestigen. "Aarzel niet om ons te bellen als er iets is. Goed?"

"Goed. Bedankt." Hij gaf haar een gewassen hand en deze keer nam Katrín hem aan zonder te aarzelen. "En neem me niet kwalijk", voegde hij eraan toe.

Katrín keek even naar hem voor ze antwoordde. Zijn schedel glom alweer van het zweet ondanks de wasbeurt, de bleke onderkin en de grijze ogen waren er nog, maar er was iets veranderd. Ze was er niet zeker van of hij het was. "Het was niets", zei ze. "En jij ook bedankt", voegde ze eraan toe toen ze weer in de auto zat.

Eenmaal, had hij gezegd, eenmaal had hij haar een draai om haar oren gegeven. Dat was alles. Ze zette de dictafoon aan en spoelde terug.

"Ik kwam thuis. Halfacht op een maandagavond. Dísa logeerde bij een vriendinnetje en kleine Geiri sliep in de kamer ernaast. En ze lachte me uit. Hij strompelde naar buiten met zijn broek op zijn enkels en toen ik probeerde met haar te praten, zei ze dat ik een zielenpoot, een dikke pad en een saaie klootzak was en dat ze sliep met wie ze wilde. Ze vroeg wat ik dacht daaraan te gaan doen. Ik wist niet wat ik moest zeggen. Stotterde alleen wat. Toen zei ik dat ik van haar hield en ze lachte me gewoon uit. Toen sloeg ik haar. Eén keer."

Hier begon hij weer te huilen en Katrín spoelde door.

"Het was niet de eerste keer. Dat ze vreemdging, bedoel ik. Ik heb altijd geweten dat ze me bedroog. Ik ... ik ben niet zo ..." Hij kuchte. "Neem me niet kwalijk. Niet zo gek. Ik probeerde het te begrijpen, me ermee te verzoenen. En dat lukte me ook lange tijd. Maar zo ... zo, hoe noem je dat? Schaamteloos? In ons bed, met kleine Geiri in de kamer ernaast. En ze wist heel goed wanneer ik thuiskwam. Ik weet zeker dat ze dat wist. En dan is zij het slachtoffer! En ik de kwaaie pier! Ik ..."

Katrín spoelde door, dansend op het haarfijne lijntje tussen minachting en medelijden. Ze geloofde hem, dat was het probleem niet, en zijn daad kon hem zeker vergeven worden. Het moeilijke was alleen dat hij dat maar al te goed wist en er bijna van leek te genieten om zich erin rond te wentelen.

"Zijn vrouw had me gebeld. Om het me te vertellen. Mij te beschuldigen. Alsof het mijn schuld was. Stomme koe. Ze vroeg of ik wist dat hij het met mijn vrouw deed. Of ik geen man was en die hoer niet in bedwang kon houden, of ik niet de baas was in mijn eigen huis, geen echte man, blablabla. Noemde Gitta een stoephoer en zei dat ze haar huwelijk te gronde richtte, haar man naar de afgrond sleepte, haar gezin verwoestte, de toekomst van haar onschuldige kinderen … of ik net zo gewetenloos was als die hoer van een vrouw van me. Ze maakte me helemaal gek. En zij tweeën natuurlijk. Ik heb er niets aan gedaan. Probeerde het te negeren. Tot die avond. Toen … toen …" Katrín spoelde weer door.

"Nee." Kristinn haalde zijn neus op. "Nee, niet langer. Ze schopte me eruit, vertelde haar ouders dat ik haar geslagen had en ging de stad uit. Naar het huisje waarschijnlijk. Met hem. Ik denk tenminste dat ze met hem was, al beweerde zij dat ze zich aan het herstellen was van de 'aanval', in elk geval zat die vrouw van hem me voortdurend op mijn nek om hem te vinden, die dagen dat ze weg was. Hij heeft grond gekocht naast ons huisje, wist je dat? Haar huisje, bedoel ik. Die klootzak. Maar toen ontmoette hij die schoonheidskoningin en liet hij Gitta vallen. Ik … ik probeerde om daarna met haar te praten, te zien of we niet … of we niet konden … maar zij …"

Katrín zette de dictafoon uit en de radio aan. Er was een of andere boyband aan het zingen over de liefde en ze rommelde wanhopig tussen haar cd's tot ze Macy Gray vond. Ze probeerde zich haar man voor te stellen als schouderschokkend emotioneel wrak bij een praatprogramma of bij de psychiater, maar de gedachte was te vergezocht. Sveinn had niet eens met zijn ogen geknipperd toen hij een jaar geleden met haar naar *Titanic* had gekeken. Maar er zou toch een tussenweg moeten zijn, dacht ze en ze trapte op het gaspedaal.

* * *

"*Allright*, dan denk ik dat we er wel zo'n beetje zijn; ik zal het nog even aan je voorlezen voor ik het uitprint. Je zegt het wel als er iets niet klopt, oké?" Árni keek naar Steinar, die ongeduldig knikte.

"Als jij het zo wilt."

"Dan begin ik. 'Mijn buurman, Óskar Marínósson, sprak me kort voor tien uur maandagavond 23 juni aan en zei dat hij 'de vrouw waarvan ze een signalement verspreiden' van de oprit had zien komen toen hij thuiskwam in de nacht van zaterdag op zondag en dat ik contact moest opnemen met de politie, omdat ik 'haar beter kende'. Ik wist niet wie hij bedoelde, maar kon hem daar niet naar vragen, want hij liep weg. Ik werd nieuwsgierig en keek naar teletekst, waardoor ik erachter kwam dat de vrouw over wie hij het had Birgitta Vésteinsdóttir is, de systeemanaliste, die enkele malen aan opdrachten voor een onderneming die ik leidde heeft gewerkt, zonder dat ze in dienst was van een van mijn bedrijven, gedurende een periode van twee jaar, of tot het voorjaar van 2000, toen ze zelfstandig ondernemer werd."

Árni keek op. Steinar gaapte.

"Ga verder."

"Bovendien hadden we een nauwere persoonlijke relatie die met enige onderbrekingen duurde van 1998 tot 2001, of tot ik mijn huidige echtgenote leerde kennen ..."

"Een íéts nauwere persoonlijke relatie die met enige lángere onderbrekingen duurde", viel Steinar in de rede en Árni typte de wijzigingen in zonder een spier te vertrekken.

"... met enige langere onderbrekingen duurde van 1998 tot 2001, of tot ik mijn huidige echtgenote leerde kennen. Onze contacten in de afgelopen zes tot acht maanden staan echter in het teken van een briefwisseling tussen haar advocaat aan de ene kant en de advocaat van Brand Collection International, een bedrijf van mij en twee anderen, aan de andere kant, wegens een vermeende achterstallige betaling van loon. Ik heb Birgitta niet meer gezien ..."

"Hé, ik zei toch dat dat een buitensporige eis van haar was, ze heeft geen kroon meer van ons te goed ..."

Árni knikte. "Ik weet het, maar dat is iets wat de advocaten beslissen en de rechters, dat heeft niets met de zaak te maken, volgens mij."

"Is dit mijn verklaring of de jouwe? Voeg dit eraan toe: 'wegens onrechtmatige en ongegronde aanspraken van haar kant op vermeende achterstallige betaling van loon'. Dat is wat ik gezegd heb en dat is wat ik zal ondertekenen. Punt uit."

Árni deed of hij wachtte voor hij verderging.

"Ik heb Birgitta niet meer gezien sinds de herfst van 2002. Het enige directe contact dat ik met haar gehad heb, was via de telefoon; ze heeft me de afgelopen zes maanden driemaal gebeld, de laatste keer begin april, en bedreigingen geuit wegens vermeende achterstallige betalingen voor een opdracht die zij verricht had voor de onderneming Gagnaslippur.is, die in de herfst van 2001 bankroet was gegaan. Ik heb haar duidelijk gemaakt dat zodra de onderneming failliet was verklaard de schulden niet meer voor mijn verantwoording waren, ik niets meer voor haar kon doen en dat ze zich moest wenden tot de executeur."

Árni keek vragend naar Steinar, die knikte en zijn perfecte stropdas schikte. Hij keek weer naar zijn computerscherm en ging door met lezen.

Een halfuur later lag de verklaring uitgeprint en ondertekend op het bureau van Stefán.

"Zou jij dat kunnen?" vroeg hij met zijn mond vol Deens koffiebroodje. Van die speciale bakker. "Zo'n onderscheid maken tussen jezelf en een onderneming die je had?"

Árni schudde zijn hoofd en hapte in zijn broodje, dat deze keer met rosbief was belegd. "Ik weet het niet. Ik geloof het niet."

"Ik niet", zei Stefán en hij veegde de kruimels bladerdeeg van zijn vingers. "Ik bedoel, als ik een onderneming begon en mensen in dienst had, over de kop ging en hun niet kon betalen ..." Hij veegde zijn mond en zijn handen af met een servet dat in zijn handen net een postzegel was. "Dan zou ik niet met een onschuldig gezicht kunnen zeggen dat ík hun niets schuldig was, maar de onderneming." Hij leunde achterover in zijn stoel en schoof zijn pet in zijn nek. "Je moet toch wel een rotzak zijn om je zo te gedragen. Toch?"

Árni kauwde snel en nam weer een hap van zijn broodje.

"Ik begrijp het gewoon niet en dan doet zo'n kerel alsof het de gewoonste zaak van de wereld is", herhaalde Stefán. "We moeten misschien Debet en Credit erbij halen. Kijken of zij iets over die klootzak weten."

Árni slikte en nam een slok cola. "Inderdaad."

"En jij moet een tweede poging wagen bij het personeel van de Broadway."

Árni zuchtte geluidloos. Hij had erop gerekend, maar gehoopt dat hij eronderuit zou komen.

"Steinar was daar", legde Stefán uit. "Maar hij beweert Birgitta daar niet gezien te hebben?"

Árni schudde zijn hoofd. "Nee. En dat kan ook heel goed zo zijn. Het is een grote zaak en hij schijnt ongeveer op het moment dat zij wegging te zijn begonnen. Hij was alleen in de disco, was daarvoor op een of ander feest in Hvalfjörður."

Stefán deed zijn pet af en krabde zich op zijn hoofd. "Dus ze kan hem hebben zien binnenkomen en ... wat? Hebben besloten van de gelegenheid gebruik te maken en naar zijn huis te rijden en zijn jeep te bekrassen?"

Árni krabde zich ook op zijn hoofd. "Klinkt een beetje vreemd."

"Ja. Maar vreemde dingen gebeuren en ze ging in elk geval naar zijn huis. En hij heeft een verklaring ondertekend waarin hij beweert dat ze elkaar afgelopen herfst voor het laatst gezien hebben, al weten wij beter. Of denken wij beter te weten ..."

"Ásta was er zeker van. Ze waren nog bij elkaar lang nadat hij hoe heet ze ook weer had leren kennen ... María. Ósk of Lind of Dís. Zeker nog met Pasen, voor zover zij wist. En ik zie geen reden waarom zij daarover zou liegen."

Stefán zette zijn pet op en rekte zich uit op zijn stoel. Het zag er angstaanjagend uit. "Je moet misschien ook nog eens met die Ásta praten", zei hij.

Árni vond dat helemaal niet erg.

"En ze waren dus in dezelfde disco. Een slimme meid die Katrín. Vind je ook niet?"

"Ja", zei Árni. "Heel slim." En een leuke meid is ze ook, voegde hij er in gedachten aan toe. Een verdomd leuke meid. Maar hij hield dat voor zich. Dat was een bijkomend detail.

"Oké, bespreking om twee uur." Stefán zette zijn pet op en begon de verklaring van Steinar door te lezen.

Árni gooide het zakje van zijn broodje in de prullenbak voor hij de kamer verliet.

Katrín. Hartstikke slim. En leuk. Hij bloosde. Mocht hij zo denken? Waarom niet? Árni schudde zijn hoofd. Hij wist niet waarom, wist alleen dat hij zo niet mocht denken. Probeerde niet op die manier aan haar te denken toen hij de gang door liep. Probeerde helemaal niet aan haar te denken. En ook niet aan Ásta. En niet aan dat blauwharige meisje in die Saab of de meisjes van de garderobe. Hij probeerde aan Steinar te denken. Aan de vermissing van Birgitta. Het vandalisme aan de jeep, waarover Steinar had gezegd dat hij zich heel goed kon voorstellen dat Birgitta dat gedaan had. Aan Kleine Bleekneus, die zijn maten niet meer hadden gezien sinds de vorige middag, ook al ontbrak hij nooit op hun bankje. Maar pas toen hij aan Guðni dacht, lukte het hem de vrouwen uit zijn gedachten te bannen. Voor even. Guðni was niet zo spannend om aan te denken.

7

Woensdag

Op zijn derde ronde in de nacht van dinsdag op woensdag, kort na halfvijf, viel het de beveiligingsman op dat de jeep die op de parkeerplaats stond bij de Fjölbrautaskóli in Ármúli, direct tegenover discotheek Broadway en waar hij minstens elf keer voorbij was gereden sinds hij twee avonden eerder aan zijn nachtdienst was begonnen, dezelfde was als de jeep waar de politie al ruim twee etmalen naar zocht. De dienstdoende agent op het politiebureau belde Stefán twee uur later en kwam erachter dat fijngevoeligheid niet altijd een deugd was.

"Het is halfzeven", bromde Stefán, toen eindelijk tot hem doordrong wat de man hem probeerde te vertellen.

"Ja, neem me niet kwalijk dat ik zo vroeg bel, maar ik dacht dat je misschien wilde ..."

"De auto is om halfvijf gevonden. Er is minstens dertig keer een opsporingsbericht verspreid. Er was een duidelijke opdracht om me te waarschuwen zodra hij gevonden werd. Zodra hij gevonden werd. Was dat niet duidelijk?"

"Ik ..."

"Is er al een wagen heen?"

"Nee, ik ..."

"Stuur er een wagen heen. Onmiddellijk. En bel Friðjón. Van de Technische Recherche. Ook meteen. Denk je dat dat lukt?"

"Ik ..."

De agent keek wantrouwig naar de hoorn van de telefoon nadat Stefán had opgehangen. Hij had die grote, harige, vriendelijke beer altijd wel een aardige, redelijke vent gevonden. Hij gaapte, stuurde een vrije wagen naar Ármúli en pakte de interne telefoonlijst. Zo kon je je dus in mensen vergissen, dacht hij somber terwijl hij de nummers van de mensen van de Technische Recherche opzocht. Hij had Friðjón nog nooit persoonlijk ontmoet, maar ontelbare verhalen over hem gehoord en meende zich te herinneren dat hij de Hond werd genoemd, al had hij die bijnaam nooit zelf gebruikt.

Dit was de eerste keer dat hij met Friðjón sprak en het kostte hem de hele dag om te bekomen van het telefoongesprek. Toen hij zich de avond erna weer meldde voor zijn dienst, was de Hond echter een goede bekende van hem geworden en de hoofdpersoon in het verhaal dat hij steeds weer wilde vertellen, maar dat niemand wilde horen of alleen na enig aandringen. Het begon gewoonlijk met de woorden "De Hond, moet je horen, ik belde hem eens heel vroeg in de ochtend en hij had natuurlijk een honds humeur ..." Hij vertelde het zes jaar nadat zijn vrouw zeven jaar later van hem af was gegaan nog altijd.

* * *

"Al die tijd recht onder onze neus, om het zo maar eens te zeggen", zei Stefán geërgerd en ze knikten. Niemand van hen deed een poging een verklaring of een rechtvaardiging te vinden voor die miskleun, al waren er wel een of twee redelijke excuses te bedenken. Ze waren het erover eens dat de jeep waarschijnlijk de hele tijd op dezelfde plek had gestaan, maar de collega's van de beveiligingsdienst wilden dat bevestigen noch ontkennen. Er stonden altijd wel enkele auto's op de parkeerplaats, zeiden ze, en er was geen reden om naar die ene auto te gaan rondkijken, er was tenslotte pas nadat hij zijn dienst begonnen was een opsporingsbevel verspreid.

"Heb je die vriendin gevraagd waar ze de auto hadden geparkeerd?"

"Nee. Ik dacht gewoon dat ze hem ergens in de buurt hadden gezet. Maar niet helemaal daar. Ze zei dat ze nog gekeken had of hij er stond toen ze wegging en dat ze hem niet gezien had."

"Zorg dat je dat duidelijk hebt", zei Stefán. "Guðni, check jij de school. Er moet daar iemand aan het werk zijn geweest, gisteren of de dag daarvoor, ook al is het zomervakantie. Al is het de conciërge maar."

Guðni knikte.

"Hoe zit het met Óskar?" vervolgde Stefán. "Skari. Was het echt haar jeep die hij gezien had?" Guðni leunde achterover in zijn stoel met zijn handen op zijn strak gespannen overhemd.

"Hij kon zich het nummer niet meer herinneren, maar het moet hem geweest zijn. Het was toch een jeep, met haar aan boord, op dat uur van de nacht? Ik zie niet hoe dat een andere auto had moeten zijn."

Ze knikten weer eensgezind. Ook Árni.

"En was hij er ook nog altijd zo zeker van dat zij niet achter het stuur had gezeten?" vroeg Katrín toen ze er even over hadden nagedacht. Guðni reageerde geprikkeld.

"Moet ik hier altijd alles twee keer zeggen? Christus." Hij nam het rafelige sigaarstompje uit zijn mond om zijn irritatie te onderstrepen. "Haar jeep, een andere driver, waarschijnlijk een man."

Het groepje hulde zich in stilzwijgen, terwijl ze ieder voor zich de route volgden naar dezelfde conclusie.

"Als Óskar niet zit te liegen ..." begon Stefán.

Guðni schudde zijn hoofd. "Hij zit niet te liegen", kwam hij tussenbeide. "Deze keer niet. Niet hierover."

"Als Óskar niet zit te liegen", ging Stefán verder, "is Birgitta van de disco naar Steinars huis gereden in haar eigen jeep met een andere chauffeur en toen weer naar de disco gegaan. Of ..." Hij zette zijn pet af en begon die vreselijk te mishandelen. "Of het moet zo zijn gegaan dat degene die haar naar Steinars huis reed, haar in de tussentijd ergens anders heen reed en toen de jeep achterliet. Zoiets in elk geval." Hij keek vragend om zich heen en zag vier hoofden instemmend knikken. Het ene sneller dan het andere. "Zijn er nog meer mogelijkheden?" Een algehele stilte. "Nog ideeën?" De vier hoofden begonnen één voor één nee te schudden.

Stefán zette zijn pet weer op zijn hoofd en sloeg met zijn handen op de tafel. "All right. Als ze is teruggegaan naar de disco, moeten we iemand kunnen vinden die haar gezien heeft. Árni, daar ga jij achteraan."

Árni zuchtte in stilte en knikte instemmend.

"Jij ook", zei Stefán en hij keek naar Friðrik, die knikte. Wakker en gretig.

Árni benijdde hem.

Katrín schraapte haar keel. "Zijn er nog ideeën over de bestuurder?" vroeg ze. "Of over wat Birgitta bij Steinar thuis te zoeken had?"

Guðni snoof weer. "Ze ging zijn jeep bekrassen. Ik dacht dat dat duidelijk was."

"Nee", zei Stefán beslist, "dat is niet duidelijk. Het ligt voor de hand, maar het is niet duidelijk en ook nogal onwaarschijnlijk, omdat haar vingerafdrukken niet op de jeep zijn gevonden. En we moeten die chauffeur vinden. En de onbekende man. Friðrik, heb jij iemand gevonden die daarvoor in aanmerking komt?"

"Nee", zei Friðrik zonder aarzelen, "niemand."

* * *

De eerste conclusies van de Hond en zijn medewerkers op de Technische Recherche droegen niet bij aan de overtuiging van Katrín dat de zaak voor Stefáns vakantie zou zijn opgelost. Ze wist niet of ze daar blij om moest zijn of juist niet.

"Alles weggeveegd", blafte hij toen ze hem die ochtend voor de tweede maal opzocht in Ármúli, "het stuur, de versnellingspook, de deurknoppen. Voorin en achterin. Alles." Hij veegde zijn ronde bril haastig schoon met een bleekroze pochet. "Heeft alles opgeruimd. Slecht weliswaar. Maar afdoende. Bloed op de achterbank. Niet veel, maar toch. En overal haar."

"Wat voor haar?" vroeg Katrín.

"Van alles. Lang, donker, steil, overal, voorin en achterin. Waarschijnlijk van haarzelf. Zwart en gekruld in de passagiersstoel voorin. Negerhaar volgens mij. En van alles wat op alle stoelen. In elk geval zeven types in verschillende lengtes en kleuren, misschien meer. Een kapperszaak op wielen."

Friðjón trok een grimas en Katrín glimlachte beleefd naar hem.

"Nog iets anders?"

"Roet", kefte de Hond schel.

"Roet?"

"Ja. Op de bestuurdersstoel, op de grond en op de pedalen, het stuur, het dashboard, de versnellingspook, het portier aan de bestuurderskant. De chauffeur zat onder het roet."

Katrín zette haar hand onder haar kin en keek hem ongelovig aan. "Wat voor roet?"

"Nou, roet", blafte de Hond. "Gewoon roet."

"Bestaat er iets wat 'gewoon roet' heet? Zijn er niet verschillende soorten …"

"Later", zei de Hond en hij gebaarde haar weg te gaan.

* * *

"Árni", zei Árni.

"Heb jij een advertentie gezet voor een computer? Een spelcomputer?"

"Ja." Godverdegodverdegodver. Hij had 'Erlendur' moeten zeggen. Die stomme telefoons ook. Ze piepten allemaal hetzelfde. "Inderdaad."

"Ik heb hier een Xbox, zo goed als nieuw." De stem was ten minste zestig jaar oud. "Of eigenlijk helemaal nieuw, kan ik beter zeggen." Vijfenzestig jaar, besloot Árni. Een vrouw. Die veel rookte en veel whisky dronk.

"O ja?" zei hij.

"Ja." De stem hoestte, langdurig. "Ik kreeg hem voor mijn verjaardag. Wil hem niet hebben."

Friðrik verscheen in de deuropening en Árni gaf hem een teken dat hij even moest wachten. Mensen die uitleg gaven als daar niet om gevraagd werd en als het niet nodig was, beloofden altijd veel goeds. Of slechts, als je het van de andere kant wilde bekijken.

"Aha." Hij rommelde in zijn la, op zoek naar een pen. "En hoeveel wil je ervoor hebben?" Ontspannen. Natuurlijk. Hoopte hij.

"Ik weet dat niet zo. Wat kost zo'n apparaat?" Árni probeerde razendsnel na te denken.

"Eh … twintig, denk ik. Of daaromtrent."

"Hm. Niet meer?" Ongelovig en teleurgesteld.

"Volgens mij niet. Misschien vijfentwintig." Hij wachtte, terwijl zijn gesprekspartner iets mompelde wat hij niet kon verstaan en een andere stem iets uit de verte terugmompelde.

"Je kunt hem voor twintig krijgen."

"Dat is te veel", zei Árni zonder aarzelen.

"Hij zit nog in de doos."

"Maakt niet uit. Dan kan ik net zo goed naar de winkel gaan." Nog meer gemompel.

Friðrik stond nog steeds in de deuropening met opgetrokken wenkbrauwen. Árni wees hem te gaan zitten.

"Achttien."

"Vijftien", zei Árni.

De hoestbui die volgde deed hem aan de man zonder benen denken en hij zocht automatisch in zijn zak naar een pakje sigaretten. Hij viste er een uit en stak hem in zijn mondhoek.

"Oké."

"Wat was dat?" vroeg Friðrik toen Árni het gesprek had beëindigd.

"Ik heb kleineadvertentiedienst", zei Árni, "en deze reactie was bijzonder veelbelovend. Die inbraak bij Computerwereld laatst", voegde hij er ter verklaring aan toe.

"Ben je daar nou nog mee bezig, dat hoeft toch niet?"

Nu was het de beurt aan Árni om zijn wenkbrauwen op te trekken.

"Je bent er niet toe verplicht als je met een andere zaak bezig bent", legde Friðrik uit. "En we zíjn met een andere zaak bezig. Of was je dat niet opgevallen?" De spottende toon ontging Árni niet, maar hij kon zich er niet erg druk om maken. Hij haalde zijn schouders op.

"Ik weet het niet, hoor. Of we ons aan die dienst kunnen onttrekken, bedoel ik. Met wie moet ik dat opnemen?"

"Met Stefán."

"*Right*. Ik handel dit even af en dan stop ik ermee."

Árni was net zo verbaasd als hij tevreden was over zijn reactie op de opmerking van Friðrik. Of het achterwege blijven van een reactie. Als Stefán iets dergelijks had gezegd, was hij waarschijnlijk rood geworden tot aan zijn haarwortels. Of Katrín. Of zijn broer. Zijn huid was niet dik, maar was langzamerhand aan het dikker worden, hoopte hij. En was nu opgewassen tegen alles wat Friðrik en andere minifascisten tegen hem in te brengen hadden. Dacht hij. Árni glimlachte afwezig in zichzelf tijdens deze mijmeringen.

"Wat is er zo grappig?" Friðrik keek hem vragend aan en Árni besefte dat hij al een poosje met een schaapachtige glimlach op zijn lippen naar het witgeschilderde plafond had zitten staren. Nu gleed er toch een rode kleur over zijn gezicht.

"Niets", haastte hij zich te zeggen. "Ik was alleen aan het ..." Hij stopte midden in de zin. "Niets."

Ze verdeelden het werk. Friðrik nam de portiers en de barkeepers voor zijn rekening en alle barkeepers die dienst hadden. Steinar en zijn vrouw, de meisjes van de garderobe, Ásta en haar buurman waren voor Árni. Hij zat nog even voor zich uit te kijken toen Friðrik de kamer uit was. Misschien zou er ooit een tijd komen dat hij zo'n klootzak eens op zijn nummer kon zetten zonder er last van te hebben, zonder zich op te winden en zichzelf na afloop te verwensen. Misschien zou hij ooit volwassen worden. Misschien zelfs zelfverzekerd. Hij vloekte toen zijn telefoon in zijn jaszak begon te piepen en bedacht dat hij met Stefán moest praten over de kleineadvertentiedienst.

"Erlendur."

"Neem me niet kwalijk, verkeerd nummer", zei een bekende stem en verbrak de verbinding. Árni keek naar de telefoon in zijn hand en op dat moment trok alle kleur uit zijn gezicht weg. Godverdegodverdegodver! Wat moest hij nu doen? De telefoon ging opnieuw voor hij daar verder over had kunnen nadenken.

"Árni."

"Hi. Hallo, bedoel ik. Je spreekt met Ásta."

Árni slikte. "Ja, hallo."

"Moet je horen. Er schoot me iets te binnen. Weet niet of het belangrijk is."

Árni haalde lichter adem. Ze leek niets gemerkt te hebben. Hij haalde zijn blocnote tevoorschijn en pakte een pen.

"Ga verder."

* * *

"Wat voor roet?" vroeg Stefán.

"Gewoon roet", zuchtte Katrín. "Meer kreeg ik niet te horen."

"En toch geen vingerafdrukken? Ondanks het roet?"

"Nee. Hij heeft ze in elk geval niet gevonden. Nog niet tenminste."

"Hm."

"Precies wat ik dacht."

"We kunnen natuurlijk niet uitsluiten dat ze zich weer naar de disco heeft laten terugbrengen ..." zei Stefán.

"Maar het wordt nog onwaarschijnlijker dan het al was", zei Katrín. "We kunnen in elk geval wel concluderen dat de bestuurder iets op zijn geweten heeft. Anders had hij niet de moeite genomen om midden in de nacht alles schoon te maken." Ze zwegen een poosje aan de telefoon. "Alleen hij weet natuurlijk wel wat er daarna gebeurde ..."

"Dan weet hij meer dan wij", viel Stefán haar in de rede, maar Katrín liet zich daar niet door van de wijs brengen.

"... En heeft hij besloten om alle sporen van zichzelf uit te wissen om van het gedoe af te zijn", reageerde zij. Ze zwegen weer, deze keer langer. "Of", voegde ze eraan toe, "iemand heeft haar naar de disco teruggereden en iemand anders reed daarna weer met haar weg en liet de auto toen achter."

"Dat is natuurlijk allebei mogelijk", zei Stefán uiteindelijk aarzelend, "maar erg vergezocht. Of niet soms?"

"Ja, dat vind ik ook. Het is veel waarschijnlijker dat hij in die disco is geweest, dat zij hem daar heeft ontmoet, hem gevraagd heeft haar een lift te geven en dat het toen in een drama is geëindigd. Waarom zou de auto anders daar hebben gestaan als hij niet besloten had terug te keren alsof hij helemaal niet was weggeweest?" Ze wachtte geduldig op een antwoord tot het haar te lang duurde. "Stefán?"

"Mm. Misschien", zei Stefán. "Klinkt plausibel. Het vermindert het aantal kandidaten van 290.000 naar 1.000. Was het druk in de disco?"

"Ging wel. Niet erg. Zeshonderd man."

"Nog beter. Maar laten we niet te snel conclusies trekken."

Katrín wachtte, vond dat er geen antwoord nodig was. Stefán

schraapte zijn keel. Het leek wel of hij zich een beetje ongemakkelijk voelde, maar misschien verbeeldde ze zich dat alleen. Ze glimlachte.

"En als hij – of zij – in de disco was, waar komt dan dat roet vandaan?" vroeg hij.

"Ik weet het niet", zei Katrín. "Maar dat zal wel blijken als we weten wat voor roet het is. We moeten gewoon wachten tot de Hond klaar is met zijn trukendoos. Wat nu?"

"Nu gaan we de reddingswerkers inzetten. Ik vind dat we daar niet langer mee moeten wachten."

* * *

"Toen ze in de bar aankwam – Birgitta, bedoel ik, vlak voor ze verdween – vlak voordat ik haar voor het laatst zag, zeg maar ..." Ásta aarzelde.

"Ja?"

"Het was me gisteren ontschoten, maar ik heb er natuurlijk veel over nagedacht en ik herinnerde me het even later en besloot je te bellen. Al weet ik natuurlijk niet wie ze belde of wat ze gezegd heeft."

"Wacht even", zei Árni en hij zette zijn pen op het papier. "Wat was je nou precies vergeten?"

"Het telefoongesprek."

"Welk telefoongesprek?"

"Dat zei ik je net, dat weet ik niet."

Árni zuchtte in stilte, hij kende het probleem. Hij vergat het zelf ook veel te vaak. Dacht het één en flapte er vervolgens iets uit wat niemand begreep. Ze zouden een volmaakt stel zijn, dacht hij.

"Dat heb ik gehoord, maar ik heb het begin gemist", zei hij rustig. "Belde zij? Werd ze gebeld? Waar? Wanneer?"

"Oeps. Neem me niet kwalijk."

"In orde. Begin gewoon opnieuw. Welk telefoongesprek bedoel je?"

"Aan de bar", zei Ásta. "Ze leende mijn telefoon om te bellen. Die van haar deed het niet. Maar ik weet niet wie ze belde, zeg maar."

Árni dacht na.

"Was het een lang gesprek?"

"Nee. Ze gaf hem na een ogenblik weer terug en liep met haar glas weg, zoals ik al zei. Ik zat met Siggi te praten, lette daar niet op", voegde ze er verontschuldigend aan toe. Árni zuchtte nog eens. Hij had een slecht gevoel gekregen over die Siggi, die na de disco een taxi met Ásta had gedeeld. En bovendien het hele jaar door op dezelfde gang als zij woonde. "Ik heb het lijstje doorgekeken zodra het me weer te binnen schoot", zei Ásta. "Het lijstje met gekozen nummers in de telefoon." Árni knikte onwillekeurig.

"Aha."

"Maar ik heb in de tussentijd zoveel gebeld dat het nummer er niet meer in staat."

Nu zuchtte Árni hardop.

"Sorry", zei Ásta, "Je hebt niet veel aan me, hè?"

"Nee nee. Het kost alleen wat meer tijd nu. We komen er wel achter. Goed dat je het je herinnerde. En goed dat je belde; ik heb zelf ook nog wat vragen. Over zaterdagavond. Of zondagnacht. Kun je een lijstje voor me maken van alle mensen die je in de disco zag en die je van naam kent?" vroeg hij. "Niet alleen vrienden en kennissen en mensen met wie je sprak, maar iedereen."

"Oké."

Árni aarzelde. Het was verleidelijk om haar uit te nodigen voor het afnemen van een verklaring op het bureau. Of een afspraak met haar te maken in Mosfellsbær. De kleurige kraaltjes dansten voor zijn gesloten ogen en hij nam haastig een besluit. Stefán. Of Katrín. Een van beiden moest tijd hebben om een verklaring van haar op te nemen. Hij vertrouwde het zichzelf niet toe. Niet in deze toestand.

* * *

De reddingsdiensten waren begonnen te dreggen tussen het Vatnsleysustrand en Kjalarnes. Als dat geen resultaat had, zouden ze verdergaan bij Reykjanes en in de Hvalfjörður, zelfs ten noorden van Akranes, al kon Birgitta natuurlijk ook in het

Mývatn liggen of op Malta zijn, als je afging op de inlichtingen die ze hadden. Eerder het Mývatn, corrigeerde hij zich in gedachten, want haar paspoort was tevoorschijn gekomen en niets wees erop dat ze het land verlaten had. Het weer was goed om te zoeken, halfbewolkt, droog en warm en het zicht was optimaal. Stefán hoopte toch maar dat ze niets vonden. Dat Birgitta weer gewoon zou thuiskomen met haar staart tussen haar benen, na een goed geslaagde scharrel die iets langer duurde dan verwacht. Hij schudde zijn hoofd. Wensgedachten waren niet zijn sterkste punt.

De woensdag was half om en ze waren nog geen stap verder, maar Stefán had een bewuste keuze gemaakt zich daar niets van aan te trekken. Het was zijn zaak niet, had hij besloten. Nog niet in elk geval. Hij reikte naar het zakje met Deense koffiebroodjes terwijl hij overwoog wat het onderzoek tot dusver had opgeleverd. Het was niet veel, maar hij wist dat dat zou veranderen.

Algauw zou het nette stapeltje voor hem een enorme berg worden die hij liever niet in zijn blikveld had als hij zich op vrijdagavond installeerde op de veranda van de boerderij in het noorden, met een glas rode wijn in zijn ene hand en een sigaar in zijn andere en de Eyjafjörður in al zijn schoonheid aan zijn voeten. Er zat maar één ding op. De stapel en de verantwoordelijkheid direct aan Katrín overdragen. De helft van het koffiebroodje verdween tussen zijn kaken, terwijl hij zijn hand uitstrekte naar de telefoon, die overging voor hij de hoorn had opgetild.

"Stefán."

"Svavar hier. We moeten even praten."

* * *

"Is er nieuws?" Steinar leek meer ontspannen en frisser, zoals hij daar aan zijn reusachtige bureau zat, met zijn handen op zijn platte buik.

Árni schudde zijn hoofd. "Nee. Alleen nog wat vragen." Hij wist het niet zeker, maar het leek wel of Steinar precies dezelfde kleren aan had als de vorige keer dat ze elkaar gezien hadden. Waarschijnlijk had hij gewoon een eenvoudige smaak.

Árni ging zitten op een van de gastenstoelen voor het bureau en nam het kantoor in zich op; hij was ervan uitgegaan dat het in dezelfde zorgelijke toestand zou verkeren als de zaken van Steinar. Hij probeerde het zich gemakkelijker te maken in de smeedijzeren, glasharde stoel die even ongastvrij als lelijk was en daarom vast en zeker duurder dan Árni zich ooit zou kunnen voorstellen. Alles in het kantoor was in dezelfde stijl en van dezelfde prijsklasse, leek het wel. Die vent kon dus niet helemaal aan de grond zitten, al zag het er somber uit, te oordelen naar wat Debet en Credit de dag ervoor in de middagbespreking hadden uitgelegd. "Het gaat allemaal naar zijn mallemoer", had Debet gezegd en hij had op de stapel documenten voor hem geklopt. "Veel te veel hooi op zijn vork genomen", stemde Credit in. Het was allemaal verkeerd gelopen. Zo mopperden ze voort. "Zes ondernemingen over de kop gegaan. Drie met surseance van betaling. Twee op zoek naar een noodfusie." Hun kale schedels gingen op en neer en ze zuchtten en steunden. Árni had begrepen dat er rechtszaken liepen in verband met vier faillissementen, maar het onderzoek was tot dusver nog niet afgerond. "Er is van alles aan de hand", had Debet verklaard. Of Credit. "Idioot veel", had hij eraan toegevoegd. Dat was niet overdreven. Verduisteringen van vele honderden miljoenen, illegale aandelenhandel, illegale ontslagen en frauduleuze handelingen in alle soorten en maten hadden geleid tot sensationele koppen en achtergrondartikelen in alle kranten en tijdschriften.

Lang leve de vrije markt, dacht Árni en hij vroeg zich af wanneer Steinar niet meer lachend op de voorpagina's te zien zou zijn en zou beginnen zijn gezicht te bedekken voor de lenzen van de persfotografen. Dezelfde fotografen die voor hem hadden gewerkt voordat hij de hele santenkraam verkocht om zijn hachje te redden en zich te storten op een andere en waarschijnlijk winstgevender markt dan de IJslandse pers.

"Weet je zeker dat je Birgitta zaterdagavond niet gezien hebt in de disco?" vroeg hij ten slotte na een stilte, waarvan hij hoopte dat hij ongemakkelijk genoeg was geweest.

Steinar aarzelde niet. "Ja."

"Ook niet na één uur?"

"Nee."
"Het is namelijk mogelijk dat ze naar de disco is teruggegaan. Nadat ze naar jouw huis was gereden."
Steinar zei geen woord, staarde alleen terug.
Árni verbrak het oogcontact toen hij opstond, indachtig de goede raad die Stefán hem eens gegeven had dat hij niet in een kat-en-muisspel verzeild moest raken, maar er altijd zeker van moest zijn wie nou eigenlijk de kat was en wie de muis. Of misschien had hij dat ergens gelezen. Dat kwam op hetzelfde neer. "Het lijkt erop dat Birgitta op hetzelfde tijdstip is weggegaan als jij aankwam", vervolgde Árni en hij vroeg zich af hoeveel hij Steinar kon vertellen en hoe hard hij hem moest aanpakken. "We weten dat ze kort voor ze wegging iemand gebeld heeft", zei hij nadat hij even had nagedacht. "Ze heeft jou toch niet gebeld?"
"Nee."
"Weet je het zeker? We krijgen vanmiddag te horen welk nummer ze belde. Op zijn laatst morgen." Hij ging weer zitten op het peperdure en vanzelfsprekend meermalen bekroonde martelwerktuig voor het bureau.
Steinar vertrok geen spier. "Gefeliciteerd", zei hij. "Maar het is niet mijn nummer. Ik dacht dat ik gisterochtend duidelijk genoeg was geweest. Ik heb Birgitta sinds de afgelopen herfst niet meer gezien en ze belde me voor het laatst begin april. Of eind maart, daar wil ik vanaf wezen." Er klonk geen ergernis of ongeduld in zijn stem door. "Koffie?"
Árni schudde zijn hoofd. "En je hebt geen idee waar ze mee bezig kan zijn geweest?"
Steinar keek hem verwonderd aan.
"Ik denk dat dat duidelijk is", zei hij, "je hebt het resultaat van haar bezoek zelf gezien."
Árni knikte afwezig. "Wat zou je zeggen als ik jou vertelde ..." Hij schoof heen en weer in zijn stoel in de hoop een houding te vinden die dragelijk was, maar niets hielp, dus hij stond weer op. "God, wat zijn dit een vreselijke stoelen."
"Dat moeten ze ook zijn", zei Steinar. Er gleed een vage, neerbuigende glimlach over zijn gladde, zelfingenomen gezicht, terwijl hij achteroverleunde in zijn met leer beklede en duidelijk

zeer comfortabele directeursstoel. "Als je me wát vertelde?"

Árni beende zonder te antwoorden het kantoor van Steinar uit en greep een stoel die bij een onbemand bureau in de afdeling ernaast stond, duwde hem voor zich uit en installeerde zich erin voor hij verderging. Hij was niet van plan om zich door die blaaskaak en zijn misdadige stoelen uit het veld te laten slaan.

"Wat zou je zeggen als ik je vertelde dat we een betrouwbare getuige hebben die bevestigt dat die zogenaamde nauwere persoonlijke relatie van jou en Birgitta, zoals jij die noemde, helemaal niet stopte toen je je huidige echtgenote leerde kennen, maar gewoon is blijven bestaan tot in elk geval afgelopen Pasen?"

"Ik zou zeggen dat die getuige helemaal niet betrouwbaar was. Ik zou zeggen dat ze klinkklare nonsens vertelde."

De glimlach speelde nog altijd om zijn lippen, net zo vaag als eerder, maar toch duidelijk zichtbaar. Hij legde zijn vingertoppen tegen elkaar en bracht zijn wijsvingers even naar zijn lippen. Er was iets raars met die man. Iets geforceerds, alsof hij een rol speelde, vond Árni, een hoofdrol die hem op het lijf geschreven was.

"Dat ze nonsens vertelde?" vroeg hij.

"Dat ze nonsens vertelde", herhaalde Steinar.

"Niet dat hij nonsens vertelde?"

"Hij of zij, wat maakt dat nou uit?"

"Waarom denk je dat de getuige een vrouw is?"

"Ik denk helemaal niets", zei Steinar. "Maar wie het ook is, hij of zij vertelt nonsens of leugens. Of allebei."

De aarzeling was heel klein, maar hij was er wel. Árni wist het zeker. Of het iets betekende en wat dan wel, was nog onduidelijk.

"Oké. Jij kwam tussen halftwaalf en twaalf uur in die discotheek aan en ging ruim na drie uur naar huis. Je kwam om halfvier thuis."

"Zoals de politie kan bevestigen", viel Steinar hem in de rede.

"Jaaa", zei Árni onaangedaan. "Ben je de hele tijd in die discotheek gebleven?"

"Ja."

"Iemand die dat kan bevestigen?" Steinar haalde zijn schouders op.

"Een heleboel mensen. Mijn vrouw. Teddi. Teódór Skúlason, een vriend van ons. En een zakenpartner van mij. Nog vier of vijf mensen die in ons gezelschap waren."

"Ik heb de namen van al die mensen nodig. En alle anderen die je hebt ontmoet of gezien en van naam kent. Telefoonnummers, als je die hebt."

Steinar pakte een vel papier en een pen en begon zonder iets te zeggen te schrijven. "Neem de tijd", zei Árni en hij stond op. "Stuur me maar een e-mail als je er zeker van bent dat je iedereen hebt." Hij pakte een visitekaartje en legde dat op zijn bureau.

Steinar knikte. "Dat kan even duren", zei hij. "Ik heb net een nieuwe computer. Hij is nog niet online."

Árni liep zonder aarzelen weer naar het bureau en inspecteerde het monsterlijke apparaat dat op een plank eronder was geplaatst. Het scherm stond links op het bureau, 19 inch en helemaal plat.

"Mooi ding."

"Hij kostte in elk geval genoeg", zei Steinar gewichtig. Hij gedroeg zich opeens vrolijk en luchtig. Als een kleine jongen met een nieuw speeltje dat mooier is dan dat van alle andere jongens.

"Heb je nog een computer nodig?"

Árni schudde zijn hoofd, maar Steinar pakte zijn pen en krabbelde iets op een papiertje. "Hier." Hij gaf het aan Árni. "Dit is de verkoopmanager van Computerwereld. Doe hem de groeten van mij, dan krijg je een goede deal."

Árni keek argwanend van het papiertje naar Steinar, maar besloot dat het op dit moment beter was om helemaal niets te zeggen en stak het papiertje in zijn zak.

* * *

Het draaide Stefán voor de ogen, zoals hij daar zat met zijn pet laag op zijn voorhoofd, zijn armen gekruist voor zijn borst en samengeknepen ogen onder gefronste wenkbrauwen.

"Ik ga vrijdag op vakantie."

"Je kunt nu niet op vakantie", bromde Svavar. "Eerst moet deze zaak zijn opgelost. Steinþór zit tot over zijn oren in het werk; je moet die vakantie maar uitstellen tot jullie eruit zijn."

"Katrín ..."

"Er is niets mis met Katrín", viel Svavar hem in de rede, "maar ik wil dat jij de leiding hebt. Ze heeft gewoon nog niet genoeg ervaring om ..."

Stefán besloot om op zijn beurt ertussen te komen. "Toen jij besloot dat Katrín Steinþór en mij kon vervangen, ben je er toen van uitgegaan dat er niets zou gebeuren?"

Svavar deed of hij hem niet begreep en antwoordde niet.

"Ik noemde haar naam omdat ik haar de leiding van welk onderzoek ook volkomen toevertrouw", vervolgde Stefán. "Ook een moordzaak. En we weten niet eens of dit een moordzaak is. Als je haar dat niet toevertrouwt, dan had je niet moeten instemmen ..."

"Ja, ja, dat weet ik wel. Maar dit is nu eenmaal een bijzondere zaak."

"O ja? Waarom?"

Svavar wees de vraag met een gebaar van de hand en trok een gezicht dat Stefán niet eerder van hem had gezien, maar hij vermoedde dat het nog vastbeslotener bedoeld was dan het vastbesloten gezicht dat Svavar trok bij bepaalde gelegenheden.

"Je weet dat ik daar niets over kan zeggen. Maar hij heeft voorrang boven alle andere zaken."

"Waarom? Waarom heeft hij voorrang?" Svavar antwoordde niet, maar hield dezelfde uitdrukking op zijn gezicht, was er blijkbaar tevreden over. "En waarom kun je er niets over zeggen?"

Svavar hield nog altijd koppig zijn mond en Stefán nam evengoed de tijd voor hij verderging. "Het enige wat bijzonder is aan deze zaak is dat geheimzinnige gedoe eromheen", zei hij toen en het lukte hem wonderwel zijn stem op een rustig niveau te houden. "We schijnen alles te weten over deze vrouw, maar niets wat dat pandemonium rechtvaardigt dat vrijwel direct toen ze verdween is losgebarsten, zelfs voordat haar ex haar als vermist opgaf, zoveel is duidelijk. Wat betekent dat we niet alles over deze vrouw weten wat we moeten weten. Niets van al die informatie helpt ons om haar te vinden, er is niets wat niet opgaat voor welke andere vrouw in IJsland dan ook, niets wat ons op een bepaald spoor kan zetten. Wat er onomstotelijk op wijst dat de reden waarom er zo hard naar haar wordt gezocht, precies dezelfde reden is waarom ze is verdwenen. Of dat er een direct verband tussen beide bestaat. En daarover komen we niets te weten. Hoe moeten we haar dan in godsnaam vinden?"

Zijn stem was luider geworden dan hij wilde en hij zwakte hem weer wat af.

"Waar moeten we zoeken?" vroeg hij en hij leunde over het bureau heen. Hij staarde Svavar in de ogen die zonder te knipperen terugstaarde. "In Grandrock, waar ze soms op vrijdag een biertje drinkt? Of in het zwembad van Árbæ waar ze om de dag 's ochtends gaat zwemmen? Wat is dat allemaal voor flauwekul?"

"Ik weet dat het geen ideale situatie is waar jij in verkeert", zei Svavar na enige tijd en hij deed zijn best zo begripvol en bemoedigend te klinken als hij in januari op de managementcursus geleerd had, "maar je moet het ook van de andere kant bekijken. Als het in de kranten komt ..."

"In de kranten komt? In het nieuws? Gaat het daarom? Je weet net zo goed als ik hoe de dingen in de kranten komen en dat is niet via mij." Stefán sloeg met een vuist zo groot als een handbal op het bureau van zijn chef.

Svavar sprong op, net als zijn telefoon, zijn computer en al het andere wat op het bureau lag. "Het minste wat je kunt verwachten is toch dat degene die het onderzoek leidt te horen krijgt wat er aan de hand is", vervolgde Stefán iets rustiger. Maar niet veel. "En je kunt er honderd procent zeker van zijn dat binnen de kortste keren in de kranten komt dat we uit alle macht aan het zoeken zijn naar een of andere vrouw en dat niemand weet waarom. En wat antwoord je dan?"

Svavar keek naar hem en was duidelijk niet meer zo zeker van zijn zaak. Hij trok een grimas en begon zijn jasje af te kloppen, wat een duidelijk teken was dat hij zich terugtrok. "Wie dan leeft, wie dan zorgt", zei hij en hij probeerde te klinken als iemand die de zaak meester is, maar het ging hem slecht af.

Opeens ging er een lampje bij Stefán branden en hij vloekte in zichzelf omdat dit niet eerder bij hem was opgekomen. "Jij weet het ook niet, hè?" vroeg hij en hij zag hoe een rode kleur over het gezicht van Svavar trok, die in zijn stoel ging verzitten.

"Zoals ik al zei, ik kan je niets meer vertellen. Maar jij moet het onderzoek leiden tot het is afgesloten. Als je kosten hebt gemaakt voor je vakantie, dan worden die natuurlijk vergoed."

Stefán stond op en torende boven Svavar uit, die onwillekeurig in de richting van de ramen keek.

"Als deze zaak niet voor vrijdag vijf uur is opgelost", zei Stefán vriendelijk, "dan kun je tegen hen – wie ze ook zijn – zeggen dat ik op vakantie ben, maar dat de zaak in goede handen is."

Svavar opende zijn mond om te protesteren, maar Stefán stak zijn hand op om hem te stoppen. "Het enige wat ze kunnen doen om dat te voorkomen is mij ontslaan, maar dat verandert niets aan de zaak, want ik ben er toch niet. En probeer ze aan het verstand te brengen dat als ze die vrouw echt willen vinden, in elk geval jij en Katrín iets meer moeten weten, en de jongens eigenlijk ook. Het is altijd mogelijk om Guðni de mond te snoeren, dat is al eerder gebeurd."

"Maar ..."

"Vertrouw haar. Ik doe tot vrijdag alles wat ik kan, maar dan ben ik weg." Hij sloot de deur zachtjes achter zich en leunde er toen tegenaan. Die arme Svavar, dacht hij en hij had een ogenblik lang echt medelijden met hem. Maar niet langer. Hij begon te lopen, pakte zijn mobiel, toetste het nummer van Katrín in en belde wel een kwartier met haar.

* * *

Cool. Dat was het enige wat je kon zeggen over zijn optreden. Ronduit cool. Dezelfde vage glimlach speelde om Steinars lippen toen hij terugdacht aan zijn gesprek met Árni. Hij had niet eens met zijn ogen geknipperd toen die gek begon over zijn contact met Birgitta. Hij vroeg zich af met wie ze hadden gesproken, welke getuige dat was en zijn glimlach maakte geleidelijk aan plaats voor een grijns toen het tien minuten te laat tot hem doordrong wat die smeris hem had willen zeggen. Misschien was hij toch een beetje té cool geweest, misschien had hij moeten doen of hij een beetje verbaasd was, of boos of beledigd door zulke vragen. In elk geval nieuwsgierig.

"Fuck", zei hij. Hij rekte zich uit, schikte zijn stropdas, streek zijn haar glad en begon na te denken wie hij in de disco was tegengekomen en een voor een de namen op te schrijven. Niemand zou kunnen beweren dat hij het onderzoek van de politie naar de vermissing van Birgitta Vésteinsdóttir belemmerde. Tien minuten later stonden er achttien namen op het lijstje. Na enig nadenken streepte hij één ervan door, maar bedacht zich even snel weer en voegde hem weer toe.

Door het raam zag hij het daglicht grauwen en de takken aan de bomen voor het huis begonnen te bewegen. Het afgelopen jaar was in veel opzichten een ramp geweest, het was of alles om de een of andere reden verkeerd liep. Zelfs zijn één maand oude huwelijk was in een eindfase beland, zoals het er nu naar uitzag. En nu dit. Hij zat stil en keek naar de lege, rode bureaustoel waarin Árni had gezeten, tot de zon onder de wolken door kwam en het weer lichter werd.

"Het klopt niet", mompelde hij. Hij stond op en duwde de lelijke bureaustoel voor zich uit de halflege ruimte in, waarna hij vastberaden op de receptie bij de voordeur afstevende. "Ik ga een hapje eten", riep hij naar de man die erachter zat, "en als ik terugkom, wil ik dat de computer op het net is aangesloten en alles het weer doet. Oké?"

De man knikte. "Oké."

8

Woensdag

Het opschepperige glimlachje van Steinar stond Árni nog levendig voor de geest toen hij in Peutje ging zitten, zoals hij in een onbewaakt ogenblik besloten had de auto te noemen, iets waarvan hij zeker wist dat hij het nooit meer zou doen, want die naam kwam hem steeds zonder waarschuwing in gedachten als hij de sleutel in het contact stak, met het bijbehorende schuldgevoel dat hij ook al zo moeilijk kon kwijtraken. Het gesprek met Steinar zorgde er deze keer voor dat hij zich niet verloor in die hersenspinsels. Het was verleidelijk om alles wat die man gezegd had op de slechtste manier uit te leggen en Árni had er helemaal geen moeite mee om dat te doen. Steinar had eigenlijk heel erg weinig gezegd, maar dat kwam welbeschouwd nog beter uit bij het opstellen van een complottheorie. En die computer natuurlijk. Árni wisselde van cd voor hij wegreed. *Some girls* van de Stones maakte plaats voor *Iceland National Park* van Botnleðja.

De nieuwe computer van Steinar kwam precies overeen met de tower die gestolen was bij Computerwereld. Het scherm en het toetsenbord ook. Er verscheen een gelukzalige uitdrukking op het gezicht van Árni toen hij voor zich zag hoe hij het kantoor binnenviel met een huiszoekingsbevel in zijn zak, de fabrieksnummers vergeleek en vervolgens opdracht gaf de hele rotzooi naar buiten te sjouwen, terwijl hij Steinar in de boeien sloeg. Er waren maar twee kleine details die de Amerikaanse politiedroom van Árni verstoorden en het schaapachtige lachje van zijn gezicht wisten. In de eerste plaats was het niet de gewoonte dat mensen in de boeien werden geslagen, behalve in bijzondere gevallen als ze tegenstand verwachtten of iemand vluchtgevaarlijk was. En in de tweede plaats had er een rekening van Computerwereld voor drie van dergelijke torens met alles erop en eraan open en bloot op het bureau van Steinar gelegen. Negenhonderdzesenzeventigduizend en vijfhonderdtwintig kronen plus btw.

Árni stak een sigaret op, schakelde naar een hogere versnelling en drukte het gaspedaal in. Vrij als een vogeltje, dacht hij terwijl hij de Skipholt inreed, vrij en ik vermaak me prima ... Kom op zeg, je mag toch wel een beetje dagdromen? De inbraak was in elk geval gepleegd en de computers gestolen. Het was veel gemakkelijker om Steinar dat in de schoenen te schuiven dan de verdwijning van Birgitta, vond Árni, kwitantie of geen kwitantie. Hoe kon je nu iemand ergens van verdenken en vragen stellen over iets waarvan je zelf geen idee had of er nog iets achter zat? Kwitanties, dacht hij. Het woord deed ergens een belletje rinkelen.

Hij remde hard en toeterde toen vlak voor hem een auto van een parkeerplaats wegreed. De bestuurder stak zijn middelvinger op en reed verder.

"Stomme idioot", foeterde Árni. "Al die idioten en al dat geheimzinnige gedoe over alles ook." Toen herinnerde hij het zich. Birgitta had de dag dat ze verdween haar creditcard gebruikt om te tanken. Hij kneep zijn ogen samen, maakte een scherpe bocht en reed regelrecht naar de Mjódd.

* * *

"Helaas, zoals ik al zei, ik kan er niets over zeggen, je moet met Svavar praten." Stefán gebaarde naar Katrín, die aarzelend in de deuropening stond, dat ze moest binnenkomen en gaan zitten. "Nee ... nee, Sveinbjörn, serieus, deze keer moet ik nee zeggen ... ik weet het ... ja ... nee, niet on en niet off the record ... sorry ... jaaa ... dag." Hij legde neer en keek naar Katrín. "De radio", zuchtte hij. "Neem me niet kwalijk."

Katrín schudde haar hoofd.

"Geeft niet, hoor. Wat weet hij?"

"Ongeveer net zoveel als wij", zei Stefán, ietwat verbaasd en geïrriteerd. "Of daaromtrent. Alles wat belangrijk is."

"Guðni?"

Stefán draaide met zijn stoel. "Neeee, ik denk het niet."

"Wie dan?" vroeg Katrín.

"Het hoeft niet iemand van ons te zijn. We hebben haar signalement verspreid, de reddingsdiensten zijn naar haar aan het zoeken en de Hond heeft de auto voor de Fjölbraut in Ármúli onderzocht. Er is met zo'n twintig, dertig man over gesproken. Er zijn allerlei vragen gesteld. Iemand heeft waarschijnlijk iets tegen iemand anders gezegd enzovoort. Dan hoef je alleen nog maar het een bij het ander op te tellen. Hij is daar goed in." Stefán trommelde met zijn zware vingers op de stapel papieren en keek als gehypnotiseerd naar het stof dat opdwarrelde in de lijnrechte strepen middagzon die door de halfgesloten luxaflex naar binnen drongen. Katrín wachtte geduldig.

"Ik weet niet of jij in contact staat met iemand bij de pers", zei hij toen hij eindelijk ophield met trommelen, "maar of jij het nu bent of niet ..." Hij aarzelde. Hij leunde achterover in zijn stoel en sloeg zijn armen over elkaar. "Of jij het nu bent of niet", herhaalde hij, "dan ..." Hij begon weer te stotteren. Het was verschrikkelijk moeilijk, vond hij. Net als de preek die hij langgeleden tegen zijn zoons had afgestoken over seksualiteit, liefde en vrouwen. Over respect voor zichzelf, dat niet in de laatste plaats bleek uit het respect dat ze voor vrouwen hadden. Ongemakkelijk, moeilijk, maar op de een of andere manier onontkoombaar. En waarschijnlijk veel te laat, zowel toen als nu; in elk geval deed het gezicht dat Katrín trok onaangenaam veel denken aan dat wat zijn zoons destijds hadden opgezet, een combinatie van welwillendheid, medelijden en plaatsvervangende schaamte, met een vleugje ergernis.

"Wat ik probeer duidelijk te maken", zei hij na een lange, vastberaden stilte van Katrín, "is eigenlijk alleen het volgende: zeg niets tegen de pers, behalve als je er zeker van bent dat het is toegestaan of als het je iets oplevert. En let goed op aan wie je iets vertelt wat je eigenlijk niet mag zeggen. Begrijp je wat ik bedoel?"

"Volkomen", zei Katrín en ze glimlachte vaag. "Is Sveinbjörn jouw man? Ben jij een van zijn betrouwbare bronnen binnen de politie, beter gezegd?"

Stefán aarzelde weer, maar knikte toen.

Katrín bleef glimlachen. "Hij belt mij natuurlijk over vijf minuten", zei ze. "Moet ik hem dan ook niets vertellen?"

Hij glimlachte terug. Ze waren die dag ongewoon gul met glimlachen. En ongewoon onzeker van elkaar. Geen van beiden begrepen ze de reden daarvan, al waren ze zich er allebei van bewust.

"In elk geval niet direct", zei Stefán en hij probeerde het te laten klinken alsof niets vanzelfsprekender was dan twee politieagenten die met elkaar babbelden over de handigste manier om naar de pers te lekken. Het was tenslotte een belangrijk aandeel van hun werk en het was maar goed dat Katrín daar instructies over kreeg voor hij vertrok, al was het maar voor vier weken. Hij twijfelde niet aan haar oordeel, maar contacten met de pers was niet iets wat je leerde op de politieacademie, in elk geval niet zo dat je er iets aan had. Er werd alleen maar gezegd dat je moest zwijgen en naar je chef moest verwijzen, wat volgens hem helemaal verkeerd was. Hij was ervan overtuigd dat iedereen weleens met iemand praatte als het erop aankwam en dat het daarom veel belangrijker was om mensen te leren praten dan om ze te leren zwijgen. Of hij Katrín iets kon bijbrengen op dat gebied was weer een heel ander verhaal.

"Zoals ik al zei, volgens mij weet Svavar net zomin als wij wat er eigenlijk aan de hand is. En als hij niet uit zichzelf iets roept voor ik wegga, en je ook niets vertelt, dan kun je misschien ergens in de volgende week iets loslaten. Anoniem uiteraard. Dat waardeert hij."

Katrín knikte en bladerde afwezig door de stapel voor zich, terwijl ze nadacht over de situatie.

"We hebben met veertien of vijftien mensen gepraat die op die avond aan het werk of aan het dansen waren in de Broadway", zei ze na een poosje. "Na een dag of wat, als de jongens een lijstje hebben van de mensen die toen binnen waren, moeten we nog met dertig, veertig, misschien wel honderd mensen extra praten en na die gesprekken worden het er misschien nog wel meer. En dat allemaal om iemand te vinden die Birgitta zag weggaan of terugkomen en weer zag weggaan? En misschien iemand die bij haar was?"

Stefán knikte.

"Ik kan er niks aan doen, maar ik vind dat bespottelijk", ging Katrín verder, aarzelend en vastberaden tegelijk. "Ik vind dat we ons op haarzelf en de mensen om haar heen moeten richten. Niet dat ik op dit moment nog weet wat we hun nog meer kunnen vragen. Maar toch. Ik bedoel, alleen al de tijd die het kost ..."

"We kunnen er niet omheen", zei Stefán. "Maar te oordelen aan hoe Svavar zich opstelt, moet het geen probleem zijn om versterking te krijgen om die lijsten door te werken. Ik zal erachteraan gaan. We gaan nu gewoon maar even door tot er iets uitkomt."

"Als er iets uitkomt", mompelde Katrín. "Wat denk jij?" vroeg ze toen en ze keek naar Stefán. "Is haar iets aangedaan of heeft ze zelf iets gedaan? Zoeken we naar een slachtoffer of een dader?"

"Een slachtoffer", zei Stefán zonder aarzelen. "Als ik uit die twee moet kiezen, zeg ik slachtoffer."

"Waarom?"

"De jeep. Het bloed." Hij haalde zijn schouders op. "Voordat we de jeep gevonden hadden, had ik een muntje op moeten gooien."

"Als je uit die twee moet kiezen? Zijn er nog meer mogelijkheden?"

"Waarschijnlijk niet. Maar dat is het gekke. Je weet helemaal niets. Ziet niets. Waar een licht zou moeten zijn om achteraan te lopen, is alleen maar diepe duisternis. Niet eens bakens langs de weg."

Ze zaten zwijgend bij elkaar en staarden ieder met tegenzin naar de stapels voor hen.

Toen vermande Katrín zich, stond op en nam haar stapel onder haar arm. "Ja, ja", zei ze vastberaden. "Zo gaat het niet langer."

"Wat ga je doen?"

"Ik denk dat ik ga proberen erachter te komen wat ze het afgelopen halfjaar eigenlijk heeft uitgespookt. Kijken of ik niet ergens een baken vind", voegde ze eraan toe en ze probeerde te glimlachen. "We weten alles wat ze gedaan heeft tot de jaarwisseling, maar daarna schijnt niemand een idee te hebben. Wat erop wijst dat het iets geheims moet zijn geweest. In haar ogen in elk geval."

"Niet alleen in haar ogen, denk ik", zei Stefán, "te oordelen naar al die poespas rond deze zaak."

Hij trok een paar maal aan zijn onderlip, zo diep in gedachten dat Katrín het opvatte als een teken dat hun gesprek ten einde was en ze naar de deur liep, maar ze kwam niet ver. "Wat wil je dat ik doe?" Ze draaide zich naar hem om met een vragend gezicht.

"Zoals ik daarnet al zei, wil ik dat je deze zaak direct overneemt", zei Stefán. "Jij bent nu de baas. Ik misschien nog wel formeel, maar toch. Ik ga nu met Svavar praten en om versterking vragen, maar daarna? Wat wil jij dat ik doe?"

Katrín ging weer zitten en haalde eens diep adem. "Oké. Wat wil je doen?"

Stefán dacht na. "Ik ben het met je eens dat we moeten weten waar ze de afgelopen maanden mee bezig was", zei hij toen, "want of het nu met haar vermissing te maken heeft of niet, het heeft vast en zeker te maken met al die rare geheimzinnigheid die ons het leven zuur maakt. Dus ik wil ook graag proberen of ik daar iets over te weten kan komen. Van de andere kant."

Katrín trok haar wenkbrauwen op.

"De grote onbekende vinden", legde Stefán uit.

Ze knikte. "Doe dat."

"Goed. En Katrín ..." Hij trok weer aan zijn lip.

"Ja?"

"Als Guðni iets vervelends zegt ..."

Ze trok een grimas. "Ik red me wel." Haar armen over elkaar, haar benen ook en haar hoofd kaarsrecht op haar schouders.

"Daar twijfel ik niet aan." Hij leunde over het bureau, steunend op zijn handen. "Wees er alleen niet te koppig in dat je alles zelf wilt doen. Ga naar Svavar als die kerel te ver gaat en laat je niet kennen. Goed?" Stefán keek vragend naar Katrín tot de spieren in haar nek zich iets ontspanden.

"Oké."

Stefán zat bewegingloos aan zijn bureau nadat Katrín vertrokken was en dacht na over alles, behalve wat in de documenten die voor hem lagen verborgen zat. "Wat wil je doen?" had ze gevraagd. Hoewel het hem gelukt was niets te laten merken, had de vraag hem ontwapend. En nu vroeg hij zich af waarom. En of het iets was wat hij zelf eens vaker moest doen. Vragen: 'Wat wil je doen?' Als het antwoord hem niet beviel, kon hij de mensen altijd nog op een ander spoor zetten, maar het kon geen kwaad om het te vragen. Hij kon het in elk geval proberen, dacht hij. Behalve bij Guðni, misschien. Hoewel. Misschien juist bij Guðni.

"*Jevla skit*", mompelde hij hardop in het Zweeds. Verdomde shit.

* * *

Het huis was een van de weinige in de straat die nog niet gerenoveerd waren, een achterhuis van twee verdiepingen boven op een kelder die half onder de grond zat. Een verroeste ijzeren plaat hing als een gekreukelde mantel over afgezakte schouders op de grijze betonnen muur. Op de grond groeiden brandnetels en zuring en kruipende boterbloemen tussen bierblikjes, pizzadozen, stukken hout, een kapotte wc-pot en een paar verdwaalde graspollen die weigerden het loodje te leggen. Árni stapte voorzichtig over de verende, rottende traptreden van de buitentrap en drukte op de bovenste bel. Het hart van de hoofdstad, dacht hij, en hij verwonderde zich erover dat de eigenaar van deze bouwval het nagelaten had om het in dezelfde toestand te brengen als de huizen ernaast. Die waren allemaal een nieuw leven begonnen nadat een onverbeterlijke groep helderzienden, mensen die ijverden voor de cultuur van de binnenstad, nieuwe rijken en onroerendgoedspeculanten met oog voor modegrillen ze één voor één hadden opgekocht, gestript, versterkt, opnieuw betimmerd en geschilderd en zo hun waarde binnen een paar jaar of zelfs een paar maanden hadden vermenigvuldigd. De bel reageerde niet op de druk van zijn vinger en er kwam ook niemand aan de deur toen hij er met zijn knokkels op tikte. Er gebeurde niets. Hij klopte weer, nu een beetje harder, en de deur trilde in zijn sponning. Árni was alweer half de trap afgelopen toen hij uit het raam op de bovenste verdieping hoorde roepen.

"Hallo?"

Hij herkende de stem en keek naar boven. Een half hoofd met ongekamd, blond haar gluurde over de vensterbank. "Ik kom voor de computer."

Het hoofd verdween en er klonk een onduidelijk gemompel door de kier van het raam. Even later verschenen er twee hoofden achter het vuile vensterglas. Árni kon ze niet goed zien en kon niet verstaan wat ze zeiden, maar hij begreep wel dat hij het gespreksonderwerp was en beleefde een van die maar al te schaarse ogenblikken dat hij blij was over hoe hij eruitzag en wat hij aanhad. "Je ziet er niet uit, jongen", waren de woorden waarmee zijn moeder hem altijd begroette als hij weer eens langsging bij zijn ouderlijk huis, vooral nadat zijn vriendin en hij vier jaar geleden uit elkaar waren gegaan. "Heb je geen strijkbout, jongen?"

"Kom boven", zei de door whisky getekende stem. "De deur is open."

Árni gehoorzaamde.

De trap was steil en smal en elke trede kraakte vervaarlijk. De loper die hem grotendeels bedekte, was ooit gebloemd geweest, maar de stank die eruit opsteeg herinnerde aan alles behalve rozen. Een onbestemde geur van urine en braaksel drong tot Árni door, naast een stevige, allesoverheersende mengeling van sigarettenrook en verschaald bier, die erger werd naarmate hij hoger kwam. De overloop lag vol schoenen in soorten en maten en Árni was bijna gestruikeld over de grootste gympen die hij ooit gezien had toen de deur van de woning met bijbehorend gepiep werd geopend. De vrouw in de deuropening nam hem argwanend in zich op en hij probeerde verontschuldigend te glimlachen terwijl hij zijn evenwicht hervond en zijn hand uitstak.

"Árni."

De vrouw deed een stap achteruit en knikte met haar hoofd in plaats van te groeten. Ze zag er beter uit dan hij zich had voorgesteld, een paar decennia jonger dan de stem, nauwelijks ouder dan vijfendertig en helemaal niet zo'n oude taart als hij om de een of andere reden gedacht had. Eigenlijk helemaal niet lelijk. En keurig ook. Haar haren waren bewust ongekamd in plaats van uit onverzorgdheid. De woning was echter nog armoediger dan waar hij op gerekend had, als je het een woning mocht noemen. Een hol of een stal leken betere omschrijvingen, toen hij de vergeelde stroken behang die van de muren en aan het plafond hingen zag en voelde hoe de vloerdelen onder het tot op de draad versleten vloerkleed bij elke stap doorbogen. Het rook er naar schimmel en het was moeilijk voor te stellen dat iemand die onder zulke omstandigheden leefde, een spelcomputer voor zijn verjaardag kreeg. Het werd er niet waarschijnlijker op toen hij zag dat er niet eens een televisie in de woonkamer stond. Hij ging er tenminste van uit dat dit de woonkamer was. Twee half kapotte stoelen stonden aan weerszijden van een grote, lage teakhouten tafel met ontelbare brandplekken en twee halfvolle asbakken tussen bierblikjes, colaflesjes en een half met chips gevulde schaal. Aan de andere kant van de tafel lag een man rokend op een oude, versleten bank die Árni allang op straat zou hebben gezet. Hij was een grote kleerkast van rond de dertig met een Iron-Maiden-T-shirt aan en een tijger, slangen en andere tropische diersoorten getatoeëerd op zijn lange, zware en behaarde armen.

"Hi", zei de man.

"Hi", zei Árni.

De vrouw liep de kamer uit en even later hoorde Árni geluiden die er volgens hem op wezen dat ze in de keuken was. De man staarde naar hem door de rook heen en fronste zijn wenkbrauwen. Árni keek voor zich en probeerde een ontspannen indruk te maken.

"Ken ik jou niet?"

Árni wierp een snelle blik op hem en schudde zijn hoofd. "Ik dacht het niet."

De man ging rechtop zitten, drukte zijn sigaret uit en stond op. "Wis en waarachtig ken ik jou."

Hij was op zijn minst 1 meter 90 en bijna net zo stevig en met net zo'n stierennek als Stefán, zonder dat er ergens een spoortje vet te bekennen was. Árni keek onwillekeurig naar de deur toen hij in zijn richting liep. Stom dat hij niet iemand had meegenomen, dat hij niet eens iemand had laten weten waar hij heen ging, zoals de regels voorschreven. Er verscheen een snelle glimlach op het gezicht van de man, terwijl hij naar hem wees. "Árni. Árni Eysteins", zei hij triomfantelijk en hij stak zijn kolenschop uit. Árni week achteruit en struikelde over de drempel met als gevolg dat hij steil achterover viel. Het huis schudde op zijn grondvesten toen zijn achterhoofd met volle kracht de grond raakte en een oude zwart-witfoto van een jong bruidspaar van zijn haakje loskwam en op zijn neus terechtkwam. De man sprong naar voren en trok hem weer overeind, terwijl de vrouw de keuken uit kwam rennen. De bezorgdheid straalde van hun gezichten.

"Is alles in orde?" vroeg de man. Árni mompelde iets wat zo onduidelijk was dat hij het zelf niet verstond en raapte de foto op. Hij wilde hem weer op zijn plaats hangen, maar stopte midden in de handeling en staarde niet-begrijpend naar de trouwfoto van zijn opa en oma die hij elke dag gezien had gedurende de twintig jaar dat hij in zijn ouderlijk huis had gewoond en die hij nog minstens om de drie weken op zondag te zien kreeg.

"Ik neem ze altijd met me mee, die oudjes. Het eerste wat ik ophang, waar ik ook ben. Het zal wel een soort bijgeloof zijn."

Árni keek in verwarring van de foto naar de kleerkast. "Maar … maar …"

De kleerkast glimlachte. "Hallo neef. God, wat is het lang geleden dat wij elkaar gezien hebben."

"Koffie?" vroeg de vrouw.

* * *

"Ga zitten", zei Stefán. Friðrik ging zitten. "Hoe is het gegaan?" Friðrik haalde zijn schouders op. "Goed, denk ik. Ik heb alle barkeepers gehad, op twee na, en een van de portiers. De andere is ergens aan het vissen, komt vrijdag pas weer terug. Maar ik heb zijn mobiele nummer. En ik weet eigenlijk niet hoe ver Árni is." voegde hij er ongevraagd aan toe. "Hij was ook nog van plan om achter een computer aan te gaan. Heeft dienst, zei hij."

"Dienst?" Friðrik herhaalde wat Árni hem die ochtend verteld had.

"Ik heb hem gezegd dat hij met jou moest praten. Om ervan af te komen."

"Goed", zei Stefán. Friðrik hoorde geen irritatie, maar wist dat dat niets zei. "En het resultaat?" Friðrik reikte in zijn binnenzak en haalde een paar dubbelgevouwen papiertjes tevoorschijn.

“Ik moet er nog even doorheen lopen”, zei hij en hij streek ze glad. “Enkele namen staan op twee of meer lijstjes, maar volgens mij zijn het zo’n vijftig, zestig namen in totaal. Een paar bekende namen. Politici, zakenlui, acteurs en dergelijke.” Hij gaf de papiertjes aan Stefán.

“Mooi”, zei Stefán en hij legde ze boven op de stapel voor zich, zonder ernaar te kijken. “We laten er nog iemand doorheen gaan. Iets anders, we hebben het er vanochtend niet meer over gehad, maar ben je naar alle plaatsen gegaan die we genoemd hadden om te zoeken naar de grote onbekende?”

“Nee. Niet naar het ministerie.”

“Het ministerie van Justitie?”

“Waren er nog andere in beeld dan?”

Stefán schudde zijn hoofd. “Nee”, zei hij. “Dan wil ik daar beginnen.”

Friðrik keek hem vragend aan.

“Ik wil die kerel vinden”, verklaarde Stefán, “en ik dacht erover om dat zelf te gaan doen.”

Friðrik vertrok geen spier.

“*Right*. En wat moet ik dan doen?”

Stefán keek op zijn horloge. “Ik vind het mooi als je voor de avond alle barkeepers hebt gesproken. Dan zien we wel verder.” Zijn stoel kraakte toen hij achteroverleunde met zijn handen in zijn nek en zijn voeten op zijn bureau legde. “Heb je verder een idee? Wat wil je doen?”

* * *

“We zijn daar zeven jaar geweest”, zei de kleerkast, die nu ineens een achterneef van Árni bleek te zijn, de zoon van Dedda, zijn tante in Dalvík, die hij niet meer gezien had sinds de familiereünie in Stórutjörn in vierentachtig. Toen was hij nog klein en minnetjes geweest, herinnerde hij zich, veel kleiner dan Árni, die toch maar een jaar jonger was. Hij zat onder de krassen waar je maar blote huid zag en spuugde voortdurend op de grond, waar hij erg jaloers op was. Op de een of andere manier bracht Árni herinneringen aan zijn nicht altijd in verband met fluisterende hoofden die afkeurend schudden en tongen die klakkende geluiden maakten. En nu was hij een boomlange spierbundel met een doctoraal geschiedenis op zak.

"Dit voorjaar afgestudeerd", zei Óli. "Onze huisraad is ergens opgeslagen en we krijgen in juli een woning. We mogen ondertussen hier bivakkeren. Mijn broer Siggi heeft dit krot van de winter gekocht en wil het slopen of opknappen. De kinderen zijn in het noorden. Blijven daar tot we verhuizen. En jij, wat heb jij te melden? Mama vertelde dat je nu bij de politie bent?"

Árni gaf toe dat dat zo was. Hij gaf ook toe dat hij nooit een studie geschiedenis had afgerond, om maar niet te spreken van een studie medicijnen, biologie, filosofie, astronomie of IJslands, dat hij gescheiden was, alleenstaand en kinderloos. Maar dat hij wel een huis en een auto had.

"Maar geen klederdrachtpoppen, hoor", zei hij in een poging grappig te zijn en hij verborg zijn schaamte achter een geel koffiekopje, waar hij met overgave uit slurpte.

"Je hebt nog een paar jaar om dat goed te maken", zei zijn achterneef.

"Ja, ja", zei Árni en hij zette zijn kopje op de bevlekte tafel, die hij eigenlijk wel gezellig begon te vinden, net als de stoel waarop hij zat en de bank waarop zijn achterneef zich met zijn vrouw in zijn armen uitstrekte. Guðrún. Ze was eigenlijk best knap. Sexy stem ook ... Hij keek voor zich en schonk zich nog wat koffie in.

"En je zoekt een spelcomputer?" vroeg Óli.

"Tja", zei Árni, "eigenlijk niet ..."

* * *

"Ik denk dat dat beter is, ja", zei Friðrik en hij trommelde haastig met de vingers van zijn linkerhand op zijn stijf over elkaar geslagen knieën. "Hij zei dat hij bij het ministerie wilde beginnen, maar ik denk niet dat hij daar stopt, als ik hem een beetje ken. Het is alleen een kwestie van tijd. Ik ben er nog het meest verbaasd over dat hij er nog niet eerder achter is gekomen. Achter jou. Jullie kennen elkaar toch?"

"Nauwelijks", zei de stem in de telefoon. "We hebben elkaar

weleens ontmoet. Langgeleden. Maar ik ken hem wel. Als je begrijpt wat ik bedoel."

Friðrik besloot niet te antwoorden. "All right, het komt waarschijnlijk wel goed. Ik probeer iets te verzinnen en zal morgenochtend met hem praten. Of vanavond. Bedankt."

"Niets te danken", zei Friðrik en hij legde neer. Eigenlijk mocht hij Stefán wel, dacht hij, en hij vroeg zich een ogenblik af of hij misschien een fout maakte. Toen richtte hij zich weer op zijn computerspel. Hij moest er nog maar twee omleggen, hooguit drie, en dan had hij de wereld gered. Nog een keer.

* * *

"... maar de reddingsdiensten zijn vandaag om vier uur van Garðskagi naar Kjalarnes gegaan. Volgens de inlichtingen van de nieuwsdienst wordt haar verdwijning echter behandeld als een misdaad en is er direct op maandag een groot onderzoek gestart. De politie weigert mededelingen te doen over het onderzoek, maar uit de informatie waarover de nieuwsdienst beschikt, kan worden opgemaakt dat het vermoeden bestaat dat haar iets is overkomen. De politie verzoekt eenieder die inlichtingen heeft over de verblijfplaats van Birgitta Vésteinsdóttir na middernacht ..."

Katrín zette de radio uit. Ze popelde om Sveinbjörn te bellen. Hem te zeggen dat de politie – of in elk geval de afdeling die zich met het onderzoek bezighield – geen enkele tastbare reden had om te vermoeden dat Birgitta iets was overkomen. Integendeel, dat het onderzoeksteam geen idee had waar het eigenlijk naar zocht. Dat zou nog eens leuk nieuws zijn, dacht ze. Niet dat ze verlegen zaten om nieuws, de laatste dagen. De komkommertijd was ongewoon druk met die rotzooi rond de verdediging van het land en overal verbroken verkiezingsbeloften. Ze liet het vet van het spek afdruipen en legde het opzij. Toen deed ze broodkruimels in de pan, schudde ze af en toe om en strooide er knoflookpoeder overheen. De sla, de tomaten en de paprika zaten al in de kom. Alleen de dressing en het brood ontbraken nog.

"Eten!" riep ze. Ze vermengde de broodkruimels met de sla,

voegde het spek toe en pakte de dressing uit de koelkast. "Waar is het brood?" vroeg ze toen Sveinn in de deuropening verscheen met de kinderen aan zijn benen hangend.

"Waar is het brood?" bauwden ze haar na.

"Waar is het brood?" neuriede Sveinn en hij strekte zijn arm uit naar de bovenste plank, waar hij het stokbrood had verstopt voor de twee hongerlappen. Katrín kon het niet nalaten even te glimlachen. Hij had zijn momenten, dacht ze. Toen herinnerde ze zichzelf eraan dat een paar momenten lang niet genoeg waren en ze besloot eens serieus met Sveinn te gaan praten als de kinderen aan het buiten spelen waren. Of hij dat nu leuk vond of niet.

"Verboden te vissen, verboden te vissen", gilde Íris toen haar broertje kaas en spek uit de schaal pikte.

Katrín hoorde het niet. Ze was weer verdiept in haar werk en dacht erover na met wie ze moest praten om erachter te komen welke instelling het was geweest die Birgitta negenhonderdduizend per maand had betaald volgens de bankafschriften die ze twee uur geleden onder ogen had gekregen. Staatskas stond er op de afschriften. Dat zei iets, maar niet genoeg. Kende ze iemand die daar werkte?

9

Woensdag

Het bezoek aan Óli en Guðrún liep wat uit en het was al ruim zes uur toen Árni zich naar de woning van Steinar en María Dís spoedde. María Dís was de laatste met wie hij die dag moest praten en tot zijn opluchting zag Árni dat de monsterlijke jeep noch op de oprit noch langs de stoep voor het huis stond en hij hoopte dat dit betekende dat Steinar niet thuis was. Hij had vandaag zijn buik vol van mannen die hem op de zenuwen werkten. Sigurður, de buurman van Ásta, was net zo afschuwelijk voorbeeldig, vertrouwenwekkend en stralend gebleken in lichaam en geest als hij had gevreesd, en hoewel hij blij was voor zijn hervonden achterneef dat het hem zo goed ging in zijn leven, ondanks alle verwachtingen, gaf het hem tegelijkertijd het vervelende gevoel dat hijzelf het vleesgeworden tegendeel van hem was; de vervlogen hoop van hemzelf en anderen op een blije en voorspoedige toekomst. Een toekomst die het bestuur van zijn middelbare school had beloofd aan zijn leraren, zijn ouders, zijn familie en hemzelf. En de hele maatschappij of de hele wereld als we toch bezig waren. Árni zag niet hoe hij die beloften ooit moest inlossen en had daar helemaal geen problemen mee, zolang mensen het hem niet onder de neus wreven. Iets wat mensen als zijn achterneef Óli deden, alleen door hun bestaan.

Vrouwen als María Dís deden dat niet. Zij wreven hem andere dingen onder de neus zonder iets anders te doen dan te bestaan.

"Kom binnen", zei ze en ze ging verder met het drogen van haar lange, blonde haar met een grote, witte handdoek terwijl ze voor hem uit de voorkamer in trippelde en verder de flat binnen, op blote voeten en gehuld in een korte, witte badjas. Ze draaide zich in de deuropening naar hem om en glimlachte verontschuldigend. "Ga maar vast in de kamer zitten, ik kom er zo aan." Haar glimlach was net zo wit en breed en zijdezacht als de handdoek en de badjas en Árni wist niet of hij moest hopen of vrezen dat de badjas zich iets verder zou openen, maar dankte God dat dat niet gebeurde, ook al geloofde hij niet in Hem. Árni deed wat hem gezegd werd, waarna een luid geraas van een haardroger zijn oren en zijn fantasie begon te teisteren, direct nadat María om de hoek was verdwenen. Zijn aandacht werd getrokken door de schilderijen van Kjarval en Svavar Guðna die elk een lichtgrijze muur bedekten in de grote, lichte kamer, maar de mijmeringen over hun virtuositeit en de draagkracht van hun eigenaar konden het beeld van de halfnaakte schoonheidskoningin in de kamer ernaast maar kort uitbannen. Hij had van tevoren gebeld, waarom ging ze onder de douche als ze wist dat hij onderweg was en ontving ze hem in een korte, halfopen badjas? Hij besloot zichzelf niet langer te kwellen door de draad tot het einde uit te spinnen en hij slaagde erin zich te vermannen en zich te verliezen in een afkeurende houding ten opzichte van het groene bankstel en het glazen tafeltje, dat er op zijn stalen pootjes een beetje verloren bij stond midden in de kamer. Echt iets voor die businesslui, dacht Árni; ze bulken van het geld, maar ze hebben geen smaak. Als je gek genoeg bent om een half miljoen uit te geven aan een chesterfield, kon je toch minstens een zwarte of een bruine uitzoeken en een tafel van massief hardhout. *Come on*, dat sprak voor zichzelf. Een idioot als Steinar was een toonbeeld van smakeloosheid.

"Kleinburgerlijk", mompelde hij, met de heilige overtuiging van iemand die leeft in de stellige illusie dat vrees voor het stempel van kleinburgerlijkheid hem er zelf van vrijpleitte. María Dís had vast en zeker een betere kijk op hoe je dingen met elkaar in harmonie bracht, voegde hij er in gedachten aan toe, waarna hij de gelegenheid aangreep en opnieuw begon de ceintuur van haar badjas los te maken. "Verdomme", zei Árni.

"Pardon?" zei María Dís terwijl ze de kamer in zweefde.

Godverdegodver, dacht Árni. "Nee, ik herinnerde me alleen dat ik iets vergeten ben", loog hij. "Neem me niet kwalijk."

Ze ging op een stoel tegenover hem zitten en keek hem aan met grote, blauwe ogen waarvan hij geen ogenblik geloofde dat ze de spiegel van haar ziel waren. Ze droeg een blauw spijkerrokje en een wit truitje dat haar navel vrijliet, en witte teenslippers met een glimmende paarse bloem op de teen. Misschien had ze het bankstel toch uitgezocht, dacht hij. Misschien ook wel de tafel. Hij voelde zich meteen beter.

"Ik heb het lijstje gemaakt waar je om vroeg", zei ze. "Ik kende niet zo heel veel mensen. Het was een nogal oud clubje." Ze dacht even na. "Niet helemaal mijn scene", voegde ze eraan toe.

Árni wist niet of ze een poging deed sarcastisch te zijn of niet, indachtig het resultaat van de missverkiezingen die in de Broadway waren gehouden, maar besloot om voor de zekerheid maar vriendelijk te glimlachen. Ze gaf hem een blaadje uit een blocnote. Dit was dicht beschreven aan beide zijden, er stonden minstens veertig namen op. Árni vroeg zich af hoeveel het er hadden moeten zijn om in haar ogen heel veel te zijn. Zelf vond hij het al heel wat als hij vijf mensen in de bar tegenkwam die hij met een hoofdknik begroette, buiten de mensen met wie hij altijd op stap ging.

"Weet je of iemand van deze mensen Birgitta kent?" vroeg hij. María fronste haar voorhoofd. Dat stond haar goed, vond Árni.

Ze strekte haar hand weer uit naar het lijstje en onderstreepte na even denken zeven namen. "Deze kennen haar in elk geval", zei ze en ze wierp een blik op Árni voor ze de pen opnieuw op papier zette en een sterretje zette bij nog drie namen. "En deze misschien."

Árni knikte, pakte het blaadje en stak het in zijn zak. "En jij?"

Ze trok vragend haar wenkbrauwen op.

Dat stond haar ook niet slecht, vond Árni. "Ken jij Birgitta? Meer dan alleen van gezicht, bedoel ik", legde hij uit. En dat truitje stond haar ook heel mooi. Droeg ze geen bh? Ze haalde haar schouders op; hij dacht van niet. Concentreren.

"Nauwelijks", gaf ze toe. "Ik kwam haar vroeger soms tegen. Ze werkte voor ons."

"Ons?"

"De onderneming. Kan ik je iets aanbieden? Koffie? Een biertje?"

Árni schudde zijn hoofd. "Welke onderneming?"

"BCI. Brand Collection International. Een soort veredelde gouden gids, alleen dan van de hele wereld en op internet."

"Werk jij daar?"

"Werkte. Ik was de secretaresse van Steinar. Ik ben kort nadat we samen wat kregen gestopt." Ze glimlachte verontschuldigend. "De onderneming trouwens ook. Of liever gezegd, hij verkocht hem."

Árni zuchtte in gedachten. Secretaresse van de directeur. Dan minnares. En nu zijn vrouw. Wat een cliché.

"Heb je haar gesproken? In de disco?"

"Nee." Ze leunde achterover in haar stoel, legde haar armen op de hoge leuningen en strekte haar lange benen onder de tafel uit. Haar tepels staarden Árni uitdagend aan door haar dunne truitje heen. Hij staarde verlegen terug.

"En je hebt haar ook niet gezien?"

"Ja, ja, ik heb haar wel gezien."

"Heb je haar wel gezien?" Hij slaagde er niet in zijn verbazing te verbergen, die zo groot was dat hij zichzelf dat niet eens kwalijk nam en hij verbrak bovendien het oogcontact met het beloofde land.

"Ja."

"Wanneer?"

María legde haar wijsvinger onder haar kin en draaide haar ogen naar het witgeschilderde plafond. Ze sloeg haar eindeloos lange benen over elkaar onder het glazen tafeltje.

"Voor middernacht, na middernacht?"

"God, dat weet ik niet meer", zei María en ze schoof nog verder onderuit. "Ik lette er niet op hoe laat het was."

"Het is belangrijk", zei Árni en hij probeerde uit alle macht alles aan haar te negeren, behalve haar neuspuntje. "Jullie kwamen kort voor middernacht, misschien halftwaalf, binnen, begreep ik van Steinar."

María knikte.

"Was het kort daarna of later?"

"Later", zei ze zonder aarzelen. "Veel later."

Árni kreunde. "We hebben gevraagd of getuigen die Birgitta na middernacht in de nacht van zaterdag op zondag hebben gezien zich wilden melden. Ik heb nu meer dan eens met je echtgenoot gesproken. Jullie praten toch wel met elkaar, of niet?"

Ze antwoordde door de lange nagels aan de lange vingers van allebei haar handen uitgebreid te bestuderen.

Árni keek vastberaden naar haar neuspuntje. "Waarom heb je niets gezegd? Ons niet gebeld?"

"Ik dacht dat het er niet toe deed. Jullie wisten toch dat ze daar was." Haar blauwe ogen en bleke lippen waren de onschuld zelve. Haar neuspuntje ook. "En niemand heeft me ernaar gevraagd", voegde ze eraan toe en ze trok een pruilmondje. Boos. Daagde hem uit er een punt van te maken. Kwaad op haar te worden. Hij trok een neutraal gezicht, wat zijn broer Addi zijn onnozele kop noemde. En zijn moeder zijn varkenskop.

"Hoeveel later, denk je? Een halfuur? Een uur? Twee?"

María spreidde haar armen weer over de leuningen uit en trok haar truitje daarmee strak. Árni lette er niet op. Niet zonder moeite, maar het lukte. Was dat een mee-eter op haar neus?

"Halftwee, misschien. Zoiets. Ze praatte met ..." Een zachte, maar duidelijk hoorbare plof ergens in het huis onderbrak haar. Ze beet even op haar onderlip, maar stond toen op. "Die stomme kat zeker weer", antwoordde ze op de vragende wenkbrauwen van Árni, "uit het huis hiernaast. Komt soms door het raam bij ons binnen. Ik kom zo terug."

Árni keek haar na en tuurde de gang in. Hij waagde zich zelfs iets verder toen ze achter een deur verdween en die achter zich sloot. Hij hield zijn adem in, maar het enige geluid dat tot zijn oren doordrong, was een zacht getik dat ook door het raam vanbuiten kon zijn gekomen, dat gesloten was. Hij haastte zich weer de kamer in toen de deurknop even later weer bewoog.

"Hij was weg. Had mijn juwelenkistje op de grond gegooid." Ze glimlachte. Ging zitten. Strekte zich weer uit. "Vervelend beest. Waar waren we?"

"Birgitta praatte met iemand", zei Árni, zijn neutrale gezicht onveranderd onder zijn hoge haargrens.

"Inderdaad. Ze praatte met iemand. Vlak voor de toiletten.

Naast de uitgang."

"Met wie?"

"... Dat weet ik niet ..." De aarzeling was zo minimaal dat het hem vijf minuten eerder niet opgevallen zou zijn. "Ze praatte via haar mobiel, begrijp je."

Haar tanden waren, zoals Árni al had vermoed, perfect. "En wat toen?"

Ze haalde haar schouders op. "Gewoon. Niets. Ik zag haar alleen toen ik naar de wc ging. Ze was weg toen ik er weer uit kwam. Praat eens met Gugga."

"Gugga?"

"Guðbjörg."

Árni wachtte. "Jóns?" Hij schudde zijn hoofd. "De vorige vrouw van Steinar?" Er ging hem een licht op.

"Was zij daar ook?"

María knikte.

"Waarom moet ik met haar praten?"

"Zij was op het toilet toen ik binnenkwam. Of bij de wastafel, liever gezegd. Stond zich op te maken, snap je?"

"En?"

"Ze ging meteen naar buiten zodra ze mij zag. Kan me niet uitstaan. Toch was het allang afgelopen tussen hen toen Steinar en ik iets met elkaar kregen." Haar wimpers trilden een beetje en Árni was bijna ook op deze vrouw gaan schelden. "Ze waren nog getrouwd, maar ik bedoel ... het was allemaal afgelopen, als je begrijpt wat ik bedoel. Misschien zag zij Gitta nog toen ze naar buiten kwam." Ze leunde over het tafeltje heen met haar handen op haar over elkaar geslagen knieën. "Ze kon haar ook niet uitstaan. Heeft haar zeker gezien als ze daar nog stond." Ze boog zich nog verder voorover en ging zachter praten. "Maar ze was wel wat aangeschoten, geloof ik, dus ik weet niet of ze zich nog iets herinnert. Weet je, volgens mij is dat een beetje haar probleem."

* * *

Stefán was zo diep in gedachten toen hij weer aan tafel ging zitten dat hij zijn pet pakte en hem op zijn hoofd zette voor hij afwezig aan zijn eten begon. Hij pakte met zijn vingers een voor een slierten spaghetti van zijn bord en kauwde er starend op. Ragnhildur liet hem zijn paddenstoelen en tomaten ook opeten voor ze zijn glas nog eens inschonk en hem een servet aanreikte.

"Iets nieuws?"

"Sorry." Hij pakte het servet aan en veegde zijn vingers schoon voor hij een slok nam. "Ja. Dat kun je wel zeggen. Het is zeker dat ze naar de disco is teruggegaan, die vrouw, ondanks alles." Stefán herhaalde in het kort wat Árni hem door de telefoon had verteld.

"Maar lag dat niet altijd al voor de hand?" vroeg Ragnhildur. "Dat ze is teruggekomen, bedoel ik?"

"Tja", zei Stefán en hij nipte aan zijn rode wijn. "Ja, dat was wel zo. Ik vond het alleen onwaarschijnlijk." Hij stond op en spoelde zijn bord af voor hij het in de vaatwasmachine deed. "Maar of het iets betekent en wat dan wel, dat weet ik niet. Behalve dat het meer werk oplevert, natuurlijk."

Ragnhildur reikte hem haar bord aan.

"Maar we gaan vrijdag toch wel naar het noorden?"

Stefán glimlachte. "Wij gaan vrijdag naar het noorden."

"Wat er ook gebeurt?" Ze haalde zijn pet van zijn hoofd.

Hij krabde zich verbaasd op zijn schedel. "Wat er ook gebeurt."

"Mooi. Neem een sigaar." Ze gaf hem zijn pet weer. "En laat ik je niet weer zien voordat je het allemaal verteerd hebt. En dan heb ik het niet over het eten."

Stefán knikte, zette zijn pet weer op, pakte zijn glas en zijn sigaar en drentelde de veranda op. Zijn mobiel begon te trillen in zijn borstzak voor hij aan zijn voorgeschreven portie rust kon beginnen. Hij keek naar het schermpje en stond op het punt om op te nemen toen hij zag welk nummer het was. Toen zette hij de telefoon uit en stak zijn sigaar aan. Even rustig aan …

* * *

Árni bleef de telefoon tegen zijn oor houden, nadat hij de verbinding had verbroken, beeldde zich in dat hij zo minder opviel dan als hij zonder iets te doen in een stilstaande auto zat. Hij wist eigenlijk niet zeker waar hij op wachtte, maar hij wist wel dat hij niets geloofde van de kat in de slaapkamer. Zeker niet in een balkonloze slaapkamer, 2 meter boven de begane grond en nog verder van de dichtstbijzijnde boom. En hoe verleidelijk het ook was, hij geloofde ook niet in het beeld van het domme blondje dat María Dís hem in de twintig minuten dat hun gesprek had geduurd, had willen verkopen. Vrouwen als zij probeerden het niet aan te leggen met jongetjes als hij. En jongetjes als hij – of gewoon hij – moesten niet geloven dat dat anders was. Niet nuchter in elk geval. De onschuldige en zelfs meewarige toon had de kwade opzet in haar woorden en de afkeer waarvan ze blijk gaf toen ze de toestand van de ex van Steinar beschreef niet kunnen verhullen. Wat een kreng was dat schattige vrouwtje, dacht hij, en hij verslikte zich haast in zijn eigen speeksel. Godverdegodverdegodver. Zo praatten ze natuurlijk allemaal – of in elk geval de meesten – althans, degenen die niet dronken waren, en ze bedoelden er meestal niets verkeerds mee, maar dat was nog geen excuus. Het was typisch seksistisch neerbuigend geklets, of de mensen zich ervan bewust waren of niet, en hij was er zich van bewust en hij praatte daarom niet zo. Dacht niet zo. Hij had pijn in zijn ballen, maar dat was ook geen excuus. Was hij geen feminist? Een van de weinige mannen op de oprichtingsvergadering van de nieuwe feministische partij? Het was een goede vergadering, vond hij. Een belangrijke boodschap en interessante discussies te midden van een groot aantal ... spannende vrouwen? Zijn knokkels werden wit toen Árni zijn telefoon met zijn ene en de versnellingspook met zijn andere hand vastkneep. Was het echt oprechte belangstelling voor de zaak die hem naar die vergadering gedreven had, zoals hij zichzelf had willen laten geloven? Of had er ook iets anders achter gezeten? Was hij als het erop aankwam misschien alleen bezig zichzelf in een fraai daglicht te stellen en een vrouw aan de haak te slaan? Hij zweette bij de gedachte. Verdorie, zo goedkoop was hij niet. Of wel?

Hij kreeg niet de gelegenheid om zich nader in zijn eigen feminisme te verdiepen, want de voordeur van Steinars huis ging open en een lange, blonde man stapte naar buiten, de milde avondzon in. De buitendeur was gemeenschappelijk voor alle woningen in het huis, behalve de kelder, dus het was onmogelijk om te zeggen uit welk huis hij kwam, maar Árni hield het op de eerste verdieping en sloeg het kenteken van zijn auto in zijn telefoon op.

* * *

"Nou, dan scheiden we maar. Geen punt toch?" Sveinn strekte zijn hand uit naar de afstandsbediening. "Ik krijg de jeep en de snowmobiel, jij het huis en de kinderen en *everybody's happy*." Hij glimlachte en zapte naar kanaal 2.

"Misschien wel", zei Katrín verslagen. "Misschien is het inderdaad geen punt."

"Oké. We regelen het maandag. Eerder lukt niet." Hij riep het luid en vrolijk. Net 1, FilmNet, Sky, CNN, Sýn en RÚV kregen allemaal vijf seconden, maar hij bleef hangen bij Eurosport. Hij besefte duidelijk nog niet de ernst van de zaak. Vijf minuten later begon hij onrustig in zijn stoel te schuiven en naar Katrín te gluren, die stil en bewegingloos op de bank zat, met over elkaar geslagen armen. Het was niet haar gewoonte om ongeïnteresseerd naar voetbal te kijken, zeker niet als de tackles zo grof waren en de scheidsrechter zo blind. Na tien minuten hield hij het niet langer uit en zette de televisie uit. "Hé, wat is er?"

"Ik dacht dat we daar het afgelopen halfuur over hadden gepraat, voordat jij de tv aanzette", zei Katrín rustig.

"Ja, ja, maar ik bedoel ... daarnaast? Is er iets? Iets ... ergs, bedoel ik?"

Het ongelooflijkste was, vond Katrín toen ze er even later tijdens de afwas over nadacht, hoe oprecht hij was geweest in zijn onbegrip. En toch. Misschien was het nog ongelooflijker hoe gechoqueerd hij was toen hij eindelijk inzag dat ze het meende. Hij gaapte haar aan als een snoek. Hij stamelde en greep om zich heen. Kwam niet uit zijn woorden. Ze liet hem in die toestand in de woonkamer achter en had sindsdien geen geluid meer van hem vernomen. Ook niet van de televisie. Het enige wat de stilte doorbrak, was een druk gepraat en gelach dat door de avondstilte het open raam binnenkwam en harmonieerde met het gezellige gerammel van de vaat. Er waren veel kinderen achter het blok op de schommels aan het spelen, zeven of acht, dacht ze en ze probeerde zich vruchteloos te herinneren wanneer dat voor het laatst was voorgekomen. Íris was Eiður aan het duwen, die stijf op de ene schommel zat en kraaide van plezier omdat hij hoger en hoger zwaaide. Eigenlijk was het een schattig tafereel. Bijna perfect in zijn eenvoud.

"Sorry", werd er achter haar gemompeld. Katrín ging verder met het omspoelen van de glazen en bleef uit het raam kijken. Sveinn liep naar haar toe en wilde haar omhelzen, maar zag er op het laatste moment van af en pakte in plaats daarvan de theedoek. Ze maakten de afwas af in een volkomen stilzwijgen.

"Je weet toch dat ik van je hou", zei hij bedremmeld toen het water uit het aanrecht was gelopen en de theedoek weer aan zijn haakje hing. Eiður en Íris waren met twee andere kinderen op de wip aan het spelen. Katrín zette het afwasrek weg.

"Nee", zei ze toen. "Dat weet ik niet." Sveinn opende zijn mond, maar ze ging verder voordat hij haar kon tegenspreken. "Ik weet dat je dat om de andere dag tegen me zegt en soms zelfs elke dag, maar ik vind het verschrikkelijk moeilijk om het te zien. Om te begrijpen wat je daarmee bedoelt. Wat het betekent."

Ze keken elkaar een halve eeuwigheid in de ogen. Toen begonnen er tranen uit Sveinns ogen te rollen. Katrín was niet verbaasder geweest als hij haar had geslagen. Misschien had ze dat wel een aantrekkelijker optie gevonden. Dan had ze zich in elk geval kunnen verantwoorden. De telefoon redde haar.

"Ik kom eraan." Ze hing op. "Ik moet ervandoor", zei ze en ze liep snel naar de volle voorkamer. "Laten we vanavond praten. Oké?"

Sveinn haalde zijn neus op en knikte. "Oké."

"Probeer ze binnen te krijgen voor negen uur en in bed voor elf uur", zei ze terwijl ze haar schoenen aantrok.

"Oké."

"En ze mogen níét naar *Law and Order* kijken."

"Ik weet het." Verlegen. Glimlachend door zijn tranen heen. Ze staarde argwanend naar hem, met haar hand op de deurknop, voordat ze zich uit de voeten maakte. Shit. Ze nam twee minuten om op adem te komen voor ze de Mazda startte. Zette hem toen weer uit en rende naar de achterkant van het huis om de kinderen gedag te zeggen.

"Mannen", mompelde ze terwijl ze de Háaleitisbraut op reed. "Wie zal ze begrijpen?" Vervolgens begon ze te piekeren over wat er zo belangrijk kon zijn dat Stefán het niet door de telefoon kon zeggen, en niet tot morgen wilde wachten.

* * *

Árni kwam klaar voordat hij had besloten of hij met Ásta in het bos was, met María Dís op de Chesterfieldbank of met Katrín op het bureau. Hij pakte de handdoek die naast hem lag op het tweepersoonsbed. De vrijheid om met wie dan ook, waar dan ook, wanneer en hoe dan ook te zijn, zonder belemmeringen of gedoe achteraf was natuurlijk een van de grootste voordelen van zelfbevrediging, zoals hij zichzelf de afgelopen vier jaar al zo vaak had voorgehouden, al vond hij het nog steeds geen overtuigend argument om alleen te leven. Hij schaamde zich er niet voor dat hij zich aftrok – was daar al mee opgehouden toen hij op veertienjarige leeftijd, een dag na zijn communie, inzag dat hij dan de rest van zijn leven min of meer in schande zou leven – en in elk geval was het beter dan niets. Maar op de lange duur was het ontegenzeggelijk vervelend en deprimerend. Bovendien viel het hem zwaar zichzelf ervan te overtuigen dat de beelden die hij op die momenten najoeg, net zo vanzelfsprekend waren als het handwerk zelf, zeker de laatste tijd. Hij had er minder last van dan van die dwangmatige en onwillekeurige gedachtestromen die hem overvielen elke keer dat hij een vrouw ontmoette, zag of er alleen maar aan dacht. Hij vroeg zich af waarom dat gebeurde, terwijl hij zijn broek vastmaakte, de handdoek in de wasmand gooide, zijn handen waste en een glas rode wijn inschonk. Misschien was het met die seksuele fantasieën net als met wijn, dacht hij toen het donkerrode vocht in een snel smaller wordende straal in het glas sijpelde. Het was gemakkelijk om zichzelf te vergeven als hij tegen beter weten in af en toe eens een glas dronk, maar niet dat hij voortdurend en ongeremd dronk. Wat steeds weer enorme katers veroorzaakte. Zowel geestelijke als lichamelijke. Hij pakte de wijntap op en schudde hem. Hij raakte op. Misschien was dat de oplossing. Stoppen.

"Onzin", mompelde hij. Hij liep de kamer in met zijn glas en zijn sigaretten, deed een cd van The Clash in de cd-speler en installeerde zich in de gemakkelijke, ribfluwelen stoel die hij vier jaar geleden tweedehands had gekocht toen Anna bij hem wegging. Ertegenover stond een nog meer versleten bank, die hij in dezelfde periode uit de garage van vrienden van hem had meegenomen. "Hé, ik heb ook een groen bankstel", zei hij en hij nipte aan zijn wijn.

"Maar geen vrouw", antwoordde Steinar meteen, ergens in zijn hoofd. En grijnsde spottend, de klootzak. Árni liet zijn hoofd hangen.

Maar geen vrouw.

Hij stak sigaret nummer elf aan. In de nacht van zaterdag op zondag, toen hij in de Næstibar had gezeten en de decolletés van vijf of zes vrouwen had bestudeerd, die naar hem gelachen hadden en hem bij het afscheid op de wang hadden gezoend, de een na de ander, was Steinar in een discotheek geweest met ten minste drie vrouwen die hem allemaal begeerden. Árni schudde zijn hoofd. Het onrecht dat erin verscholen zat dat een ellendeling als Steinar uit meer vrouwen kon kiezen dan hem lief was, terwijl hijzelf maandenlang geen enkele vrouw kon versieren, was haast misdadig. Nou ja, hij zou er niets aan vinden als er drie vrouwen om hem vochten … Wijnvlekken en sigarettenas verspreidden zich links en rechts van de stoel toen Árni opeens rechtop ging zitten. Ze waren er allemaal geweest, die drie die om Steinar vochten. Zijn nieuwe vrouw, zijn ex die hem terug wilde en zijn eeuwige minnares die verdween. Alle drie op hetzelfde moment op dezelfde plaats. Hij had Stefán nog niet over die ex verteld. Hoe heette ze ook weer? Gugga? Guðbjörg? Jóns? Guðbjörg Jónsdóttir. Árni pakte zijn telefoon, maar Stefán was de eerste die belde.

"Ik kom eraan", zei Árni.

***

"Ga zitten." Stefán legde zijn armen over elkaar en keek lange tijd zwijgend naar Friðrik. Friðrik klopte iets onzichtbaars van zijn broek en schraapte zijn keel. Tweemaal. Stefán stond op, liep om het bureau heen en ging op de rand zitten, recht voor Friðrik, die zijn hoofd achterover moest buigen om naar de reus op te kijken.

"Vergissingen", zei Stefán, "moeten we allemaal maken om er iets van te leren. En we moeten allemaal de kans krijgen om onze vergissingen recht te zetten. Soms meer dan één kans, dat hangt ervan af wat voor vergissingen we maken. Sommige zijn echter dusdanig dat je maar één kans krijgt. Want iedereen – of in elk geval de meesten – moet één kans krijgen. Vind je ook niet?"

Friðrik kuchte weer. Hij spande zijn handen om zijn knieën. "Ja, ja, natuurlijk."

Stefán knikte instemmend. "Ik werd vanavond gebeld", zei hij. "Het duurde even voor ik het begreep, maar ik kende het nummer. Daarom nam ik niet op. Besloot om eerst met jou te praten. Ik ga ervan uit dat jij het ook kent?"

Friðrik bromde iets onverstaanbaars.

"Wat?" zei Stefán.

"Ik zei alleen dat ik dat niet wist. Of ik het ken, bedoel ik. Weet niet welk nummer je bedoelt."

"Nee. Natuurlijk niet, wat dom van me." Stefán ging weer ergens anders zitten en nestelde zich heel comfortabel in de stoel naast Friðrik. Vervolgens pakte hij zijn mobieltje, zocht het nummer op en gaf de telefoon aan Friðrik. "Ken je het?"

Friðrik gaf de telefoon terug en knikte langzaam.

"Natuurlijk ken je het", zei Stefán rustig terwijl hij de telefoon weer in zijn zak stak. "Ik begrijp alleen niet waarom die kerel me met die telefoon belt. Ik ga ervan uit dat hij er ten minste een of twee andere heeft met een geheim nummer. Maar misschien wilde hij juist dat ik het nummer herkende, wilde hij dat ik hem later kon bereiken als ik het telefoontje misliep. Wie weet." Hij keek naar Friðrik, die met een vuurrode kop voor zich uit zat te staren. "Nu ben je natuurlijk bij jezelf aan het overwegen wat je volgende zet is in dit spel", vervolgde Stefán, "en daarom wil ik je nog eens herinneren aan wat ik daarnet zei. Sommige vergissingen zijn zodanig dat je maar één kans krijgt. En sommige zijn zodanig dat degenen die ze maken, van geluk mogen spreken als anderen ze als vergissingen willen zien en niet als iets anders en slechters."

Ze zaten naast elkaar en staarden allebei in een diepe stilte naar hun voeten, Stefán doodkalm, maar Friðrik nog altijd vuurrood tot onder zijn kortgeknipte haar.

"Ik …"

"Eén kans", herhaalde Stefán. "En omdat jij het bent en omdat ik weet hoe Leifur is, zal ik het je gemakkelijk maken. Je hebt nog maar één zet. Al het andere leidt tot mat in één. Wat Leifur ook gezegd kan hebben of gesuggereerd kan hebben. Oké?"

Het kostte Friðrik maar een fractie van een seconde om tot dezelfde conclusie te komen. "Oké."

"Mooi", zei Stefán en hij ging weer achter zijn bureau zitten, tegenover Friðrik. "Ik ga je niet vragen wat je van plan was, want dat weet ik. Of ik meen daar een redelijk idee van te hebben. Als je naar een andere afdeling wilt en daar een mooie positie wilt bereiken, bestaan daar andere, meer traditionele wegen voor. En nettere. Maar ik denk dat het erger is."

Friðrik werd nog roder en zat terneergeslagen op zijn stoel als de beste leerling van de klas in het kantoor van de directeur nadat hij op heterdaad betrapt is bij het spieken voor een proefwerk.

"Wat … hoe …?"

"Ik kende het nummer, ik herinnerde me Leifur. Hoe hij eruitziet. Wat hij doet. Hoe hij is. Ik wist dat jij hem kent en daar gisteren was." Stefán haalde zijn schouders op. "En kon maar één reden bedenken waarom hij uit eigen beweging contact met mij opnam … namelijk dat jij hem gebeld hebt en hem hebt gezegd dat ik van plan was dat zelf te gaan uitzoeken. *Elementary, my dear Watson.* Toen was het alleen nog een kwestie van één telefoontje naar de juiste persoon om dat bevestigd te krijgen. Onderschat nooit het contact dat mensen hebben opgebouwd na dertig jaar in dezelfde job. En peins er niet over om te proberen erachter te komen wie dat was." Hij legde zijn benen op het bureau en schoof zijn pet achterover. "Ja, ja. Welkom terug in het team. De anderen komen over tien minuten. Dan herhaal je wat je me nu gaat vertellen en krijg je er alle bewondering voor en een verdiende schouderklop. Wat zei die klootzak?"

10

Woensdag

"*Total* wát?" vroeg Guðni.

"*Total Information Awareness*", herhaalde Friðrik. "Het heet nu trouwens *Terrorist Information Awareness.*"

"Wat is het verschil?" vroeg Katrín.

Friðrik haalde zijn schouders op.

"Geen", zei Árni direct, tot verrassing van zichzelf en de anderen. "Alleen de naam verschilt." Hij keek naar Friðrik, die alleen maar blij leek van de argwanende blikken van Katrín en Guðni verlost te zijn en de rol speelde die hem gevraagd werd te spelen. Deze keer aarzelde hij niet om die op zich te nemen.

"Ik las er laatst over op internet, vorige week of zo", legde hij gretig uit. "Niet op een of andere onzinsite, hoor", haastte hij zich eraan toe te voegen om misverstanden te voorkomen, "maar op serieuze websites, van *Der Spiegel*, de BBC en de *Washington Post* en andere. Het is een grootschalig controlesysteem, à la Big Brother. Voormalig Oost-Duitsland tot de tweede macht verheven met de nieuwste computertechnologie. Bedacht door een paar paranoïde brulapen van het Amerikaanse ministerie van Defensie na de aanslagen van 11 september. Een reusachtig fenomeen, zo onwaarschijnlijk groot en alomvattend dat je het niet kunt geloven." Hij schudde zijn hoofd om te onderstrepen hoe hij erover dacht. "Je gelooft het toch niet dat het bij iemand opkomt om zoiets op poten te zetten in een zogenaamd democratisch land."

"Ik begrijp het niet helemaal", zei Katrín, "controle op wie?"

"Alles", zei Árni en hij hief zijn handen op, "en iedereen. Een onbeperkte en eigenlijk automatische toegang tot alle informatie die wordt opgeslagen in welke op het net aangesloten computer ook. Alles verzameld in een centrale databank in het Pentagon. En dan bedoel ik ook alles. Wat er in bibliotheken en videotheken wordt uitgeleend, tandarts- en doktersbezoeken, e-mails, telefoonrekeningen, zelfs complete telefoongesprekken, patiëntendossiers, aankopen op boardingpassen, bankafschriften, belastingaangiften, autoverhuurcontracten, al het creditcardverkeer, *you name it*. Dat gaat allemaal in de databank. En we hebben het hier over een land met tweehonderdtachtig miljoen inwoners. Dat kan natuurlijk niet goed gaan."

"En wat dan?" vroeg Guðni ongelovig. "Wat moet je met al die informatie doen? Wie moet ze uitwerken?"

"De computer", zei Árni. "Een reuzencomputer, een waar monster. Die moet de gegevens sorteren en een gedragspatroon ontdekken dat erop wijst dat deze of gene misschien een mogelijke terrorist is en dat het verstandig is om hem in de gaten te houden."

"En welk patroon is dat?"

Nu haalde Árni zijn schouders op. "Dat weet niemand. Dat is een van de dingen waar ze daar in het Westen tegenaan lopen. Als ze het te nauw definiëren, vinden ze niemand. En als ze het te breed definiëren, vinden ze te veel mensen die ze beter in de gaten moeten houden, misschien zelfs moeten verhoren of arresteren. Meestal om ze meteen weer vrij te laten, gewoon iemand met een rare smaak of bijzondere interesse of een rijke oude achterneef die hij vaak bezoekt. En met een advocaat in de familie die vervolgens de staat een proces aandoet, natuurlijk. Kassa."

Ze zaten zwijgend bij elkaar en probeerden het te verwerken. Dat lukte blijkbaar niet zo goed.

"Maar …" zei Guðni.

"Jahaaa", zei Katrín.

"Christus", zei Friðrik, tot wie nog niet volledig was doorgedrongen waarom het ging.

"Kassa", herhaalde Stefán. Hij leunde naar voren met zijn ellebogen op zijn bureau en zijn handen gevouwen. "En wie heeft toegang tot die gegevens?" Árni kreunde.

"Niemand natuurlijk. Of zo. Officieel kan niemand een naam van een individu intoetsen en alle informatie over hem opvragen, de computer signaleert alleen wie er verdacht zijn."

Ze grinnikten in koor.

"Natuurlijk", zei Stefán en hij lachte spottend.

"En misbruik is in strijd met de wet." Árni was op gang gekomen. Eindelijk had hij iets gevonden waarin hij beter was dan de anderen. Dan kon je het licht maar beter laten schijnen zo lang het duurde.

"Bovendien is niets gemakkelijker dan andere patronen bedenken als daarom wordt gevraagd", zei hij, "wat verdomd verleidelijk moet zijn voor de mensen die erover gaan, al is dat natuurlijk ook verboden. Getrouwde Lagerhuisleden of andere geregistreerde partijleden op regeringsniveau die met call girls te maken hebben. Leden van de oppositie die gay bars bezoeken. Een gedragspatroon voor homo's, bijvoorbeeld. Of wat je maar wilt."

"Dat is *sick*", snoof Katrín. "Dat bestaat toch niet werkelijk? Is dit echt uitgevoerd?"

Árni schudde zijn hoofd. "Nee. Nog niet. Het is afgelopen winter voorgesteld en in het Lagerhuis tegengehouden. Toen is het in het voorjaar onder een nieuwe naam weer voorgelegd aan het Lagerhuis. Ze dachten kennelijk dat dat wel zou lukken. Het geheel deed sommigen te veel denken aan Orwell en Big Brother, maar iedereen wil tegen het terrorisme strijden. Of ze zijn bang dat ze ervan beschuldigd worden dat ze dat niet genoeg doen."

"En? Is het gelukt?" Árni haalde zijn schouders op.

"Dat moet nog blijken. Het Huis van Afgevaardigden wilde de wet niet als zodanig aannemen, maar besloot wel een flink bedrag uit te trekken om het systeem verder te ontwikkelen. Om de meeste nadelen ervan te voorkomen. Een overtuigende controle op het controlesysteem voor te bereiden, maatregelen tegen misbruik enzovoort. En dat is waarschijnlijk wat ze hier aan het doen zijn. Vanzelfsprekend onder een heel andere noemer in de begroting. De Amerikaanse begroting, bedoel ik." Het was gek hoe gemakkelijk hij dat geloofde, hoe weinig hem dat verbaasde. Hij vond het volstrekt normaal. De anderen hadden er duidelijk meer moeite mee het allemaal te bevatten. Alleen Stefán niet, die heel vrolijk leek te zijn.

"Gewoon briljant", zei hij en hij legde zijn kolenschoppen weer in zijn nek, terwijl hij achteroverleunde in zijn krakende stoel. "Dan hoef je alleen nog maar een zendertje aan de mensen te bevestigen en klaar ben je. Of mensen ervan laten profiteren, natuurlijk, dat is nog veel beter. Dan kunnen we eens iets anders doen. Is het leven niet verrukkelijk?"

"Ik snap het niet", zei Guðni na een poosje zwijgen.

"All right, laten we zeggen dat ze iets dergelijks in Amerika aan het bekokstoven zijn. Allemaal goed en wel, ze zijn ertoe in staat zoals ze zich tegenwoordig gedragen. Maar waarom moeten ze het nu uitgerekend hier testen? Bij ons? Waarom niet in Costa Rica of in Denemarken of gewoon bij henzelf?"

"Omdat hier alles aanwezig is", zei Stefán glimlachend. Hij leek zich om de een of andere reden kostelijk te vermaken. "Een geheel op het net aangesloten hightechmaatschappij met een vergelijkbaar consumptiepatroon als bij de Amerikanen. Met een compleet bevolkingsregister waarin iedereen is opgenomen en een publiek dat meer met sofinummers en persoonlijke informatie morst dan met koud water en er nauwelijks van opkijkt als het hoort dat er iets dergelijks aan de gang is. De meeste mensen vinden het prima, behalve misschien een paar querulanten. Ze vragen alleen of iemand die zich zorgen maakt, misschien wat te verbergen heeft, want eerlijke mensen kunnen er toch niets tegen hebben beschermd te worden tegen terrorisme? En er zijn genoeg mensen op sleutelposities die op zo'n lijn zitten, die niets zorgwekkends zien in zo'n systeem, die maar al te graag een grootmacht willen helpen het te ontwikkelen en, wat nog erger is, bereid zijn hun mond te houden of iets onduidelijks te beweren als een journalist begint te vissen. En ze komen ermee weg."

Hij zette zijn pet af en keek naar zijn ondergeschikten, die hem in eendrachtige verwondering aanstaarden.

"Een perfect model op een schaal van één op duizend om mee te spelen."

Stefán begon goed op gang te komen, maar zo'n preek hadden ze niet eerder van hem gehoord. Guðni en Friðrik openden tegelijkertijd hun mond, maar keken elkaar aan en sloten hem weer. Katrín kauwde op haar onderlip, Árni krabde zich op zijn hoofd en Guðni krabde zich in zijn oor.

"Hoe weten we dit?" riep Guðni uiteindelijk uit en hij gooide zijn eeuwige sigarenpeuk naast de prullenmand. Hij wendde zich tot Friðrik. "Wandelde je gewoon bij Leibbi naar binnen en besloot hij jou er alles over te vertellen omdat je zo'n lieve jongen bent?" Het wantrouwen straalde uit zijn ogen, net als uit zijn woorden.

Friðrik slikte. "Hij zei alleen dat Birgitta voor hen werkte aan een of ander controlesysteem, in samenwerking met Amerika. Iets wat ze aan het ontwikkelen waren en hier testten voordat ze het bij hen in gebruik namen."

"Dus het kan ook een heel ander systeem zijn?" vroeg Katrín.

Friðrik haalde zijn schouders op en staarde naar zijn tenen. "Ja, natuurlijk. Maar dit was het enige wat ik op internet vond dat in deze theorie paste."

Guðni was niet overtuigd. "Waarom? Waarom vertelde hij je dat?"

Friðrik werd rood en schoof in zijn stoel.

"Omdat hij niet zoveel mensenkennis heeft", zei Stefán rustig, "en Friðrik niet slim genoeg is. En geen diplomaat. Nog niet. Maar het komt."

Vier paar ogen richtten zich op Stefán, drie paar vragend, een paar dankbaar.

"Corrigeer me als ik het verkeerd vertel ..." vervolgde Stefán en Friðrik boog zijn hoofd een paar millimeter, "maar zoals gezegd, Frikki kwam gisternamiddag Leifur tegen en besefte toen net als wij – in elk geval hijzelf en Guðni en ik hadden hier al eerder aan moeten denken – dat Leifur onze grote onbekende is. En hij liet hem gewoon praten. Vroeg waarom hij zich met de zaak bemoeide. En Leifur, omdat hij is wie hij is en doet wat hij doet, probeerde tijd te winnen door te gaan praten over een *top secret* en erop te hameren dat Frikki er verstandig aan deed als hij weer zou vergeten dat ze elkaar gesproken hadden. En omdat Frikki is wie hij is, ging hij eerst naar meer informatie op zoek voor hij iets beloofde. En kwam toen met die gegevens naar mij, natuurlijk."

Er hing nog steeds een stilzwijgen over het groepje, als een dik wollen tapijt. Stefán zat ontspannen op zijn stoel, maar Friðrik had het te kwaad met zichzelf onder de blikken van zijn collega's, die een behoorlijke tijd nodig hadden voor ze besloten de gemakkelijkste weg te kiezen en het verhaal te slikken. Op den duur.

"En wat nu?" vroeg Guðni, "wat hebben we eigenlijk aan deze fucking nonsens? Wat heeft het ermee te maken? Je wil me toch niet vertellen dat de CIA die vrouw heeft omgelegd?"

Stefán haalde zijn schouders op. "Nee. En Leifur ook niet of dat kloteapparaat waar hij bij hoort. Ik weet het niet, misschien hebben we er niets aan, misschien alles. Maar ze hebben in elk geval haar computer niet gevonden. Leifur vroeg Friðrik om hem achterover te drukken en naar hem toe te komen als hij hem vond."

"De klootzak", liet Guðni zich ontvallen. Stefán glimlachte.

"Ja. De klootzak." Zo zo, dacht hij, hij kan toch nog praten als een man. "Maar we houden hem in de gaten", voegde hij eraan toe en hij keek ze aan, "want we hebben een dubbelspion. Maar genoeg daarover, laten we overgaan naar het volgende agendapunt. Onze vriendin Birgitta is in de Broadway gesignaleerd tussen één en twee in de nacht van zaterdag op zondag ..."

* * *

De ham zag een beetje grijs en Árni wist niet precies meer wanneer hij hem gekocht had, maar hij rook nog goed, dus hij zette de grill aan. Hij besmeerde een sneetje brood met dijonmosterd en belegde een ander met gefruite uien, ham, plakjes kaas, met daartussen wat zuurzoete zilveruitjes en ingelegde paprika en pakte zijn halfleeg gedronken glas rode wijn dat hij eerder die avond in de kamer had achtergelaten, terwijl hij wachtte tot de grill was opgewarmd. Een IJslandse geheime dienst. Alleen de gedachte al aan zo'n instelling was net zo idioot als de werkelijkheid bleek te zijn. Drie mannen van middelbare leeftijd die voor spion speelden onder de hoed van de internationale afdeling van de Nationale Recherche. Het heette weliswaar niet officieel Geheime Dienst, maar de drie mannen zagen de afdeling wel degelijk zo en dat deden hun bazen ook, als Árni Stefán goed begreep. De belangrijkste daad van het driemanschap tot dan toe was het regelen van gedoe rond de Falun Gong tijdens een bezoek van de Chinese regeringsleider afgelopen jaar, begreep Árni. Een zwarte lijst, een gevangenis op Keflavík en dat soort dingen.

Dat was zelfs nog belachelijker dan de ideeën rond het IJslandse leger, vond Árni. Maar het was tenminste alleen nog een idee in het hoofd van een paar geheimzinnige figuren. Voorlopig althans. En het zou hopelijk nooit meer worden dan dat, wat Amerika ook voorstelde, al bekleedden sommige van die geheimzinnige figuren hoge posities in de maatschappij. Hij schonk zijn glas vol en legde de sandwich onder de grill. Ze konden de Amerikanen misschien dreigen het project op te blazen als ze hun vliegtuigen hier niet mochten behouden, dacht hij en hij stak zijn dertiende sigaret van die dag aan. Idioot. Straks zat hij aan een half pakje per dag. Als het hem lukte het daarbij te laten, was hij toch tevreden. De partij die zich sociaal-democratisch noemde, klaagde in elk geval steen en been dat het leger zou verdwijnen, in plaats van dat ze de gelegenheid aangrepen om eens flink tegengas te geven. Hij begreep dat niet. Zijn sandwich was klaar en hij nam hem uit de grill. Hij ging aan de kleine keukentafel zitten en rookte zijn sigaret op voor hij ging eten. Terrorist Information Awareness. In ontwikkeling in IJsland. Ongelooflijk. Of niet.

Árni kauwde op zijn sandwich en vroeg zich af hoe lang ze al bezig waren dit systeem op te zetten. De basis bestond al, was gelegd in Washington. Ze hadden toch geen IJslandse systeemanaliste nodig om hen te helpen met de uitwerking. Het enige waar ze mogelijkerwijs hulp bij nodig hadden was de aansluiting van hun systeem op het IJslandse, de coördinatie en de aansluiting van het basissysteem op de internetdiensten en hoe die dingen allemaal heetten die de moderne maatschappij draaiende hielden. Birgitta had Ásta en haar familie het idee gegeven dat ze een bepaalde opdracht had afgerond voordat ze verdween. Betekende dat niet dat het systeem nu klaar was? Dat ze nu daadwerkelijk aangesloten waren?

Hij legde zijn half opgegeten sandwich opzij. Opeens vond hij het niet meer zo'n grappig idee dat er een IJslandse geheime dienst bestond. Het zou heel goed zo kunnen zijn dat er daar een paar gekken de baas waren, maar dat maakte de zaak alleen maar erger. Wapens, welke naam ze ook droegen, konden altijd maar beter in handen vallen van mensen die ermee konden omgaan. En een controlesysteem als dit was een gevaarlijk wapen als iemand het in zijn hoofd kreeg het als zodanig toe te passen.

Árni schudde zijn hoofd. Paranoia. Er was niets wat erop wees dat het al in werking was, niets wat zei dat het ooit in werking zou komen. Ze wisten niet eens of dit echt was waaraan Birgitta had gewerkt. Hij at zijn sandwich op en schonk zich nog eens in. Was het niet allemaal een grote luchtbel? Een alleenstaande moeder in IJsland die meewerkt aan het opzetten van een geheim en illegaal controlesysteem voor de haviken in het Pentagon, in samenwerking met de IJslandse regering en een of andere instelling die de IJslandse geheime dienst zou zijn. Hoe langer hij erover nadacht, hoe ongeloofwaardiger het voorkwam. Het was gewoon ondenkbaar.

"Daar drink ik op", zei Árni tegen de stilte voor hij deze verdreef met de krachtige tonen van Paganini. IJslandse geheime dienst. Hij begon na te denken over het roet. Dat was op de een of andere manier beter te bevatten.

* * *

Katrín zette de computer uit. Ze had er moeite mee gehad de beweringen van Árni over het Amerikaanse controlesysteem te geloven. Ze vond het meer lijken op de praat van de paranoïde tegenstanders van de legerbasis van de oude stempel of wetenschappelijke verdichtsels dan iets wat werkelijk kon bestaan, maar ze hoefde niet lang te zoeken of te lezen voor ze inzag dat zij het was die kinderachtig was en niet Árni die in de war was. En hoe langer ze erover nadacht, hoe aannemelijker ze de theorie vond dat de Amerikanen met die idiotie voortmodderden in de veilige omgeving van een stelletje meegaande en snel tevreden hielenlikkers in IJsland. Guðni en Friðrik hadden net zo verbaasd en geschokt geleken als de anderen, maar toch had ze het sterke gevoel dat hun verbijstering niet zo oprecht was. En dat Friðrik direct naar Stefán was gegaan met die informatie, direct nadat Stefán had besloten om zelf de grote onbekende te gaan zoeken ... Ze besloot zich er verder niet mee bezig te houden. Nog niet. Onschuldig tot het tegendeel wordt bewezen, dacht ze. Ze deed het licht uit en sloot de deur achter zich.

Maar was het zo simpel? Waarom zei Stefán dat Friðrik dat eerder had moeten opmerken? Waarvan kende hij die Leifur en hoe was hun contact geëindigd? Kon ze Friðrik vertrouwen, hem alles vertellen, hem hierna nog bij alles betrekken? Haar voetstappen echoden door de verlaten gangen. Ze moest morgen eens beter met Stefán praten, daar duidelijkheid over krijgen. De deur sloeg achter haar dicht en ze ademde de frisse avondlucht in het stadscentrum in.

Een vlammende hemel lachte haar tegemoet met een violette schoonheid, die zo onwerkelijk en kitscherig was dat geen zichzelf respecterende filmregisseur het gewaagd zou hebben de bioscoopbezoekers iets dergelijks voor te schotelen. Er schoot haar een oud adagium uit de psychologie te binnen: de werkelijkheid is altijd onwaarschijnlijker dan welk verzinsel ook. Een ander dogma was: verlies je niet in details, hoe interessant die ook zijn. De vraag was alleen of het iets veranderde, of het iets te maken had met hun onderzoek. Zoals Stefán al zei, was het nauwelijks denkbaar dat die Leifur verantwoordelijk was voor de verdwijning van Birgitta. Om maar niet te spreken van een paar Amerikaanse spionnen. Er waren grenzen aan de onwaarschijnlijkheid van de werkelijkheid. Maar misschien vereiste dit een nieuwe benadering. Opende het een deur naar meer mogelijkheden. Of sloot het mogelijkheden uit die er eerst wel waren geweest.

Haar overwegingen over de omstandigheden van de verdwijning en de snelle conclusies van de recherche schoten weer door haar hoofd. Slachtoffer of dader? Stefán gokte op slachtoffer en zij was daar tot nog toe ook toe geneigd. Maar was het, te oordelen naar wat ze nu dachten te weten en de felheid waarmee Leifur op zoek was naar die laptop, niet net zo waarschijnlijk dat het andersom was? Wat als Birgitta ervandoor was gegaan met alle informatie over wat ze op haar computer aan het doen was en ... en wat? Gedreigd had om het openbaar te maken? Geprobeerd had geld af te persen van … wie? Die zogenaamde geheime dienst? De IJslandse staat? Ze schudde haar hoofd. Lariekoek.

De uitlaat van de Mazda begaf het op de hoek van Skipholt en de Kringlumýrarbraut. Katrín hoefde zich daar geen zorgen over te maken; Svenni zou het morgen wel regelen. De auto naar de garage brengen. Svenni … Ze verhoogde automatisch de snelheid en daarmee het lawaai binnen de Mazda toen ze aan hem dacht. Ze moest met Svenni praten. Over computers. Hun huwelijk moest maar even wachten.

* * *

"Denk je dat hij zich eraan houdt?"

"Friðrik?"

"Ja." Stefán antwoordde niet direct. Hij trok zijn sokken uit, rolde ze in elkaar en gooide ze in de wasmand in de hoek voor hij ging liggen en het kussen onder zijn hoofd trok. Hij pakte de *Flora van IJsland* die open op zijn nachtkastje lag en bekeek het knikkend nagelkruid, dat hij van plan was in de zuidoosthoek van de tuin te planten voor de vakantie voorbij was. Ragnhildur zette haar leesbril af en reikte hem Stefán aan, maar hij gebaarde dat hij hem niet nodig had.

"Ik kan het heel goed zien, schat", zei hij en hij bladerde naar de tijm. Hij had besloten om deze zomer nog één keer te proberen of die plant het wilde doen. Stefán had grond gehaald van een terrein waar volop tijm bloeide en had die op het bed langs de oostgevel gestort. Hij hoopte dat in de grond kiemen bewaard waren die de winter zouden overleven en komende lente zouden opkomen. Hij was ook nog van plan om onderweg naar het noorden een paar hele planten met wortels en aarde uit te graven, wat de natuurbescherming er ook van vond. Hij wilde nu eenmaal tijm. Ragnhildur zette haar leesbril weer op en las verder. Grisham. Stefán begreep niet wat ze eraan vond.

"Ik denk van wel", zei hij na een lange stilte. "Ik denk dat hij zich eraan houdt."

"Goed", zei Ragnhildur. "We gaan toch vrijdag naar het noorden, hè?"

"We gaan naar het noorden", zei Stefán.

Ze deden tegelijkertijd hun leeslampjes uit, draaiden zich naar elkaar toe en pakten elkaar vast. Vijf minuten later was Ragnhildur in slaap gevallen. Ze bewoog zich niet toen Stefán zijn hand uit de hare losmaakte en voorzichtig uit bed stapte, zijn broek, T-shirt en pantoffels aantrok en zachtjes naar de kelder liep van hun twee verdiepingen tellende huis in Vogar, dat de afgelopen twintig jaar het thuis van Ragnhildur en hem was geweest. Het telde eigenlijk drie verdiepingen sinds ze rond de jaarwisseling de kelder erbij hadden gekocht. Ze hadden hem eigenlijk niet nodig nu de kinderen de deur uit waren, maar zagen het als een investering en waren bovendien blij dat ze hun rodewijnmakerij niet meer zo hoefden te verbergen. Vervolgens had hij zijn werkkamer verplaatst van de oude kinderkamer op de eerste verdieping naar de hoekkamer in de kelder, met uitzicht op de achtertuin, waar hij nu in rond drentelde onder de heldere nachthemel en een paar statige lijsterbessen, met een extra glas rode wijn en een extra sigaar om de problemen van die avond nog eens te overdenken.

Later schonk hij de koffiekan leeg in een grote mok, schepte er suiker in, ging aan zijn oude jongensbureau zitten en begon te werken. Drie vrouwen. Alle drie gelieerd aan dezelfde man, alle drie op hetzelfde moment in dezelfde discotheek. En één van hen was verdwenen. Wat wisten ze van de andere twee?

* * *

"Dus ze kan de enige zijn geweest die eraan meewerkte?"

Sveinn schudde zijn hoofd. "*No way*." Hij was tegen haar opgesprongen als een hond toen ze thuiskwam. Hij leek zich grotendeels hersteld te hebben nadat hij gelezen had wat ze voor hem had uitgeprint en nadat ze er vervolgens over hadden gebrainstormd. Katrín was blij, ze had tijd noch zin om zich op dat moment over huilende mannen te ontfermen.

"Maar zou ze de enige IJslander geweest kunnen zijn?" vroeg ze, "een soort ..." Ze krabde zich op haar roodharige hoofd terwijl ze naar het goede woord zocht. "Een soort gids voor computerfreaks van buiten?" Sveinn krabde zich in zijn kruis. Ze negeerde het.

"Mja, jaja. Dat is misschien een mogelijkheid." Hij hield op met krabben en leunde achterover in zijn stoel. "Jezus, Kati, dat is wat, zeg. Weet je zeker dat dit gebeurt?"

"Nee. En officieel gebeurt er helemaal niets. Jij weet hier niets van. Nul komma nul. Vergeet het. Oké?"

Sveinn hief zijn handen op. "Hé, geen sprake van. Zal ik even bij de jongens gaan vragen of ze misschien iets gehoord hebben ...?"

"Nee. Geen woord."

Hij haalde zijn schouders op.

"Nee, nee. Oké."

Katrín stond op. "Ik ga wat chocolademelk maken. Wil jij ook?"

"Hebben we geen bier meer?" Hij volgde haar naar de keuken.

"Kijk, nog twee. Wil je?" Ze schudde haar hoofd en liet de ketel vollopen. Hij ging aan de keukentafel zitten. "Gitta Vé", zei hij na zijn eerste boer. "Zou best kennen dat zij bij zoiets betrokken is." Katrín offerde de kennis van de grammatica op het altaar van de nieuwsgierigheid.

"Kende je haar?"

"Jaaa", zei Sveinn. "En ik ken haar nog steeds. Behalve als ze dood is. Is ze dood?"

"Nee", zei Katrín terughoudend. "Tenminste niet voor zover we weten. Versprak me alleen. Waar ken je haar van?" Sveinn haalde zijn schouders op en nam een slok bier.

"Heb haar een paar maal ontmoet. Vooral op vergaderingen en cursussen en zo, maar ze heeft ook weleens voor ons gewerkt, een jaar of drie, vier geleden. Maar alleen op afroep. Ze is een beroemdheid in de branche."

"Waarom?" Katrín ging tegenover hem zitten en leunde naar hem toe.

"Van alles. Allereerst omdat ze slim is. Heeft het zwaarste examen wat mogelijk is in het systeembeheerdersvak afgelegd, ging verder studeren ergens in Amerika en loopt altijd op alle anderen voor."

"Maar ze is dus nóg ergens beroemd om?"

"Het water kookt."

Katrín stond op en wijdde zich aan haar chocolademelk.

"Ze is slim, ze is duur en ze is hard. En ze werkt keihard." Sveinn goot de rest van het bier in zich en pakte het laatste blikje. "En ik heb ook begrepen dat ze bloedgeil is", voegde hij eraan toe toen hij weer op zijn stoel neerplofte. Katrín had te veel praatjes gehoord om dit zomaar te laten passeren.

"Van wie heb je dat begrepen?" Ze ging weer tegenover hem zitten en roerde rustig in haar kopje.

Sveinn haalde zijn schouders op. "Gewoon. Zoals ik al zei, ze is een beroemdheid in de branche."

"Omdat ze geil is?"

Sveinn wiebelde op zijn stoel. "Onder andere. Vooral dat."

Katrín ging door met roeren. Ze keek in haar kopje.

Sveinn wiebelde door. "Hé, *come on*, ik heb nooit iets met haar gehad, hoor. Ik zweer het. Nooit! Dat weet je toch, Kati ..." Hij leunde over de tafel, pakte haar handen en keek haar aan met angstige hondenogen. "Je weet toch dat ik je nooit bedrogen heb? Toch?" God, niet weer, dacht ze en ze klopte hem op de rug van zijn hand.

"Dat weet ik." Niet op die manier, dacht ze. Niet met een vrouw. Alleen met de jeep, de snowmobiel en de jongens. Maar die onderwerpen moesten wachten tot betere tijden. "Ik weet het, Svenni. Ik moest het even checken. Hoe duur?"

"Wat bedoel je?" Hij was nog steeds van de kaart, zijn handen klam en zijn stem ongewoon hees. Misschien hield hij ondanks alles toch van haar, dacht ze. Het was de vraag of dat iets uitmaakte. Ze dwong zichzelf deze gedachtegang te stoppen.

"Je zei dat ze duur was. Wat betekent dat? Jij verdient ruim een half miljoen per maand, nog afgezien van overwerk, wat bracht zij dan binnen?"

Hij rolde met zijn ogen en nam een slok bier. Boerde. Ze negeerde het. "Dat weet ik niet. Een berg. Ze was natuurlijk ondernemer. Toen ze voor ons werkte, kreeg ze zo'n vijfhonderdduizend voor een opdracht en ze had nog geen week nodig om die af te maken. En dat was negenennegentig."

"Vijfhonderdduizend?"

Katríns mond viel open.

Sveinn knikte. "Ja. En nu natuurlijk nog wel wat meer. Je hebt nu eenmaal van die mensen. Die krijgen meer voor elkaar dan gewone stervelingen. Zo gaat dat met geld." Hij klonk haast nederig in zijn bewondering. "En van hen is Gitta wel een van de besten."

"En als ze helemaal volgeboekt is met dat soort opdrachten? Wat zou ze dan per maand verdienen, denk je?"

Sveinn dacht na. "De staat betaalt, Amerika waarschijnlijk ook en alles *hush-hush* ... minstens twee, drie miljoen, misschien vier of vijf, misschien meer. Ik ben maar een amateur vergeleken bij haar. Je weet wie haar man is? Of was?"

"Kristinn?"

"Ja." Sveinn lachte zacht. "Hij is ook een beroemdheid in de branche. Vooral via Gitta. Birgitta. Hij is ook systeemanalist. Net zo slecht als zij goed is. En hij was ook niet veel meer echtgenoot dan alleen in naam. Kiddi de hoorndrager." Hij glimlachte dom. "Maar eh ...", zei hij en hij pakte Katríns handen weer, "ik hou van je, meisje, mag ik je uitnodigen om de koffer op te zoeken?"

Ze glimlachte onwillekeurig om die bekende frase. Hij had zichzelf duidelijk hervonden. Even dacht ze erover het aanbod aan te nemen.

"Wat zeg je?" vroeg ze toen, "zit hij ook in de computers? Ik dacht dat hij gewoon verkoper was." Sveinn haalde zijn schouders op en probeerde meteen de teleurstelling van zich af te schudden.

"Dat is hij ook. Verkoopt computers en software die anderen maken. Birgitta onder anderen."

* * *

"Eiki, hou op ... hou daarmee op, er is daar iemand." Eiki dacht er niet over om op te houden. "Ik meen het, Eiki, hou op, er is daar iemand." Sara Dögg, twintig, een koppig, kortgeknipt, rusteloos en vastberaden meisje uit Hlíðar, duwde de handen van Eiki ondanks al zijn tegenwerpingen van zich af, stond op en bracht haar rok en blouse weer in orde. "Een stomme hond of zo. Of een zwerver. Ligt daar gewoon. Zie je het dan niet?" Eiki mompelde iets en ritste met tegenzin zijn gulp dicht.

"Waar?" vroeg hij toen en hij tuurde met haar in de bosjes.

"Daar." Het ongeduld sprak duidelijk uit haar stem. "Ben je soms ook nog blind?" Wat bedoelde ze, 'ook nog'? Hij volgde haar vinger met zijn ogen. Daar was inderdaad iets. Of iemand.

"Hé!" riep hij en hij liep met grote stappen door het struikgewas, "wegwezen!" De man lag in elkaar gerold en hield iets stevig vast wat nog het meest op een fles brandewijn in een papieren zak leek. Hij bewoog niet. "Hé jij! Verdomde gek, maak dat je weg ..." Eiki porde aarzelend met zijn voet in zijn zij, "... komt ..." Hij duwde nog wat harder. En week toen achteruit en hapte naar adem. Hij begon over te geven voor hij een woord kon uitbrengen. Sara staarde hem meewarig aan.

"Wat is er met jou?"

"Hij ... is ... dood ..." hikte Eiki tussen het kokhalzen door. De meewarigheid vermengde zich met ongeloof en ze haastte zich door het struikgewas. Ze ging op haar hurken zitten en legde een vinger tegen de hals van de man. Wat is hij vreselijk klein, die arme kerel, dacht ze en ze haalde haar mobieltje uit de zak van haar rok.

"Hij is helemaal niet dood, sukkel", riep ze. "Er moet een ambulance komen", zei ze toen in haar telefoon, "naar Öskjuhlíð. Recht tegenover Loftleiðir, misschien tweehonderd meter van de weg ..."

11

Donderdag

De zure stank van brandewijn was zo doordringend dat Katrín zich moest verbijten om niet een hand voor haar neus te houden toen ze het kantoor van Stefán binnenkwam.

"Hij zegt dat jij hem verteld hebt dat Steinar in dezelfde disco is geweest als Birgitta", zei Stefán. Ze knikte.

"Dus. Ik zei toch dazzedazei. En waarom zijn jullie nonieklaar met die klerezooi? Huh? Waarom niet?"

"Waar zijn de kinderen?" vroeg Katrín meteen en ze beet op haar tong.

"Wazzijddekinderuh, wazzijddekinderuh", stamelde Kristinn.

Hij had zich duidelijk niet meer gewassen sinds ze hem de laatste keer zag, maar was wel zeer actief geweest met een andere vloeistof. "Bij hun oma, dat stomme rotwijf. Ik heb d'r nieaangeraakt. Gitta. Daddisseleugen!" Hij probeerde op de tafel te slaan. "Houvand'r. Waarom hebbuh jullie d'r nonie gevonden?"

Hij verzette zich niet toen hij werd weggeleid, maar ze hoorden zijn dronkemanspraat tot de deur naar de gang achter hem gesloten was.

"Ik dacht ..." begon Katrín, maar Stefán onderbrak haar.

"Ik wilde alleen bevestigd hebben dat jij hem dat gezegd had. Het geeft niets, wilde het alleen even duidelijk hebben."

Ze knikte. "Zielenpoot", zei ze. "Was er niemand bij hen?"

"Jawel. Er was een mannetje van ons bij Birgitta thuis, waar hij ook was, vanaf het moment dat het zoeken begon. Hij heeft de kinderen naar Hjördís gestuurd, begreep ik, die kerel was al zo toen hij daar aankwam."

"En de kinderen?" Stefán zuchtte.

"Zij waren natuurlijk vreselijk overstuur, de schapen. Moeder vermist en vader totaal over de zeik en straalbezopen. Maar dat konden wij natuurlijk niet weten."

We hadden het wel kunnen weten, dacht Katrín, ik had dat moeten zien ... Ze zette het van zich af, het diende geen enkel doel, alleen maar om haar een slecht geweten te bezorgen en ze had haar quotum daarvan al bereikt.

"En is er iemand bij hen? Bij Hjördís en de kinderen?" Stefán knikte. "Ja, ja. En bij Vésteinn. De grootvader. Hij is er ook nog. We moeten nog met hem praten."

"Zei hij nog iets? Iets zinnigs?"

"Nee. Leeg dronkemansgelal. Wat jij ook hoorde en dat steeds weer opnieuw."

"En hij wil dat we Steinar arresteren?" vroeg ze, toen ze bedacht dat Kristinn datzelfde dinsdag aan de keukentafel van Birgitta had verkondigd.

"Jaaa."

"Waarom?"

"Dat is het 'm nou juist", zei Stefán. "Misschien komen we daarachter als hij zijn roes heeft uitgeslapen. En dat andere ook."

"Wat?"

"Wat Birgitta van hem wilde op zaterdagavond. Ik kreeg informatie van Telefonie. Volgens hen is er om drieëntwintig uur zesentwintig van de telefoon van Ásta Jónsdóttir gebeld naar een andere mobiel. En die staat op naam van Kristinn."

* * *

"Nee", zei Árni, "Ásta heeft Kristinn niet gebeld, en er is geen sprake van andere telefoongesprekken tussen elf en twaalf. Dus Birgitta moet hem gebeld hebben."

"Waarom?" vroeg Friðrik.

Ze waren weer bij elkaar gekomen in het kantoor van Stefán en zaten in een halve cirkel rond zijn bureau.

"Om te vragen hoe het met de kinderen ging?" probeerde Árni.

"Maar waarom heeft hij er dan niets over gezegd?"

"Vergeten? Er is nogal wat over hem heen gekomen en hij lijkt er niet zo goed mee te kunnen omgaan, de arme kerel", zei Katrín.

"Nonsens", zei Guðni. "Die vent belt op maandagochtend hierheen en geeft haar op als vermist, zegt dat hij niets meer van haar gehoord heeft sinds hij op vrijdag de kinderen bij haar ophaalde. Heeft de hele zondagavond naar haar gezocht en gepiekerd waar ze zou kunnen zijn. Hij is niet vergeten dat ze gebeld heeft."

"Maar?"

"Hij wilde het niet vertellen."

"Waarom?" vroeg Katrín.

"*The million dollar question*", zei Guðni.

"*Sixtyfour million*", mompelde Árni.

"Wat?"

Hij werd rood. "Die uitdrukking. Het is niet million dollar question, maar sixtyfour million ..." Hij zweeg. Ze keken allemaal naar hem. "Het is gewoon een kwestie van ... van ..." Hij hield zijn mond weer. En werd nog roder.

"Neem me niet kwalijk", zei Guðni spottend. "Ik zal er voortaan aan denken."

"We zullen er vanavond nog achteraan gaan", zei Stefán zonder aandacht te schenken aan de woordenwisseling van zijn ondergeschikten. "Of morgenochtend. Dan moet er wel weer met die stakker te praten zijn. Tot het zover is hebben we nog genoeg andere dingen te doen." Hij keek even in zijn aantekeningen om te zien welke punten hij nog had opgeschreven in het overleg dat hij met Katrín had gehad voordat de drie mannen erbij waren gekomen. "Hoe zei je ook alweer dat hij heette, die vent die gisteravond bij María was?"

"Teódór", antwoordde Árni. "Teódór Skúlason. De auto staat in elk geval op zijn naam. Handelspartner van Steinar, geloof ik, of een vriend van hen beiden. Ze hebben hem allebei op hun lijstje staan."

Guðni snoof. "Vriend van hen beiden, *my ass*. Geilt hij niet gewoon op die schoonheidskoningin?"

Árni haalde zijn schouders op.

"Dat is iets wat jij mag uitzoeken", vervolgde Stefán onverstoorbaar. "Maar je moet het misschien anders verwoorden als je met hem praat."

"*My pleasure*", zei Guðni en hij grijnsde. "Dat is nog eens een volkje, hè? Ze duiken allemaal het bed in met elkaar. Kriskras." Hij klopte wat as van zijn sigaar voor hij de peuk weer in zijn mond stak. "Fucking hippies. *Free love en flower power*."

"Vraag even aan Árni naar de gegevens van die man voor je gaat. En Friðrik ..."

Stefán deelde de opdrachten verder uit en stuurde ze een voor een weg tot hij alleen achterbleef met zijn pet in zijn handen en afwisselend naar de pet en de gesloten deur staarde. Hij was een trouwe aanhanger van de stelling dat je altijd alles wat waarschijnlijk leek tot op de bodem moest uitzoeken voor je een ander, onwaarschijnlijker pad insloeg, maar deze keer zag hij genoeg redenen om daarvan af te wijken. Hij rekende er niet op dat het veel zou opleveren in de zoektocht naar Birgitta, maar soms moesten principes voorrang hebben boven nut en hij kende zichzelf goed genoeg om te weten dat het zinloos was om zich ertegen te verzetten als hij in die stemming was.

"Ja, ja, mijn beste Leifur", mompelde hij toen hij opstond, "we zullen eens zien wat jij aan de zaak hebt toe te voegen."

* * *

"Hé!"

Árni keek om.

"Hé, jij!" De agent aan de balie wuifde naar hem. "Vroeg jij laatst niet naar Kleine Bleekneus? Reynir Hámund?"

Árni knikte.

"Hij ligt op de intensive care", zei de agent, "werd vannacht in Öskjuhlíð gevonden. Meer dood dan levend door ..." Hij aarzelde. "Ik weet eigenlijk niet waardoor. Maar in elk geval meer dood dan levend en dat is nog steeds zo."

Árni dacht na. "En?" vroeg hij toen.

De agent keek hem verbaasd aan. "En niets. Ik dacht alleen dat je dat wilde weten. Je was laatst nogal bezorgd over hem, leek me."

"Dank je", zei Árni.

"Graag gedaan", zei de agent mokkend en hij wendde zich weer tot zijn computerscherm, dat lang niet zo onbeleefd was als dat ventje dat dacht dat hij heel wat was.

Árni stapte naar buiten, de zomer in, die die dag wat minder uitbundig was. Een beetje vermoeid na het gedoe van de afgelopen week. Hij besloot toch een ijsje te halen voor hij op weg ging naar Kópavogur en stak zijn middelvinger op naar een toeterende buschauffeur toen hij op de Hverfisgata door het rode voetgangerslicht liep.

* * *

Hoe iemand dat mooi kon vinden, was meer dan Guðni kon begrijpen, maar het stoorde hem niet. Hij had zich er allang mee verzoend dat de mensheid gek was.

"Wat kost dat nou?" vroeg hij en hij knikte naar de 5 vierkante meter Kristján Davíðs aan de westmuur. Teódór glimlachte kalm, waarmee hij bevestigde wat hij dacht over dergelijke cultuurbarbaren.

"Laten we zeggen dat het een goede investering was." Guðni gooide zijn peuk in de richting van de papierbak die in de hoek stond, pakte een nieuwe sigaar, beet het puntje ervan af en gooide het de peuk achterna.

"Wat kostte dat gekrabbel?"

De glimlach op het gezicht van Teódór maakte plaats voor een arrogante uitdrukking, die hem volgens Guðni weinig beter stond. "Ik begrijp niet wat dat ermee te maken heeft."

"Maakt niet uit, hoor", zei Guðni opgewekt en hij stak zijn sigaar aan zonder de moeite te nemen te vragen of dat mocht. "Je hoeft het ook niet te begrijpen. Wat kostte het?"

Teódór leunde achterover in zijn stoel en legde zijn samengebalde vuisten op zijn met leer beklede bureaublad.

"Meer dan jij denkt en minder dan waarvoor ik het zou verkopen."

Idioot, dacht Guðni.

"Oké, waarom neukt die schoonheidskoningin met jou, krijgt ze niet genoeg bij haar directeurtje?"

* * *

"Friðjón hier. Stefán zei dat ik met jou moest praten."

Katrín mompelde iets wat hij als instemming interpreteerde.

"We zijn klaar met de jeep. Zoals ik al zei, een kapperszaak op wielen en alles schoongeveegd. We vonden in totaal twee vingerafdrukken die bruikbaar zijn. Het roet is net als het fijnste vingerafdrukpoeder. Maar dan zwart, natuurlijk. Net als het dashboard; daarom heeft hij niet alles schoongemaakt. Heeft hij over het hoofd gezien." Hij maakte een vreemd geluid, dat Katrín maar opvatte als een uitdrukking van tevredenheid. "De meeste haren komen overeen met het monster uit de haarborstel. Van de eigenares uiteraard. En de ene vingerafdruk ook. Maar de andere niet. Een halve duim en een kwart van de wijsvinger. Waarschijnlijk van dezelfde hand, gelijke grootte, maar dat is niet zeker. Haren op de achterbank. Zwart. Andere blond, niet ver van de bloedvlekken. Waarschijnlijk van een man. Het roet is een mengeling van allerlei rotzooi. Rubber, olie, uitlaatgassen ... vooral benzine-uitstoot. maar ook stoffen die alleen in diesel voorkomen. En gruis. Steengruis. En meer."

"Wat betekent dat? Een werkplaats?"

"Een werkplaats, bandenwerkplaats, garage. Zoiets. En zeg tegen dat pikkie dat te meten aan de inhoud van de tank de jeep tussen zestig en negentig kilometer gereden heeft nadat hij is volgegooid. Je krijgt het verslag nog per e-mail. Oké?"

Hij legde neer. Katrín staarde nog een paar seconden naar de telefoon voordat ze ook neerlegde. Over welk pikkie had hij het? Wie gebruikte zo'n woord trouwens? Ze zou nooit aan de Hond wennen. Ze kon zich misschien met hem verzoenen, maar nooit aan hem wennen. Hij leek zich met haar wel verzoend te hebben. Dat was een pluspunt. De telefoon ging weer en ze nam op.

"Hi." Ze zuchtte hardop.

"Hi."

"Moet je horen ..." Ze wachtte. "Ik weet dat je zei dat ik niets moest doen, maar ik kon het toch niet laten om ..."

"Wat heb je in godsnaam gedaan, Svenni?"

“Wacht nou even. Ik heb geen woord gezegd. Niet letterlijk.”

“Maar wat dan wel?” De korte, maar scherpe nagels van haar rechterhand drongen in een snel, maar onregelmatig ritme een voor een in het eiken fineer.

“Het kwam gewoon ter sprake”, zei Sveinn een en al onschuld. “We hadden het over Nonni, weet je nog wel, Nonni Gumm, die vorig jaar bij ons is weggegaan? Wat hij nu deed, en toen zei Eddi dat hij hem gisteren gezien had, snap je, en toen begon ik gewoon over andere mensen te praten die we kennen, snap je, en over wat ze nu deden en zo. Ben je er nog?”

Katrín antwoordde. “Ja, ik ben er nog.”

“Hé, niemand vermoedde iets, hoor. Echt niet. Ik heb het met geen woord gehad over ...” hij ging zachter praten, “... je weet wel.”

Katrín hief in gedachten haar handen op. “Vertel het me gewoon”, zei ze.

“Kan niet. Als het waar is ...” Hij aarzelde. “Kunnen we elkaar straks niet even zien? Tussen de middag.”

Katrín dacht na. “Oké. Waar?”

“Thuis. Volgens mij is dat het veiligst. Als het waar is, weet je, waar we het gisteren over hadden ...”

“Tot zo dan”, zei ze. Ze verbrak de verbinding en lachte hardop. Die schat. Opeens voelde ze zich veel beter. “Wat een onverbeterlijke gek”, mompelde ze opgewekt. Te veel films gezien. Toen verdween de lach net zo snel van haar gezicht als hij verschenen was. Wat als Svenni gelijk had, terwijl zij nog geen conclusies durfde te trekken uit wat ze hem gisteravond had toevertrouwd? *Come on*, dacht ze. Maar was er dan iemand op het idee gekomen dat dit zo’n twee jaar geleden in Amerika gebeurd kon zijn? Of één jaar? En was het geen ongeschreven wet bij de IJslandse autoriteiten dat over die dingen gezwegen werd? Ze schudde haar hoofd. Er waren grenzen, verdorie. Hoopte ze. Vervolgens dacht ze na over wat de Hond gezegd had. Ze kwam tot de slotsom dat hoewel Friðrik een paar jaar jonger was, Árni het pikkie moest zijn en ze belde hem. Ze had gelijk.

“O jee, dat was ik vergeten”, zei Árni. “Ze heeft zaterdag getankt", legde hij uit, "bij de Mjódd. Ik vond de pompbediende aan wie ze betaald had en hij verzekerde me dat hij de tank tot de rand toe had volgegooid. Ik vroeg de Hond de tank opnieuw te vullen om erachter te komen hoeveel er verbruikt was. Volgens Ásta was Birgitta gewoon thuis toen ze bij haar kwam eten. De rit naar haar huis en van daar naar de Broadway is misschien tien kilometer."

Ze rekenden allebei in gedachten.

"Dus ze – of wie dan ook – heeft vijftig tot tachtig kilometer gereden in de nacht van zaterdag op zondag", zei Katrín.

"Ja."

"Dat is een aardig eindje."

"Ja."

* * *

Het zuidelijke deel van het westen van Kópavogur was Árni net zo vreemd als Mosfellsbær en het ging een ogenblik door hem heen dat hij de nieuwe auto misschien eens moest gebruiken om zich wat vaker buiten de binnenstad te wagen. Het kon met deze job natuurlijk geen kwaad als hij de omgeving een beetje kende, dat kon hem nog wel van pas komen. Hij was slechts een paar keer in Kópavogur geweest en er vaak doorheen gereden op weg naar de luchthaven. Hij kon zich niet herinneren dat hij ooit westelijker was geweest dan de kerk waar hij had geleden onder een misplaatst respect voor God en de mensen toen hij vijf jaar geleden de verkeerde begrafenis had bezocht waarbij hij de nabestaanden op beide begrafenissen – ook die waar hij wel had moeten zijn – voor het hoofd had gestoten. Toch bestond deze wijk duidelijk langer dan hijzelf, getuige de bouwstijl van de huizen en de hoogte van de bomen. Een paar verkeerde afslagen en negen van de twaalf tracks op de cd van Springsteen later vond hij het adres van Guðbjörg, dat waarschijnlijk tot voor kort ook het adres van Steinar was geweest. *Glory Days* van Springsteen moest maar wachten tot de terugweg.

Het eerste wat hem trof, was de weelde. Het volgende was de hand van Guðbjörg.

"God, neem me niet kwalijk", zei ze en ze sloeg haar hand voor haar mond. Net als in de film, dacht Árni en hij wreef over zijn pijnlijke kin.

"Ik zal het proberen", zei hij.

"Nee, echt. Neem me niet kwalijk. En kom binnen. Ik dacht dat je … iemand anders was." Ze deed een stap achteruit en gebaarde dat hij binnen moest komen.

"We lijken nou niet echt veel op elkaar", zei hij toen hij binnen was. "Steinar en ik, bedoel ik."

Ze bloosde. Dat stond haar goed, dacht Árni en hij begon weer zijn hoofd te schudden over het onrecht in de wereld. "Ik neem tenminste aan dat je dacht dat hij het was?"

Ze knikte heel kort met haar roodharige hoofd.

"Verwachtte je hem?"

"Hij had hier al een uur geleden moeten zijn. Om de kinderen te halen."

Natuurlijk, dacht Árni, die klootzak had kinderen. Niet twee, maar drie, als hij het zich goed herinnerde.

"Hij had beloofd vandaag met ze naar de kermis te gaan."

Árni keek om zich heen.

"Ze zijn in de tuin", zei Guðbjörg. "Tenminste, als dat 't is wat je zoekt."

Hij knikte.

"Koffie?"

Klassiek, dacht Árni.

"Ja, graag."

Ze vroeg of hij de kamer in wilde gaan, waar de weelde nog groter was dan buiten en nauwelijks minder dan in de paleizen die hij kende uit het buitenland, al wist hij daar niet genoeg van om er iets van te zeggen. Ook de kinderen zag hij nu, twee waren er aan het spetteren in de hot pot en er lag een jong meisje op een schommelbank, met opgetrokken knieën. Het was een paradijs, afgezien van de verveelde blikken van de kinderen en de draai om de oren die meer zei dan alles wat Árni tot nu toe gehoord had over het contact tussen Guðbjörg en Steinar.

"Ik begrijp het gewoon niet", zei Guðbjörg toen de koffie in mooie kopjes was geserveerd en ze in witleren stoelen zaten, "waarom ben je hierheen gekomen? Ik heb je toch alles door de telefoon verteld?"

Árni knikte. "Ja. En nu moet je het me nog eens vertellen." Hij haalde zijn schouders op. "Zo nauwkeurig als je kunt."

"Zoals ik al zei, ik heb Birgitta helemaal niet gezien in die disco. Kan ik nog nauwkeuriger zijn?" De ergernis was goed verborgen, maar drong toch door de gepolijste buitenkant heen.

"Maar heb je Steinar gezien?"

"Wat heeft dat er nu weer mee te maken?" Ze leek oprecht verbaasd.

"Misschien niets. Heb je hem gezien?"

"Ja."

Árni meende te zien dat de gepolijste buitenkant begon te barsten. "Heb je hem gesproken?"

"Nee. Er valt niets te bespreken."

De groengele staande klok sloeg drie keer en bracht Guðbjörg terug in de werkelijkheid. Ze haalde diep adem, nam een slok koffie, trok haar korte rokje recht over haar over elkaar geslagen benen en herschikte een haarlok die van zijn plaats was geraakt. Ze glimlachte kort. Árni glimlachte terug. Borsten, dacht hij. Mooie borsten. Moeder van drie kinderen, zou ze weer ... Hij schraapte zijn keel.

"Waar ken je Birgitta van?"

"Ik kan nou niet zeggen dat ik haar echt ken", antwoordde Guðbjörg.

De glimlach bleef onveranderd. Dat was haast ondenkbaar, vond Árni.

"Ik wist alleen wie ze was. Via Steinar; ze werkte soms voor hem. Koekje?" Ze hield hem een versierde zilveren schaal voor op een zwaar gedecoreerde voet.

"Nee, dank je. Wat is de relatie tussen haar en Steinar?"

"Weet je, ik snap echt niet waarom ik die vraag zou moeten beantwoorden. Is het niet beter om Steinar daarnaar te vragen?" De klap was vergeten, ze was weer in vol ornaat. Hij was hier klaar en Árni wist het, maar hij vuurde voor de vorm toch nog wat vragen op haar af. Ze glimlachte nog altijd toen ze afscheid nam met een keurige handdruk.

Árni zat net in de auto toen een rode Yaris snel de straat in kwam rijden en recht achter hem op zijn remmen stond. Steinar sprong uit de auto en rende de stoep van de voordeur op zonder hem op te merken. Árni draaide zich om in zijn stoel en wachtte gespannen af. Hij wachtte niet vergeefs; de deur ging open en de klap kletste op zijn rechterwang. Het vervolg was echter een beetje anders dan hij verwacht had. Ze stonden nog steeds met de armen om elkaar heen toen hij de auto startte en toen hij in de achteruitkijkspiegel keek terwijl hij rustig wegreed, bleef dat zo.

* * *

De oceaan was echt blauw buiten het raam van het kantoor van Leifur op de derde verdieping aan de Skúlagata, maar het was Stefán zelfs niet opgevallen als hij geel of rood was geweest. Zijn aandacht ging onverdeeld uit naar het gezicht van Leifur, dat moeite leek te hebben met het kiezen van een juiste uitdrukking.

"Ik begrijp niet waarom je er zo'n zaak van maakt. Ik probeerde je gisteren te bellen om het uit te leggen, maar je nam niet op. En ik zie ook eigenlijk niet wat het uitmaakt. Wij willen hetzelfde als jullie, Birgitta vinden, en we hebben jullie een schat aan informatie gegeven om mee te werken. Probeer me nu niet wijs te maken dat jullie daar niets aan gehad hebben. Dat is het enige wat ertoe doet."

Stefán bleef zwijgen.

"Hé, *come on*, Stebbi, doe niet zo raar. Denk je dat je me zo aan het praten krijgt? Als een of andere kleine crimineel? Probeer dat maar niet." Leifur draaide zijn stoel en zichzelf naar de Faxaflói en zat doodstil, met tegen elkaar gedrukte vingertoppen; er speelde een onrustige grijns om zijn lippen.

Stefán nam de gelegenheid te baat om zich onder zijn oksels te krabben en op zijn horloge te kijken. Hij had nog tijd genoeg en de stoel was best comfortabel.

* * *

"Hjörtur, Goggi en Palli", zei Sveinn buiten adem toen ze aan de keukentafel zaten. "En Grétar, Óli en Biddi misschien ook."

"Wie zijn Hjörtur, Biddi en Palli en Goggi en … en …"

"Grétar en Óli. Systeemanalisten en computerdeskundigen van wie niemand weet wat ze nu doen."

"Nou en, is dat gek? Weten jullie wat alle systeemanalisten en computerfreaks in het land doen?" Katrín was geïrriteerd en verborg dat niet. Sveinn leek het niet te merken, hij trok zich er in elk geval niets van aan.

"Nee, nee, maar dit zijn allemaal topmensen binnen de branche, maestro's van de computer, begrijp je, en meestal weet er altijd wel iemand waar ze mee bezig zijn. Maar nu weet niemand iets. Of in elk geval niet van Hjörtur en Biddi en Palli. En toch bulken ze van het geld. Dat deden ze natuurlijk altijd al, maar ik heb begrepen dat ze nu in nieuwe auto's rijden, Biddi heeft een reusachtige slee en Hjörtur een Range Rover en ze eten altijd buiten de deur en wat al niet, maar niemand heeft er het flauwste idee van wat ze doen. Eddi zag Hjörtur laatst en was hem een beetje aan het uithoren, maar hij kreeg alleen wat blabla te horen dat hij druk was met van alles. Ik heb vorige maand zelf een keer met Palli geluncht en dat was hetzelfde vage verhaal. Niets concreets. Van die andere drie weet ik het niet precies, over hen zijn de meningen verdeeld." Katrín zuchtte.

"En wat zegt ons dat?"

"Nou, dat ze daar ook bij betrokken zijn. Je weet wel. Waar Birgitta in zit. Of in zat." Verbeeldde ze het zich of keek Sveinn werkelijk snel om zich heen terwijl hij dat zei? Zittend aan een keukentafel op de vierde verdieping van een flat aan de Háaleiti? Katrín moest zich beheersen om niet in lachen uit te barsten. In plaats daarvan klopte ze Sveinn op de rug van zijn hand en stond op.

"Oké. Geef me de namen van die kerels, de volledige namen alsjeblieft en dan zullen we erop letten." Ze liep naar de koelkast en pakte *skyr* en room. "Wil je ook?"

Hij schudde zijn hoofd. "Nee. Ik heb zo een afspraak met de jongens in de Kaffivagn. Wat afspraken maken over het weekeinde. Dan neem ik wel een broodje of zo."

"Afspraken over het weekeinde?"

“We gaan de gletsjer op. Weet je dat niet meer?”

Katrín begon staand de skyr uit het potje te lepelen en goot er tussen de happen door room bij.

“Ik neem vanaf vrijdag waar voor Stefán”, zei ze toen het potje halfleeg was. “Weet je dat niet meer?”

Sveinn haalde zijn schouders op. “En?”

“Wat moeten we dan met de kinderen? Ik moet als het nodig is weg kunnen.”

“Mijn moeder?” zei hij aarzelend.

“Ze zijn al ongeveer de hele week bij je moeder. Wat me eraan herinnert dat je ze vandaag moet ophalen. Ik moet waarschijnlijk tot in de avond werken.”

“Goed. Dan zullen we daar maar eten.”

“En?”

“En wat?”

“Het weekeinde? Ze kunnen niet altijd bij je moeder zijn. Die heeft ook recht op haar vrije tijd en ze moeten ons ook af en toe zien. Het zijn ónze kinderen. Weet je dat niet meer?” Ze had direct spijt van haar woorden. Ze had op gezeur gerekend waar ze op dit moment geen tijd voor had en ook geen zin in, maar voor de tweede maal binnen een etmaal ontwapende Sveinn haar volledig met zijn reactie.

“Dan neem ik ze gewoon mee. Denk je niet dat ze dat leuk zullen vinden?”

Ze plofte neer op de eerste de beste stoel en goot de laatste room in het potje skyr voor ze antwoordde. “Ja.” Ze slikte. “Ja, Svenni, ik denk dat ze dat heel erg leuk vinden.”

“Dan is dat opgelost”, zei hij vrolijk en hij sprong op. “Weet je zeker dat je niet wilt dat ik wat meer probeer uit te vissen over Hjörtur en de anderen? Over wat ze aan het doen zijn?”

“Honderd procent zeker.”

“Oké. *You’re the boss.* Dan ga ik maar.”

Als een blad aan een boom, dacht Katrín toen ze alleen was. Omgeslagen als een blad aan een boom. Ze schraapte de laatste restjes uit het potje en likte de lepel af. Vijfhonderd gram skyr en bijna een heel flesje room in vijf minuten. Misschien was Sveinn niet de enige in de wereld die veranderde. Ze zette de radio aan.

* * *

Zijn mobieltje ging op het moment dat Árni de Reykjavíkurvegur inreed. Of was het de Hvalfjörðurvegur? Het was een van beide. Wat kon een mens toch stom doen, dacht hij. Alsof hij niet al genoeg aan zijn kop had zonder die computernonsens. Hij besloot het te negeren. Te doen alsof er niets aan de hand was. De telefoon direct na het eten terug te geven en zichzelf van die taak te verlossen. Het ziekenhuis werd zichtbaar aan zijn rechterhand en hij dacht onwillekeurig aan Kleine Bleekneus die daar op de intensive care lag, tussen hemel en hel als hij de agent goed begrepen had.

Árni keek op de klok op het dashboard. Kwart over twaalf. Misschien moest hij even bij die kerel gaan kijken? Hij schudde zijn hoofd, verbaasd over zichzelf. Waarvoor? Waarom was hij aan het piekeren over een halfdode oude zwerver die hij niet eens kende? Springsteen was afgelopen en Árni dwong zichzelf naar de reclame voor het nieuws te luisteren om er zeker van te zijn dat hij het nieuws zelf niet zou vergeten. Worst en cola. Daar ging het om. Verstandiger om zijn tijd daarin te steken dan in een nutteloos bezoek aan een onbekende stakker die buiten westen was. Misschien had hij zelfs tijd voor een hamburger. En een sigaret. Hij reikte naar het pakje. Nummer drie, dacht hij. Het komt allemaal nog.

Kort voor één uur maakte hij zijn vierde uit, verfrommelde het zakje van de hamburger, gooide het in de plastic zak die aan de versnellingspook hing en haalde de mobiel tevoorschijn. Er verscheen een bericht op zijn scherm dat hij een voicemail had.

"*Fuck it*", mompelde hij. "Twee manieren om te reageren en geen van beide goed." Hij bedacht dat hij niet kon volhouden dat hij ze niet gezien had en hij maar beter naar het bericht kon luisteren voor hij de mobiel en de plichten die ermee samenhingen inleverde. Hij belde de voicemail.

"Die verdomde idioot!", bracht hij uit, "godverdegodverdegodver."

Árni legde de mobiel neer, schakelde en reed weg. Het was ook maar beter om versterking te vragen. Hij besloot om te zien of

Katrín beschikbaar was. Zijn woordkeuze bracht een grimas op zijn gezicht. Hoezo beschikbaar? Weinig kans. Hij kon maar beter Guðni bellen. Hij kende hem.

"Roet", mompelde hij. Hij schudde zijn hoofd, verwonderd over zichzelf en al zijn collega's. "Die stomme vent."

* * *

Niets, dacht Stefán toen hij de burelen van de Nationale Recherche verliet, niets wat ik niet al eerder wist. Toch was hij tevreden met het resultaat. Leifur had om de waarheid heen gedraaid als een kat om de hete brij, maar het was Stefán toch gelukt om genoeg uit hem te trekken om te bevestigen dat ze de juiste conclusies hadden getrokken over wat Birgitta de afgelopen tijd aan het doen was. Het was bijvoorbeeld zonneklaar dat Leifur meer belangstelling had voor haar computer dan voor haarzelf. Stefán was er ook zeker van dat Leifur geen reden had om iets anders te denken dan dat Friðrik nog steeds op zijn hand was. Niet dat het er vanaf nu nog iets toe deed, behalve misschien voor Friðrik, maar alleen al het feit dat hij zoveel had kunnen vissen zonder er iets voor terug te geven verschafte hem een kinderlijk plezier, waarvan hij zonder schaamte genoot. Het plezier werd echter een beetje vergald door het feit dat die gek niets meer leek te weten dan zij over het lot van Birgitta.

Zijn telefoon trilde in zijn borstzak.

"Stefán." Hij luisterde aandachtig en versnelde onwillekeurig zijn tred op de stoep in de richting van Hlemmur. Hij mompelde iets onduidelijks en knikte. "In orde", zei hij toen hij het bureau binnenliep, "we zijn er hooguit over een halfuur. Laat de tunnel afsluiten, haal de verkeerspolitie erbij om het verkeer om te leiden en roep de reddingsdiensten terug. Ik waarschuw de Hond. En de anderen. Ik neem nog contact op."

12

Donderdag

"Wat?"

"Ik zei ja."

Óskar zag er beklagenswaardig uit, vond Árni. Meelijwekkend zelfs. Guðni leek niet zoveel last van medeleven te hebben.

"En waar is hij dan?"

Óskar knikte in de richting van een zwarte leren tas die in de hoek stond, achter de tafel in de kantine waar ze hem op hadden neergezet. Guðni had een mok koffie genomen. Árni had bedankt. Hij boog zich naar de tas, opende hem en keek. Een laptop van een duur merk kwam tevoorschijn.

"En jij verkoopt hem voor je neef, zeg je?" vroeg Guðni.

Óskar knikte. "Hoe heet hij?"

"Á … Ási", zei hij na een zeer korte aarzeling. "Ásgrímur." Hij staarde recht vooruit naar de tafel en durfde niet op te kijken.

"Ásgrímur. Maak je daar een notitie van, Árni?" grijnsde Guðni. Árni grijnsde geruststellend terug. "Nu zal ik je zeggen wat er gebeurd is, Óskartje", vervolgde Guðni en hij roerde in zijn mok. "Luister je?"

Óskar antwoordde niet.

Guðni greep hem bij zijn kin en dwong hem hem aan te kijken. "Ik zei luister je, *asshole*?"

Óskar keek smekend naar Árni, die beschaamd wegkeek.

"Ja", piepte hij. Guðni verstevigde zijn greep en keek Óskar enkele seconden recht in de ogen voor hij tevreden knikte en hem losliet.

"Mooi." Hij verbeterde zich. "*Great.*" Hij roerde nog wat in zijn mok en nam een slok. "Nu zullen we vertellen wat er gebeurd is. Jij komt thuis na een geslaagd verkooprondje door de stad. Je gaat naar binnen om nog wat *booze* te halen en op weg naar buiten kom je Birgitta tegen die uit het huis van Steinar komt."

Óskar opende zijn mond om hem tegen te spreken, maar Guðni legde hem het zwijgen op door zijn hand op te heffen.

"Ik ben je aan het vertellen wat er gebeurd is, *fuckface*. Oké?"

Árni voelde zich opgelaten over die behandeling, maar slaagde er wonderwel in niets te zeggen en zijn gezicht in de plooi te houden. Het leek zijn uitwerking op Óskar niet te missen, die in elkaar dook op zijn stoel.

"Jij zei hallo, hallo, wat doe je hier en toen het antwoord je niet beviel, vroeg je om een *blowjob* voor het zwijgen. Of misschien wel meer. *Right*?"

Óskar schudde zijn hoofd.

"*Right*", zei Guðni. "Maar zij wilde je natuurlijk geen blowjob geven, want zij is een mooie vrouw en jij bent maar een lelijke dwerg. Toen had je er genoeg van en dreigde je de politie te bellen. Of misschien liever Steinar. Je bent niet iemand die snel de politie belt, is het niet, Óskartje?" Óskar maakte zich weer op om antwoord te geven, maar kreeg geen kans. "Zij schoot ervandoor en jij ging achter haar aan en zij viel van de trap en was dood", zei Guðni en hij kneep zijn ogen toe. "Dus, je ziet, Óskartje, dat ik het goed met je voor heb. Ik zou je kunnen pakken voor moord ..." Hij glimlachte toen hij een nieuwe sigaar recht uit het doosje in zijn mondhoek stak en erop begon te kauwen terwijl hij naar vuur zocht. "En dat zal op den duur ook wel gebeuren, zodra we het lijk vinden."

Árni en Óskar keken beiden gefascineerd naar Guðni, die zijn sigaar aanstak en op zijn gemak een trek nam.

"... Maar ik geef je een break. Zal ik zeggen waarom?" Guðni leunde achterover in zijn stoel, kneep zijn ogen samen en haakte zijn duimen achter zijn bretels. "Omdat je zo'n fucking stakker bent dat je onmogelijk iemand met opzet zou kunnen doden, ook al zou je het proberen."

Óskar haalde zijn neus op en mompelde iets onverstaanbaars.

"Wat?"

"Zo is het niet gegaan."

"Hoe dan wel?" vroeg Guðni.

Árni zette de dictafoon aan en zette hem op tafel neer.

"Ik kwam thuis uit het café ..."

"Hou op met die onzin", zei Guðni, "je was kleine kinderen sterkedrank aan het verkopen, vuile klerelijer."

Óskar probeerde hem weer tegen te spreken, maar Guðni snoerde hem de mond.

"Maakt niet uit. *No big deal.* Wat toen?"

Toen hij de straat in kwam rijden, zei Óskar, zag hij een man uit een jeep stappen, die iets verder in de straat stond geparkeerd, en de oprit naar zijn woning op lopen, waar nog een jeep stond, de jeep van zijn buurman. Óskar wachtte even en zag de man in een flits bij de jeep. Hij parkeerde zijn auto langs de stoeprand, iets verder in de straat, en terwijl hij zachtjes uitstapte, hoorde hij een snerpend gekras dat al snel overging in een grof, maar nogal laag raspend geluid alsof iemand in metaal kraste, maar niet wilde dat het opviel. Hij sloop naderbij en keek voorzichtig om de hoek.

"Ik vond het nogal gek, snap je", verklaarde hij en hij gebaarde met zijn korte armen, "wilde zien wat er aan de hand was. Maar ik wilde geen moeilijkheden, snap je."

"Je was doodsbang, kerel", zei Guðni.

Óskar haalde een onwaarschijnlijk schone, parelwitte zakdoek uit een van de vele zakken van zijn smerige overall tevoorschijn en snoot zijn neus zo krachtig dat de garage op zijn grondvesten schudde.

"Hoe dan ook", dreinde Óskar toen de zakdoek weer in de overall verdwenen was, "toen stond die vent daar de jeep van Steinar te bekrassen en ik wilde hem niet storen. Dus ik sloop achteruit. Ik liep langs zijn jeep en zag dat hij niet op slot was." Hij haalde zijn schouders op. "Ik keek naar binnen. En de tas stond achterin op de grond."

"De gelegenheid maakt de dief ..." zei Árni plotseling.

Óskar en Guðni zwegen allebei en keken hem vragend aan. Árni neuriede en werd rood. "Niets. Ga verder."

Óskar ging verder. Hij had de tas gepakt, hem in zijn auto gezet, was zelf weer ingestapt en had gewacht. Vijftien minuten later was de man eindelijk in de zijspiegel verschenen en was in zijn jeep gaan zitten.

"Maar hij reed niet weg", zei hij, "hij zat daar maar en wachtte. Eindeloos. Ik had het niet meer van de stress, ik zweer het je."

"Wachtten er veel klanten op je, misschien?" viel Guðni hem in de rede, "bang om je business mis te lopen?"

Óskar schudde zijn hoofd. "Nee, ik ..."

"Vergeet het", zei Guðni. "En toen?"

"Toen kwam die vrouw. Die jullie aan het zoeken zijn. Ze kwam van de oprit en stapte in de jeep. En toen reed hij eindelijk weg."

"En wil jij dat we die kletskoek geloven?" Guðni leek werkelijk geschokt.

"Dit is de waarheid", piepte Óskar, "dit is echt wat er gebeurd is."

Er begon ergens een mobiel over te gaan en ze begonnen alle drie onwillekeurig in hun zakken te voelen. Guðni was de schuldige.

"Stefán", legde hij aan Árni uit, die knikte en zijn eigen mobiel weer in zijn zak stak. "Guðni hier ... Waar? ... Wil je dat wij ...? Hij is hier, ik vertel het hem wel ... Oké. *Over and out*."

Árni keek vragend naar hem, maar Guðni schudde alleen zijn hoofd en wendde zich weer tot Óskar.

"We zoeken haar niet langer", zei hij. "Birgitta. We hebben haar gevonden. Precies daar waar jij haar hebt achtergelaten."

Het was moeilijk te zien wie het meest verbaasd was, Óskar of Árni. Guðni stond op en stelde zich achter Óskar op. Legde zijn handen op zijn schouders en leunde naar voren. "Er was geen man die de jeep aan het bekrassen was, hè?" vroeg hij, "alleen Birgitta was er en jij natuurlijk, is het niet?"

Óskar sputterde krachtig tegen. "Hij was er wél. Ik weet het zeker!" Hij probeerde zich zonder succes uit de greep van Guðni te bevrijden. "Een dikke, kalende vent. Blond. Groot. Groter dan jij. Waarom zou ik liegen?" Óskar zat bijna te huilen. "Ik ken die vrouw helemaal niet, waarom zou ik haar vermoorden?"

"Wie zei dat ze dood was?" vroeg Guðni.

"Jij zei dat", jammerde Óskar.

Guðni schudde zijn hoofd. "Nee. Ik zei dat ze gevonden was."

Hij verslapte zijn greep op Óskars schouders en ging weer tegenover hem zitten. "Maar je hebt wel gelijk, ze is dood. En jij weet dat omdat je haar vermoord hebt. De vraag is alleen waarom?"

Árni stootte hem aan.

"Blijf zitten", zei Guðni dreigend en hij zwaaide zijn brandende sigaar voor Óskar heen en weer voor hij achter Árni aan liep, de garage in.

"Die verklaring van hem klinkt heel geloofwaardig", zei Árni. "Ik denk niet dat hij liegt."

Guðni knikte. "Ik ook niet." Hij grijnsde. "Het is alleen zo verdomd leuk om die vent wat te stangen. Zag je hoe bang hij was? Ik dacht net dat hij zou gaan grienen." Hij glom van plezier. Árni keek naar hem met een nauwelijks verholen ergernis op zijn gezicht.

"Wat?" vroeg Guðni. "Heb je medelijden met die klootzak?"

Árni antwoordde niet, maar gooide Guðni's sigaar op de grond en trapte hem uit.

"Huh, verduiveld wijf."

Árni wist niet over wie zijn collega het had en vond het beter om maar te zwijgen.

Guðni grijnsde. "Ja, ja", zei hij toen, alsof er niets gebeurd was, "laten we hem maar meenemen naar het bureau en hem een foto van Kristinn laten zien."

"Wat zei Stefán?" vroeg Árni.

"Hij zei dat Birgitta dood was. Morsdood."

* * *

De stank was bijna ondraaglijk. Zwaar, rottend en misselijkmakend tegelijk. De slechte adem van de vertegenwoordiger van de tunnelwerkers maakte dat niet veel beter. Hij had tussen de middag worst gegeten, dacht Katrín. Het was ook bloedheet daarbeneden, op het laagste punt van de Hvalfjörðurtunnel, wat het ook al niet veel beter maakte. Toch rilde ze. Aan papieren zakdoekjes had je op zo'n moment niet veel en ze vervloekte het voor de eerste keer dat ze geen parfumtype was. Ze schrok toen Stefán haar voorzichtig op haar schouder klopte.

"Gaat het?"

Ze knikte.

"Hier ..." Hij reikte haar een stofmasker aan dat ze over haar gezicht schoof. Het rook naar pepermunt. Stefán droeg er ook een onder zijn groene pet, bizar om te zien, maar Katrín lachte niet achter haar masker.

"Wat is dit eigenlijk?" vroeg ze en ze spreidde haar armen uit.

Ze stonden op een betonnen platform en keken in een breed zwart gat, dat zich zo ver uitstrekte dat ze het einde ervan niet zagen. Het was hoog en waarschijnlijk heel diep. Het water stroomde uit twee pijpen en voegde zich bij het water dat al op de bodem van het reservoir stond. Het oppervlak bevond zich 5 of 6 meter onder het platform waarop ze stonden.

"Dit is Guðlaug", zei Stefán. Hij was asgrauw en het zweet stond op zijn voorhoofd. "Genoemd naar een of andere ingenieur, geloof ik. Een verzamelbekken voor het water dat door de rotsen stroomt." Katrín fronste haar voorhoofd.

"Zeewater?"

Hij schudde zijn hoofd. "Zoet water."

Ze knikte met haar hoofd in de richting van het lijk en de in het wit gehulde figuren die er in een kring omheen stonden, iets verder het gewelf in, op een soort verlengstuk aan de linkerkant van het platform, aan de andere kant van het hek dat hen scheidde van het diepe water.

"Wat zegt Geir?"

Stefán haalde zijn schouders op. "Nog niets."

Ze zeiden allebei niet veel. Katrín wist niet zeker of dat aan de maskers lag.

"Zullen we maar weer naar buiten gaan?" De grond zag zwart van het roet en overal waren duidelijke voetsporen te zien in het licht van de tl-buizen aan het plafond. Ze zochten voorzichtig hun weg uit het gewelf en buiten het met lint afgezette gebied. Katrín zette haar masker af. De benzinedampen en uitlaatgassen waren als frisse lucht na het samenzijn met het doorweekte lijk.

"Het is zeker dat zij het is, hè?" Stefán knikte. Hij zag er afschuwelijk uit onder het witte licht aan het plafond van de tunnel.

"Ik denk het wel. Je zag de kleding. En het haar."

Hij vertrok zijn gezicht. Katrín stemde met hem in. De kleding en het haar. Die twee waren de enige aanwijzingen die herinnerden aan de knappe vrouw van halverwege de dertig met wie ze de laatste dagen ontelbare malen oog in oog had gestaan door de tussenkomst van foto's. Katrín leunde tegen de muur met haar armen over elkaar en haar ogen gesloten. Als je ooit kon spreken van een confrontatie van een dood lijk met een levend lijf, dan was het nu. Katrín hoopte dat het haar ooit zou lukken het beeld uit haar hoofd te krijgen, maar wist dat dit niet snel zou gebeuren. Grijsblauw slijk en donkerpaarse vlekken bedekten het gezicht, dat door het verblijf in het water zo gezwollen was dat het nauwelijks herkenbaar was. Haar kuiten leken op opgeblazen ballonnen. De naden van haar broek stonden op springen. Een moeder van twee kinderen, dacht Katrín. De gedachte aan de kinderen bezorgde haar kippenvel over haar hele lichaam, ondanks de warmte. Hjördís en Ásgeir, twaalf en zes jaar oud. Geen lieve mama meer in dat huis. Nu hadden ze alleen nog hun pappie, die in de gevangenis zijn roes lag uit te slapen.

Geir, de forensisch arts die er altijd werd bijgehaald in zulke gevallen, kwam waggelend de deur uit en liep in hun richting, met hangende schouders zoals altijd, alsof hij het leed van de wereld met zich mee torste. Er parelden zweetdruppeltjes op zijn snel kaler wordende schedel en een of twee daarvan waren langs zijn scherpe en geaderde neus omlaag gelopen over zijn gezicht, dat meer hardheid beloofde dan het kon waarmaken.

"Afschuwelijk", zei hij. "Afschuwelijk."

Hij zette zijn tas neer die hij in zijn linkerhand met zich had meegesjouwd, en streek enkele onwillige en bezwete haren glad over zijn schedel. Katrín onderdrukte haar ongeduld en hield haar mond. Stefán leek echter meer tijd te hebben dan hij ooit kon gebruiken, wat haar ongeduld alleen nog meer vergrootte.

"Afschuwelijk", herhaalde Geir en zuchtte.

"En?" vroeg Katrín, die het niet langer uithield.

Geir zuchtte nogmaals. "Tja, wat moet ik zeggen? Drie, vier, misschien zelfs vijf of zes dagen in het water. Ik kan op dit moment niet preciezer zijn, ben ik bang."

"Hoe is ze gestorven?"
Geir vertrok zijn gezicht. "Dat weet ik niet, liefje."
Katrín vertrok haar gezicht ook.
"Nog niet. Maar ze heeft een lelijke wond op haar hoofd, vlak boven haar nek. Van iets wat hard en hoekig was. Maar niet scherp." Hij haalde zijn hangende schouders op. "Waar is Árni?"
"Hij is met iets anders bezig", antwoordde Stefán.
"Stuur hem vanavond maar bij mij langs, dan weet ik misschien wat meer." Geir stapte in zijn auto, draaide en reed de tunnel in.
Katrín keek vragend naar Stefán, die kort glimlachte.
"Die kerel was ooit zijn schoonpapa. Of zo goed als. Hij heeft ervoor gezorgd dat Árni bij ons binnenkwam. Geloof ik."
Katrín snoof. Kon wel zijn. Al dat mannen-onder-elkaar-gedoe ook altijd.
"En wat vind jij daarvan?" vroeg ze. Stefán dacht na.
"Ik vind het prima, denk ik. Ik heb erger meegemaakt. Veel erger." Hij zwaaide met zijn masker. "Ja, ja. Laten we maar eens zien hoe lang de Hond nog bezig is. Durf jij met hem te praten?"
Katrín knikte.
"Mooi", zei Stefán. "Ik wacht hier."

***

Guðni sloot de deur van de cel met een klap en klopte Óskar op zijn schouder.
"Brave kerel. Nu gaan we een verklaring schrijven."
"Je ... je had beloofd dat ... dat ..."
"Wat heb ik beloofd?"
"Dat ik geen ... geen ... problemen zou krijgen ..." stotterde Óskar. Hij was nog angstiger dan eerst. Ziet er slecht uit, dacht Árni.
"Ik herinner me niet dat ik je wat dan ook beloofd heb, Óskartje", zei Guðni, net zo meedogenloos als eerder. "Herinner jij je dat ik hem iets heb beloofd?"
Árni schudde zijn hoofd.
"Kijk aan", grijnsde Guðni en hij wendde zich weer tot Óskar.

"Je zit diep in de shit, dat kan ik je wel vertellen."

"Maar gisteren, weet je nog, je beloofde ... ik gaf je ..."

Guðni legde zijn linkerarm zo vast als een schroef om Óskars schouders en het kon Árni niet ontgaan dat Guðni's rechterhand even naar Óskars met olie besmeurde oorlelletje ging zodat zijn gezicht van pijn vertrok, maar hij besloot net te doen of hij het niet zag. Hij had meer aan zijn kop dan het oorlelletje van een of andere kruimeldief. Hoe zielig hij ook was.

Guðni duwde hem de eerste de beste verhoorkamer binnen en sloot de deur achter hen. Árni drentelde verder naar zijn hok, ging zitten en haalde de laptop uit de tas. Wat wist hij weinig van die apparaten.

* * *

"Waarom hier?" vroeg Katrín. "Het is zo'n bizarre plaats."

Ze stonden op de brede vluchtstrook aan de overkant van de weg en keken naar het stalen hek dat Guðlaug van de buitenwereld afscheidde, maar er nergens in slaagde de pompinstallatie en allerlei machinerieën en werktuigen aan het oog te onttrekken die op het platform stonden waar ze eerder waren geweest. Stefán bromde. Het was inderdaad een bizarre plaats. Er waren camera's aan beide uiteinden van de tunnel en bovendien flitspalen in de tunnel zelf. Een man die in de tunnel werkte, degene die het lijk had opgemerkt, was de banden van de nacht van zaterdag op zondag gaan halen, maar Stefán had niet veel hoop dat er iets op te zien was. Hier was dag en nacht verkeer, in de nacht natuurlijk niet continu, maar in de weekeinden toch wel aanzienlijk, als hij het goed begreep. Iemand moest een stilstaande auto rond middernacht zijn opgevallen, misschien zelfs beweging aan de andere kant van het hek gezien hebben, al was het licht natuurlijk uit ... Hij schudde geërgerd zijn hoofd, hij had er moeite mee om op de dingen vooruit te lopen. Er waren direct maatregelen genomen voor een oproep waarin naar getuigen werd gevraagd in de eerstvolgende nieuwsuitzending op de radio. Het had weinig zin om zich van tevoren voor te stellen wat ze wel en niet gezien konden hebben. Vooral als ze nog niet eens wisten of zich wel een getuige zou aandienen. Katrín schudde hem hard niezend wakker uit zijn overpeinzingen.

"Nu weten we in elk geval waar het roet vandaan komt", zei ze en ze snoot haar neus. "Ik begon al te denken dat Óskartje er iets mee te maken had. Zeker nadat jij me over die computer vertelde."

Stefán knikte. "Ik ook." Hij stak zijn grote handen in zijn broekzakken en spande zijn schouders. "Zoals je al zei, het is een bizarre plaats."

"Wie bedenkt nou zoiets? Om een lijk te verbergen in een waterreservoir midden in de Hvalfjörðurtunnel? Ik wist niet eens dat het bestond."

"Dan ben je niet de enige", zei Stefán. De mensen die erdoorheen reden, vroegen zich natuurlijk nooit af wat er achter dat stalen hek op de bodem van de tunnel was, al hadden sommigen vast weleens iets gelezen of gehoord over het reservoir. Bovendien was de deur altijd op slot, volgens de opzichter. Of zou dat moeten zijn, hij had niet durven zweren dat het niet af en toe werd vergeten. Of dit in dat weekeinde het geval was geweest, wist hij niet meer, maar hij dacht dat hij op slot was geweest toen hij hem zondagochtend controleerde. "Ik geloof dat ik een auto hoor aankomen, dat is hopelijk die jongen met die banden", zei hij. "Ik wil hier weg. We laten de Hond de rest uitzoeken."

* * *

"Geef die maar aan mij." De stem was een zachte, maar besliste bariton. Árni keek op. De eigenaar paste er goed bij; grijzend kortgeknipt haar boven staalgrijze ogen en een scherpe neus. Árni sloot de laptop en deed hem terug in de tas.

"En jij bent?" Hij was zelf verbaasd hoe rustig hij was, al was hij zich ervan bewust met wie hij sprak.

"Dat doet er niet toe", zei Leifur en glimlachte. "Maar ik moet die computer hebben." Árni glimlachte terug.

"Ik ben bang dat dat niet gaat", zei hij. "Niet direct in elk geval. Hoe wist je dat hij hier was?"

"Dat doet er ook niet toe", antwoordde Leifur, die nog altijd

glimlachte, maar koeler dan tevoren. "Geef me die tas."
"Helaas, zoals ik al zei, ik ben bang dat ..."
Guðni verscheen in de deuropening met een sigaar in zijn mond.
"Nee maar, daar zullen we die kloothommel Leibbi hebben." Hij drong zich voor Leifur langs naar binnen en plofte neer op de hoek van het bureau. "Neuk je nog steeds kleine meisjes?"
"Ik moet die computer hebben", zei Leifur. De bariton had het meeste van zijn zachtheid verloren.
"Dan heb je pech. Kom morgen maar eens terug." Guðni stond op en ging vlak voor Leifur staan. Ze staarden elkaar aan, bewegingloos. Net als in de film, dacht Árni, die de spanning tussen beide mannen zo duidelijk voelde dat hij kippenvel op zijn armen kreeg. En hoewel Guðni een kop kleiner en de helft dikker was en veel lager in de officiële pikorde stond, was het duidelijk dat hij de overhand had in deze krachtmeting. Het was Leifur die het uiteindelijk opgaf.
"Je hebt je langste tijd gehad in deze job", zei hij, maar alle overtuigingskracht was uit zijn stem verdwenen. Net als in een slechte film, verbeterde Árni zich. En hij zou nog slechter worden.
"Dan komen we elkaar nog weleens tegen in de rij bij het arbeidsbureau, amigo."
Leifur werd rood en wees met zijn wijsvinger naar Guðni's voorhoofd. "Jij moet oppassen, vetzak." Toen draaide hij zich om, beende naar buiten en sloeg de deur achter zich dicht.
Guðni ging in de stoel voor het bureau zitten. De sigarenpeuk hing weer op zijn plaats in zijn mondhoek en de zelfingenomenheid straalde uit elke porie op zijn gezicht.
"*Fucking idiot*. Vetzak, *my ass*. Vind jij mij dik?"
Árni schudde zijn hoofd.
Guðni grijnsde. "Natuurlijk vind je me dik. Ik ben dik. Ben je gek, jongen? Of gewoon dom?"
Árni wist niet wat hij op deze vraag moest zeggen en besloot te passen. "Ik pas", zei hij.
Guðni schaterde het uit. "Jij bent een mooie", zei hij toen.
Het moest niet mooier worden, dacht Árni, straks ging hij nog gedichten voordragen. Of liet hij hem foto's van zijn kleinkinde-

ren zien. Zou die vent kleinkinderen hebben? Of kinderen? Árni dacht dat hij Guðni weleens over een 'wijf' had horen praten, maar wat voor wijf dat was wist hij niet, net zomin als iets anders over het persoonlijk leven van deze man, met wie hij ruim een jaar had samengewerkt. En hij was ook niet veel wijzer over het persoonlijk leven van Friðrik of Katrín, bedacht hij. Zelfs Stefán was voor het grootste deel een gesloten boek, want wat wist hij nou over zijn chef, behalve dat hij ergens uit het noorden kwam, een kleine vrouw had en grote zoons en een dochter in het buitenland? Misschien moest hij ze eens 's avonds te eten vragen ... Guðni hoestte en Árni kwam tot zichzelf.

"Ik vroeg hem hoe hij wist dat de computer hier was", zei Árni, vastbesloten om weer in het hier en nu te geraken.

"En?"

"Hij zei dat mij dat niet aanging."

Het werkte. De grijns verdween van Guðni's gezicht.

"Wie weet het?"

"Dat de computer is gevonden?"

"Ja."

Árni haalde zijn schouders op. "Jij en ik."

"En Stefán", zei Guðni. "Ik belde hem een kwartier geleden, ze zijn onderweg hierheen. Hij en die rooie die de lakens hier gaat uitdelen." Hij brieste. "Die verdomde onzin. Wat vind jij daar nou van?"

"Waarvan?"

"Dat dat tuttebolletje het hier voor het zeggen krijgt. Ons gaat vertellen wat we moeten doen."

Árni spreidde zijn vingers. "Daar heb ik nog niet over nagedacht", zei hij naar waarheid. "Is het niet gewoon goed?"

"Goed?" snoof Guðni. "Goed? Dat een of ander dom vrouwmens ons de les gaat lezen? Boven een man wordt gesteld die vijfendertig jaar ervaring heeft? Vind je dat goed?"

Weer vond Árni niet het juiste antwoord, maar deze keer liet hij het achterwege om 'ik pas' te zeggen en het was er Guðni duidelijk ook niet om te doen om een antwoord te krijgen. "Die verdomde gelijkerechtenonzin ook. Als je geen kut hebt, stel je zeker niks meer voor. Ze is trouwens best lekker." De grijns was terug op zijn gezicht. "Ik zou er geen bezwaar tegen hebben om dat ding eens te pakken. Wat denk je?"

"Heb ik nog nooit aan gedacht", loog Árni en hij voelde zich steeds ongemakkelijker en schuldiger. Hij had er geen zin in om deze preek nog langer aan te horen en haastte zich de draad weer op te pakken. "Stefán heeft Leifur niet gebeld", zei hij.

"Dat geloof ik niet. En als hij het gedaan had, had hij het ons laten weten. En Friðrik?"

Guðni schudde zijn hoofd. "Ik heb hem niet gezien. En ook niet gesproken."

"Maar hoe ..." Er ging een lichtje bij hem branden. "Ze hebben dat systeem al aangesloten", zei hij opgewonden, "dat is de enige verklaring." Hij sloeg met zijn vuist op tafel. "En ze zijn meteen begonnen er misbruik van te maken."

"Onzin", zei Guðni rustig.

"Wat dan?"

"Leifur wil die computer hebben. *Right*?"

"*Right*."

"Dan is het gewoon logisch dat hij oplet of wij hem misschien vinden. Ik zou in zijn plaats precies hetzelfde doen. En het is niet zo moeilijk om mobiele telefoons af te luisteren als je wil en er de juiste apparatuur voor hebt. Daar heb je geen Amerikaans supercomputersysteem voor nodig." Hij boerde. "Heb je al wat in dat apparaat rondgeneusd?"

"Ja."

"En?"

"Niks. Alles is afgesloten met wachtwoorden."

* * *

Ze lieten de tunnel achter zich en de wereld was opeens zo licht dat ze even met hun ogen knipperden.

"De afstand klopt in elk geval", zei Katrín en ze verhoogde de snelheid toen haar ogen weer aan het licht gewend waren. Ze hadden de banden van de nacht van zaterdag op zondag in een reistas en de verkeerspolitie had opdracht gekregen om de resultaten van de flitspalen in de tunnel van dezelfde periode te bekijken. Stefán reageerde verbaasd.

"Ik was helemaal vergeten dat te zeggen. Kleine Árni kwam er vanochtend mee." Ze vertelde wat zij en Árni die ochtend hadden besproken over het tanken van benzine door Birgitta en het benzinegebruik van de jeep.

"Zo zo", zei Stefán tevreden. "Hij komt er wel."

Katrín keek hem verwonderd aan.

"Niet dat hij naast zijn schoenen moet gaan lopen."

Ze snoof. Stefán glimlachte.

"Hij komt er wel. Dat voel ik gewoon."

Ze antwoordde niet. "Dat gevoel had ik ook over jou", voegde hij er na een korte stilte aan toe. Katrín bloosde. Dat was meer dan ze zelf wilde toegeven. Zo overtuigd als ze geweest was van haar missie toen ze bij de recherche begon, was het eerste jaar toch onmiskenbaar een aanslag op haar geduld geweest, net als op haar zelfvertrouwen, en soms had ze zich in alle ernst afgevraagd of ze niet beter haar spullen kon pakken. "Het kost tijd", had Stefán gezegd toen ze dat aan hem toevertrouwde na weer een onderzoek waarin haar enige bijdrage bestond uit een nutteloos telefoonnummer en twee gesprekken die niemand begreep, "om opnieuw te leren denken. Want dat is wat je moet doen in deze job. Niet méér denken, maar anders denken. En jij bent daar duidelijk mee begonnen. Anders had je dat nummer nooit aan die ene man ontfutseld."

"Maar hij wist helemaal niets", had ze tegengeworpen, "kwam er zelfs niet in de buurt. Hij was niet eens in het land." Stefán had alleen zijn hoofd geschud en geglimlacht. Net als nu. "Dat is bijzaak. De hoofdzaak is dat je eraan dacht om uitgerekend die man te bellen over deze zaak. Een halfjaar geleden had je dat niet gedaan. Je had het verband niet gezien, laat staan dat het in deze zaak van belang kon zijn." Het gesprek duurde langer, veel langer, en zij had besloten om door te zetten en zichzelf meer tijd te gunnen om zich in te werken. En nu, vier jaar later, stond ze op het punt om Stefán af te lossen, midden in een moordzaak. Hoopte ze. Dat betekende hopelijk dat Stefán gelijk had gehad wat haar betrof. Ze stond zichzelf toe te betwijfelen of Árni zichzelf ook zo moest bewijzen, maar ze deelde die twijfel natuurlijk niet met haar chef.

"Als dat klopt", zei ze toen ze over de þingvallavegur reden, "met die benzine, bedoel ik, en dat roet, dan betekent dit dat ze in de jeep naar de tunnel is gebracht en dat degene die dat gedaan heeft, de auto vervolgens in Ármúli heeft achtergelaten. Toch?"

Stefán knikte.

"We weten dat ze niet zelf naar het huis van Steinar is gereden en ook dat ze is teruggekomen naar de disco nadat ze daar was geweest. Maar we weten niet ..." Ze zweeg terwijl ze nog net een oude Saab inhaalde en op het laatste moment kon invoegen in de juiste baan voor ze bij de eerste rotonde in Mosfellsbær arriveerden.

"Ze had blauw haar", zei Stefán.

"Wie?"

"Dat meisje in die Saab."

Katrín haalde haar schouders op. "Zag ik niet. Maar wat ik wilde zeggen, was ..."

"... of dezelfde man haar beide keren chauffeerde", vulde Stefán haar aan.

"Ja. En of hij in de auto wachtte toen ze weer naar binnen ging of niet. Of het dezelfde was."

"Hij kan in elk geval na zijn laatste rit moeilijk naar de disco zijn gegaan", zei Stefán, "hij zat helemaal onder het roet en de modder."

"Wel als hij in de tussentijd naar huis is gegaan om zich te verkleden."

"Dat had waarschijnlijk net zoveel aandacht en vragen opgeroepen als die vuiligheid", antwoordde hij, "bij de mensen die hij kende in elk geval. Ga hier eens rechtsaf, ik heb honger", voegde hij eraan toe toen ze bij de volgende rotonde waren. Ze ging rechtsaf en schudde haar hoofd.

"Wat?"

"Niks." Zijn maag speelde altijd op als hij levenloze lichamen moest inspecteren, hoe ze er ook bij lagen, en hij had er meestal de grootste moeite mee om zijn maaginhoud binnen te houden als ze er zo slecht aan toe waren als deze keer. Hij vond dat niet vreemd. Maar het was ook altijd zo dat hij een enorme honger kreeg als hij op gepaste afstand was gekomen van het lijk dat de misselijkheid had veroorzaakt. Dat vond hij wel vreemd.

Katrín volgde zijn aanwijzingen naar een kleine snackbar tussen bloemenwinkels en de Krónuverslun in. Een wonderlijke plek, dacht ze, toen ze het smalle straatje in reden. Tot haar eigen verbazing voelde ze dat zij ook uitgehongerd was, ondanks wat er gebeurd was, en ze bestelde een baconburger en frites, net als Stefán. Dit had ze in geen vijf jaar meer gedaan, dacht ze, als het er geen tien waren. Toen had ze ook ten minste een etmaal niets te eten gehad. Het beeld van het doorweekte en vergane lijk van Birgitta stond nog scherp op haar netvlies toen ze op haar eerste hap kauwde. Dat veranderde niets.

"Uitstekende burger", zei ze en ze veegde wat saus weg bij haar linkermondhoek.

"Hm", bromde Stefán.

"Mag je wel zulk junkfood eten?"

"Nee." Hij grijnsde van oor tot oor en propte een derde van het verderfelijke voedsel in zijn mond.

* * *

Op hetzelfde moment dat Stefán de laatste hap van zijn baconburger doorslikte in de zon voor de snackbar in Mosfellsbær, werd Kristinn Kristjánsson, systeemanalist, verkoper en ex-echtgenoot van Birgitta Vésteinsdóttir, wakker in een koude, grijze politiecel op Hlemmur en probeerde hij zich te herinneren waar hij was en hoe hij daar in vredesnaam terecht was gekomen. Zijn hoofdpijn en misselijkheid maakten het hem niet gemakkelijker, maar toch lukte het hem beetje bij beetje om zijn door cognac verstoorde geest te ordenen en hij begon geluidloos te huilen. Toen viel hij weer in een diepe slaap.

13

Donderdag

"Dus ik wil dat je hem ergens heen brengt zonder dat iemand het merkt", zei Stefán, "bedenk maar een plaats waar niemand aan denkt en zet je mobiel uit."

Elín, de forsgebouwde chef van de uit twee mensen bestaande computerafdeling van de recherche, keek afwisselend niet-begrijpend naar de laptop en naar Stefán.

"Zeg dat nog eens", zei ze.

Stefán zei het nog eens.

"Haal je geen geintje met me uit?" vroeg Elín.

Stefán schudde zijn hoofd. "Sorry. Geen geintje."

"Vraag je me serieus of ik ..."

"Volkomen serieus", zei Stefán en hij leunde achterover in zijn stoel. "Ik weet dat het idioot klinkt. Maar zo is het nu eenmaal."

Elín zei niets.

"Je kunt er niet zelf mee naar buiten wandelen", voegde hij eraan toe, "je moet hier zonder iets vertrekken. Misschien dat ik hem door iemand naar je toe kan laten brengen. Waar moet ik hem laten bezorgen?"

Elín schudde haar hoofd. Dit was iets te bizar naar haar smaak. "Wat zegt Svavar?"

Stefán haalde zijn schouders op. "Hij zegt van alles, die brave kerel. Hij is volkomen over zijn toeren nu. Geloofde het eerst net zomin als jij en eiste dat ik die computer overdroeg, maar toen het langzaam tot hem doordrong wie het wil hebben en waarom, en dat ze ook nog onze telefoons afluisterden, ging hij helemaal uit zijn dak." De vrolijkheid straalde uit Stefáns ogen toen hij de reactie van Svavar voor Elín schetste. “En nu zit hij ergens in crisisoverleg met de hoge heren en beraadt zich op maatregelen en een officiële reactie naar de minister en wie weet wat nog meer, als ik hem goed ken.” Hij duwde de computer in de richting van Elín. “Daar is hij goed in. Wil je dit voor me doen?”

Ze keek hem lang aan voor ze antwoordde. “Waarom denk je dat ik er niet rechtstreeks mee naar Leifur loop?”

Stefán glimlachte. “Dat kwam niet eens in me op.”

Ze glimlachte terug. “Denk je dat je mij een beetje kent?”

“Nauwelijks”, zei Stefán.

De glimlach maakte plaats voor bezorgde rimpels zodra Elín vertrokken was. Er moest contact worden opgenomen met de nabestaanden van Birgitta. De mensen van de kranten en de televisie hadden al gehoord dat Birgitta gevonden was en wachtten ongeduldig op het groene licht om het bekend te maken. Sommigen wilden niet langer wachten en zouden liever al bij oranje in actie komen dan het gevaar te lopen de laatste te zijn. Tot dusver had Stefán altijd het nare karwei op zich genomen om de naaste familie het slechte nieuws te brengen als het onderzoek onder zijn leiding plaatsvond, soms alleen, soms samen met een dominee. Hij kon het nu echter niet over zijn hart verkrijgen om naar de ouders van Birgitta te gaan. Hun te vertellen wat er gebeurd was en te vragen hun dochter te identificeren. Het de overige familie laten weten. De twee kinderen. Hij sloot zijn ogen, sloeg zijn armen over elkaar en zuchtte diep. Het was niet langer zijn zaak. Hij ging met vakantie. Het was al moeilijk genoeg om een half afgemaakt onderzoek achter te laten als hij niet ook nog eens dergelijke herinneringen met zich mee moest dragen, waar hijzelf en anderen alleen maar last van hadden. Daar stond tegenover dat het onomstotelijk tot zijn functie behoorde. Het was zijn taak, zijn plicht en Stefán was er de man niet naar om zich aan zijn plichten te onttrekken. Was het niet je reinste egoïsme om anderen met jouw taken te belasten, alleen omdat je nare herinneringen in je vakantie wilde voorkomen? Hij worstelde lang met zijn geweten en kwam uiteindelijk als winnaar uit de strijd. De dominee moest deze keer alleen gaan. Stefán ademde lichter en pakte de telefoon.

Het bezorgde gezicht verscheen opnieuw zodra hij die weer neerlegde. Het was een schrale troost. Hij kon zich eraan onttrekken de boodschap aan de ouders over te brengen. En de kinderen. Maar niet aan Kristinn, van wie hij niet verwachtte dat hij het bericht met minder emotie zou ontvangen dan zij, al was hij op papier alleen maar de gewezen echtgenoot en bovendien vele malen bedrogen voordat hij die rol kreeg toebedeeld. Met Kristinn moest hij zelf gaan praten. En goed letten op zijn reacties, als hij dat deed, de minste trilling van zijn oogleden en mondhoeken, elke beweging van zijn voet of zijn vinger, elke ademhaling, om uit te maken of hij hem een nieuw bericht vertelde of iets wat hij allang wist.

* * *

"Ja, ja", zei Stefán en hij keek hen een voor een aan. "Dus de zaak is veel ernstiger geworden, maar tegelijk veel eenvoudiger. Ik zeg eenvoudiger, niet omdat ik ervan uitga dat hij gemakkelijk of snel wordt opgelost, maar omdat we nu in elk geval weten waar we naar zoeken, namelijk iemand die het motief en de gelegenheid had om deze vrouw te doden en haar in het reservoir in het midden van de Hvalfjörðurtunnel te gooien. Eenvoudiger omdat we ons niet langer hoeven afvragen wie ons in de weg lopen en waarom. En waarom ze daarmee zijn opgehouden. We horen hopelijk snel wat er in de computer verborgen is, maar wat het ook is, Birgitta heeft geen geheim prijsgegeven. Daar zorgde Óskartje wel voor. Ze was misschien wel van plan om dat te doen, maar er is niets wat daarop wijst en het is in elk geval niet gelukt. Dat kunnen we als motief zo goed als uitsluiten en daarmee kunnen we Leifur en zijn collega's afschrijven. Voorlopig althans."

"Is dat zeker?" vroeg Árni.

"Nee, maar als je doordenkt in de lijn van spionage en afpersing, dan is het op zijn zachtst gezegd onwaarschijnlijk en wij kunnen het ons niet veroorloven om een of ander Hollywoodscript te gaan volgen vóór al het andere klopt. Zoals ik het zie, is de enige reden waarom zij zich zorgen maakten, dat de computer tegelijk met Birgitta verdwenen was. Nu beide zijn gevonden, is de computer het enige waar ze aan denken en dat is alleen omdat wij hem in ons bezit hebben. En hopelijk houden we hem nog even tot we ontdekken wat hij te verbergen heeft. Svavar is daarmee bezig, maar wíj moeten erachter komen wie dat beste mens heeft vermoord. Ik heb een algemene vergadering belegd om acht uur vanavond en ga ervan uit dat jullie allemaal aanwezig zijn."

Hij keek verontschuldigend naar Katrín, zodat het nauwelijks opviel, en zij stemde in met een onzichtbare hoofdknik.

"Maar voordat de vergadering begint, wil ik dat we nog eens doornemen wat we nu eigenlijk weten. Oké?"

Ze knikten.

"Dan beginnen we. Birgitta Vésteinsdóttir, zelfstandig systeemanaliste, bracht haar kinderen vrijdag rond etenstijd naar haar ex-man, Kristinn Kristjánsson ..."

"... die haar vervolgens in de nacht van zaterdag op zondag naar Steinar reed", viel Guðni hem in de rede. "Waarom verspillen we onze tijd als hij haar toch linea recta naar de verdommenis heeft geholpen?"

"Hoe verleidelijk en misschien zelfs wel logisch het ook schijnt te zijn om hier en nu te beslissen dat hij het heeft gedaan, hij is niet in staat om het te bevestigen, noch te ontkennen en dat zal nog wel tot morgenochtend duren", zei Stefán. "En ik ben niet van plan om zo lang te wachten. Oké?"

Ze brachten geen tegenwerpingen in en hij ging verder.

"Wie het ook was, heeft niet te hard gereden, de flitspaal heeft hem ten minste niet op de foto gezet. De Technische Recherche is de video uit de toezichtcamera aan het zuideinde aan het bekijken, maar tot dusver belooft die niet veel goeds. Het enige wat ze durven te zeggen is dat tussen twaalf en drie uur 's nachts vijf jeeps de tunnel in zijn gereden, waarvan twee een Vitara kunnen zijn geweest. Dat wordt hopelijk spoedig duidelijk, maar ze rekenden er niet op dat ze de foto's zo helder konden krijgen dat de chauffeur herkenbaar was. Er heeft zich nog geen getuige gemeld die de jeep bij het platform bij Guðlaug heeft zien staan, maar we blijven oproepen plaatsen. Vroeg of laat vinden we iemand."

Een halfuur later was de zuurstof in het kantoor van Stefán

bijna opgebruikt en had zich vermengd met stinkvoetenlucht, zweetlucht, rookstank en nog onsmakelijkere geuren die ervoor in de plaats waren gekomen, ondanks het open raam, maar geen van hen leek zich daar iets van aan te trekken.

"Kunnen we er zeker van zijn dat María niet wat aan het rommelen is met de tijdstippen?" vroeg Katrín. "Had ze zelf ook niet wat op?"

Árni dacht na. "Ja, ja", zei hij toen. "Ik denk het wel. Dat ze wat op had, bedoel ik. Maar ze was er verdomd duidelijk over dat ze haar zag lang nadat ze in de disco gearriveerd was en ze was er niet eerder dan rond halftwaalf." Hij fronste zijn wenkbrauwen en probeerde zich het gesprek met María Dís weer woordelijk voor de geest te halen. Op de een of andere manier had hij het idee dat hij iets vergat wat ze had gezegd en wat toch van belang was, maar de halfopen badjas en het natte haar maakten het hem nu nog moeilijker dan toen het gesprek plaatsvond en hij gaf het op. "Hoe dan ook, Guðbjörg, de ex van Steinar, ging de wc uit toen María naar binnen ging. Guðbjörg is er echter van overtuigd dat ze Birgitta niet gezien heeft, niet daar voor die wc en niet ergens anders."

"Dus een van beiden zit te liegen", kwam Guðni tussenbeide.

Árni haalde zijn schouders op. "Niet noodzakelijk. María zei dat Guðbjörg nogal aangeschoten was. En bovendien kan Birgitta zijn weggelopen op het moment dat María de wc in ging." Het was irritant, dat gevoel dat hij iets belangrijks vergat. Het was niet de eerste keer, maar er schoot hem niets te binnen.

"Maar dénk je dat ze aan het liegen was?" vroeg Katrín.

"Wie?"

"María. Denk je dat ze kan hebben gelogen toen ze zei dat ze Birgitta zag?"

"Waarom?"

"Ik weet het niet", zei Katrín ongeduldig, "jij hebt met haar gesproken. Kan ze gelogen hebben?"

Árni knikte. "Ja, ja. Natuurlijk kan dat. En Guðbjörg kan ook hebben gelogen, zij wist in elk geval niets wat ons verder hielp. Maar ik weet het niet."

"Wat weten we van deze vrouwen?" vroeg Stefán.

"De een is op het moment met hem getrouwd en bedriegt hem

met zijn vriend en businesspartner", zei Árni zonder aarzelen. "De ander is de moeder van drie van zijn kinderen, woont nog altijd in hun oude huis in Kópavogur en schijnt hem heel graag terug te willen."

"En de vriend en businesspartner? Wat weten we van hem?"

"Teódór Skúlason", zei Guðni minachtend, "is een *fucking* Griekse god, een steenrijke klootzak en slijmjurk."

"En afgezien daarvan?"

"Afgezien daarvan bezit hij een paar ondernemingen die aandelen hebben in nog meer ondernemingen die min of meer elkaar bezitten en die er voornamelijk mee bezig lijken te zijn delen van zichzelf te kopen en te verkopen, als er maar aan verdiend kan worden. Hij kent de schoonheidskoningin al vijftien jaar en hij was het die haar *in the first place* bij Steinar introduceerde. Hij neukte haar toen zelf, maar ze dumpte hem tijdelijk voor Steinar. Ze dacht dat hij meer geld had dan Teódór. Komt er nu achter dat dat waarschijnlijk een stomme zet was en begon daarom maar weer met kleine Teddi."

"En dat weet je omdat Teódór je dat vertelde?" vroeg Katrín gevat, "of omdat je zo'n grote mensenkenner bent? Vooral als het om vrouwen gaat, natuurlijk."

Guðni rochelde in de richting van de prullenbak. "Teddi deed heel onschuldig toen ik hem sprak", zei hij koel, "probeerde me te verkopen dat hij geloofde dat de koningin het erop hield dat ze een vergissing had gemaakt toen ze hem voor Steinar dumpte. Dat het Teódór was van wie ze werkelijk hield." Hij rochelde nog eens. "Er is geen *fucking* psycholoog voor nodig om door die lulkoek heen te kijken. Ze houdt van zijn geld en hij weet het. Punt uit."

Árni knikte onwillekeurig. Katrín keek hem onderzoekend aan. "Wat?" vroeg ze.

"Niets", mompelde Árni gegeneerd. Hij wilde niet ontkennen dat het een juiste interpretatie was, maar toch was hij er niet honderd procent van overtuigd dat hij María ook zo gemakkelijk als een geldbelust secreet zou afschilderen na één gesprek. Katrín sloeg haar armen en haar knieën over elkaar en haar ogen werden donkergroene streepjes.

"Oké", zei ze, "waarom denk je dat Guðbjörg zo graag wil dat hij terugkomt?"

Árni kromp in elkaar onder deze onterechte aanval. Hij wilde haar zeggen dat ze op dezelfde hand waren, maar daar was het de plaats en het moment niet naar. En misschien was het niet eens helemaal waar, dacht hij, er waren nog geen vijf minuten verstreken sinds hij verlekkerd had zitten kijken hoe ze het derde knoopje van haar blouse losmaakte ... Hij antwoordde en schetste wat zich die ochtend voor zijn ogen had afgespeeld nadat hij afscheid had genomen van Guðbjörg. Hoe zij en Steinar op de drempel hadden gestaan en elkaar hartstochtelijk hadden omhelsd en gekust nadat ze hem eerst geslagen had. Maar hij sloeg de klap over die hij zelf ontvangen had en zijn eigen overpeinzingen over de ongelijke verdeling van vrouwelijke gunsten. Guðni bespaarde hem de moeite.

"*Fucking brilliant*. Zoals ik al zei, ze doen het allemaal met elkaar. Maar toch vooral met Steinar. Ook al is het nog zo'n ongelooflijke klootzak."

Niemand leek daar iets aan te willen toevoegen. Stefán schraapte zijn keel en leunde naar voren over zijn bureau, steunend op zijn vuisten.

"En dan hebben we nog Kristinn", zei hij, "die net zo graag wilde dat Birgitta weer terugkwam, zoals uit alles blijkt, of beter gezegd, dat hij weer bij haar terug mocht komen, als Guðbjörg erop gebrand leek Steinar weer thuis te hebben. De veelvuldig bedrogen echtgenoot en ook een mislukt computerdeskundige, is het niet?"

Katrín knikte. "En heeft ook nog eens losse handjes", voegde ze eraan toe. "Hij houdt weliswaar vol dat hij haar nooit geslagen heeft, haar alleen een keer een draai om haar oren heeft gegeven in een op zich verklaarbare woede-uitbarsting. En dat kan ook wel kloppen, ik weet het niet. Er was iets ..." Ze krabde zich in haar nek met het gummetje van haar gele potlood. "... iets wat hij zei. In verband met die gebeurtenis, toen hij haar sloeg. Of een draai om haar oren gaf. Het was Steinar die bij haar was toen hij thuiskwam, maar er was nog iets anders, iets wat hij zei ..." Ze schudde haar hoofd. Árni keek gefascineerd toe. Guðni trok een grimas. De anderen vertrokken geen spier. "Het staat op de band", zei ze, "ik moet het straks even checken."

"Doe dat", zei Stefán. "Zoals Guðni in het begin al opmerkte, ziet het ernaar uit dat hij niet helemaal eerlijk is geweest over het weekeinde dat hij de kinderen had en rond middernacht is weggegaan om Birgitta naar het huis van Steinar te rijden. We hebben daar twee aanwijzingen voor, ten eerste belde Birgitta hem rond halftwaalf, volgens de laatste informatie, en ten tweede hebben we een getuige die bevestigt dat hij niet alleen achter het stuur heeft gezeten van Birgitta's jeep, maar dat hij het ook was die zich uitleefde op de jeep van de man die hem de horens had opgezet, met de gevolgen die Katrín beschreef ..."

"Skari was er honderdtien procent zeker van dat hij het was die de auto bestuurde", zei Guðni dwars. "En dan is er dat telefoongesprek, zoals je al zei. En bovendien is hij sinds ze verdwenen is een geestelijk wrak. Dat zegt slimme Kaatje toch of heb ik iets verkeerd begrepen?"

Katrín schudde haar hoofd, weliswaar traag en met een wantrouwig gezicht, maar hij was er tevreden mee.

"En daarnet zei je nog dat hij losse handjes had. We kennen de statistieken waaruit blijkt dat moordenaars vaak in nauwe betrekking tot hun slachtoffers staan. We weten ook dat hij een jaloerse *bastard* is en jij ..." hij wees met zijn korte, gele wijsvinger naar Stefán, "zei dat hij wilde dat Birgitta weer naar huis kwam. Wat als ze niet meer thuis wilde komen? Nadat hij haar midden in de nacht had geholpen, bij de kinderen was weggelopen om haar rond te rijden, en zij wilde gewoon weer terug naar de disco? Wat als hij gezegd heeft, allerliefste Birgitta, wil je nu niet met mij mee naar huis gaan en zij hem gewoon heeft uitgelachen? Nog een keer? Hij had haar al eens eerder geslagen, wie zegt dat hij dat niet nog eens gedaan heeft, deze keer iets te hard? Dit is zo'n fucking *open-and-shut-case* dat ik nog eens herhaal, ik snap niet waar we mee bezig zijn. Laten we de Hond opdragen die vingerafdrukken in de Suzuki te vergelijken met die hij op de kap van de directeursjeep vond. Ik verwed er een vermogen om dat ze precies overeenkomen. Laten we die vent dan zo onder druk zetten dat hij vanavond of morgenochtend bekent. *I rest my case*."

Hij stak zijn stukgekauwde en doorweekte sigarenpeuk weer in zijn mondhoek, leunde achterover in zijn stoel en genoot ervan te zien hoe de vier het tot zich lieten doordringen, ieder op zijn manier.

Katrín was de eerste die er iets op af te dingen had. "We weten ook dat hij haar terugreed naar de disco", zei ze.

Guðni vertrok zijn gezicht voor hij zijn mond opende. Echt weer iets voor een vrouw, dacht hij.

"Is dat zo? Wie heeft haar daar gezien? Eén persoon. Eentje maar, de schoonheidskoningin." Hij schudde zijn hoofd. "Zoals je al zei, misschien loog ze."

"Maar waarom zou ze liegen? Als het is gegaan zoals jij zegt en hij haar nooit heeft teruggebracht, waarom zou María Dís dan moeten liegen dat ze haar later die nacht gezien heeft? Ze heeft daar geen enkele reden toe, als ze er niet zelf bij betrokken is."

"*So*?" Guðni legde zijn hand op zijn knie en leunde voorover. "Misschien is ze er wel bij betrokken, weet ik veel. En misschien wachtte Kristinn wel in de auto op haar tot Birgitta zich door hem naar huis wilde laten brengen. Maar ik denk eerder dat ze gewoon maar wat zit te zwetsen. Ze was dronken, ze was in de disco, ze zag wel een miljoen mensen, het is niet zo gek als je dan niet meer weet wanneer je die of die persoon precies hebt gezien."

Hij staarde naar Katrín, daagde haar uit omdat ze het niet met hem eens was. Zij beet op haar onderlip en keek voor zich uit. Ze keek naar het witgeschilderde plafond en zweeg. Probeerde om nog meer zwakke plekken in de hypothese van die kerel te ontdekken, maar hoe ze het ook wendde of keerde, het kwam steeds weer op hetzelfde neer: je kwam steeds bij Kristinn uit. Het scheen de anderen net zo te vergaan, en hoewel Stefán geen reactie toonde, was hij duidelijk toch niet van plan om Kristinn uit zijn benarde positie te redden.

"Zoals ik al eerder zei, is Kristinn niet in staat om gehoord te worden en zal dat op zijn vroegst pas morgenochtend zijn", zei hij nadat ze allemaal op zijn minst eenmaal hun neus hadden opgehaald. "Hij had drie promille alcohol in zijn bloed en het is niet uitgesloten dat hij nog wat anders dan brandewijn heeft genomen. Het zou al een wonder zijn als hij bij kennis is geweest. Svavar dient een verzoek in voor een huiszoekingsbevel voor zijn woning, Birgitta's huis en zijn auto en dat is hopelijk vanavond rond. Ik draag de Hond helemaal niets op, of niets meer dan gebruikelijk, maar het is goed om erop te letten of hij een overeenkomst vindt tussen de vingerafdrukken, ik weet niet of hij daar al aan gedacht heeft. Maar hoewel we ervan uitgaan dat Kristinn in dit geval de boef is, is er niets op tegen om gewoon volgens het protocol te werken."

Stefán stond op. "We nemen een pauze", zei hij. "Laten we over een kwartier verder praten. Iedereen heeft ongetwijfeld behoefte aan koffie. En frisse lucht."

* * *

Katrín zat doodstil, met haar ogen dicht, op een bankje op de parkeerplaats achter het bureau en ademde de met benzinedampen vermengde zomerlucht in. Ze wist niet waarom, maar ze wilde niet geloven dat de vader van die twee kinderen, met wie ze nog maar een paar dagen geleden had gepraat, hun moeder had gedood. Dat dit geestelijke wrak, zoals Guðni het had genoemd, deze meelijwekkende ondermaatse man die Kristinn bleek te zijn, in een plotselinge opwelling tot zo'n wanhoopsdaad was gekomen. Tweemaal was hij voor haar ogen ingestort. Geen van beide keren had hij iets gezegd of gedaan wat argwaan bij haar wekte. Had hij zich niet moeten verraden? Kon zelfs een zwakkeling als Kristinn erover zwijgen als hij een ander mens gedood had? Een mens die hij liefhad? Of die hij zei lief te hebben … Ze moest onwillekeurig even aan Sveinn denken, maar zette de gedachte snel van zich af.

Kristinn had Birgitta daar 's nachts heen gereden, daar bestond geen twijfel over, dacht ze. Als hij daarover kon zwijgen in deze situatie, kon hij dan niet ook iets anders en veel ergers verzwijgen? Ze probeerde zich voor te stellen hoe hij zijn ex op haar hoofd sloeg. Dat lukte zonder moeite. Maar het was moeilijker om zich het vervolg voor te stellen, voor zich te zien hoe hij haar levenloze lichaam op de achterbank propte, met haar naar Kjós reed en de tunnel in, haar uit de auto droeg, haar in het reservoir gooide en dan naar huis reed, naar de kinderen, alsof er niets was gebeurd. Alles en iedereen ging bellen en de volgende avond naar haar zoeken en nog eens op maandagochtend, voor hij de politie belde en haar als vermist opgaf.

"Nog altijd verdomd warm."

Katrín opende haar ogen. Árni stond voor haar met een kop koffie in zijn ene hand en een sigaret in de andere. Broekie, dacht ze. Toch was hij vast niet meer dan vijf jaar jonger dan zij. Hij ging naast haar zitten.

"Wat denk jij?" vroeg hij. "Heeft hij gelijk?"

"Guðni?"

Árni knikte en hij nam een trekje.

"Ik weet het niet", antwoordde ze nadenkend. Ze aarzelde. Morgen moest ze het van Stefán overnemen. Als Kristinn morgenvroeg niet alles bekende, was het maar goed om zo veel mogelijk mensen op haar hand te hebben en misschien was dit een goede gelegenheid om daaraan te werken. "Ik ben niet overtuigd", zei ze. "Moeten we daar niet duidelijk over zijn? Heb je hem ontmoet? Kristinn, bedoel ik?"

Árni schudde zijn hoofd. "Kan ik niet zeggen." Hij haalde zijn zakasbakje tevoorschijn en tikte zijn as erin. Katrín keek verwonderd toe, maar zei niets. "Waarom vraag je dat?"

Ze beschreef in grote trekken haar ontmoetingen met Kristinn, wat hij gezegd had en hoe hij op haar was overgekomen, de drie keer dat ze hem ontmoet had, eerst in zijn kantoor, toen thuis bij Birgitta en de laatste keer in het kantoor van Stefán.

"Ik zie het gewoon niet voor me dat hij zo geraffineerd en kil is", zei ze. "Als hij het mentale wrak is wat hij lijkt te zijn, dan is het niet waarschijnlijk dat hij de hele zondag en tot in de maandagochtend niets heeft laten merken. En als hij niet de stakker is die hij lijkt, is hij een verdomd goede toneelspeler."

Árni stak nog een sigaret op. Je wist nooit hoe lang het duurde tot de volgende rookpauze. Was dit nummer tien? Elf? Hij keek in het pakje. *Shit.* Vijftien was waarschijnlijk dichter in de buurt.

"Moet dat zo zijn?" vroeg hij toen. "Is het niet mogelijk dat hij haar gedood heeft, opzettelijk of per ongeluk, daar om te beginnen op heeft gereageerd met een soort …" Hij krabde zich in de nek, terwijl hij naar het juiste woord zocht. "… een soort natuurlijk instinct of adrenalinekick of, of … weet je? En het een bepaalde tijd heeft uitgehouden, snap je, tot hij het gewoon … tot hij het opeens niet meer kon?"

Katrín stond op. "Ja. Dat is mogelijk." Ze wendde zich tot Árni. "Dat is heel goed mogelijk. Ken je de theorie van Stefán over de drang tot bekennen? Als de misdaad groter is dan de misdadiger …"

"… dan houdt hij het niet uit en bekent hij vroeger of later", vulde Árni aan.

Katrín knikte. "En hoe groter de misdaad is, hoe minder hij het uithoudt. Er zit veel in die theorie wat opgaat voor hem en hij is niet de enige. Anderen zeggen het misschien op een andere manier, maar de uitkomst blijft dezelfde. En Kristinn …" Ze schudde haar hoofd. "Kristinn is een piepklein mannetje. Het kan zijn dat hij een paperclip steelt of een vel papier uit de printer zonder met zijn ogen te knipperen, maar zoiets?" Een stofwolkje wervelde op onder haar voeten toen ze ongeduldig stampte, met haar handen in haar zij. "Ik denk het niet." Ze keek op haar horloge. "We moeten weer naar binnen."

Árni stond op en dribbelde achter haar aan als een trouwe hond. Hij maakte zijn sigaret uit in de deuropening en gooide de peuk in de asbak.

"Zei jij nou dat Kristinn had geëist dat we Steinar arresteerden?"

Katríns snelheid maakte dat hij buiten adem was en zijn gehijg viel nog meer op in het holle trappenhuis dan buiten in de open lucht.

"Twee keer", beaamde Katrín. Zij blies niet door haar neusgaten. "Hij praatte vanochtend nauwelijks over iets anders en het eerste wat hij zei toen ik gisteren Steinars naam noemde, was dat hij haar zonder twijfel had vermoord."

Árni moest bijna treden overslaan om haar bij te houden op de trap. Hij moest stoppen met roken, zo ging het niet langer. En ook meer bewegen. Niet te veel tegelijk, dacht hij, niet te veel tegelijk.

"Ik geloof niet dat María zat te liegen", zei hij met piepende adem, "over het tijdstip, bedoel ik. Maar dat maakt niet uit. Ik vroeg me al eerder af wat Birgitta eigenlijk te zoeken had bij Steinar thuis." Het viel nauwelijks op dat hij achterop was geraakt toen zij in een zoutpilaar veranderde op de overloop.

"Daar zeg je wat", mompelde ze.

Árni probeerde niet te veel naar lucht te happen terwijl hij op adem kwam.

"Daar zeg je wat", herhaalde Katrín en ze knikte goedkeurend voordat ze weer begon te lopen, maar nu iets langzamer. Árni glimlachte verlegen. Hij voelde zich net als toen zijn favoriete lerares hem in groep zeven prees voor zijn kerstopstel, alleen nu nog iets beter. Hier waren geen gemene lachjes en geluidloze persiflages die zijn plezier bedorven.

14

Donderdag

Waarom had hij daar zelf niet aan gedacht? Stefán was zowel verbaasd over als ontevreden met zichzelf. Het was duidelijk dat hij al half met zijn gedachten bij de vakantie was, al deed hij zijn uiterste best om zich te concentreren op de taak die voor hem lag. Het was net of hij – en zij allemaal – er gewoon van waren uitgegaan dat het doel van het bezoek van Birgitta aan het huis van Steinar was geweest de jeep te beschadigen uit een of ander persoonlijk motief en die gedachte had kennelijk zo diep wortel geschoten in hun hoofden dat de verklaring van Óskar over de gebeurtenissen van die nacht hem niet had kunnen verdrijven.

"Wat zei Steinar?" vroeg hij. Hoewel het nog maar tien minuten geleden was dat ze in zijn kantoor waren teruggekeerd en het raam wagenwijd openstond, was de lucht weer net zo zwaar en vervuild als daarnet. Árni rechtte zijn schouders en hief zijn handen op.

"Hij weet niet beter dan dat ze de jeep heeft bekrast. In elk geval wist hij het niet toen ik met hem sprak. Óskar kan hem dat natuurlijk wel later verteld hebben. Maar ik denk het niet, we hebben het pas vanmiddag uit hem getrokken."

"Steinar heeft het er niet over gehad dat er iets verdwenen is of ..."

"Nee."

"Laat hem morgen komen", zei Stefán. "Nog eens."

Árni knikte.

"Zag Óskar haar het huis uit komen?" vroeg Friðrik.

"Nee", zei Guðni, "hij zat in zijn auto met zijn buit en zag haar alleen uit de oprit komen." Enorme zweetplekken werden zichtbaar toen hij zijn handen in zijn nek legde. "Is het nou wel nodig om de directeur lastig te vallen? Kristinn weet vast wel wat ze daar te zoeken had. En hoe ze binnen is gekomen … áls ze binnen is gekomen. Dat voegen we gewoon toe aan het vragenlijstje dat we hem morgen voorleggen."

Guðni ging verzitten. "Maakt geen enkele *sense* dat we hier bij elkaar zitten en een beetje in het wilde weg zitten te gissen." Hij was geïrriteerd en deed geen moeite dat te verbergen. "En het maakt ook geen enkele *difference* wat ze daarbinnen aan het uitvreten was", brieste hij, "niet meer."

"We weten niet of het verschil maakt voordat we weten wat het was", zei Stefán. Het zweet dat van zijn voorhoofd parelde, verzamelde zich in de rode afdruk van zijn pet die voor hem op zijn bureau lag. "Maar je hebt helemaal gelijk, het heeft weinig zin dat we ons dat nu afvragen. Ja, ja, zijn er nog meer vragen naar boven gekomen?"

Árni had bijna zijn hand opgestoken, maar zag daar op het laatste moment van af en schraapte in plaats daarvan zijn keel. "Ja, ik vroeg me ook nog af, eigenlijk voortkomend uit die eerste vraag, waarom Birgitta eigenlijk een *driver* heeft gebeld? Ze is toch ook naar de disco gereden na een of twee glazen rode wijn bij het eten en dronk daarna maar één of hooguit twee glazen. Naar wat ik van Ásta begreep, waren er meer dan een paar glazen voor nodig om haar te laten stoppen met autorijden."

"Ook dat leggen we aan Kristinn voor", zei Stefán. "Meer?"

Árni zakte achterover in zijn stoel en deed niet meer mee. Hij had het gevoel gekregen dat hij eindelijk iets bereikte, iets zinnigs bijdroeg, en deze snibbige afwijzing stelde hem meer teleur dan hij wilde toegeven.

"Waarom daar?" vroeg Friðrik. "Waarom de Hvalfjörðurtunnel? En dat … reservoir, Guðlaug of hoe het ook heten mag."

Guðni sloeg zich op zijn dijen. "Laten we het Kristinn vragen. Laten we opbreken, naar huis gaan om te slapen en het morgen aan Kristinn vragen. Hij is de man met de antwoorden."

Stefán schudde zijn hoofd. "Hij kan dat alleen beantwoorden als hij haar er zelf heen heeft gereden."

Guðni wilde hem onderbreken, maar Stefán hield hem tegen. "Ik wil niet meer dan nodig is in herhalingen vervallen, maar ik zeg het nog één keer: we hebben niet genoeg materiaal om op ons gat te zitten en te wachten tot die vent zijn roes heeft uitgeslapen en misschien te horen te krijgen dat hij er eigenlijk niets mee te maken heeft. Katrín en ik hebben het erover gehad toen we vandaag onderweg waren, maar kwamen niet tot een duidelijke conclusie." Hij keek naar Katrín die de hint met beide handen aangreep en verderging.

"We gingen er niet echt diep op in, maar het is een behoorlijk bizarre plek, hoe je het ook bekijkt. Er zijn maar weinig mensen die hem kennen en nog minder die er toegang toe hebben, want de deur is doorgaans gesloten. We hebben een lijst van de mensen die de sleutel hebben: twee mannen die in de tunnel werken en de politie en de brandweer. De sleutels hangen allemaal op hun plaats en niets wijst op een verband tussen deze mensen en Birgitta. Maar de man die Birgitta vond, gaf wel toe dat het niet uit te sluiten was dat 'iemand' was vergeten de deur af te sluiten na de laatste controle."

"Hoe vaak doen ze dat?" vroeg Friðrik. "Die controles?"

"Ze kijken op zijn minst eenmaal per dag, begreep ik."

"En toch wordt ze nu pas gevonden?" Katrín knikte.

"Dat hoeft niet raar te zijn. De controle bestaat er alleen in dat ze naar binnen kijken, het licht aandoen en controleren of het niveau van het water gestegen is. Ze kijken alleen even naar het water en gaan weer als alles in orde is. Ze was helemaal in het zwart gekleed en ik begreep van Geir en de Hond dat het niet ongebruikelijk is dat een lijk een etmaal half of zelfs geheel onder water blijft voor het boven komt drijven. Vraag mij niet naar de theorie achter deze boekenwijsheid."

"Bovendien loopt het reservoir zo'n twintig, dertig meter de rots in", zei Stefán, "en je kunt maar de helft zien, duidelijk zien tenminste. Er stroomt ook water uit het reservoir, de Hond had het erover dat we rekening moesten houden met de stroming, als die er was."

"Waar is ze vermoord? Weten we dat?" Weer was het Friðrik die de vraag stelde. Friðrik de kleine weetgierige, dacht Árni en hij trok zijn neus op. Hij had jeuk over zijn hele lijf, dat nat van het zweet was, maar durfde zich niet te krabben.

"Nee", zei Katrín. "Het bloed en de haren op de achterbank wijzen erop dat ze min of meer bewusteloos in de auto heeft gelegen, als ze nog niet dood was. De Hond had het erover dat ze waarschijnlijk op het platform was gesleept en toen over het hekwerk recht tegenover de deur is gegooid. Er zat een flinke plek op één plaats in het hek, een grote vlek waar het roet veel minder dik was, maar wat dat precies betekent weten we nog niet."

Ze keek naar Stefán, die haar een teken gaf dat ze moest doorgaan. Het was haar zaak. "Hij is daar nog aan het werk, zover ik weet, en een of twee man van de Technische Recherche zijn bezig op de parkeerplaats achter Hótel Ísland, waar ze in eerste instantie haar auto had geparkeerd toen ze naar Broadway gingen, volgens de verklaring van haar vriendin. We horen hopelijk vanavond nog meer van hen." Ze ging met haar vinger langs haar neus en wisselde haar over elkaar geslagen benen. "Maar of ze nu daar vermoord is of het lijk erheen is gebracht, de vraag blijft waarom deze plaats is uitgekozen. En ik denk dat hij is uitgekozen, ik kan me gewoon niet voorstellen dat het puur toeval is geweest."

Friðrik en Stefán knikten eendrachtig, maar Guðni snoof ongeduldig.

"Er zijn natuurlijk genoeg mensen die gewerkt hebben aan het graven van die stomme tunnel en die weten dat dat reservoir bestaat of wat het ook is", zei hij spottend. "Een van hen heeft Birgitta misschien koud gemaakt en bedacht dat de deur wel open moest zijn en is toen met het lijk naar binnen gegaan. Wil je dat we ze nog even snel opsporen en vingerafdrukken nemen voordat Kristinn wakker wordt en de Hond klaar is met zijn werk?"

Katrín stond op het punt om de tegenaanval te openen toen ze Stefán zijn hoofd nauwelijks merkbaar zag schudden, en ze besloot zijn raad op te volgen ook al ging het tegen haar gevoel in.

"Nee", zei ze. "Maar ik wil op één ding wijzen waardoor ik twijfel of Kristinn hiermee te maken heeft. Ik weet niet of jullie dat gezien hebben, maar er is daar geen muur, er is alleen dat hek. Een stalen hek met grote mazen of hoe je dat noemt. Doorzichtig, zogezegd. En hoewel het licht in het gewelf waarschijnlijk uit was, is de verlichting in de tunnel altijd aan. We kunnen nu niet bepalen hoeveel je onder normale omstandigheden kunt zien, maar volgens de controleur staat alles op het platform in het volle licht, al zie je het reservoir zelf niet. Er kunnen altijd auto's langsrijden. Je hoort het als ze eraan komen en de meeste rijden gewoon voorbij zonder naar links of naar rechts te kijken, maar toch. Er is altijd het risico dat iemand iets ziet."

"En daarom twijfelt het vrouwtje eraan dat Kristinn haar daar gedumpt heeft?" snoof Guðni.

"Ja. Ik sluit hem niet uit, maar ik twijfel. Ik denk dat je werkelijk ijskoud moet zijn en je zenuwen goed in bedwang moet hebben om zo'n risico te nemen. Wat vind jij?"

Guðni ging op één bil zitten en liet een wind. "Dit."

De stilte die daarna de kamer vulde, verbeterde de luchtkwaliteit niet en was bijna net zo giftig.

"Wat?" vroeg Guðni met een overdreven verbaasd gezicht en de bijbehorende gespeelde onschuld in zijn stem. Zelfs Friðrik lachte niet. Toen was het alsof Árni ontwaakte uit een rusteloze slaap. Hij schoot overeind in zijn stoel, likte zijn lippen en keek zijn vier collega's om beurten aan.

"Hij was van plan om verder te rijden", zei hij aarzelend. De vier keken hem vragend aan. "Je twijfelt eraan of het toeval was", zei hij en hij won aan kracht terwijl hij zich tot Katrín wendde, "maar als de mensen die de sleutel hebben geen blaam treft, dan is dit de enige verklaring die enige *sense* maakt. Hij – of zij – was van plan om verder te rijden, maar is omgekeerd. Zijn er niet van die poortjes aan de andere kant van de tunnel? Waar je moet betalen?"

Katrín knikte.

"Ga verder", zei Stefán.

"Misschien dacht hij daar te laat aan of beter gezegd, pas op het laatste moment, en besloot hij om te keren. Omdat hij niet het risico wilde lopen dat ... die kassier, of hoe je zo'n man noemt, hem zag of zich hem kon herinneren. Of is het een automaat?"

Stefán schudde zijn hoofd. "Nee. Je hebt helemaal gelijk. Er zit een mens in zo'n huisje die het geld aanpakt. Zit er een versnellingensleutel in die jeep?"

"Niet dat ik weet", zei Katrín. Ze keek argwanend naar Árni. "Probeer je te zeggen dat je nog nooit door die tunnel bent gereden?"

Hij mompelde iets onverstaanbaars.

"Hè?"

"Ik hoefde daar nooit te zijn", zei Árni.

"Ik hoefde daar … er zijn vijf jaar verstreken sinds hij open is."

Árni haalde zijn schouders op. "Is daar geen vluchtstrook?" vroeg hij. "Waar de deur is?"

"Ja. Aan beide kanten. De beste plaats om te keren, lijkt me."

"Dat is dan precies wat hij gedaan heeft. Hij heeft de deur gezien, misschien ook het gat en … bingo. Een uitstekende plek om een lijk te dumpen."

* * *

"Waarheen?" vroeg Guðni. "Waar reed hij heen? Of zij", voegde hij er ironisch aan toe, "want we houden nu alle mogelijkheden open."

"Ik weet het niet", zei Stefán voorzichtig. "Niet meer dan jij. Maar de reis eindigde in elk geval halverwege de tunnel, of dat nu van het begin af aan de bedoeling was of niet."

"Wat ik niet begrijp", zei Friðrik, "is waarom hij eigenlijk de stad uitreed. Als hij haar hier vermoordde, bedoel ik. Waarom liet hij haar niet gewoon achter, waar het ook was? En waarom laadde hij haar in haar eigen jeep? Vooral als het niet Kristinn was?"

"Het is toch zeker dat ze erheen is gebracht in de jeep?" vroeg Árni.

"Ja", zei Stefán. "Dat is vrijwel zeker. Het bloed op de achterbank is waarschijnlijk van haar, al is het nog niet honderd procent zeker, en dat geldt ook voor het roet, al is dat nog niet onderzocht. En de afstand klopt met het benzineverbruik, als de Hond goed gerekend heeft en jij goed bent geïnformeerd bij het tankstation …"

"Hij wist het heel zeker", zei Árni, "hij herinnerde zich haar goed, juist omdat ze gevraagd had hem helemaal vol te gooien. En omdat ze naar hem knipoogde."

"Knipoogde?"

"Dat zei hij in elk geval."

"Daar heb je het al", zei Stefán en hij glimlachte vaag. "Dan denk ik dat we nu niet veel verder komen", zei hij toen, "en ik denk niet dat het nodig is dat we vanavond allemaal naar die vergadering komen ..." Hij keek op zijn horloge. "... na dit alles. Het volstaat als Katrín en ik er zijn."

Árni en Friðrik ademden lichter, maar Guðni was het er niet mee eens.

"Waarom?"

"Je mág natuurlijk wel komen, als je dat belangrijk vindt", zei Stefán zuchtend. "Dan kun je van de gelegenheid gebruikmaken en je bijdrage aan het onderzoek herhalen waar Svavar bij is. Ik weet zeker dat hij net zo onder de indruk is als ik van de flitsende kwaliteiten, de onmiskenbare groei en de leidinggevende capaciteiten die daaruit naar voren kwamen."

Friðrik slaagde er met moeite in zijn gegrinnik te onderdrukken, Árni voelde zich opgelaten en Katrín keek naar de grond om een grijns te verbergen. Guðni was de enige die niet van zijn stuk gebracht was. Stefán stond op en plantte zijn vuisten op de tafel. "Jullie zijn natuurlijk allemaal welkom op de vergadering. Maar het is niet echt nodig, denk ik. Neem je dossiers mee en probeer nog meer mogelijke antwoorden te bedenken op alle vragen die jullie hier vandaag naar voren hebben gebracht. Ik laat Kristinns auto naar onze parkeerplaats slepen en de woning verzegelen, want ik denk niet dat de Hond genoeg mensen heeft om er vanavond nog heen te gaan. Ik hoor hopelijk snel van hem en van Geir en laat het jullie weten als er iets belangrijks gevonden is, en ook als zich iets anders voordoet. Zo niet, dan zien we elkaar morgenochtend om tien uur." Hij keek ze een voor een aan en knikte toen. "Mooi. Dan hebben Katrín en ik ook met Kristinn gesproken, hoop ik."

Ze stonden op, maar Katrín leek weinig haast te hebben. Guðni verliet als eerste de kamer en Friðrik volgde hem.

"Wacht even, Árni", zei Stefán.

Árni hield stil in de deuropening en draaide zich om.

"Nadat je iets hebt gegeten", zei Stefán, "moet je even bij Geir langsgaan. Kijken of hij al iets meer weet dan daarnet. En bel mij dan even, oké?"

"Oké."

"En Árni?"

"Ja?"

"Laat de deur maar open."

"Oké."

* * *

De metalige galm van de deurbel slaagde er niet in de emotie in Geirs stem te overstemmen en Árni bereidde zich op het ergste voor toen hij door de witgeschilderde, met tl-buizen verlichte gangen van het mortuarium liep. Hij wist wel waarom Stefán hem naar Geir had gestuurd. Dat Geir speciaal naar hem had gevraagd en dat Stefán dolblij was van de stank en de nabijheid van doden verlost te zijn. Geir was de voormalige aanstaande schoonvader van Árni en ze hadden het vanaf het eerste begin goed met elkaar kunnen vinden en een wisselend, maar prettig contact gehouden, hoewel Árni al vier jaar niet meer met Anna samenwoonde. Árni had soms het gevoel dat hij die man vaker sprak dan zijn dochter en was daar eigenlijk niet verbaasd over. Anna had nooit onder stoelen of banken gestoken dat zij vond dat de scheiding van haar ouders voornamelijk de schuld van haar vader was, omdat hij een onverbeterlijke dronkaard en stakker was die het niet waard was dezelfde grond als haar moeder en zij te betreden. Ze had er bij Árni ook nooit enige twijfel over laten bestaan dat de beëindiging van hun relatie aan hem te wijten was. Ze had bovenmenselijk veel geduld met hem gehad en hij dacht toch zeker niet dat zij eindeloos ging zitten wachten tot hij zichzelf eens een schop onder zijn kont gaf en iets fatsoenlijks ging doen. Wat in haar visie betekende, iets waarmee je geld verdiende. Zelf had ze met glans haar studie economie afgerond, werkte nu als salesmanager bij een grote handelsfirma en was getrouwd met een advocaat die goud verdiende met zijn eigen advocatenkantoor en er net zo weinig in geïnteresseerd leek te zijn het menselijk ras te vermeerderen als zij.

Geir lustte inderdaad wel een glaasje, dat kon Árni niet ontkennen, maar hij was in zijn ogen een dronkaard noch een stakker. De drank had zijn werk in elk geval nooit in de weg gestaan, voor zover Árni wist en hij ging er daarom van uit dat hij zijn dagtaak erop had zitten, want te oordelen naar zijn stem had hij al een flink stuk in zijn kraag.

Hij opende de deur naar de snijzaal en bleef verwonderd staan. De lucht was dezelfde als anders, maar het felle blauwwitte licht dat anders elk hoekje en gaatje in een meedogenloos schijnsel zette, was verdwenen. In plaats daarvan hing er een oranje en zacht halfduister dat nauwelijks verder reikte dan de ene tafel waarop de kaars stond, het lijk dat op dezelfde tafel lag, en Geir die voorovergebogen op een krukje zat met een halflege whiskyfles voor zich en tranen in zijn ogen. Hij keek op toen Árni in de deuropening verscheen en wenkte dat hij moest binnenkomen. De deur viel geluidloos dicht achter Árni, die een andere kruk pakte van de tafel naast de deur. Geir was nu duidelijk niet aan het werk en Árni schuifelde naderbij met de voorzichtigheid die het slechte licht en het sombere voorkomen van Geir van hem eisten. Hij zette de kruk neer tegenover het hoofd van de overledene en ging zitten. Hij keek onderzoekend naar Geir, die aan de andere kant van de tafel zat en door hem heen leek te kijken met rode, afwezige ogen. Er werd weinig uitleg gegeven, maar het behoefde geen betoog dat hij al een hele tijd aan het drinken was.

Vervolgens richtte Árni zijn blik op het lijk dat deze reactie had opgeroepen bij een man die er al zijn halve leven zijn brood mee verdiende in verwanten ervan te snijden.

Lijken hadden hem nooit veel gedaan. Hij was nooit bang geweest voor de doden. Soms was hij bang voor de levenden; levende mensen konden hem pijn doen, bedreigen, verwonden. Doden konden hem niets doen. Dit lijk maakte hem ook niet bang. Het ontbrak hem niet aan compassie, hij kon gemakkelijk meevoelen met mensen die het slecht hadden, mensen die aan geestelijke of lichamelijke ongemakken leden. Maar hij had nooit medelijden met de doden. Zelf had hij nog nooit een naast familielid hoeven begraven, maar hij besefte dat degenen die achterbleven meer medelijden behoefden dan de doden. Zij waren gewoon dood en daarom was het in zijn ogen je reinste waanzin om medelijden met ze te hebben. Lijken van onbekenden waren gewoon lijken. Krengen. Vleeshompen in plaats van mensen en ze riepen geen enkele emotie bij hem op. Hij dacht er weleens over na, had er zich zelfs weleens zorgen over gemaakt hoe gevoelloos hij was ten opzichte van doden, maar hij had het afgedaan als een natuurlijke reactie van een nadenkend mens en had daarom nooit begrepen waarom Stefán, die nuchtere rots en meester van de rationaliteit die voor geen levende ziel bang leek te zijn, zoveel moeite had met dat ene fenomeen dat vroeg of laat voor iedereen zekerheid zou worden.

Hij keek twee lange seconden naar het grijswitte, gerimpelde, levenloze, tandeloze en lelijke gezicht van de man die op de snijtafel lag voor hij opsprong van zijn kruk, naar de wastafel rende en overgaf. Waarom nu, dacht hij, ik ken die man helemaal niet ... Vervolgens draaide hij de koude kraan open, spoelde zijn gezicht en zijn mond en liep terug naar de tafel. Geir knikte, haalde een glaasje uit de zak van zijn witte jas en schonk hem in.

"Proost, vriend."

Árni hief het glas en klonk met dat van Geir. "Proost", zei hij. Het gouden vocht brandde in zijn keel, maar verdreef de zure smaak van kots op zijn tong en was een goed excuus voor de hap lucht die hij vervolgens nam en die gemakkelijk had kunnen klinken als een snik, als er iemand geluisterd had. Geir luisterde niet. Dat deed Reynir Hámundur Aðalsteinsson, beter bekend als Kleine Bleekneus, ook niet. Hij deed helemaal niets meer. Lag daar maar een beetje tussen hen in als een homp vlees en bewoog zich niet. Árni had Kleine Bleekneus nauwelijks gekend. Hij voelde dus geen verdriet om zijn dood. Maar hij voelde zich verantwoordelijk.

Árni wist dat dat niet klopte, besefte volledig dat noch hijzelf, noch iemand anders hem kon aanrekenen wat er gebeurd was, maar dat veranderde er niets aan. Hij hief zijn glas weer.

"Proost", zei hij schor en hij dronk het leeg. Hij voelde zich alsof hij hem zelf had vermoord.

***

Steinar las de brief voor de derde maal, maar kwam niet veel verder. Hij schudde zijn hoofd, legde hem opzij en opende de volgende. Hij had een zware dag achter de rug, ontelbare vergaderingen met schuldeisers die een haarfijne mengeling van hardheid en handigheid en oneindig veel geduld en energie vereisten. Hij opende de volgende envelop en gooide de inhoud in de prullenmand, nadat hij er even vluchtig naar gekeken had. De derde brief ging dezelfde weg, net als de vierde, maar de vijfde had dezelfde strekking als de eerste en weer las hij de inhoud driemaal zonder er iets van te begrijpen.

"Mæja!" riep hij, zonder op een antwoord te rekenen. "Mæja!" Hij werd niet teleurgesteld; de woning was net zo leeg als hij leek te zijn toen hij enkele minuten eerder was binnengekomen. "Stom wijf", mompelde hij en hij legde nog wat brieven opzij, zonder ze te openen. Hij haalde de laatste brief uit zijn envelop en begon te lezen:

Dear Mr Arnarson,
We thank you for your generous contribution to our efforts towards relieving the suffering of the hunger-stricken population of…

Hij legde de brief opzij zonder hem uit te lezen. Wat was er in godsnaam aan de hand? Steinar kon zich niet herinneren dat hij de afgelopen jaren iemand ook maar iets had geschonken, behalve de paar muntjes die hij uit zijn zak had gehaald en aan dat arme kind had gegeven dat vorig jaar met een collectebus voor het Rode Kruis aangeklopt had, maar dat was geen gulle gift en niet op naam. Toch stond hij hier met drie brieven van net zoveel buitenlandse hulporganisaties waar hij nog nooit van gehoord had, die hem bedankten voor zijn gulle bijdrage. En die was werkelijk heel gul, volgens de inhoud van de brief. Er was maar één mogelijke verklaring voor. Een naamgenoot van hem was kennelijk uit zijn dak gegaan en had eens flink met geld gestrooid om zijn geweten te sussen. Hij haalde zijn schouders op en liet de bedankbrieven dezelfde weg volgen als de andere.

De koelkast bevatte nauwelijks iets anders dan bier en witte wijn en Steinar overwoog even of hij Gugga zou bellen en vragen wat zij had gekookt en of er niet iets voor hem was overgebleven. Toen opende hij een bierblikje en bestelde een pizza. De onrust in zijn lijf begon opnieuw de kop op te steken zodra hij de telefoon had neergelegd en hij liep weer zijn werkkamer in en viste de bedankbrieven uit de prullenmand. MR STEINAR I. ARNARSON stond erop en daaronder was zijn adres in duidelijke letters geschreven. Er was iets heel geks aan de hand.

* * *

"Hij woonde in een barak", zei Geir en hij vulde de glazen bij. "Wij woonden in de Ásvallagata en ik mocht natuurlijk helemaal niet omgaan met die zwervers, laat staan dat ik zo'n jochie mee naar huis mocht nemen. Zeker geen jongen als Reynir, die altijd veel kleiner was dan alle anderen en van wie iedereen dacht dat er een steekje bij hem loszat. Maar wij waren vrienden. Onafscheidelijk. Zaten samen in de klas op de Melaskóli. Hij werd natuurlijk meedogenloos gepest. De bijnaam Kleine Bleekneus kreeg hij daar al. Ik was niet beter dan de rest en deed er eerst gewoon aan mee. Tot ze te ver gingen." Hij schudde zijn hoofd en dronk zijn glas leeg.

"Wat gebeurde er?" vroeg Árni.

"Doet er niet toe", zei Geir na een moment stilte. "Maar ik ging met hem mee naar huis. Zei dat hij het tegen zijn ouders moest zeggen. Moest zorgen dat ze er iets aan deden." Hij liet zijn schouders hangen. "Ik wist ook niet wat. Klagen bij de schoolleiding, waarschijnlijk. Maar hij wilde dat niet. Hij vroeg me alleen of ik hem wilde helpen thuis te komen. Maar ik mocht niet binnenkomen. Toen niet en later niet. Ik begreep pas veel later waarom. Besefte niet dat zijn familie hem net zo erg mishandelde als onze vriendjes op school. Misschien zelfs wel erger. Ik heb hem één keer mee naar huis genomen, maar daarna nooit meer. Mama was de beleefdheid zelf, gaf ons chocolademelk en koekjes voor we weer naar buiten gingen, maar toen ik voor het avondeten thuiskwam, kreeg ik ervan langs. Hij was te vies, te vreemd, te ver beneden onze stand. En niet welkom in ons gezin. Dus speelden we buiten. Het hele jaar. Bouwden een duiventil, zochten sterneneieren, vingen stekelbaarsjes, bouwden een huis van sneeuw ...” Hij haalde zijn neus op. “En toen liet ik hem ook in de steek. Ik ging naar de middelbare school, hij ging de straat op. Ik begon met meisjes te rommelen, werd een gevierde kerel, je weet hoe dat gaat. Hij paste niet meer in mijn straatje. Ik begon hem te ontwijken, allerlei smoezen te verzinnen ... Het drong langzaam tot hem door, arme kerel. Hij belde me niet meer. Na een jaar probeerde hij niet meer me te groeten als we elkaar op straat tegenkwamen.” Geir keek bedroefd naar zijn gevallen vriend en streek voorzichtig over zijn haast witte voorhoofd. “En toen ik eindelijk voldoende kerel was om dat stomme gedrag van me te verbeteren, was het te laat. Hij was in de goot terechtgekomen en daar is hij nooit meer uit gekomen. Ik probeerde hem in een kliniek te krijgen, meer dan eens en ook meer dan tweemaal. Een woning voor hem te vinden. Werk voor hem te zoeken. Maar het liep allemaal op niets uit. De afgelopen jaren hadden we ons allebei bij de zaken neergelegd. Ik hield hem een beetje in de gaten. Probeerde hem af en toe wat eten te brengen en nam de tijd voor een babbeltje. Meer kon je niet doen. Maar hij leek het wel te waarderen. Die arme vent. En nu is hij dood.”

Geir pakte zijn glas en vulde het weer. Árni volgde zijn voorbeeld en gooide zonder aarzelen het glas achterover.

“Had hij familie?”

“Zoals ik al zei, zijn familie was niet veel beter dan jij en ik. Zijn ouders zijn natuurlijk allang dood en zijn ene broer ook. Is jaren geleden op zee gebleven in een storm ter hoogte van Groenland, herinner ik me. Zijn andere broer zit in het gesticht en zijn drie zussen zijn over de hele wereld uitgezworven. Ze hebben nooit iets van hem willen weten. Net als alle anderen.”

“Dus het wordt niet druk op zijn begrafenis.”

“Nee. En het zal ook nog wel even duren voor het zover is. Er zal maar weinig van hem ter aarde worden besteld, vrees ik. We blijven hem mishandelen, tot in de dood toe.”

“Wat bedoel je?”

“Je weet wel wat ik bedoel. Je bent zelf begonnen met je medicijnenstudie, en hebt later anatomie gedaan. Ze hebben elk lichaam nodig dat ze kunnen krijgen om op te oefenen. En hem maakt het toch niets meer uit." Geir zuchtte. "En toch. Misschien komt hij terug om me te achtervolgen." Hij maakte een piepend geluid. "Dat was ook zoiets. Hij was vreselijk bijgelovig, die kerel. Dat is hij altijd geweest, als jongen al. Geloofde in spoken en monsters, dromen en voortekenen. Vertelde me allerlei verhalen over zijn worstelingen met allerlei spoken en duivels. Ze waren voor hem net zo echt als jij en ik. Wat me eraan herinnert", zei Geir en hij dronk zijn glas leeg. "Wat hij me laatst vertelde. Dat hij deze zomer zou sterven. Zag het in een droom, zei hij."

"Zag wat?"

"De engelen des doods. De ravenzwarte en wonderschone engelen des doods, in een heldere nacht. En zodra zij weer verschenen, zei hij, dan was alles voorbij. Zo eenvoudig was dat." Geir schudde zijn hoofd. "Wie weet, misschien zijn ze weer aan hem verschenen."

"Ik zag hem maandag", zei Árni. "Op Hlemmur. Hij vroeg me om een sigaret. Toen was het of hij ineens doodsbang was en hij rende weg zonder de sigaret aan te pakken. Doodsbenauwd was hij. Ik weet niet waarvoor."

De vraag van de agent met wie hij gesproken had, kwam weer in zijn hoofd op en hij fronste zijn voorhoofd. "Misschien was hij wel bang voor mij? Ik was in het zwart gekleed, misschien was ik wel de engel des doods?"

"Misschien", zei Geir en hij glimlachte. "Al kun je jou moeilijk wonderschoon noemen." Árni bloosde, maar Geir zag het niet.

"Overigens was hij er ook van overtuigd dat hij zou sterven als hij een zwarte zwaan naar het oosten zag vliegen, drie klavertjesvier op één dag vond of zijn dubbelganger tegenkwam. En nog wel meer dingen. Het kan van alles geweest zijn. Hij hoorde stemmen en zag beelden en het werd met de jaren erger. Waarschijnlijk het resultaat van zoveel jaren verslaving, pillen en allerlei bocht." Hij schudde zijn hoofd. "Eigenlijk is het gek dat hij het nog zo lang heeft uitgehouden."

"Waaraan is hij gestorven?"

Geir schudde zijn hoofd. "Ik weet het niet. Hij is gisteravond of -nacht binnengebracht en op de intensive care geplaatst met longontsteking en nierdeficiëntie. We weten morgen pas wat de oorzaak daarvan was, ik ben van plan het precies uit te zoeken. Ik hoop dat hij het mij vergeeft, waar hij ook is."

Árni weigerde nog een glas en Geir goot zijn eigen glas toen maar dubbel vol.

"Eigenlijk kwam ik vragen of je al iets meer weet over Birgitta ..."

Geir knikte. "Dat dacht ik al."

"Je bent er misschien nog niet ..."

"Jawel, jawel." Hij stond langzaam op en bedekte het gezicht van kleine Bleekneus. "Ik ben misschien een overgevoelige ouwe kerel", zei hij terwijl hij het licht aandeed, "maar ik ben nog niet helemaal van de wereld. Nog niet."

"En?"

"Ze is verdronken."

15

Vrijdag

Katrín legde de processen-verbaal even opzij en sloot haar ogen. Vier politieagenten waren de hele donderdag bezig geweest de mensen die in discotheek Broadway waren geweest te achterhalen en de foto van Birgitta te laten zien. Tot dusver herinnerde niemand zich dat hij haar na middernacht had gezien, behalve María Dís. Ze geeuwde en rekte zich uit. Het was al een poos geleden dat Sveinn naar bed was gegaan en de kinderen sliepen al toen ze thuiskwam; er stond een brandende kaars op de tafel met aan elke kant twee stapels papier. Aan de linkerkant, waar de kaas, de toastjes en de druiven waren neergezet, lag de stapel waar ze al doorheen gegaan was. Rechts, waar de rode wijn nog ongeopend op haar wachtte, lag de ongelezen stapel. Deze was net iets hoger dan de eerste. Ze zuchtte, ging de keuken in en zette nog wat koffie.

De vergadering met Svavar duurde korter dan zij en Stefán hadden verwacht. Svavar had er om de een of andere reden voor gekozen andere afdelingen buiten de zaak te houden en de Hond liet zich niet zien, al stuurde hij wel een bericht dat hij er nog mee bezig was en erop rekende dat hij later in de avond van zich zou laten horen. Guðni was ook niet komen opdagen, wat maar beter was, en dus waren ze maar met zijn vieren geweest. Zij, Stefán, Svavar en de openbare aanklager, Pétur of Páll, dat wist ze niet meer precies.

Svavar was in een vriendelijke bui geweest en had zoveel en zulke grote woorden gebruikt om te vertellen dat hij haar volledig vertrouwde dat ze wel moest concluderen dat het tegenovergestelde het geval was, maar ze had geen zin om zich eraan te ergeren. Zowel hij als de openbare aanklager hadden hetzelfde standpunt ingenomen als Guðni en hamerden erop dat ze Kristinn officieel moesten arresteren en hem zo snel mogelijk in verzekerde bewaring stellen. Zij liet het aan Stefán over om hen ervan te overtuigen dat dat ook wel tot morgen kon wachten en dat het beter was om die kerel nu rustig te laten waar hij was. Ze waren daar nog over aan het steggelen toen Árni belde.

Katrín leunde tegen het aanrecht en staarde de heldere nacht in zonder iets te zien. Probeerde zonder succes het beeld uit haar hoofd te zetten dat haar de afgelopen drie uur had achtervolgd, van Birgitta die wanhopig probeerde uit die koolzwarte put te klimmen in dat duistere gewelf. Ze herinnerde zichzelf er nog maar eens aan dat niets erop wees dat het zo was gegaan. Geir had geen enkel teken gevonden dat Birgitta zich tegen haar aanvaller had verzet, zei Árni, en hoewel het lijk er slecht aan toe was door het lange verblijf in het water, hadden er toch sporen op haar vingers en handen gevonden moeten worden als ze pogingen gedaan had om zich aan de rots vast te klampen die op een redelijk bereikbare hoogte boven het reservoir hing. De enige zichtbare verwondingen waren aan het hoofd, een grote, gapende wond in de nek, na een zo zware slag dat de knuppel tot op het bot was gegaan en een barst in de schedel had achtergelaten. En nog een kleinere, bij de slaap, die ze ook kon hebben opgelopen toen ze in het reservoir viel, hoewel het niet mogelijk was om daar nog iets zinnigs over te zeggen. Meest waarschijnlijk was dat ze na de eerste klap niet meer bij bewustzijn was geweest.

Katrín draaide zich om en wachtte tot het koffiezetapparaat klaar was. Ze had heel erg veel zin in een glas rode wijn en in haar bed, maar wist dat die allebei nog even moesten wachten. Ze kon die kinderen hun moeder niet teruggeven, maar ze was vastbesloten om alles te doen wat in haar macht lag om ervoor te zorgen dat Hjördís en Ásgeir hun vader zo snel mogelijk weer thuis hadden. Dat was het minste wat ze kon doen. En om dat mogelijk te maken, moest ze iets vinden wat hem ontlastte. Of in de richting van iemand anders wees.

Het koffiezetapparaat piepte en de Snæfellsjökull trok haar aandacht. Hij leek weer op een heel andere plaats te liggen dan de laatste keer dat ze hem zag. Zoals gewoonlijk. Behekst, dacht ze. Hij is behekst, die gletsjer.

* * *

"Koffie", mompelde Stefán.

"Koffiekoffiekoffiekoffiekoffiekoffie ..." Zijn stoel kraakte vervaarlijk toen hij aan zijn drang toegaf en opsprong. De meeste deuren waren gesloten en de lege gang was daardoor halfdonker, ondanks het licht buiten. Het gekraak van zijn spekzolen was het enige geluid dat de stilte doorbrak en Stefán begon zachtjes in zichzelf te neuriën om dat te overstemmen. "*Angie ... dibbidibbidibbidie ... Ain't it good to be aliiiiiiiive ...*" Hij beet zich in gedachten de tong af en zweeg de rest van de weg.

Het scheelde weinig of hij gooide de koffie over zich heen toen hij zijn kantoor weer binnenkwam en Friðjón een groet naar hem blafte.

"Grote God, ik schrik me bijna dood, man." Hij viel op zijn zwaar beproefde stoel neer en pakte suiker uit de onderste la van zijn bureau.

"Sorry. Ik vergeet altijd dat je een zwak hart hebt."

"Er is niets mis met mijn hart", zei Stefán scherp. "Het tikt als een uurwerk sinds ... sinds dat ingreepje gedaan is. Dat heb ik zwart op wit van de dokter te horen gekregen. Meer dan eens, om precies te zijn. En ik héb tenminste een hart, dat is meer dan sommigen kunnen zeggen. Mooi dat je langskomt."

"Veel te doen", zei de Hond. "Hier." Hij gooide een dunne map op het bureau. "Dat kun je mooi lezen bij de koffie, ik ben pleite. Goeienavond."

"Blijf zitten." Stefán nam een slok koffie, trok een vies gezicht en deed er meer suiker bij. "Staat er iets belangrijks in?"

Friðjón haalde zijn schouders op. "Dat hangt er natuurlijk van af hoe je het bekijkt. Het slagwapen is gevonden. Dat is altijd iets. Waar is dat meisje? Zei jij niet dat ze jou gaat opvolgen?"

Stefán keek gefascineerd naar die rare kerel tegenover zich die hem met een geïrriteerde blik aanstaarde en zijn ronde bril schoonpoetste met een gestreepte zakdoek.

"Ze is thuis", zei hij, "en zit waarschijnlijk de papieren door te nemen die zijn binnengekomen, als ik haar een beetje ken. Dus jullie hebben het slagwapen gevonden?"

Friðjón zette zijn bril op. "Ja. Een stoeptegel. Anderhalve kilo. Lag met nog een paar andere tussen wat rommel achter het hotel. Waar ze haar auto had neergezet. Er zat bloed op. En haren, van haar waarschijnlijk. Het is wel safe om dat nog nader te onderzoeken, denk ik. Er is daar ook wat bloed gevonden."

"Vingerafdrukken?"

Friðjón trok een grimas. Of misschien was het een glimlach. Het was niet gemakkelijk om het verschil te zien.

"Er zijn wat resten gevonden. Eydís onderzoekt of het mogelijk is er iets mee te doen. Het enige wat ik nu kan zeggen is dat ze waarschijnlijk nogal klein zijn. Wat me eraan herinnert dat ik dat andere met die vingerafdrukken nog vergeten ben. De vergelijking waar jij me naar vroeg. Veel te veel te doen, iedereen zit vol. Ik zal daar morgenochtend naar kijken. We vonden ook voetsporen. In de tunnel. Op het platform. Het zat er vol mee. De meeste van de controleurs, maar twee van iemand anders. Nogal smerig. Een verhoudingsgewijs kleine afdruk. Eenenveertig, tweeënveertig, hooguit drieënveertig. Een beetje moeilijk om dat precies te zeggen, we hebben geen hak. Maar een puntige neus, een gladde zool, geen profiel. Een beetje rommel bij de brug. Niet zo'n doorgewinterde moordenaar, blijkbaar, het was kots. Het meeste was opgeruimd en niet bruikbaar voor DNA, maar er zaten maïskorrels in. Twee. En haar portefeuille. We hebben die klotepoel gedregd. Vonden die portefeuille. Geen vingerafdrukken, behalve de hare. Er zat niets bruikbaars in. Het roet in de jeep is in elk geval uit de tunnel afkomstig." Hij vertrok zijn gezicht weer. Of glimlachte misschien. "Dat is het wel, volgens mij. Tot morgen." Hij verdween.

Stefán bleef uitgeput zitten. Hij begon in het proces-verbaal te bladeren en belde Katrín. Ze nam meteen op.

* * *

"Vermoedt hij iets?" Teódór liet precies vijf druppels grenadine in de mousserende wijn vallen en gaf hem aan María Dís.

"Volgens mij weet hij het", zei ze en ze pakte het glas aan. "Heeft het al heel lang geweten." Ze rekte zich uit op de bank. "Maar ik denk dat het hem niet veel kan schelen. Als hij maar zijn deel krijgt." Ze knipoogde naar Teódór en nam een slok van het bleke drankje. De smaak was net zo laf als de kleur. "Bovendien is hij tegenwoordig min of meer bij Gugga."

Teódór schudde zijn hoofd. "Daar heb ik het niet over. Over ons. Al vind ik het helemaal niks dat jij ... dat jullie ..." Hij slikte zijn woorden in. Hij stond op en ijsbeerde heen en weer met zijn vuisten gebald in zijn rug en gefronste wenkbrauwen. "Ik bedoel, vermoedt hij dat ... heb je het gevoel dat hij iets weet van ... van ..."

"Geen donder", zei María Dís en ze glimlachte stralend. "Anders zaten we hier niet."

"En Birgitta?"

De glimlach bevroor op María's gezicht zonder dat haar uitdrukking veranderde. "Hoezo?" vroeg ze met iets mokkends en ongeduldigs in haar heldere stem.

Teódór haalde zijn schouders op. "Gewoon. Hoe moet het nu met Birgitta? Ze ..."

"Ze is dood", zei María Dís. "Luister je niet naar het nieuws? Proost."

* * *

Je moet naar huis gaan en slapen, dacht Árni en hij bestelde nog een biertje. Het had geen enkele zin hier langer te blijven hangen. Als je nu nog niemand versierd hebt, zal het hierna ook wel niet meer lukken. Hij wierp een verlangende blik naar de tafel die bij de pilaar stond waar drie vrouwen van zijn leeftijd en allemaal beeldschoon in zijn door bier vertroebelde ogen zaten te drinken, te fluisteren en te schaterlachen. Ze waren zonder man binnengekomen en er was geen man tot hun groepje doorgedrongen, de twee uur dat hij ze in de gaten zat te houden. Maar ze hadden minstens zeven kerels die het geprobeerd hadden afgewimpeld.

Hij schudde zijn hoofd. Hij was lang nog niet dronken genoeg om te denken dat ze op hem zaten te wachten ... waar was hij eigenlijk mee bezig? Een beetje hangen aan de Næstibar op donderdagavond – hij keek op zijn horloge en corrigeerde zichzelf – vrijdagochtend, en morgen nog een lange en zware werkdag voor de boeg. Árni liet zich van de barkruk zakken en zette een paar vastberaden stappen in de richting van de wc. Achter het tussenschot stond een vrouw, blijkbaar wachtte ze op haar beurt voor de dames-wc en ze praatte in haar mobiel. Hij had het gevoel dat hij haar ergens van kende en knikte naar haar. Zij knikte gedachteloos terug en bleef praten. Toen hij terugkwam, was ze verdwenen. Hij stapte de zwoele nacht in en probeerde niet te denken aan het biertje dat onaangeroerd op de toog stond. In plaats daarvan probeerde hij zich te herinneren waar hij die vrouw achter het tussenschot van kende.

Hij had de Spítalastígur al achter de rug en Árni was nog maar enkele tientallen meters van zijn huis verwijderd, toen tot hem doordrong dat hij haar helemaal niet kende. Dat het niet de vrouw was die hij dacht te herkennen, maar de situatie. Zijn hart maakte een klein, maar duidelijk voelbaar sprongetje toen het hem eindelijk lukte terug te halen wat hem tijdens de vergadering eerder die avond had dwarsgezeten. Onwillekeurig versnelde hij zijn pas, maar hij vertraagde de laatste meters weer. Stefán was natuurlijk al naar huis en lag te slapen en het was niet zo belangrijk dat het niet tot morgen kon wachten. Bovendien was ongetwijfeld aan hem te horen dat hij te diep in het glaasje had gekeken.

Árni voelde zich opperbest in zijn luie stoel en stak zijn laatste sigaret op voor hij naar bed ging. Tom Waits zat in de cd-speler, de gordijnen waren dicht en het raam open. María Dís had gezegd dat Birgitta met iemand stond te praten toen ze haar bij de wc had gezien, lang na middernacht. Met haar mobiel.

* * *

Steinar schrok wakker uit een rusteloze slaap toen de voordeur dichtsloeg, en schoot half overeind. Voetstappen naderden de deur van zijn appartement, maar verdwenen toen de trap op, hoger dan de volgende overloop. Óskar, dacht hij. Dat eindeloze nachtelijke lawaai van die man ook altijd. De mensen op de tweede verdieping waren veel rustiger. Een ouder echtpaar met een hamster. En van het meisje in het souterrain hoorde je helemaal nooit iets. Had nooit een feestje. Kreeg nauwelijks bezoek. Hij ging weer liggen; hij lag alleen in bed. Dat was niets nieuws. En niet onverwacht. Het enige wat hem verbaasde, was dat ze überhaupt getrouwd waren, ze wisten allebei lang voor de bruiloft al welke richting het uitging. Het had in elk geval duidelijk moeten zijn. Wat kon je toch een idioot zijn, dacht hij. Hij had het toch heel goed voor elkaar, met twee mooie vrouwen die allebei klaagden dat ze niet genoeg aandacht van hem kregen en er wel voor zorgden dat ze hun boosheid over de situatie op de ander afreageerden zodat ze hem niet van zichzelf vervreemdden. En toen moest hij vallen voor een klein meisje met lange benen en stevige borsten en een uitdagend tongpuntje en gooide hij alles overhoop, als een schoolvoorbeeld van een midlifecrisis, al was hij nog maar twee jaar de veertig voorbij. Wat een ongelooflijke klootzak was hij toch.

Hij had zich helemaal met Gugga verzoend, ze wachtte alleen nog maar op het moment dat hij terugkeerde naar haar en de kinderen. Dat was iets wat hij niet had verwacht, hoezeer hij de kinderen ook miste. Al was het natuurlijk best prettig om af en toe van ze verlost te zijn. Maar ze moesten nog even wachten. Alles had zijn tijd nodig en de zaken moesten hun beloop nemen zoals het voor zijn financiën het best uitkwam. En zolang Mæja er nog voordeel in zag hem wijs te maken dat ze nog altijd in alle opzichten zijn vrouw was, dacht hij er niet over om de onomstotelijk prettige bijkomstigheden die dat met zich meebracht van de hand te wijzen. Net zomin als andere buitenkansjes in het leven. Hij dacht ook dat hij op de goede weg was door Gitta weer in zijn team binnen te halen, tot het moment dat zij ... Steinar ging weer rechtop zitten, klaarwakker nu. Gitta, die verdomde trut. De onrust die hij eerder die avond had gevoeld, beving hem opnieuw en deze keer lukte het niet hem van zich af te schudden. Hij sprong zijn bed uit en liep spiernaakt zijn werkkamer in. Hij klapte in zijn handen en het licht sprong aan en hij ging aan zijn bureau zitten.

Drie miljoen dollar. Tweehonderdveertig miljoen kronen. Waarschijnlijk was het gewoon een grap. Maar het kon ook zijn dat het nog maar het begin was. Misschien zouden er nog meer bedankbrieven komen van nog meer teringwijven en humanitaire secreten over de hele wereld. Steinar gaf een klap op de computer, maar dat veranderde er niets aan, hij ging gewoon in alle rust door met opstarten, met het bijbehorende geknor. Hij had vier computers moeten nemen, zoals hij aanvankelijk van plan was geweest. Drie voor het kantoor en één voor thuis. Dat had niet zoveel uitgemaakt. Je werd niet rijk door op kleine dingen te besparen. De rekeningen waren zo hoog dat hij meer op de belastingen kon besparen dan op zulke kleine uitgaven als wat hij voor die computers had betaald. Maar hij had het niet gedaan, niet nu, want hij stond onder toezicht van de belastingen. Ze zouden de nieuwe computers zeker tellen en erop letten dat ze allemaal op zijn kantoor stonden. Zouden hem die vierde computer persoonlijk aanrekenen en hem bijschrijven op zijn lijst met zonden.

"Die verdomde krentenwegers en cententellers", mompelde hij. De computer hield op met zwoegen en Steinar stelde zich in verbinding met de buitenwereld en opende de eerste de beste site.

* * *

Het eerste wat Kristinn moest redden was zijn hoofd. Het stond op springen. Of barsten. Hij wist niet wat hij eraan moest doen en nog minder wat hij daarná moest doen, maar dat zou hopelijk duidelijk worden naarmate zijn hoofd helderder werd. Hij wist in elk geval dat hij hier moest wegkomen en wel zo snel mogelijk. Na enige pogingen lukte het hem om op zijn benen te staan en zich naar de deur te slepen. Zijn tong voelde als schuurpapier in zijn uitgedroogde mond, maar nadat hij een paar maal zijn keel had geschraapt en gehoest, wat zijn duivelse koppijn alleen maar erger maakte, lukte het hem een woord uit te brengen dat hij oneindig bleef herhalen met toenemende kracht en dat hij ondersteunde met machteloze, maar agressieve slagen en schoppen tegen de deur tot hij voetstappen in de gang aan de andere kant hoorde weergalmen.

* * *

"Ik ga", zei Katrín.

Stefán bromde. "Nu?"

"Ja. Ik denk dat het uiteindelijk wel wat oplevert. Anders moeten we het morgenochtend vroeg razendsnel afraffelen. We moeten ermee klaar zijn voor we met hem praten. Wat denk jij?"

"Jij moet doen wat jou goeddunkt. Ik deel hier niet langer de lakens uit, dit is jouw zaak."

"Dat zei je al. Meer dan eens. Maar je zei ook dat ik niet moest aarzelen om raad te vragen." Katrín was duidelijk wakkerder dan hij. "Daarom vraag ik, wat denk jij?"

Stefán krabde de stoppels op zijn kin en reikte naar het scheerapparaat in de bovenste la. "Ik denk dat je gelijk hebt. Wil je dat ik probeer of de Hond ..."

"Nee. Dat is niet nodig. Als ik iets tegenkom waar hij naar moet kijken, dan laat ik het wel in een plastic zak stoppen. Ik ga alleen naar zijn huis, denk ik, Fossvogur kan wachten en ik laat zijn auto over aan de Hond. Ik ga met ..." Ze aarzelde.

"Árni?" stelde Stefán voor.

"Guðni", zei Katrín. "Ik ga met Guðni."

Stefán kuchte. "Denk je dat dat een goed idee is?" vroeg hij voorzichtig.

"Nee", antwoordde Katrín, "dat denk ik niet. Maar ik hoop het wel. Ik bel hem zelf. Ga jij nu maar naar huis en ga slapen."

Stefán glimlachte tegen de telefoon. "Ik heb morgen vakantie", antwoordde hij. "Ik kan overmorgen uitslapen. En de dag daarna. Ik blijf hier. Hou me op de hoogte." Hij verbrak de verbinding en belde Ragnhildur.

"... dus je haalt me straks gewoon op en dan tuffen we naar het noorden. Oké?"

"Hoeveel sokken zal ik inpakken?"

Er was gekraak te horen.

"Je bent goud waard."

"Dat zeg je altijd."

"Nou en, klopt het niet dan?"

"Het is goed, dankjewel."

"Tot morgen."

"Als je de nacht overleeft. Je ben een ouwe vent geworden, weet je dat niet?" Haar bezorgdheid ontging Stefán niet, al probeerde ze die met grapjes te maskeren.

"Ik ga straks wel even rusten", zei hij ernstig. Welterusten, vrouw."

Hij rekte zijn armen uit, zette zijn pet af en deed het scheerapparaat aan. Hij nam de namenlijst die voor hem lag door en legde hem opzij. Keek de volgende door en de daaropvolgende. Had zin om ze allemaal opzij te leggen en zich op iets anders te richten. Had zin om Elín te bellen en te vragen of ze al iets wijzer was geworden van de laptop van Birgitta. De verklaring van Kristinn, van Ásta of van Óskar doornemen, wat dan ook. Maar hij ging verder met het doorbladeren van de lijsten die de gasten van de Broadway in de nacht van zaterdag op zondag hadden opgesteld van de mensen die ze hadden ontmoet of gezien, het lezen van elke afzonderlijke naam en de korte opmerkingen die erbij stonden, in de hoop dat een van hen ergens een belletje zou doen rinkelen. Drie minuten later schakelde hij het scheerapparaat uit en borg het weer op. Hij zette zijn pet op, leunde achterover in zijn stoel en trok met duim en wijsvinger aan zijn onderlip. In zijn andere hand hield hij een uitgedraaide e-mail met achttien namen. Boven aan het vel papier had iemand de naam van Steinar gekrabbeld en Stefán meende de hanenpoten als het handschrift van Árni te herkennen.

De eerste vijf namen waren bekend en volgens verwachting. María Dís, Teódór, nog twee die bij het gezelschap hoorden waarin Steinar had verkeerd en toen Guðbjörg, zijn ex. Hij kende ook een paar namen die daarna kwamen, twee acteurs, een actrice en twee vooraanstaande mannen uit het zakenleven. Andere zeiden hem niets, maar zowel hun beroep als hun telefoonnummer waren er keurig bijgeschreven en natuurlijk zou hij hun lijstje onder op de stapel vinden.

De op één na laatste naam op de lijst was die van Ásta Jónsdóttir. Een gewone naam, natuurlijk, en ook daarachter stond haar beroep en telefoonnummer. Ze was verpleegkundige. Stefán legde Steinars lijst opzij en bladerde door de stapel tot hij de lijst van Ásta vond. Het telefoonnummer klopte. Maar Steinar stond er niet op. María Dís en Guðbjörg ook niet. Hij bladerde verder. Ásta stond op de lijst van María Dís, maar niet op die van Guðbjörg. Hij schudde zijn hoofd. Dat hoefde niets te betekenen. Het was een grote zaak en er waren veel mensen in de disco aanwezig geweest. Ásta viel op tussen de mensen en degenen die haar kenden, deze moesten zich haar wel herinneren, als ze ook maar een glimp van haar gezien hadden. Dat María en Steinar Ásta hadden gezien, hoefde nog niet te betekenen dat zij hen ook gezien had. Of dat ze haar waren opgevallen. En dan was er nog de laatste naam op de lijst van Steinar. Die klonk ook bekend. Al te bekend. Stefán opende de bovenste la van zijn bureau en pakte een sigaar. Onnodig om zichzelf alle geneugten van het leven te ontzeggen, ook al moest je overwerken, dacht hij, en hij zette het raam op een kier. Terwijl hij met halfgesloten ogen van zijn sigaar zat te genieten, overwoog hij waar Steinar die gek van kende en of dat iets uitmaakte.

Het kon natuurlijk heel goed de man van de radio zijn. Niet onwaarschijnlijk dat Steinar hem kende. Ook niet onwaarschijnlijk dat hij in de discotheek was geweest. Beide waren waarschijnlijker als het ging om de radioman dan om die ander. Maar na die laatste naam volgde geen opmerking. Geen beroep en geen telefoonnummer. Alleen de naam. Ondanks dat of misschien juist daarom, was Stefán er zeker van dat het niet radioverslaggever Leifur Hauksson was geweest die Steinar die avond in de Broadway had gezien of ontmoet. Hij maakte zijn sigaar uit, maakte een aantekening in zijn notitieboekje, sloot even zijn ogen en pakte de volgende lijst.

***

De geslachtsdelen van Steinar Ísfeld Arnarson waren nooit kleiner en armzaliger om te zien geweest dan op dit ogenblik, waarop hij naakt en met open mond achter zijn bureau zat in zijn werkkamer thuis om een uur of twee in de nacht van donderdag op vrijdag de zevenentwintigste juni, maar elk haartje op zijn bleke lichaam stond recht overeind. Driehonderdtwintig miljoen. Vier miljoen dollar. Ik moet nadenken, dacht hij. Niets overhaasten. Nadenken.

Hij wist dat Birgitta hierachter zat. Er kwam niemand anders in aanmerking. Zij was de enige die hier enig idee van had, naast Gugga. María Dís wist in elk geval niets en Gugga had geen verstand van computers en had ook geen haast om de armen op de wereld te hulp te schieten. Gitta was ook niet zo'n mensenredder, maar dit was op de een of andere manier toch echt iets voor haar. Vond het zeker een geweldige grap, dat klerewijf. En hij had nog gedacht dat ze alleen maar de jeep had beschadigd. Hij schudde zijn hoofd, vol zelfmedelijden en gerechtvaardigde woede. Hij vond dat hij ernstig was bedrogen. Ze had die nacht wel iets in die zin laten doorschemeren, maar hij had het opgevat als een dreigement en niet als een opsomming van gedane zaken. Het was duidelijk een misverstand geweest. Een verdomd groot misverstand, dacht hij.

Meer dan driehonderd miljoen. Driehonderd klotemiljoen. Verdwenen, gewoon zomaar. Meer dan de helft van wat hij de afgelopen tien jaar met hard werken had samengeschraapt. Hij zette de computer uit. Het moest mogelijk zijn om dit op de een of andere manier terug te draaien. De vraag was alleen hoe. Van de politie kon geen sprake zijn. Of wel? Niet de IJslandse politie, dat was in elk geval duidelijk, maar misschien de politie in het buitenland … Was dat niet een mogelijkheid? Het moest toch mogelijk zijn de politie op Jersey te vragen erachteraan te gaan zonder contact te hebben met de politie hier. Of waren het alleen de banken die frank en vrij waren? Had de politie van Jersey connecties met de Engelse politie? De Engelsman had natuurlijk goede banden met de IJslandse politie …

Steinar stond op en liep de kamer in. De deur sloot zachtjes achter hem. De cognac en het koele leer van de chesterfieldfauteuil maakten het kippenvel eerst nog erger, maar langzamerhand begon hij zich iets beter te voelen. Hij had geen enkele kroon overgemaakt. Het moest toch mogelijk zijn om dat aan te tonen zonder hier thuis in moeilijkheden te raken. Bewijzen dat het hier om zwendel ging. Het leer plakte aan zijn dijen, achterwerk en rug en de meeste rillerigheid trok uit hem weg. Toen hij hoorde dat de voordeur werd geopend en gesloten en de sleutel voorzichtig in het sleutelgat van de bovendeur werd gestoken, voelde hij een duidelijke en aangename tinteling in zijn zenuwen. Hij wist waar ze vandaan kwam en wat ze gedaan had. Het stoorde hem niet. Het wond hem alleen maar nog meer op. En hij was er zeker van dat zij hem een week lang niets zou weigeren, omdat ze nu niets anders wilde dan hem bewijzen dat alles goed kwam, ondanks alles.

* * *

Katrín was kwaad en uitgeput. Het was een vervelende onderneming geweest die niets had opgeleverd. Het idee was niet half zo goed geweest als ze had gehoopt en had nog slechter uitgepakt dan waarop ze had gerekend. Guðni had weliswaar sneller en welwillender gereageerd op haar verzoek of hij haar bij het doorzoeken van Kristinns woning wilde helpen, maar toen het zover was, was hij alleen maar vervelend en dwars geweest. Ze had hem zo veel mogelijk ruimte gegeven en vermeden hem opdrachten te geven in het licht van zijn ervaring en zijn kennis, maar het veranderde niets. Hij gedroeg zich als een verwend kind en deed niets, behalve wat ze hem vroeg en dat moest ze hem tot in de kleinste details uitleggen. Katrín was nog bozer op zichzelf dan op Guðni, omdat ze zichzelf had verlaagd om mee te doen aan dat spelletje van hem. En omdat ze zo naïef was geweest zich te verbeelden dat ze hem op haar hand kon krijgen door hem mee te nemen. Ze had Árni moeten bellen, zoals ze in eerste instantie van plan was geweest en ook wat Stefán had voorgesteld. Of misschien Friðrik. Hij was jong genoeg en het ontbrak hem aan ervaring om voor zulke trucs door de knieën te gaan en hij was bovendien knapper dan Guðni en Árni samen. Maar ze had Guðni gebeld. Om te kijken of ze hem kon inpalmen. Om zijn vertrouwen te wekken. De sfeer te verbeteren voor de toekomst. Dat was niet gelukt. Eerder het tegendeel, want ze waren begonnen te ruziën en alles leek nog moeizamer dan ervoor. Vooral nadat ze hem naar huis had gestuurd. En nu zat ze hier alleen en dacht na over haar eigen ellende en die van anderen, in een van de kleinste, lelijkste en vieste keukens die ze gezien had sinds negenennegentig, toen ze een oude weduwnaar moest lossnijden die zich had opgehangen te midden van vele weken afwas en etensresten die net zo vol vliegen en larven zaten als het vijf dagen oude lijk.

Het huis dat Kristinn had gevonden na de scheiding, stond mijlenver af van het comfort waaraan hij gewend was geraakt in het lichte rijtjeshuis in Fossvogur. Dat had hoge plafonds en witte muren, en de overdaad en goede smaak schitterde je tegemoet. In deze kleine souterrainwoning in het westen van de stad loerde de hopeloosheid om elke hoek. Het heette waarschijnlijk een driekamerwoning, maar dat was zwaar overdreven. Achter de woonkamer was een redelijk grote slaapkamer met een nieuwe en verhoudingsgewijs schone vloerbedekking. In de ene muur zat een groot raam en tegen de andere stonden een nieuwe kledingkast van IKEA, keurige stapelbedden en er hingen planken vol kinderboeken en speelgoed. Maar dat was de enige kamer die getuigde van enig leven en enige activiteit. De groen geschilderde woonkamer was tamelijk ruim, maar vuile kleren, pizzadozen, lege flessen en volle asbakken lagen overal. As, popcorn en kruimels van chips overdekten het bevlekte tapijt en de foeilelijke, ribfluwelen bank, en een dikke laag stof lag over alles wat niet regelmatig van zijn plaats kwam, wat eigenlijk voor alles gold behalve voor de afstandsbediening van de televisie. De derde kamer was niet veel meer dan een hol waar nauwelijks een smal bed in paste en waar maar net plaats was om erlangs te lopen. Het beddengoed, dat ooit wit was geweest met een bloempatroon, was nu grauwgeel van de viezigheid en de tabaksrook en het laken lag als een knoedel in een hoek op de vlekkerige matras. De lichtbruine muren waren duidelijk lang niet geschilderd. Vuil ondergoed, hemden, T-shirts en sokken bedekten het bed en bijna de helft van de weinige ruimte op de vloer die overbleef. Een piepklein badkamertje was ook niet vrij van vuile was en Katrín had het tandenpoetsen voor het slapengaan liever overgeslagen dan dat ze het boven die wastafel had gedaan.

Hij was eenzaam en had het opgegeven. Dat was misschien de voornaamste conclusie van de huiszoeking, daar kwam het op neer. Er was genoeg vuil in dit hol, maar niet wat ze zochten. Hier was geen roet. De meeste schoenen waren maat 43, maar er waren ook enkele paren in een grotere of kleinere maat. Ze leken echter even groot als de andere. Ze hadden in laden en kasten gezocht, jassen, broeken, hemden en schoenzolen bekeken, maar het enige wat ze vonden was eenzaamheid en wanhoop in elke hoek van het huis. Katrín was er niet zeker van dat het geen besmettelijke gemoedstoestand was, toen ze door het smerige keukenraam hoog boven het aanrecht naar buiten keek en zich afvroeg waarom ze in godsnaam niet naar huis was gereden en naar bed was gegaan.

* * *

Stom wijf, dacht Guðni. Stom klerewijf. Dacht dat ze heel wat was met haar tieten en haar diploma's. Hij nam een voorzichtige slok.

"Niet slecht", mompelde hij en hij nam nog voorzichtiger een grotere slok. Hij smakte langdurig met zijn lippen, maar nam toen nog een slok, deze keer een echte. "Hij kan het, hoor, die klootzak." Vijf flessen had hij van Óskar gekregen en het zouden er meer worden als ze hem bevielen. Hij zette het glas op de wastafel en pakte zijn tandenborstel. Probeerde zich te herinneren wanneer hij die gekocht had. Te oordelen naar hoe hij eruitzag, was dat langgeleden. Er was niemand om hem aan dat soort details te herinneren, dat was de afgelopen zes jaar al zo geweest, maar hij redde zich prima. Genoeg vrouwen in de Kringlukrá, de Ölver en dergelijke oorden als hij er zin in had en in de tussentijd zat niemand hem op zijn nek. Hij was klaar met tandenpoetsen en spoelde zijn mond met de drank. Misschien kon er nog een druppeltje munt bij die ene fles gedaan worden, dacht hij, vrouwen zouden dat zeker waarderen.

Ze hadden geen beroete schoenen of kleding gevonden in dat krot waar Kristinn woonde, maar hij maakte zich daar geen zorgen over. Dat betekende alleen maar dat die vent zijn kleren had gewassen of weggegooid, of dat ze ze in het huis van Birgitta zouden vinden, in Fossvogur. Hij vond het vervelender dat hij misschien wel te ver was gegaan in zijn verzet tegen Katrín. Hoewel hij er moeite mee had zich erbij neer te leggen dat ze iets over hem te zeggen zou krijgen, wist hij heus wel dat Stefán gelijk had. Het was niemand aan te rekenen, behalve hemzelf. En ze was dan misschien wel een stom wijf, gedane zaken namen geen keer. Hij zag niet dat er iets anders van zou komen dan ellende en hij had geen zin in meer ellende. Hij was nou niet bepaald een van de lievelingetjes van de top. Ze had hem de hand gereikt en hij had die afgeslagen. Niet de eerste vergissing in zijn carrière en zeker niet de laatste. Maar misschien kon hij deze nog rechtzetten.

Hij trok een grimas voor de spiegel. Maar ik hoef toch zeker niet voor haar te kruipen, dacht hij. Ik zal nooit voor haar kruipen, die verdomde trut. Voor niemand niet. Heb ik nooit gedaan en zal ik nooit doen. Hij groette zichzelf vriendelijk, deed het licht uit en ging slapen.

* * *

"… *Felt lonelier than a parking lot, when the last car pulls away* …" kreunde Waits. Wat een stem heeft die man, wat een genie, dacht Árni. Hij wist precies hoe hij zich voelde. Had het zelf niet beter kunnen verwoorden.

"Echt een genie", mompelde hij. Toen viel hij in slaap, zittend in zijn eenzame leunstoel met zijn handen in zijn schoot en zijn voeten op een nog eenzamer voetenbankje.

16

Vrijdag

María Dís schrok wakker en keek op de wekker op het nachtkastje. Halfzes. Ze vloekte hardop met meer overtuiging en ervaring dan de meesten van haar zouden verwachten en sprong uit bed. Teódór mompelde iets en tastte wat in het rond, maar zij raapte haar kleren bij elkaar en sloop de gang op zonder dat hij wakker werd. Drie minuten later zat ze in de Yaris en was ze onderweg naar huis met haar mascara als een halo rond haar ogen. Dit was niet de bedoeling geweest, ze was niet van plan geweest bij Teddi te blijven slapen. Ze was alleen nog even blijven liggen na het vrijen, om hem nog wat meer tot rust te brengen. Het nieuws over de vondst van het lijk viel nogal verkeerd bij hem en had hem nog meer gespannen gemaakt dan ze verwacht had. Hij had haar met vragen bestookt en was zowel op teletekst als internet gaan zoeken naar meer nieuws, maar er was niets meer te vinden dan wat ze al op het avondjournaal gehoord had, niet veel, maar genoeg om te bevestigen dat het Birgitta was die ze gevonden hadden. Hoewel ze niet begreep waarom hij zich zo opwond, had ze haar best gedaan om hem te helpen zich te ontspannen. Heb me duidelijk te goed ingeleefd in die ontspanningstherapie, dacht ze geërgerd. En nu moest ze weer al haar vrouwelijke charmes inzetten om de volgende man te kalmeren.

Steinar vroeg zelden waar ze uithing, maar ze was nog nooit zo lang zonder geldig excuus uit het echtelijke bed weggebleven als nu. Zoals het er nu voor stond, wilde ze koste was het kost voorkomen dat hij zich gedwongen voelde iets te veranderen aan hun situatie. Er stond te veel op het spel om hem nu onder druk te zetten. Het was haar zo goed en zo kwaad als het ging gelukt om elke verwijzing naar huwelijkse voorwaarden de kop in te drukken, maar een huwelijk van een maand was als basis natuurlijk niet betrouwbaar genoeg voor een goede scheiding.

Ze liep voorzichtig de buitentrap op en sloop zo stil mogelijk naar binnen. Pas toen ze het lege echtelijke bed zag, drong tot haar door dat er iets niet klopte en ze draaide zich om. Ze deed het licht aan. Het telefoontafeltje bij de kamerdeur aan het eind van de gang was omgevallen en alles wat erop had gelegen, de telefoon, het telefoonboek en wat brieven en folders, lag verspreid over de grond. Het eerste waar ze aan dacht, was een inbraak. Ze reikte naar de telefoon en vroeg zich af of ze eerst de politie moest bellen en dan Steinar of andersom. Toen zag ze de fles cognac op de grond, vlak achter de kamerdeur, en ontwaarde ze de witte, naakte figuur. Ze rechtte haar rug en ademde lichter. Vanuit de deuropening zag ze haar echtgenoot liggen, naakt op zijn rug, met uitgestrekte armen in een donkere kamer. Er klonk een snurkend geluid bij elke ademhaling. Ze glimlachte koud. Steinar werd zelden zo dronken, maar als het gebeurde, herinnerde hij zich geen donder meer. Ook als hij maar vijf minuten voor ze thuiskwam knock-out was gegaan, kon ze toch zonder problemen volhouden dat ze hem rond middernacht zo had gevonden en hem niet had kunnen wekken.

María pakte de plaid van de bank en gooide die over Steinar, zette de telefoon en het telefoontafeltje weer op hun plaats en ging naar bed. Ze glimlachte toen ze de wekker op halfnegen zette. Deze keer was hij het, en niet zij, die zich zou moeten verantwoorden. Ze zou opstaan, onder de douche gaan en zich klaarmaken voor een nieuwe dag. De kamer binnenwandelen, het zware gordijn energiek openschuiven en de berouwvolle zondaar met volle kracht in de benen jagen. Precies zoals hij het afgelopen weekeind met haar had gedaan. De glimlach verdween pas van haar lippen toen ze besefte dat er maar één reden kon zijn dat Steinar zich op donderdagavond zo liet vollopen. Hij had het nieuws over de vondst van het lijk ook gehoord.

"Gitta", mompelde ze tussen opeengeklemde tanden. Morsdood en toch hield ze haar vent buiten het echtelijke bed, waar hij hoorde te zijn. Niet dat ze hem vreselijk miste, maar het was al moeilijk genoeg om hem ervan te weerhouden naar Gugga te rennen, en nu moest ze hem ook nog eens delen met een geest.

***

Het gesnurk was op de gang te horen, maar Katrín liet zich er niet door weerhouden. Ze klopte stevig op de deur en opende hem. Stefán lag op de grond voor zijn bureau, met een kussen uit een van de gastenstoelen onder zijn hoofd.

"Goeiemorgen", zei ze zo natuurlijk mogelijk. Niet te vrolijk, maar ook niet te omzichtig. Stefán kuchte en kwam omhoog op zijn ellebogen.

"Hoe laat is het?" Hij reikte naar zijn pet en zette hem op zijn hoofd.

"Acht uur." Ze aarzelde op de drempel, niet helemaal zeker of ze zou binnenkomen en de deur achter zich dichtdoen of weer naar buiten zou gaan. Stefán besloot dat voor haar.

"Ik was even gaan liggen", zei hij hees en hij stond op. "Kun jij koffie halen?"

Toen ze terugkwam, zat Stefán achter zijn bureau en bladerde door de stapel voor zich. Hij zag er vermoeider uit dan ze hem ooit gezien had, vaalbleek en getekend. Hij wordt oud, die kerel, dacht ze verbaasd. Ze had op de een of andere manier nog nooit bij zijn leeftijd stilgestaan. Gek, dacht ze, hij is nog maar net vijftig. Maar die ochtend zag hij er ouder uit.

"Ben je nog lang bezig geweest?" Stefán kuchte nog wat en haalde suiker uit zijn la.

"Tot een uur of vijf. En jij?"

"Ik was om een uur of drie thuis. Halfvier misschien. Vlak nadat ik je belde."

"Ik vergat het vannacht nog te vragen. Gedroeg Guðni zich een beetje?"

Katrín aarzelde. "Nee. Hij gedroeg zich niet. Hij gedroeg zich als een onuitstaanbare klootzak."

"Zo zo. Daar zeg je me wat." Stefán roerde in zijn koffie. "Wil je dat ik met hem praat?"

Katrín aarzelde weer. "Nee", zei ze toen, niet helemaal zeker van zichzelf. "Ik denk het niet. Ik pak hem zelf wel aan. Als het niet vandaag is, dan morgen wel. Of maandag. En als dat niet helpt, ga ik wel naar Svavar. Zoals jij al zei."

"Zoals je wilt." Er klonk geen verwijt in zijn stem. Ook geen teleurstelling of goedkeuring. Katrín snapte niet hoe hij die zin zo volkomen neutraal kon uitspreken. Dat kon zij niet. Sveinn ook niet. Er zat altijd iets achter als dat zinnetje in een gesprek tussen hen te berde werd gebracht. Ze schudde haar hoofd.

"Ik zat er onderweg hierheen over na te denken. Over wat je me vannacht vertelde. Over Leifur."

"Ja?"

"Wat gaan we daarmee doen?"

Stefán slikte wat koffieprut door voor hij antwoord gaf. "Voorlopig niets. Laten we met Kristinn beginnen. Dan zien we wel verder."

De telefoon ging voor hij kon opstaan. Katrín kon het geblaf duidelijk horen en herkennen, al hield Stefán de hoorn tegen zijn oor.

"En?" vroeg ze toen hij neerlegde.

Stefán glimlachte. "Hij is al sinds vijf uur vanochtend aan het werk. Ging rond één uur naar huis. Zo fris als een hoentje. Ik begrijp die vent niet."

"Ik ook niet", zei Katrín, ongeduldiger dan haar bedoeling was. "Wat zei hij?"

"De vingerafdrukken in de Suzuki zijn niet dezelfde als die op de Landcruiser van de directeur."

Het was alsof er een last van Katrín afviel.

"Dat betekent dat Kristinn uit beeld is?"

"Dat is misschien een beetje te kort door de bocht", zei Stefán, "zoals ik weleens zeg: conclusies zijn er om …"

"In twijfel te trekken, ik weet het", zei Katrín vrolijk, "en van alle kanten te bekijken."

Stefán vertrok geen spier. "Inderdaad. En nu is het denk ik tijd om die arme kerel goeiemorgen te wensen." Hij zuchtte diep en sloot zijn bloeddoorlopen ogen. "Laten we eerst de dienstdoende agent bellen en vragen of hij even bij hem kijkt."

* * *

Árni werd wakker van gierende remmen, een luide, metalige knal en het geluid van brekend glas. Hij sprong op uit zijn stoel en rende naar het open raam. Zijn Peugeot stond ongeschonden aan de overkant en zijn hart sloeg meteen lichter. Iets verderop in de straat stapten twee mannen uit hun auto's en begonnen te schreeuwen en te gebaren. Ze leken allebei kerngezond. Toen Árni geen andere mensen in de auto's zag, veroorloofde hij het zich om te gapen. Een kop-staartbotsing. Er was geen getuige nodig. Hij gaapte nog eens. Rekte zich uitvoerig uit en ging de keuken binnen. Pakte de koffiepot en deed brood in de broodrooster voor hij de badkamer in ging om zich te wassen en zijn tanden te poetsen. Beter laat dan nooit, dacht hij en hij gooide zijn T-shirt op de grond. Getuige-getuige-getuige. Hij moest er vandaag in elk geval twee spreken. Dat chique, mooie echtpaar. Over hoe Birgitta hun huis was binnengekomen en wat ze daar te zoeken had. En over het telefoongesprek waar María getuige van dacht te zijn geweest. Raar, dacht Árni terwijl hij het meeste zweet onder zijn witte armen wegwaste met een natte washand, waarom dácht ze er getuige van geweest te zijn? Waarom geloofde ik haar toen ze dat zei, maar nu niet meer? Hij probeerde zich het gesprek weer te herinneren en deze keer lukte het hem beter om de badjas en wat eronder schuilging weg te denken dan de vorige keer. Ze had gelogen over die kat, dat was in elk geval zeker, maar hoe zat het met de rest? Hij was klaar met zijn ochtendtoilet en schonk zich in een schoon T-shirt en schone sokken koffie in. Deze keer zou hij haar op het bureau ontvangen, in de door tl-buizen verlichte, saaie verhoorruimte, en alles nog eens met haar doornemen. Assertief. Attent. Hij nam een slok koffie. Helemaal klaarwakker.

* * *

María Dís was ook klaarwakker. Dit late slaapje was onrustig geweest, te onrustig om verkwikkend te zijn, maar ze dwong zich toch op te staan. Ze trok haar badjas en pantoffels aan. Steinar lag nog steeds snurkend op de vloer van de woonkamer toen ze in de gang voorbijliep, maar hij maakte nu minder lawaai. Ze nam ruim de tijd in de douche, begon met lauw water om goed wakker te worden, daarna een paar minuten goed heet en ten slotte even ijskoud. Een nieuw mens stapte onder de waterstraal vandaan en draaide de kraan dicht. Klaarwakker, vol energie en vol slechte plannen. Ze droogde zich af, maakte zich op en kleedde zich aan. Bekeek zichzelf in de spiegel. Glimlachte. Perfect.

Het straalde van haar af toen ze de duistere woonkamer binnenstormde, het licht aandeed, met een grote zwaai de dikke gordijnen openschoof en snel het rolgordijn erachter ophaalde, zodat het met veel lawaai omhoogschoot en de zon de stof die voor de ramen danste verlichtte.

"*Hop, hop, hop, rise and shine, loverboy!* Een nieuwe dag breekt aan!"

Steinar bewoog zich niet.

"Hé!" Ze klapte in haar handen en liep naar hem toe. "Opstaan! Het is al negen uur ..."

Pas toen ze bij hem neerknielde en de plaid van hem af trok, zag ze de plas bloed naast hem die haar die ochtend in het duister was ontgaan. María trok bleek weg, maar ze gilde niet. Steinar snurkte nog altijd, dus er moest nog wat leven in hem zitten. Ze beet zo hard op haar onderlip dat er bloed uit kwam en ze likte het onwillekeurig weg. Dit zag er niet goed uit. Niet voor Steinar, maar ook niet voor haar. Wat moest ze tegen de politie zeggen? Het was overduidelijk dat ze hen moest bellen. Misschien, dacht ze, misschien, als ik rechtstreeks naar die loser bel die hier laatst zijn ogen zat uit te kijken ... Toen kwam ze in actie; hij moest zo snel mogelijk naar het ziekenhuis, ze zou het nog veel moeilijker krijgen als hij daar op de grond zou sterven voordat ze had kunnen rondvertellen wat er gebeurd was. Men zou nog kunnen gaan denken dat ze hem vermoord had. Ze belde het alarmnummer.

* * *

"Wat bedoel je, weg?" Katrín had Stefán nog nooit in zo'n grote opwinding gezien, maar de dienstdoende agent liet zich niet van zijn stuk brengen.

"Vertrok hier om twee uur eenendertig staat hier." Hij sloeg het dagrapport op de balie dicht en schoof het naar Stefán. "De betrokkene was bij zijn volle verstand en omdat hij nergens van beschuldigd werd, hebben ze hem laten gaan, staat hier. Klip en klaar."

Stefán sloeg zo hard op de balie dat het boek even opsprong. "Welke verdomde gek liet hem lopen zonder het mij te laten weten?"

De agent bleef doen alsof er niets aan de hand was. "Óli. Had je hem instructie gegeven om ..."

"Moet ik hier dan alles opschrijven? Moet ik alles tot in de kleinste details voorkauwen? Wat voor ongelooflijke sukkel ..."

Stefán zweeg en schudde zijn hoofd. "Sorry", zei hij, "het is niet jouw schuld."

De agent trok zijn wenkbrauwen op. "Wiens schuld is het dan? Van Óli?"

Stefán schudde nog altijd zijn hoofd. "Ik weet het niet", antwoordde hij, "herinner het me niet meer."

"Wat nu?" vroeg Katrín, toen ze weer in het kantoor van Stefán waren.

De telefoon ging nog voor hij haar kon antwoorden.

"Stefán." Katrín zag hoe zijn gezichtsuitdrukking veranderde van irritatie in concentratie, verbazing en ten slotte bezorgdheid. "We komen eraan", zei hij eindelijk en legde neer. "Steinar Ísfeld Árnarson", zei hij, "ligt op de intensive care. In de rug gestoken, twee keer, ergens vannacht."

Katrín gaapte hem aan.

"Ik bel de Hond", vervolgde Stefán, "en de jongens. Jij vindt Kristinn."

"Denk je dat ..."

"Ik denk helemaal niets", zei Stefán. "Maar ik weet dat we Kristinn moeten vinden. Hoe je het ook wendt of keert. En ik wil dat jij dat doet. Wie wil je mee hebben?"

Even ging het door Katrín heen om Stefán eraan te herinneren dat hij de zaak aan haar had overgedragen. Dat hij had gezegd dat het haar zaak was en dat zij de lakens uitdeelde. Maar ze deed het niet.

* * *

"Dit nummer is op dit moment niet bereikbaar ..."

Katrín gooide de hoorn op de haak en vloekte hartgrondig. "Zo zo, ga je lekker?"

Guðni leunde tegen de deurpost met een scheef lachje op zijn dunne lippen, die deze keer zonder een sigaar waren. Katrín vloekte nog eens, maar nu in stilte. Waarom moet ik ook altijd zo koppig zijn, dacht ze. Waarom maak ik mezelf het leven niet gemakkelijker en roep ik altijd de hoon van die idioot over me af?

"Hallo", zei ze kortaf. "Zijn mobiel staat uit."

"En wat doen we nu?"

Ze keek argwanend naar Guðni, zijn stem klonk verdacht kameraadschappelijk en zonder spot. 'Wat?' vroeg Guðni. Katrín had een fractie van een seconde nodig om zich te bezinnen. Of ze nam hem hier en nu te grazen en maakte hem eens en voor al duidelijk wie het was die de dienst uitmaakte en wat voor gevolgen het had als je je ertegen verzette, of ze wachtte er nog even mee, gaf hem nog een kans en keek wat er gebeurde. De rationaliteit won het van het gevoel, zoals altijd.

"We laten alle wagens uitkijken naar hem en naar zijn auto, we sturen een wagen naar de plaats waar zijn auto stond om te kijken of hij er misschien nog is, we gaan naar zijn huis en naar het huis van Birgitta. En we bellen naar zijn werk."

"Oké", zei Guðni. "Samen of afzonderlijk?"

Katrín dacht even na.

"Samen."

"*Right.*" Hij duwde de deur half open en probeerde te glimlachen. "*Let's go.*"

Als een blad aan een boom, dacht Katrín. De ratio had weer eens gelijk gekregen, zoals altijd. Het kostte haar de grootste moeite om niet sarcastisch te worden en Katrín beende zonder enige reactie op haar gezicht langs Guðni. Toen kon ze zich niet meer inhouden.

"O ja", zei ze toen ze in de passagiersstoel ging zitten en haar veiligheidsgordel omdeed, "die vingerafdrukken in de jeep? Van Birgitta?"

Hij knikte.

"Die zijn niet van Kristinn."

Het genoegen dat het haar gaf om dat Guðni onder de neus te wrijven duurde echter maar kort. De blijdschap die ze eerder gevoeld had toen dit bekend werd, week al snel voor een groeiende bezorgdheid dat Kristinn al haar inspanningen om hem uit de gevangenis te houden teniet had gedaan.

* * *

"Ik dacht dat hij dood was", legde María Dís half snikkend uit.

Stefán en Árni keken elkaar vragend aan. Toen schudden ze allebei hun hoofd.

"En daarom deed je maar niets?" vroeg Stefán wantrouwend. "Omdat je dacht dat hij dood was?"

"Niet zó dood", stamelde María. "Je weet wel, dood. Lam. Hij snurkte."

Ze knikten.

"En ik ..."

Ze beschreef haar thuiskomst. Vertelde waar ze geweest was. Bood aan Teódór te bellen om het bevestigd te krijgen. Vertelde waarom ze niet had geprobeerd hem te wekken toen ze thuiskwam. Het was het uur van de bekentenissen in de voorkamer. De Hond, zijn eerste assistente Eydís en twee anderen van de Technische Recherche hadden bezit genomen van de woning. Árni probeerde een kritische houding aan te nemen, maar het lukte niet. Om de een of andere reden voelde hij zich gedwongen om ook deze keer elk woord te geloven dat María Dís zei. Stefán leek het hetzelfde te vergaan, maar Árni wist dat dat niets zei.

Ooit kan ik dat ook, dacht hij, ooit lukt het me om een pokerface op te zetten.

* * *

De auto van Kristinn was verdwenen van de plek waar hij gestaan had en Kristinn was in zijn eigen huis noch in dat van Birgitta, zoveel wisten ze nu. Hij had zich ook niet op zijn werk laten zien.

"We zouden net zo'n dossier over die vent moeten hebben als over dat wijf", zei Guðni droog toen ze weer het parkeerterrein achter het politiebureau opreden. "Dan konden we in elk geval zijn vrienden checken."

Katrín knikte.

"Wie kent hem het beste?" vroeg ze. "Hij heeft geen ouders meer en geen broers of zussen; wie kent zijn vrienden?"

Guðni haalde zijn schouders op. "Zijn collega's?"

Katrín dacht na. "Misschien", zei ze aarzelend. Ze kreeg een naar gevoel toen het voor de hand liggende antwoord in haar hoofd opkwam en ze erover nadacht wat dat voor haar betekende. "Misschien", herhaalde ze en ze likte over haar droge lippen. "Ga jij daar achteraan. Check de collega's. Oké?"

"Oké", zei Guðni, niet onderdanig, maar ook niet dwars. "Wat ga jij doen?"

"Ik wil met zijn kinderen praten", zei Katrín zacht. "Misschien hebben zij een idee."

* * *

Het was bizar, dacht Friðrik. Het was duidelijk dat Stefán hem zijn omissie alleen in woord vergeven had, maar verder niet. De andere vier waren druk bezig met allerlei serieuze zaken, maar hij zat hier op zijn gat en moest ik-weet-niet-hoeveel-honderd-en-nog-wat inhoudsloze processen-verbaal doornemen waar Stefán vannacht niet aan was toegekomen en die hij naar hem had doorgeschoven. Met een uitvoerige inleiding erbij over het belang van deze stompzinnige taak, die Friðrik natuurlijk meteen doorzag. Sigurður Arason. Kwam tegen middernacht in de Broadway aan. Kende de vrouw op de foto niet en had haar niet gezien in de disco. Einar Kristjánsson. Was van het begin af aan bij de show aanwezig en ging rond of na twee uur naar huis. Nee, hij kende die vrouw niet. Jezus. Elsa Vignisdóttir had haar ook niet gezien, net zomin als Rannveig Jónsdóttir of Kristján Helgason. Of het echtpaar Sigurður Jónsson en Guðrún Árnadóttir, wat dat aangaat.

"*Fuck it*", liet Friðrik zich ontvallen terwijl hij de zinloze getuigenverklaring van Páll Sveinsson op de stapel bij alle andere legde.

"Het is niet zeker, maar ze leende een vrouw die waarschijnlijk de bedoelde Birgitta Vésteinsdóttir was haar mobieltje rond halftwee, twee uur", las hij in het volgende proces-verbaal. Friðrik brieste ongeduldig. Konden die idioten niet eens mensen verhoren? Óf dat mens had Birgitta gezien en haar haar telefoon geleend óf niet. En het was óf om halftwee óf om twee uur. Hij legde de verklaring opzij. Of ze nu dronken was geweest of gewoon slecht ondervraagd, het was de eerste na María Dís die niet ontkende Birgitta nog na middernacht gezien te hebben. Dat was tenminste iets. Hij liet zijn ogen over het volgende proces-verbaal gaan. Niets.

* * *

"Is dat noodzakelijk?" Árni was zelf verbaasd dat hij die vraag stelde en had er meteen spijt van. Natuurlijk was het noodzakelijk.

"Ja", zei Stefán. "Al het andere zou onvergeeflijk zijn."

Árni knikte. "Goed", zei hij. "Doe jij het?"

Stefán keek hem onderzoekend aan en weer kwam dezelfde mengeling van verbazing en spijt op bij Árni.

"Ik bedoel, wil je dat ik ..." Hij stond te stotteren en te schuifelen in de voorkamer.

"Ik doe het", zei Stefán droog. "Blijf jij maar hier. Oké?"

Árni knikte.

Stefán liet zijn hoofd en schouders hangen toen hij de kamer binnenstapte waar María Dís zat, met de plaid en het uniformjasje van een politieagente over haar schouders. "We nemen haar mee naar het bureau", zei hij, "en arresteren haar. Ik denk niet dat het nodig is haar handboeien om te doen."

Árni stond als een onhandige zoutpilaar op de trap tot ze om de hoek verdwenen waren. Hij wist eigenlijk niet wat hij hier doen moest. Waarschijnlijk gewoon wachten tot de Hond klaar was. En nadenken, natuurlijk. Diep nadenken. Maar goed dat hij dat biertje vannacht had laten staan, dacht hij, tevreden over zichzelf. Je wist nooit hoe het anders was afgelopen of wanneer. Niemand had het nog hardop gezegd, maar hij ging ervan uit dat ze het er allemaal over eens waren dat deze aanval op Steinar op de een of andere manier met de moord op Birgitta te maken had. Anders zou het te toevallig zijn. De vraag was alleen hoe de twee gebeurtenissen samenhingen. Die vraag leek op het eerste gezicht gemakkelijk te beantwoorden, terwijl hij omlaagkeek naar het grind op de oprit, anderhalve meter onder hem. Birgitta was Steinar blijven ontmoeten nadat ze van Kristinn gescheiden was en nadat Steinar bij María was ingetrokken. Kristinn was het niet met de scheiding eens. Had Birgitta ten minste één keer geslagen tijdens een woede-uitbarsting. Had haar naar het huis van Steinar gereden in de nacht van zaterdag op zondag en daarna weer terug naar de disco. En hij was verdwenen. Was van het bureau aan Hlemmur vertrokken rond halfdrie afgelopen nacht en was daarna niet meer gezien. Zoals Guðni het uitdrukte, een *open-and-shut-case*. Zo klaar als een klontje. Afgezien van de vingerafdrukken in de jeep van Birgitta natuurlijk. Hij ging op de bovenste tree zitten. De zon scheen stralend en beloofde dat het vanavond barbecueweer zou zijn. Árni had geen barbecue.

* * *

Het is gewoon misdadig, dacht Katrín. Ze zat voorovergebogen in de fauteuil, met gebalde vuisten. Vuiligheid van de ergste soort. Het was maar een schrale troost dat ze geen keus had. De jongen, Ásgeir, zes jaar oud, leek wel twee jaar jonger, zoals hij tegen zijn grijze, verslagen opa aan kroop, met zijn duim in zijn mond. En Hjördís junior was een schaduw van zichzelf onder de trillende vleugels van haar oma en naamgenoot, de enige persoon die niet volledig onderuitgehaald leek te zijn door wat er gebeurd was, al scheelde het niet veel.

"Kristinn heeft niet veel vrienden", zei ze kortaf. "En geen familie. Of zo goed als. Een neef ergens in het oosten, dat is het wel zo'n beetje, dacht ik. Hoe kom je erbij om de kinderen nu met zoiets lastig te vallen?"

"Ik moet wel", zei Katrín vriendelijk. "Het spijt me echt ontzettend, maar ik moet gewoon wel."

"Waarom?" vroeg Hjördís senior scherp. "Waarom moet je hier

binnenvallen en die arme stakkers vertellen dat hun pappie ..."

Haar kleindochter piepte toen ze haar steviger vastgreep dan de bedoeling was.

"Ik denk dat we beter even onder vier ogen kunnen praten."

Ze gingen de keuken in. De kinderen bleven bij hun opa.

"Het is keihard", zei Hjördís met een brok in haar keel, "dat jij het waagt hier te komen de dag nadat ... nadat ..." Ze draaide zich om en steunde op het aanrecht. Haar schild brak, nu er niets meer te beschermen was. Haar schouders schokten en ze huilde geluidloos. Katrín ging aan de keukentafel zitten zonder een woord te zeggen. Wachtte geduldig tot ze weer verder kon, durfde haar niet te storen in haar verdriet, vertrouwde zichzelf niet toe deze vrouw te troosten die meer was kwijtgeraakt dan een mens mocht kwijtraken. Probeerde niet eens zich in haar te verplaatsen, durfde dat niet, wist dat het niet mogelijk was zich dit voor te stellen en wilde niet denken aan wat ze moest voelen. Ze zag ondanks alles Íris, haar dochter, voor zich zonder dat ze daar raad mee wist. Ze voelde bijna letterlijk de pijn, waardoor er een rilling door haar heen ging op haar stoel. Hjördís snoot haar neus in een zakdoek met een bloempatroon voor ze zich weer tot haar richtte.

"Het is keihard", herhaalde ze, "dat jij het waagt hier te komen de dag nadat mijn dochter ... nadat hun mama dood gevonden is en hun vraagt je te helpen hun papa te vinden die haar gedood heeft. Een man die bovendien niet vermist zou zijn als jullie zelf niet zo zouden hebben geblunderd, als ik het goed begrijp. Of niet soms?"

Katrín slikte. Schraapte haar keel. "Wij ... wij hebben geen reden om te denken dat Kristinn ... dat Kristinn verantwoordelijk is voor, voor ..." Dat klonk niet goed genoeg. Het klonk alsof ze zat voor te lezen uit een proces-verbaal of een nieuwsbericht. Ze probeerde het opnieuw. "Ik denk niet dat Kristinn heeft ... heeft ..." Ze begon te stotteren. Birgitta heeft gedood? Ze kon het niet zeggen. Niet tegen haar moeder. "Ik denk niet dat hij het gedaan heeft", zei ze uiteindelijk maar. Hjördís keek haar met behuilde ogen aan.

"Wie dan?" vroeg ze argwanend. "Wie heeft mijn Gitta dat aangedaan als het niet die vervloekte nietsnut was?"

Katrín schudde haar hoofd. "Ik weet het niet." Misschien moest ik maar eens beginnen met roken, dacht ze. Dit was een uitgelezen ogenblik om er een tevoorschijn te halen en op te steken. Ze keek naar Hjördís.

"Ik moet Kristinn vinden. Heb je geen idee waar hij gebleven kan zijn?"

Hjördís schudde haar hoofd. "Nee. Geen idee. Alleen ..." Ze snoot haar neus weer. "Alleen dat hij misschien naar het huisje kan zijn gegaan. Hij heeft geen sleutel meer, of zou die niet meer moeten hebben. Maar er lag natuurlijk wel een sleutel in het huis van Gitta."

Katrín vloekte inwendig en zocht onwillekeurig in haar tas naar de dictafoon waar het gesprek op werd bewaard dat ze dinsdag met Kristinn had gehad. Het gesprek waar ze na de vergadering van gisteren weer naar had willen luisteren. Ze was het in alle drukte vergeten en nu hoefde het niet meer, nu wist ze wat het was wat ze geprobeerd had zich te herinneren. Het huisje in het Skorradal. En het gat in de grond ernaast, waarvan Kristinn vertelde dat Steinar het gekocht had. Hij had verder willen rijden, had Árni gezegd. Degene die Birgitta in de put op de bodem van de tunnel had gegooid, had verder willen rijden, maar was omgekeerd. Ze zakte ineen op haar stoel.

"Ik moet in elk geval weten wat ze zaterdag hebben gegeten", zei ze na een moment stilte, en beslister dan ze van plan was.

"Waarom?" Katrín schudde haar hoofd.

"Ik moet het gewoon weten. Vooral wat Kristinn heeft gegeten. Mag ik ...?"

Hjördís sloeg haar armen over elkaar, maar knikte in de richting van de deur en volgde haar de kamer in.

"'s Middags aten we eieren met spek", fluisterde Hjördís junior.

Katrín knikte. Drie vette borden met eigeel hadden boven op de vuile vaat bij Kristinn thuis gelegen.

"'s Avonds gingen we naar Hlölla." Kleine Ásgeir wierp een verlegen blik op haar met zijn grote, blauwe ogen en nam even zijn duim uit zijn mond.

"Ik kreeg een hamburger en frietjes", zei hij voor de duim weer op zijn plaats terugging.

“En ik kreeg een lijnboot-broodje”, fluisterde Hjördís.
“En papa?” fluisterde Katrín terug.
“Een vissersboot”, zei Hjördís en ze haalde haar neus op. “Hij neemt altijd een vissersboot als we naar Hlölla gaan.”
Met kip en maïs, dacht Katrín, die Hlölla vaker had bezocht dan ze zou willen toegeven. Met kip en die vervloekte maïs.

17

Vrijdag

De politie van Borgarnes was niet blij geweest met de boodschap, maar stuurde toch nog maar een keer een wagen naar het Skorradal. De twee agenten in de auto waren dezelfde als de eerste keer en ze waren het erover eens dat hoewel de noordzijde aantrekkelijker was, het ook helemaal niet verkeerd was om aan de zuidzijde van het meer te zitten. Zeker als het huisje vrijwel helemaal op het strand lag, zoals dit.

"En ook nog eens met zulk weer", zei degene die aan het stuur zat terwijl hij het raampje verder opendraaide. Er klonk afgunst in zijn stem door. "Het stikt hier van de bliek, wist je dat?"

Zijn collega schudde zijn hoofd.

"Echt reuzenbliek, om precies te zijn. Tweeëntwintig pond was de grootste die gevangen is. Echt een monster. Stel je eens voor, je bent met een bootje op het strand, je vist tot het middag wordt, en dan kom je in je huisje en ga je met een ijskoud biertje op de veranda zitten. En na het barbecuën 's avonds ga je weer vissen. Niet slecht, hè?"

"En dan heb ik het niet eens over de twee of drie vrouwen die je tot je beschikking zou hebben", zei hij dromerig. "Topless als het kan." De bestuurder lachte. "Jij hebt geen enkele vrouw tot je beschikking", zei hij, "behalve misschien die van jezelf als je genoeg je best doet. Hoe je haar aan de haak hebt geslagen, is mij een raadsel."

"Ik héb in elk geval een vrouw", zei zijn collega gewichtig, "en het is geen wonder dat jij niet begrijpt hoe ik haar heb versierd."

Ze waren al op de oprit voor de chauffeur een passend antwoord had weten te bedenken op deze misselijke aanval onder de gordel. Een blauwe Hyundai Sonata stond naast het huisje.

"Kijk eens aan", zei de chauffeur verbaasd. "Wat doen we nu?"

Zijn collega haalde zijn schouders op. "Aankloppen."

Ze stapten uit de auto. Vogels zongen om het hardst in de omringende bomen en het grind knarste onder hun grote voeten toen ze aarzelend bleven staan en hulpeloos om zich heen en naar elkaar keken.

"Wat zeiden ze ook weer in het zuiden?" vroeg de bestuurder ten slotte. "Denken ze dat hij gevaarlijk is?" Meer was er niet nodig om een reactie uit te lokken.

"Bang?" vroeg de ander spottend en hij spuugde uit pure mannelijkheid op de grond voor hij de krakende trap op stampte. De chauffeur, die volgens het boekje hoger in rang was dan de ander, vermande zich en volgde hem. Een gezicht verscheen voor het raam op het moment dat zijn collega zijn hand ophief om te kloppen en verdween net zo snel weer.

"Achterdeur!" riep hij en hij rende over de veranda die rond het huisje stond. Ze kwamen bijna tegelijkertijd bij de openstaande achterdeur, ondanks de voorsprong van de bestuurder.

"Daar!"

Ze sprongen van de veranda af en renden in oostelijke richting achter het huis langs. Kristinn ging niet zo snel, dik en blootsvoets op het rotsige strand. Hij keek over zijn schouder en leek te beseffen dat hij niet ver zou komen. Ze vertraagden hun pas toen hij zich omdraaide en bleef staan. De bestuurder haalde handboeien tevoorschijn ondanks de duidelijke overgave die de vluchteling uitstraalde.

"Kristinn Kristjánsson?" vroeg hij voor de zekerheid.

Kristinn knikte. Nam toen een razendsnel besluit en rende weer weg, recht het water in.

"Hé!" riep de chauffeur. "Hé, kom terug, man, wat voor een klote ..." Hij schudde zijn hoofd en keek naar zijn collega, die met open mond naar Kristinn staarde. "Krijg nou wat", mompelde hij, "wat je allemaal niet meemaakt."

Ze keken toe hoe Kristinn moeizaam voortploeterde over de stenen langs de oever en met veel geplons begon te zwemmen waar ze ophielden.

“Ga achter hem aan”, zei de chauffeur.

“Wat bedoel je?”

“Ga achter hem aan, man. Breng hem aan land. Of volg hem tot aan de overkant, als hij zo ver komt. Ik volg jullie wel.” Hij viste zijn telefoon uit zijn borstzak. “Ik probeer om assistentie te vragen. Een boot te vinden of zo.”

“Geen sprake van. Ga zelf maar achter hem aan.”

Nu was het de beurt aan de chauffeur om op de grond te spugen. “Ga achter hem aan, man”, brieste hij. “Als die sukkel verdrinkt, dan zitten we diep in de shit. Vooral jij als je weigert orders op te volgen.” Hij hield zijn ogen op Kristinn gevestigd terwijl hij belde. Zijn collega vloekte alles wat los- en vastzat bij elkaar, met name die zwemkampioen en zijn zogenaamde chef, maar begon toch het ene na het andere kledingstuk uit te trekken. Vervolgens waadde hij zonder aarzelen het ijskoude water in en zette hij koers richting Kristinn, die op zo’n 100 meter uit de oever in behoorlijke moeilijkheden leek te zijn geraakt.

* * *

Óskar was onvermurwbaar. Had niets gezien, niets gehoord, wist niets.

“Ik sliep”, zei hij. “Ik was diep in slaap. Er zit een hele verdieping tussen ons in, als je dat nog niet had opgemerkt.”

Hij stond rechtop, midden in zijn keuken, als een zelfbewuste straatjongen. Hij leek de behandeling die hij gisteren van Guðni had gekregen, helemaal vergeten te zijn.

“Goed.” Árni stond op en stak zijn hand uit. “Sorry voor het ongemak.”

Óskar keek hem argwanend aan, maar nam zijn hand toch aan. “Het was niets.”

“Je hebt gelijk”, zei Árni, “het was inderdaad niets.” Hij glimlachte. “En ik betwijfel of Guðni het genoeg vindt. Hij komt natuurlijk later nog even bij je langs. Wees gerust.”

Óskar trok zijn hand terug. “Ik zweer het”, zei hij smekend, “ik heb geen moer gezien. Dat is de waarheid.”

Árni knikte. “Mooi. Guðni zal zeker blij zijn om dat te horen.”

"Echt", piepte Óskar. "Ik heb helemaal niets gezien. Maar ..." Hij wreef over zijn kaak, alsof hij ineens iets zag. "Maar misschien heb ik wel iets gehoord. Geloop."

"Wanneer?"

"Tja. Een uur of drie? Misschien iets later?"

Het was weer een onderdanige Óskar die met veel beleefdheidsvertoon afscheid nam van Árni, en er was weinig over van de stoere bink die hem ontvangen had. Árni voelde zich er niet lekker bij. Hij wist niet wat hij het ergst vond, wie hij het meest verachtte. Óskar vanwege zijn overduidelijke angst voor Guðni, Guðni voor wat hij gedaan had om die kerel zo bang te maken, of zichzelf omdat hij er zo gewetenloos van geprofiteerd had om zijn doel te bereiken.

"Een klotejob", mompelde hij onderweg naar beneden. "Een mensonterende klotejob." Hij besloot om Guðni toch nog even bij die vent langs te sturen. Hij wist eigenlijk wel zeker dat Óskar weinig aan dit gesprekje had toe te voegen, maar het was niet genoeg. In zo'n geval is het niet genoeg om ergens zeker van te zijn, dacht hij, je moet door en door zeker zijn ...

* * *

"Mooi", zei Stefán, "we sturen er een wagen heen." Hij legde neer. "Ze hebben hem op het droge."

Katrín sprong op. "Ik ga."

"Nee", zei Stefán, "jij blijft hier. Jij moet hier blijven." Hij schoof zijn pet op zijn achterhoofd en leunde op zijn ellebogen.

Katrín ging weer zitten. "Jaaa. Natuurlijk moet ik dat." Ze veroorloofde zich een diepe zucht. "Het begint allemaal wel een grote rotzooi te worden."

Stefán bromde instemmend.

"Moeten we er niet van uitgaan dat Kristinn dit gedaan heeft?" vroeg ze. "Dat van vannacht, bedoel ik?"

"Daar moeten we wel rekening mee houden, ja", beaamde Stefán, "in elk geval tot er iets anders aan het licht komt. Dat gebeurt hopelijk voor hij in de stad is."

Het mes had op de grond gelegen, bebloed tot aan het heft,

zodat de vingerafdrukken met het blote oog te zien waren. De aanvaller had duidelijk grote haast gehad en geen moeite gedaan zijn sporen uit te wissen. Stefán had gevraagd om ze zo snel mogelijk met de vingerafdrukken van Kristinn te vergelijken.

"Maar het kan natuurlijk ook helemaal niets met dat andere te maken hebben", begon hij, tegen beter weten in.

Katrín schudde haar hoofd. "Dat zou dan wel een onwaarschijnlijk toeval zijn", zei ze.

"Ja, ja, maar die dingen gebeuren."

"Ik geloof er niets van. Dit moet op de een of andere manier samenhangen, of Kristinn het nu gedaan heeft of niet. Maar hij was er zo vast van overtuigd dat Steinar ..." Ze hakkelde. "Dit is allemaal zo ellendig. En ongelooflijk."

"Heb je eigenlijk ooit begrepen waarom hij dacht dat Steinar Birgitta had vermoord?"

"Niet echt." Katrín kneep haar ogen dicht toen ze de beschuldigingen van Kristinn weer oprakelde en er iets in probeerde te ontdekken waar ze wat aan konden hebben. "Niet echt", herhaalde ze na een korte stilte, "ik kreeg alleen het gevoel dat Steinar gewoon vijand nummer één was voor Kristinn. Hij gaf hem de schuld van alles wat er verkeerd was gegaan in zijn leven. Dat is niet ongebruikelijk bij zulke ... zulke mannen als hij. Ze moeten een zondebok hebben, ze zijn nooit zelf verantwoordelijk voor hun rotzooi. En Steinar is natuurlijk geknipt voor die rol. Rijk, knap, hij ging naar bed met zijn vrouw ..." Ze haalde haar schouders op. "Maar toch denk ik niet dat hij ... dat Kristinn mans genoeg is om zoiets te doen."

"Dat weten we dadelijk", zei Stefán. "Maar wat denk jij? Denk je dat die kerel er iets mee te maken heeft?"

"Steinar?"

Stefán knikte.

Katrín dacht erover na. "Tja. Niet meer dan we al dachten. Hij was in de disco. Ze kenden elkaar. Waren in een rechtszaak verwikkeld, begrijp ik. Over geld. Dat zijn allemaal goede redenen om iemand te vermoorden." Ze keek naar Stefán. "Wie weet", voegde ze eraan toe, "het is in elk geval niet onwaarschijnlijker dan iets anders."

"Heb je nog geïnformeerd bij het ziekenhuis?"

"Ja. Hij wordt buiten bewustzijn gehouden, maar lijkt het wel te gaan redden." Ze zuchtte weer, nu iets minder diep. "Maar het heeft niet veel gescheeld. Die ene steek was maar een haartje verwijderd van een slagader en hij heeft veel bloed verloren. Het ziet ernaar uit dat die Dís toch nog zijn leven heeft gered."

"Gered ...?" vroeg Stefán verbaasd. "Door hem drie uur lang in zijn eigen bloed te laten liggen?"

Katrín schudde haar hoofd. "Nee. Daarmee heeft ze hem bijna vermoord. Maar ik begrijp dat hij die drie uur alleen maar heeft overleefd door de plaid die ze over hem heen heeft gegooid uit opvallend mededogen en zorg over het welzijn van haar echtgenoot." Ze schudde haar hoofd. "Houdt ze nog vast aan dat verhaal?"

"Ja", bromde Stefán. "En ik heb toestemming gegeven haar te laten gaan. Het enige waarvoor ik haar überhaupt wilde laten arresteren, is het feit dat niets erop wijst dat er is ingebroken, plus dat hij naakt was. Hij zal toch niet de deur voor iemand hebben opengedaan zonder een badjas aan te trekken, en dus moet degene die dit gedaan heeft, zichzelf hebben binnengelaten. De Hond is ervan overtuigd dat het een man was die het mes heeft gehanteerd, of in elk geval een veel sterkere vrouw dan María, vandaar dat ik vond dat ik haar niet langer kon vasthouden."

"Geen tekenen van inbraak", zei Katrín nadenkend. "Ook niet van een oude inbraak? Of in elk geval een oudere? Recente reparaties?"

Stefán schudde zijn hoofd. "Nee. Als Birgitta inderdaad binnen is geweest, dan had ze waarschijnlijk een sleutel. Wat mooi aansluit bij wat Óskar vertelt over haar bezoekjes uit de tijd voor hij trouwde, al beweert María dat er in de stad geen reservesleutel aanwezig was."

"Er zaten geen sleutels in haar zakken, toch?" vroeg Katrín, al kende ze zowel het antwoord op de vraag als de implicatie ervan.

Stefán schudde weer zijn groene hoofd. "Nee. Ze zaten waarschijnlijk aan dezelfde sleutelbos als de autosleutels. Guðni is ook bezig om van die Teódór bevestigd te krijgen dat María tot in de ochtend bij hem was. Voor zover hij dat kan bevestigen, wel te verstaan."

"Daar ook niets? Niets ... verdachts bij hem? Bij Teódór?" Er klonk iets wanhopigs door in Katríns stem. Ze klampte zich vast aan strohalmen en ze wisten het allebei.

"Guðni was er niet zeker van." Stefán aarzelde. Hij wist dat dat twee dingen kon betekenen: er klopte iets niet met Teódór of Guðni mocht hem niet. Of allebei. Hij schudde zijn hoofd. "Niets waar je een hand op kunt leggen in elk geval."

"Vinger, bedoel je", zei Katrín, "niets waar je een vinger op kunt leggen."

"Misschien", zei Stefán. "Ik heb trouwens honger." Hij keek op zijn horloge. "Ze zijn hier niet eerder dan over een uur met Kristinn, en de Hond is nog bij Steinar en María bezig. Wat jij nu allereerst moet doen, is voorwerk, met name voor de Hond en zijn team. Maar eerst", zei hij en hij stond op, "moet je iets fatsoenlijks eten. Ik betaal."

"Zullen we niet gewoon naar de snackbar gaan of een pizza bestellen of zo?"

"Deze keer niet", antwoordde Stefán. "Het is nog niet te laat om je promotie te vieren, al hebben we niet zo veel tijd, ben ik bang."

* * *

"De grote Stefán belde me vanochtend", zei Leifur spottend. Hij nam ruim de tijd om zijn voortanden met een tandenstoker te bewerken voor hij verderging. "Hij wilde weten of ik in de disco was geweest."

Friðrik knikte. "Ik weet het." Hij schraapte zijn keel. "En? Was je in de disco?"

Leifur keek hem aan. "Als ik in de disco was, dan is dat mijn zaak. Iedereen heeft toch zeker recht op een privéleven?"

Friðrik bleef beleefd onder de schaterlach die op deze opmerking volgde. Wat een dwaas, dacht hij tevreden. Het zou een makkie zijn om carrière te maken binnen deze afdeling als ze allemaal zo slim waren.

"Ik weet waar de computer is", zei hij luchtig. Hij legde zijn handen in zijn nek en leunde achterover in zijn stoel. Leifur leunde naar voren. Gretig. Met een schittering in zijn ogen, dacht

Friðrik, met een fucking schittering in zijn ogen. Hij lachte bij zichzelf.

"Waar?"

"Ik wilde het niet door de telefoon zeggen", antwoordde Friðrik. Hij keek naar Leifur. Dit was echt geweldig leuk. "Vanwege … je weet wel …"

Leifur knikte. "Ja, ja. Waar is hij?"

"Elín heeft hem. Van de computerafdeling."

"Ik weet dat Elín hem heeft", verzuchtte Leifur ongeduldig. "Dat ligt voor de hand. Maar waar is Elín? We hebben overal gezocht …"

Friðrik hief zijn hand op. "Laat me het uitleggen."

Friðrik vertelde Leifur waar Elín was. Hij zorgde er echter wel goed voor dat hij heel vaag bleef in zijn uitleg hoe hij daarachter was gekomen, want hij wilde niet dat Leifur wist dat hij de verblijfplaats van de computer al een half etmaal kende, zonder het te zeggen en nog minder dat hij hem zelf een halfuur lang zonder toezicht onder zijn hoede had gehad voor hij aan haar werd overgedragen. Stefán had dat natuurlijk als een soort proef beschouwd toen hij hem de avond tevoren met de computer naar Elín stuurde. Hij had hem bij zich geroepen en fluisterde hem bijna toe waar hij hem heen moest brengen. Zei alleen dat het zeer onwaarschijnlijk was dat Leifur en zijn mannen hem in de gaten hielden, maar Friðrik wist nu wel beter. Het was een test, zodat die jongen kan laten zien aan welke kant hij staat. Zo moest Stefán gedacht hebben. En nu zou hij daar waarschijnlijk snel achter komen, maar dat maakte niets uit. Hij was helemaal niet van plan geweest iets te zeggen en wilde voor die proef slagen. Geen fuck aan Leifur en zijn team geven. Tot Stefán hem weer van die shit-opdrachtjes gaf. Toen had hij er genoeg van. Misschien was het weer een proef geweest, misschien moest hij nog eens zijn trouw bewijzen door zonder mopperen duizend inhoudsloze verklaringen door te bladeren, maar hij deed niet meer mee aan die onzin. Er waren grenzen.

"Mooi", zei Leifur en hij keek weer naar hem toen hij de telefoon neerlegde. "Prima. Het wordt geregeld."

"Wat gaan jullie doen?" vroeg Friðrik. "Binnenstormen met een heel bataljon en die computer meenemen?"

Leifur lachte zacht. "Nee nee nee. We gaan hier bij ons iets zachtzinniger te werk. Als het mogelijk is, wel te verstaan." Hij sloeg zijn handen ineen op zijn platte buik en draaide heen en weer in zijn stoel. Irritante gewoonte, dacht Friðrik.

"Elín zal over enkele minuten wel een duidelijke boodschap van haar chef krijgen", zei Leifur spottend. "Ik was gisteravond te laat om Stefán tegen te houden", legde hij uit. "Daar moeten we nog iets aan doen. De communicatielijnen zijn soms nog te lang. Maar dat komt." Hij hield op met zijn gewiebel in zijn stoel.

Friðrik knikte bemoedigend en Leifur kwam lekker in zijn rol. "Dat komt allemaal nog. Het heeft natuurlijk zijn tijd nodig, maar de mensen beginnen langzamerhand te beseffen wat een enorm werk we hier verrichten en hoe belangrijk het is dat we een directe lijn hebben met de top. Zeker nu we een nieuwe minister hebben. Hij heeft veel begrip voor ons getoond. En voor ons werk. Veel begrip." Leifur benadrukte elk woord. "En steun", voegde hij eraan toe. "Zoals ik je de vorige keer al zei, er staan ons grootse dingen te wachten."

"Ik weet het", zei Friðrik met een ernstig gezicht. "Ik weet het. En je weet vast nog wel wat ik toen zei. Maar voor het zover is, zeg maar, wil ik graag onze positie aan de andere kant versterken, als dat mogelijk is. Ik heb hier een naam ..." Hij haalde een papiertje uit zijn zak. "Kun je me helpen en kijken of deze vrouw tussen één en drie uur in de nacht van zaterdag op zondag mobiel heeft gebeld?"

Leifur pakte het papiertje aan. "Geen punt." Hij trok het toetsenbord naar zich toe en sloeg zo hard op de toetsen dat het kraakte. "Ze is niet geregistreerd", zei hij, "dus ze staat niet in het telefoonboek. Ik moet een stapje verdergaan ..." Hij klopte verder. "Alsjeblieft."

Friðrik stond op en pakte het vel papier dat uit de printer rolde. "Dank je."

"Het was niets", zei Leifur. "Ik hou je in gedachten voor de toekomst." Hij knikte Friðrik nog eens toe ten afscheid.

Sukkel, dacht Friðrik en hij stapte de kamer uit. Leifur was niet degene die besloot of hij van baan zou verwisselen of niet. Dat deed de top, waarvan hij zo benadrukte dat hij er contacten had. Friðrik grijnsde. Hij was rechtstreeks bij de recherche binnengerold, nadat hij met goed gevolg de politieacademie had doorlopen, en hij twijfelde er geen moment aan dat de weg naar deze afdeling net zo geplaveid voor hem was als ze extra mensen gingen aannemen. Zijn contact met de top was uitstekend. Niet in de laatste plaats met de man die alles besliste. Die nieuwe, begripvolle. Hij keek naar het vel papier in zijn hand. Er stonden drie telefoonnummers op die in de nacht van zaterdag op zondag tussen één en drie uur waren gebeld met de telefoon van de vrouw die beweerde dat ze hem waarschijnlijk tussen halftwee en twee uur diezelfde nacht aan Birgitta Vésteinsdóttir had uitgeleend. De eerste naam deed geen bel rinkelen. De derde, vijf minuten voor drie, was de taxicentrale. Maar de middelste naam was bekend.

"Guðbjörg", mompelde Friðrik. "Guðbjörg Jónsdóttir. Die naam heb ik eerder gehoord."

* * *

Toen Árni terugkwam op het bureau, vond hij niemand op zijn plaats. Niemand om mee te praten, niemand om zijn verhaal aan te doen, niemand om een hapje mee te eten. Hij vertrok onmiddellijk weer, maar nam de lift naar de voordeur in plaats van de trap naar de achterdeur, zoals hij gewoon was.

"Hoge ome!"

Árni keek om. Een eenogige, bebaarde en bebloede reus in een groen jasje keek met een scheef lachje naar hem; hij stond met handboeien om tussen twee geüniformeerde collega's van Árni.

"Ik bezit IJsland", donderde hij, "zeg dat tegen ze, hoge ome! De bergvrouwe is van mij!"

De grote kerel werd weggetrokken voor hij meer kon zeggen en Árni liep verward verder, de zon in. Daar kwam hij nog eens twee collega's tegen met een andere kennis van hem uit Hlemmur tussen zich in, veel kleiner en veel erger mishandeld dan de eerste, half buiten westen, maar toch in de boeien. Ondanks de dikke lippen en de blauwe ogen herkende hij de man die lachend naast de eenogige reus had gezeten, de dag dat hij bij het driemanschap op het bankje informeerde of ze wisten waar Kleine Bleekneus was. Hun vriendschap was er in de tussentijd duidelijk niet op vooruitgegaan. Árni probeerde zich voor te stellen wat er misgegaan kon zijn tussen deze oude en naar het zich liet aanzien goede drinkgezellen, maar hij gaf het al snel op. De mogelijkheden waren zo talrijk dat een dergelijke vraag geen enkele zin had.

***

"Een mens moet eten", zei Stefán en hij lachte schuin naar Katrín, "je moet erop toezien dat je genoeg eet ... niet te veel, want dan trekt al je bloed naar je maag en komt er van de rest niets meer terecht, maar genoeg. Wat er ook gebeurt."

Het was de eerste keer dat Katrín hierbinnen was en ze knikte afwezig en keek om zich heen. De middagdrukte was grotendeels voorbij, maar aan sommige tafels zaten nog mensen, zowel binnen als buiten op het betegelde terras, enkelen nog aan de maaltijd, anderen achter een kop koffie of een glas wijn. Het was licht binnen en het plafond was hoog, maar tussen de muren was niet al te veel ruimte en de tafels stonden dicht op elkaar, vond ze, net als in al die gelegenheden die overdag restaurants waren, maar 's avonds veranderden in een traditioneel IJslands zuipcafé en die het ervan moesten hebben zo veel mogelijk mensen in een beperkte ruimte te proppen.

"En één glas is gewoon gezond", zei Stefán toen een in het zwart geklede serveerster hun wijn bracht. "Eigenlijk zou je elke middag een glas moeten nemen", voegde hij er met een wijs gezicht aan toe. "Proost."

Katrín was er niet zeker van of ze deze laatste les van hem moest onderschrijven. Ze had nooit alcohol gedronken tijdens werktijd en vond het vreselijk om met die regel te breken, maar omdat dit het initiatief was van haar chef, liet ze het deze keer maar gebeuren.

"Proost", zei ze en ze nipte voorzichtig aan het donkerrode

vocht. Het was in elk geval lekker, of het nu gezond was of niet. Ze nam nog een piepklein slokje voor ze het glas weer neerzette.

"Ik dacht dat je witte wijn dronk bij vis." Stefán haalde zijn schouders op.

"Dat is de algemene opinie in IJsland. Maar het gaat zeker niet overal op. In Spanje, Frankrijk, Italië ..."

Ze hief haar hand op. "Ik weet het, ik weet het." Ze aarzelde. "Ga je vandaag?" vroeg ze toen en ze probeerde zo natuurlijk mogelijk te klinken, uitdagend noch afwachtend. Katrín hoopte dat het niet doorschemerde dat ze er helemaal niet zeker van was op welk antwoord ze hoopte, maar wist ook dat Stefán een ander gehoor had dan de meeste mensen.

"Ja", zei Stefán rustig. "Ik ga vandaag." Hij keek op zijn horloge. "Om precies te zijn over drie uur en vijftien minuten."

De twijfel verdween uit Katríns gedachten zodra hij deze woorden had uitgesproken. Dit was het antwoord waar ze op gehoopt had. De angst die haar achtervolgd had, angst voor de verantwoordelijkheid, de aanvaringen met Guðni, de twijfels van Svavar en haar collega's, maar toch in de eerste plaats de angst voor de mogelijkheid dat ze alles verprutste, maakte plaats voor een onverklaarbare, maar onwankelbare zekerheid dat dit was wat ze wilde, kon en moest doen. Het was geen enkel probleem.

"Daar drink ik op", zei ze even rustig, "en maak je geen zorgen."

"Ik maak me geen zorgen", antwoordde Stefán, "niet om jou in elk geval."

Hun glazen tikten tegen elkaar en Stefán moest weer even lachen. Deze keer glimlachte ze terug. Toen nam hij zijn pet af en legde hem op tafel. De kringen onder zijn bruine, bloeddoorlopen ogen waren groter geworden, vergeleken bij de laatste keer dat ze ze zag.

"Ik maak me zorgen over deze hele zaak", zei hij.

Katrín opende haar mond, maar Stefán hield haar tegen.

"Niet over het onderzoek." Hij keek Katrín aan. "Als ik me daar zorgen over maakte, zou ik niet weggaan. Oké?"

Katrín mocht niet blozen van zichzelf en knikte in plaats daarvan. Het eten werd gebracht, gestoomde roodbaars voor Stefán en cajunkip voor Katrín. Ze aten snel en zwijgend.

"Wat zei Leifur eigenlijk precies?" vroeg Katrín toen de borden waren weggehaald, de koffie op tafel stond en ze genoeg tijd had gehad om te overwegen wat Stefán met zijn woorden bedoeld kon hebben. Stefán leegde het suikerzakje in zijn kopje en keek haar vragend aan. Ze gaf hem het hare. Hij gooide dat erbij en roerde lang voordat hij antwoord gaf.

"Leifur", zei hij voor hij een slok koffie nam, "is een ongelooflijke klootzak." Hij trok een vies gezicht en wuifde naar de serveerster in de verte. "Heb je meer suiker?" vroeg hij. Toen wendde hij zich weer tot Katrín. "Hij beweert dat hij niet in de disco aanwezig was. Ik sprak met die radioman en hij zegt ook dat hij er niet was. Ik heb geen reden om zijn getuigenis in twijfel te trekken, behalve dat ik zijn naam heb zien staan, en het ligt natuurlijk voor de hand om Steinar ernaar te vragen als hij weer aanspreekbaar is, wanneer dat ook is. Hij was het die Leifur heeft ontmoet. Of die hem zag." Hij vertrok zijn gezicht weer. "Het ligt allemaal heel gevoelig. Alles wat met die computer en dat controlesysteem te maken heeft is taboe. Niemand weet iets, niemand zegt iets. Het is er gewoon niet, punt uit. En het maakt niet uit wat we zeggen of doen, er verandert niets aan."

"Wat zegt Svavar?" Katrín dronk haar pikzwarte koffie, hoewel haar glas rode wijn nog halfvol naast haar kopje stond.

"Svavar, ja", zei Stefán. Hij sloot zijn ogen, zette zijn pet af, wreef krachtig over zijn schedel en zette hem toen weer op. "Svavar is een prima kerel, maar hij is ook ontzettend laf, zoals je weet."

"En dat betekent?"

"Dat betekent dat ook al heeft hij gisteravond de strijdbijl hoog door de lucht gezwaaid, hij hem nu zo diep begraven heeft dat hij hem natuurlijk nooit meer terugvindt."

Katrín leunde achterover. Hij is niet alleen oud en moe, dacht ze, hij is ook nog eens dichterlijk geworden. Maar goed dat hij met vakantie gaat.

"En dat betekent?" herhaalde ze. De serveerster verscheen met twee suikerzakjes en Stefán leegde ze allebei in zijn kopje. Zonde van de koffie, dacht Katrín.

"Hij belde me vanochtend", zei Stefán na een half kopje. "Precies toen jij koffie ging halen. Wilde weten waar de computer was. En Elín."

"Waarom?"

"Dat zei hij niet. Maar ik ga ervan uit dat iemand hem er op zeker moment van heeft overtuigd dat hij hem maar beter te pakken kon krijgen. En Svavar doet niets wat niet in zijn straatje past. Dat weet jij ook wel."

"En dus?"

"Dus zei ik hem dat ik ook niet wist waar ze waren. Waar geen woord van gelogen is." Hij keek op zijn horloge. "Helaas. Ik hoop alleen maar dat ze snel iets van zich laat horen, dat brave mens."

Katrín keek ook op haar horloge. Ze dronk de laatste koffie uit haar kopje en pakte haar tas. "Ik denk dat we maar eens naar het bureau moeten gaan."

Stefán hief zijn hand op. "Ja, ja. Rustig aan. Als er iets is wat jij moet leren, Katrín Anna Eiðsdóttir, dan is het je te ontspannen."

Ze bloosde. Hij had haar niet meer Katrín Anna genoemd sinds ze haar hand had opgestoken tijdens een van zijn colleges op de politieacademie. En haar volledige naam had hij nog nooit uitgesproken, behalve die ene keer toen ze tegenover hem zat en ze officieel bij de recherche ging werken. Toen was hij achter zijn bureau gaan zitten, met diezelfde, vreemde, groene pet op zijn hoofd, en had hardop uit haar curriculum gelezen, terwijl zij op de stoel voor hem zat te zweten. Nu vroeg ze zich af of hij misschien dronken was. Ze kwam tot de conclusie dat dat niet kon. Niet na één glas rode wijn bij een volledige maaltijd. Zijn ogen glinsterden ondeugend, ondanks de kringen, toen hij opstond.

"Stop je portemonnee weg", zei hij. "Ik betaal, jij rijdt."

Ze bloosde nog meer. Het was alsof hij haar gedachten kon lezen.

* * *

Krankzinnig, dacht Friðrik. Gewoon bespottelijk. Toen Guðbjörg haar mobiele telefoon niet opnam, had hij haar nummer thuis gebeld, waar een of ander huilend kind hem vertelde dat ze naar het ziekenhuis was om pappie op te zoeken. Friðrik besloot haar achterna te gaan en had geen spijt van die beslissing. Zoiets had hij nog nooit meegemaakt. Kreten van pijn en luide verwensingen vlogen heen en weer toen de vrouwen met bijbehorend geraas over de grond rolden. Twee verpleegsters die uit een naastgelegen kamer kwamen toeschieten, keken verschrikt van het tafereel naar Friðrik.

"Siliconentrut!"

"Gestoorde koe!"

"Hoer!"

"Hij heeft je verlaten, ouwe taart ..." María rukte een handvol lichtrood haar uit het hoofd van Guðbjörg en bracht daarmee een luid gekrijs en gescheld teweeg.

Ze krijste zelf van pijn toen Guðbjörg haar de mond snoerde door haar met vlakke hand in het gezicht te slaan en met al haar kracht door te duwen terwijl ze de gebalde vuist van haar linkerhand tegen haar oor ramde. Friðrik besloot met tegenzin dat hij waarschijnlijk moest ingrijpen. Hij trok aan de arm van Guðbjörg, die op dat moment bovenop lag en trok haar overeind.

"Dames toch", zei hij op belerende toon, "zo gedragen we ons toch niet in een ziekenhuis ..."

Twee beveiligingsmannen kwamen de gang in rennen op het moment dat María hem begon te schoppen en Guðbjörg zich met haar volle gewicht op hem stortte. Toen gingen ze door met vechten tot de beveiligingsmannen erin slaagden ze uit elkaar te halen en ze met hulp van de verpleegsters in bedwang te houden. Dat was echter niet genoeg om de scheldkanonnade te stoppen die zonder onderbreking uit beide vrouwen bleef ratelen tot ze allebei in een aparte kamer waren opgesloten. Toen pas bogen de verpleegsters zich over Friðrik, die gemangeld in de gang lag, terwijl de bewakers de politie belden, zonder dat hij er een speld tussen kreeg.

* * *

Een déjà vu. Er was geen ander woord voor dit verschijnsel, dacht Árni toen hij voor de klok op Hlemmur stond. Hij keek om zich heen. Daar stond een stel jonge meiden te fluisteren, een oude man zat op een bankje en een blonde vrouw verdween om de hoek. Andere jonge meiden, een andere oude man en een andere vrouw, maar toch. Een bus kwam piepend tot stilstand bij de halte. Bus 5. Nu, dacht hij, nu verschijnt Kleine Bleekneus en vraagt me om een sigaret. Het moment ging voorbij. Árni schudde zijn hoofd en stak een sigaret op. Hij bevroor. Bus 5, dacht hij, het was niet bus 5 geweest die maandag aan kwam rijden, maar bus 2. En het was geen bioscoopreclame die op de achterkant had gestaan, maar een tijdschriftreclame die hij ineens duidelijk voor ogen zag toen hij daar blind voor zich uit stond te staren. Hij gooide de sigaret ongerookt in de goot en rende weg.

"Wat was er net aan de hand?" vroeg hij, uitgeput en hijgend, hoewel het maar een sprintje van nauwelijks 100 meter was geweest.

De agent trok zijn ene wenkbrauw vragend op.

"Daarnet", verduidelijkte Árni, "toen ik naar buiten ging. Die zwervers die jullie hier in de handboeien naar binnen brachten en al dat geschreeuw?" De agent knikte en trok een gewichtig gezicht.

"Ja, dat", zei hij. "Ik wilde het nog tegen je zeggen, maar Kleine Bleekneus is dood."

Árni schudde zijn hoofd. "Dat weet ik", zei hij ongeduldig. "En?"

De agent glimlachte. "En die twee hadden ruzie over zijn testament. Nou ja, ik ga ervan uit dat Óðin de buit heeft ingepikt." Hij glimlachte nog steeds. "Hij heet natuurlijk niet echt Óðin, maar dat oog, snap je, en die wijn ..." Árni keek hem niet-begrijpend aan. "Óðin, weet je wel, die god? Hij was eenogig en nam niets tot zich, behalve ..."

"Behalve bier, ik weet het", zei Árni en hij hief ongeduldig zijn hand op. "Maar wat bedoel je met zijn testament?"

"Ze hebben hun eigen territorium, die kerels. Hun plek. En sommige plekken zijn beter dan andere. Kleine Bleekneus 'had' Hótel Ísland en die fijne heren waren het er niet over eens wie dat zou overnemen."

Árni greep zich zo stevig vast aan de balie dat zijn knokkels wit werden. "Wat levert dat op ... dat 'bezit' van zijn plek?"

De agent haalde zijn schouders op. "Gewoon. Het recht om als eerste het vuilnis te doorzoeken. Misschien geeft het personeel je wel het overgebleven voedsel voor het wordt weggegooid." Hij stak zijn wijsvinger in zijn rechteroor en wreef krachtig. "Een fles met de resten uit de halflege glazen als het personeel aardig is." Hij bekeek zijn vinger en beoordeelde het resultaat voor hij hem aan zijn broek afveegde en keek toen weer naar Árni. "Waarom? Is er iets mee?"

"Nee", zei Árni. "Nee. Niets waar jij iets aan kunt doen in elk geval."

De engelen des doods, dacht hij toen hij door de galmende gang liep. De ravenzwarte engelen des doods. Hij ging aan zijn bureau zitten en pakte de telefoon.

"Ja, goedemiddag", zei hij, "Árni is mijn naam, Eysteinsson, van de politie. De recherche. Ik ben op zoek naar informatie over een reclame op een van jullie bussen ..."

18

Vrijdag

"Omdat hij Gitta van me had afgepakt", zei Kristinn. Hij zat ineengedoken op een stoel en rilde, ondanks de twee wollen dekens die hij over zijn schouders had liggen. "Tweemaal. Eerst pakte hij haar af en toen vermoordde hij haar. En jullie deden niets. Daarom moest ik het doen. Daarom besloot ik hem te doden." Hij wiegde voortdurend heen en weer, als een oude vrouw in een even oude IJslandse film. Het werkte Katrín op de zenuwen en ze wachtte op het moment dat hij haar vrouwtje noemde. Of poppie.

"Waarom denk je dat hij het heeft gedaan?" vroeg ze.

Kristinn zweeg lange tijd. Schommelde alleen maar heen en weer en klemde zijn armen om zijn knieën.

"Ik weet het gewoon", zei hij eindelijk met een kinderlijke felheid, zonder uit de maat te raken.

Katrín leunde ontmoedigd achterover in haar stoel. Stefán, die zwijgend en bewegingloos achter Kristinn had gestaan, zette zich af van de muur in het benauwde, raamloze hok en stelde zich voor hem op.

"Ik geloof je niet", zei hij. "Ik denk dat je niet gewoon boos op Steinar was omdat hij Birgitta van je had afgepakt. Ik denk dat je ook boos op hem was, omdat hij jou zo boos op haar gemaakt had dat je haar gedood hebt. Ik denk dat je Birgitta daar 's nachts heen hebt gereden, er genoeg van kreeg toen ze je alweer uitlachte nadat je de moeite had genomen haar een plezier te doen en haar toen met een stoeptegel op haar hoofd hebt geslagen."

Kristinn keek even op, maar toonde verder geen enkele reactie.

Hij bleef heen en weer wiegen en voor zich uit staren naar het middenrif van Stefán.

“Ik denk”, vervolgde Stefán meedogenloos, “dat je haar weer de jeep in hebt gesleept en besloten hebt het lijk weg te werken onder de grond van het zomerhuisje van Steinar om hem in de problemen te brengen. Maar toen je de tunnel inreed, herinnerde je je de betaalloketten weer. En de mensen die daarin zitten. Je wilde niet dat ze Birgitta op de achterbank zagen liggen, toch?”

Kristinn bewoog zijn hoofd een heel klein beetje opzij zonder een ogenblik met rillen te stoppen.

“En je draaide om”, zei Stefán. Zijn stem was rustig, weloverwogen, overtuigend. “En zag dat de deur naar het platform open was. Je stopte. Keek wat er achter die deur was. Vervolgens sleepte je Birgitta uit de jeep, halfdood ...”

“Nee!” Kristinn sprong op uit zijn stoel. De dekens vielen van zijn schouders en hij stond bevend in zijn ouderwetse, met modder besmeurde onderbroek en een veel te kleine fleecetrui, die de politie van Borgarnes hem geleend had, en die zijn dikke buik niet bedekte. Hij stond vlak voor Stefán en rekte zich uit om oogcontact te krijgen. “Nee”, herhaalde hij rustiger en liet zich weer op zijn stoel zakken. “Ik wil een advocaat”, zei hij vastbesloten. “Ik wil bellen en ik wil een advocaat.”

“We zijn niet in Amerika”, antwoordde Stefán droog. “Je krijgt je advocaat als het zover is, maar eerst moet je met ons praten. Ons vertellen over zaterdagavond.” Hij nam twee stappen en was al bij de andere muur waar hij zich achter Katrín opstelde, zijn armen over elkaar geslagen en zijn ogen vast op Kristinn gericht. Geen van beiden zeiden ze een woord.

* * *

“De vingerafdrukken op het mes waren zeker van die vent”, zei Guðni en hij stak een nieuwe sigaar op ter ere van deze mededeling. “Eerst vermoordt hij dat wijf dat hem bedroog en dan probeert hij het met die vent die hem de horens opzette.” Hij likte aan het bruine puntje, volgens de regelen der kunst, voor hij hem netjes in zijn linkermondhoek manoeuvreerde en hij zijn kaken samenklapte. "Klassiek." Zijn duimen zochten naar de lussen van zijn riem onder zijn toenemende zwembandjes en vonden die al snel.

"Misschien", zei Árni. Omdat zowel Stefán als Katrín bezig waren en Friðrik nergens te bekennen was, had hij uiteindelijk bij Guðni aangeklopt. Dat deed hij liever dan in zijn eentje te blijven zitten met zijn gedachten. "Maar ik ben er niet zeker van dat hij Birgitta gedood heeft." Hij somde zijn overwegingen op en wat hij daaruit had afgeleid.

Guðni trok een grimas. "Ik heb veel rare dingen gehoord in die vijfendertig jaar dat ik in deze branche zit", zei hij bits, "maar dit is wel het allerraarste *ever*."

"Maar ..."

"Je loopt tegen een of andere zwerver op Hlemmur op, verbeeldt je dat hij bang is voor iets en komt tot de conclusie dat het – hoe noemde je dat? – 'zwarte engelen des doods' waren, is het niet? Op de achterkant van de bus?" Hij was bijna in de sigarenrook gestikt van minachting.

"Ja, maar ..."

"*Listen, kiddo*, als je van plan bent om ..."

De telefoon redde Árni van verdere misprijzende uitingen van de kant van Guðni en hij keek gefascineerd toe hoe hij meermalen van gezichtsuitdrukking veranderde, zonder dat er een volzin uit zijn mond was gekomen, voor hij de hoorn er twee minuten later weer op gooide, vuurrood als een pas gevangen zalm.

"Wat?" vroeg Árni voorzichtig.

"Frikki maakt het nog bonter dan jij", zei Guðni buiten adem. "Of hij doet er in elk geval zijn best voor. Het was de balie. De vrouwen van Steinar waren aan het vechten in de gang van de intensive care en hebben hem meteen ook maar neergeslagen. Ze zijn onderweg hiernaartoe, ieder naar hun eigen cel, en Frikki ligt in het ziekenhuis met een hersenschudding."

* * *

"Ze belde me om een uur of halftwaalf", zei Kristinn zacht. "Eiste dat ik haar kwam halen. Ik wilde dat niet. Vanwege de kinderen.

Ze waren net in slaap. Kan ik iets te drinken krijgen?"

"Hierna", zei Stefán. "Je wilde niet gaan, zei je?"

Kristinn begroef zijn klamme schedel in zijn handen. "Nee", mompelde hij zielig. "Ik wilde niet gaan." Hij keek op en richtte zijn bloeddoorlopen ogen eerst op de een en toen op de ander. Hij likte zijn lippen. "Maar uiteindelijk ging ik toch. Zoals gewoonlijk." Hij haalde zijn neus op. "Ze wilde in de jeep gaan. Liet mij mijn auto achterlaten."

"Waarom?"

"Weet ik niet. Vanwege de rommel, waarschijnlijk. Ze kon niet tegen rommel. En vuil." Hij haalde weer zijn neus op. "Zei dat het stonk in mijn auto. Ik reed haar naar het huis van Steinar en ze zei dat ik moest wachten. Het verkeer in de gaten houden en de vaste telefoon van Steinar bellen als er iemand aankwam, omdat de batterij van haar eigen mobiel leeg was. Ik verveelde me. Ging naar buiten en bekeek de jeep en ..." Kristinn keek een beetje beschaamd. "Ik weet dat het kinderachtig van me was, maar ik wilde gewoon ... ach, ik weet het niet, het kwam gewoon ineens in me op. Die verdomde dikdoener en het is allemaal nep en fake. Alles in blakende welstand, maar niets is echt ..." Hij schudde zijn moede hoofd. "Toen ging ik weer in de auto zitten en wachtte tot ze naar buiten kwam."

"Hoe was ze binnengekomen?" vroeg Katrín.

"Ze had een sleutel", bracht hij uit, iets levendiger dan daarvoor. Bozer. "Ze kreeg een sleutel toen hij daar ging wonen. Ook al was hij toen al met María aan het rotzooien. Ze is nooit bij hem weggegaan. En hij heeft nooit zijn slot veranderd. Niet eens nadat hij ... nadat zij ..."

"Een meningsverschil kregen?"

Kristinn maakte een snurkend geluid. "Dat mag je wel zo noemen, ja. Ik snapte er nooit iets van. Begreep hen nooit. Geen van beiden. Gitta niet, Steinar niet, die vrouwen van hem niet. Geen enkele. Het was alsof ... alsof dat volkje in een andere wereld leefde. In een of andere soap of zo of nog iets veel slechters."

"Wat had ze daar in zijn huis te zoeken?"

"Weet ik niet. Ze had niet de gewoonte me iets te vertellen wat me niet aanging." De bitterheid in zijn stem was onmiskenbaar.

"Maar ze heeft in elk geval gevonden wat ze zocht, wat het ook was. Ze was onmiskenbaar tevreden toen ze naar buiten kwam. Had het erover dat hij er nu geweest was."

"Hoe dan?"

"Gewoon. Dat hij er geweest was. 'Ik heb hem eindelijk eens goed bij zijn ballen', zei ze, 'nu kan ik die idioot op zijn nummer zetten wanneer ik maar wil.' En meer van dergelijke onzin, ik weet het niet meer precies. In elk geval was ze uitermate tevreden over zichzelf. Zei dat ze hem in haar macht had. 'Nu heb ik hem', zei ze. Of iets dergelijks."

"En je weet niet wat ze daarmee bedoelde?" vroeg Stefán.

Kristinn schudde zijn hoofd. "Nee. Maar ze zwaaide met een diskette heen en weer voor mijn gezicht, dus ik ga ervan uit dat ze in zijn computer is geweest en daar iets heeft gevonden."

Stefán knikte vermoeid. Het meeste van wat hij zei, leek te kloppen met de verklaring van Óskar. Het vervolg was alleen nog onduidelijk.

"En toen reed je haar weer naar de disco of niet?"

"Nee", zei Kristinn.

"Wat bedoel je?"

"Eerst reed ik haar naar Teddi's huis."

* * *

"Waar is Stefán? En die meid?" Árni keek op. Die vent leek echt op een hond, dacht hij. Het was niet alleen dat hij blafte, maar hij snuffelde ook in de lucht en hij trok zijn bleke snuit op onder zijn ronde bril als hij praatte.

"Ze zijn Kristinn nog aan het verhoren", zei hij.

"Zorg dat ze dit krijgen", zei de Hond en hij kwakte een dunne map op zijn tafel. "Dit zou ook via de e-mail bij jullie moeten binnenkomen. En vraag of ze contact opnemen. Ik heb nog tonnen rotzooi om door te nemen. Heb zo mijn gedachten over wat er eerst moet gebeuren. Wil die van hen horen."

Hij verdween net zo plotseling als hij was verschenen. Árni schudde zijn hoofd. Mensen, dacht hij, mensen … Hij legde de foto neer die hij in zijn hand had gehouden en pakte de map. De inhoud was min of meer een optelsom van wat de Hond hun tot nog toe verteld had en wat ze al dachten te weten. De vingerafdrukken van Kristinn op het mes, de bevestiging dat het roet in de jeep uit de tunnel afkomstig was … Hij bleef hangen bij het laatste punt op de eerste pagina. Het was komen vast te staan dat de jeep van Birgitta om tien minuten over twee de tunnel was ingereden en er ruim vijftien minuten later weer uitreed. Het was ze echter niet gelukt om het gezicht van de chauffeur te onderscheiden; ze wisten niet eens of het een man of een vrouw was. Árni bladerde door naar de volgende bladzijde.

"Yes", mompelde hij. "Yes, yes, yes!" De eigenaar van de vingers die hun afdrukken hadden achtergelaten in het roet op het dashboard in de jeep van Birgitta was gevonden. "Ik wist dat het een rotzak was", zei hij tevreden voor zich heen. Toen beet hij zich op zijn tong. Mag je zo denken? Mag je blij zijn over zoiets? Hij wist het niet zeker. Besloot het toch te zijn. Hij kon zich er in elk geval op verheugen het aan Guðni te vertellen.

* * *

"Goed", zei Katrín. "We zullen het nog eens doornemen."

Kristinn zuchtte en sloeg met zijn witte, bezwete voorhoofd tegen de tafel die aan de muur was bevestigd.

"Kan ik niet alvast wat te drinken krijgen?" jammerde hij.

"Straks", zei Katrín. "Birgitta belde, jij haalde haar op. Om halftwaalf. Reed haar naar het huis van Steinar, kreeg genoeg van het wachten en doodde de tijd door de jeep van Steinar te bekrassen. Wachtte nog langer. Je wist niet wat ze bij hem thuis aan het doen was, maar ze kwam naar buiten met een diskette. Je reed haar naar het huis van Teódór en wachtte daar een kwartier. Je wist weer niet wat ze daar deed en ze had niets in haar handen toen ze daar naar buiten kwam. Je reed haar naar de disco, zette de auto op dezelfde plaats als je hem had gevonden, op de parkeerplaats achter het hotel, en was om halftwee weer thuis. Klopt dat?"

Kristinn knikte.

"Is er iemand die dat kan bevestigen?"

Kristinn schudde zijn hoofd. "De kinderen sliepen." Hij knipperde met zijn ogen. "Of ja, ik bestelde een pizza. Die kwam om een uur of twee. Dacht ik, misschien was het later. De koerier zou het moeten kunnen bevestigen."

"Bij wie?"

"Bij wie wat?" Kristinn leek helemaal in de war.

"Bij wie bestelde je die pizza?"

"Bij ... bij ..." Hij sloeg met zijn vuist tegen zijn linkerslaap. "Ik weet het niet meer. Domino's. Hrói. Ergens."

"Betaalde je met een creditcard?"

"Nee, cash. Maar het moet ..."

Katrín viel hem in de rede. "Waar is de diskette?"

Hij haalde zijn hangende schouders op. "Weet ik niet. Ze deed hem in haar tas."

"Oké. Vannacht ging je dus hier van het bureau vandaan, nam een taxi naar het huis van Birgitta en haalde je auto op, reed naar het huis van Steinar, liet jezelf binnen, viel hem aan en stak hem tweemaal met ..." ze keek naar een aantekening op haar blocnote, "... met je Leathermanmes, dat in je auto lag."

"Ja", mompelde Kristinn. "Mag ik nu water? Of koffie?"

"Hoe kwam je binnen bij Steinar? Vannacht?"

Kristinn keek haar verbaasd aan. "Nou ja, met de sleutel, natuurlijk."

"Dus je had de sleutel van Birgitta?"

"Ja, ik ..." Hij rekte zich uit en likte net zo vaak langs zijn droge lippen als hij met zijn rode ogen knipperde. Katrín en Stefán wachtten. "Wat?" vroeg hij. "Ik had haar sleutels die nacht afgepakt omdat ze van plan was om met drank op te rijden en ik ... ik wilde alleen ... Is dat soms ook al verboden? Om rijden onder invloed te voorkomen?"

"Nee", zei Katrín vermoeid. "Nee. Maar de jeep van Birgitta stond niet op de parkeerplaats waar jij zegt dat je hem hebt achtergelaten toen we hem vonden, maar op het parkeerterrein bij de school. Iemand reed in de jeep van Birgitta naar het noorden door de Hvalfjörðurtunnel, gooide haar bewusteloos in het waterreservoir en reed de jeep weer terug naar Ármuli. Dát is wel verboden. En degene die dat deed, heeft niet ingebroken in de jeep en heeft geen draadjes verbonden. Kun je mij uitleggen hoe dat mogelijk is zonder de sleutel van de auto te hebben?"

Kristinn opende en sloot zijn mond enkele malen voor hij eindelijk iets vond om te zeggen.

"Van haar jeep ... van de jeep ... maar, maar dat kan niet ... dat gaat toch niet?" Toen was het of hij geen woorden meer had en opnieuw alle moed verloor. Hij begon weer heen en weer te wiegen.

"Je had zaterdagavond op een vissersboot gegeten bij Hlölla, is het niet?" vroeg Katrín. "Eerder op de avond? Met kip en maïs? Waarom had je 's nachts weer honger? Omdat je alles eruit had gegooid toen je Birgitta in het water smeet?"

"Water", fluisterde Kristinn, "ik wil water."

* * *

"Geir, hallo."

"Árni hier. Hoor eens, weet je nog ..."

"Hallo beste kerel, nog nieuws?" De oprechte blijdschap in zijn stem zette het maar al te gewillige schuldgevoel van Árni onmiddellijk aan het werk. "Zijn jullie nog verder gekomen met die zaak, vriend?" Árni slikte en besloot braaf te zijn en hem in de toekomst vaker te bellen. Gewoon om wat te kletsen.

"Ja, wel iets, maar Geir, ik zat er nog over na te denken, over die engelen des doods? Die zwarte, die Kleine Bleekneus zag?"

Geir liet een zacht lachje horen.

"Maak je daar geen zorgen over, vriend, hij zag zoveel, die man, jij hebt hem zeker geen doodsschrik bezorgd."

"Nee, nee, daar ben ik ook niet bang voor. Maar weet je misschien wanneer dat was? Toen hij dacht dat hij ze zag?"

"Tja, laten we eens kijken ... ik sprak hem op zondag en toen had hij die verschijning net gehad, begreep ik. De nacht ervoor, denk ik."

"Weet je het zeker?"

"Ja. Hij zei in elk geval 'vannacht'. Wat zou betekenen de nacht van zaterdag op zondag. Ze liepen weliswaar een beetje in elkaar over bij hem, de dagen, maar dit was zo vers dat ik denk ... waarom vraag je dat?"

"Dat vertel ik je later wel", zei Árni en hij onderdrukte zijn schuldgevoel terwijl hij zonder veel omhaal afscheid nam. Er kwam plotseling een idee op in zijn verwarde hoofd toen hij zich opnieuw het beeld voor de geest probeerde te halen.

"Geir."

"Hallo, hier ben ik weer. Waar is hij aan gestorven? Kleine Bleekneus?"

"Ik weet dat niet, vriend, ik zei je gisteren al dat ik niet van plan ben om ..."

"Ik weet het, ik weet het. Kun je erachter komen?"

"Natuurlijk. Árni, jongen, wat is er ..."

"Je hoort nog van me."

***

"Wat denk jij?" vroeg Katrín op het moment dat de celdeur achter Kristinn dichtviel.

Stefán gaapte. "Ik weet het niet, het spijt me. Ik geloof dat het weer tijd wordt dat we bij elkaar komen en samen alles op een rijtje zetten. Kijken wat de jongens hebben ontdekt en enige samenhang aanbrengen voordat we een koers uitstippelen voor het vervolg." Hij schudde zijn hoofd. "Teódór. Wat had ze in godsnaam in zijn huis te zoeken? En waarom had ze ook zijn sleutel?"

Katrín draaide zich om en liep weg. Stefán volgde haar schoorvoetend.

"Dat moeten we hem waarschijnlijk vragen", zei ze. "En Steinar. We weten ook niet wat ze in zijn huis zocht. Maar dat komt misschien aan het licht." Ze haalde haar schouders op en beende verder met snelle passen. "Alle leed is al geschied."

Guðni kwam tevoorschijn op het moment dat ze de deur van het kantoor openduwden en hij volgde ze naar binnen. Hij leek diep in gedachten.

"Wat is er?" vroeg Katrín.

"Van alles", bromde Guðni. "Frikki ligt in het ziekenhuis, om te beginnen."

Ze gingen zitten.

"Hersenschudding", legde Guðni uit, maar Árni verscheen in de deuropening van zijn kantoortje en liep de gang op voor hij verder kon gaan en zwaaide met wat papieren.

"Ik weet wie Birgitta heeft vermoord", riep hij opgewonden. De drie keken vragend van de een naar de ander en toen weer naar Árni, die haast de gang in zweefde met een triomfantelijke uitdrukking op zijn gezicht.

"De vingerafdrukken in de jeep. Je wilde me niet geloven", zei hij tegen Guðni en hij duwde hem de verklaring onder zijn neus. "Maar hier staat het, zwart op wit, kijk maar ..."

Guðni pakte de map uit de trillende handen van Árni en keek naar de regel die gemarkeerd was.

"Kristinn heeft al die tijd gelijk gehad. De Hond heeft het kunnen bevestigen."

"Steinar Ísfeld Arnarson", las Guðni hardop.

Katrín maakte een geschrokken beweging en Stefán sperde zijn rooddoorlopen ogen wijd open.

"Interessant", mompelde Guðni en hij gaf de map weer aan Árni. "Dat kan misschien wel kloppen. Maar vingerafdrukken kunnen ook weleens misleidend zijn", voegde hij er buitengewoon zoetsappig aan toe.

"Wat bedoel je?" vroeg Árni argwanend.

"Ik bedoel alleen maar dat ik zojuist gesproken heb met een vrouw die bekende dat ze Birgitta die nacht met een grote steen op het hoofd heeft geslagen op de personeelsparkeerplaats van Hótel Ísland. Ze beweert dat ze met haar nergens is heengereden, maar we komen er nog wel achter of dat waar is. Ze is niet zo *tough* als ze denkt."

Árni geloofde zijn eigen oren niet. "Wie?"

"Het was in elk geval niet die vrouw die verliefd was in Italië, als dat is wat jij denkt", zei hij snel.

"Maar?"

"Maar de vrouw die hij verliet voor de vrouw op wie hij zo verliefd was in Italië."

"Maar ... maar ...", zei Árni.

"Maar ... maar ...", zei Katrín.

"Dat is me wat", zei Stefán. "Dat klinkt allemaal erg spannend. Onbegrijpelijk, maar spannend. Het ziet ernaar uit dat we nu ineens met drie moordenaars te maken hebben. Ik weet niet of dat beter is dan geen, maar ik denk dat het het beste is als we in mijn kantoor gaan zitten en jullie mij en Katrín vertellen waar jullie het over hebben." Hij keek op zijn horloge. "En doe het snel. Ik wil het nog horen voor ik vertrek. En ik ga over een kwartier."

* * *

"Jaha", zei Stefán. "Is het allemaal duidelijk? In grote lijnen in elk geval?" Hij stond op, rekte zich met veel misbaar uit en knikte hen toen een voor een toe. "Jullie komen er wel uit", zei hij en hij liep de zomer in, waar Ragnhildur en vier langverwachte weken ver van alle drukte en lawaai op hem wachtten. Het was twee minuten over vijf op deze lichtbewolkte vrijdagnamiddag in juni, toen hij zich de trappen afsleepte.

"Schijnt de zon nog wel in het noorden?" vroeg hij toen hij Ragnhildur aan zijn borst drukte.

"Schijnt hij niet altijd in het noorden?" reageerde zij.

"Dat was altijd wel zo", mompelde Stefán.

Ragnhildur maakte zich los uit zijn armen en zwaaide de autosleutels vragend voor hem heen en weer.

Hij schudde zijn hoofd. "Jij rijdt", zei hij. Hij liet zich in de passagiersstoel vallen en schoof zijn pet op zijn neus. Het gesnurk dreunde in Ragnhildurs oren voor ze de Sæbraut op draaiden.

19

Vrijdag

"Oké", zei Katrín, "we zullen het nog één keer doornemen en misschien deze keer iets uitgebreider. Guðni, jij eerst. Van A tot Z, alsjeblieft."

Ze zaten nu in het kantoor van Katrín, ieder met een kartonnen bekertje met dampende koffie uit de automaat. Ze had de zonwering omlaag gedaan en de ventilator op de hoogste stand gezet, maar het was nog altijd even warm, benauwd en drukkend in de kamer. Guðni nam ruim de tijd om de roos van zijn schouders te kloppen en genietend op het in de koffie gedrenkte tabaksstompje in zijn mond te kauwen voor hij hen op de hoogte stelde van wat hij wijzer was geworden van de twee verpleegsters en hun draaierige, maar toch nog heel heldere collega die met twee gebroken ribben, een lichte hersenschudding en een ernstig beschadigd zelfbeeld in het ziekenhuis lag. Guðni's stem was niet geheel vrij van spot toen hij de verklaring van de verpleegsters over de poging tot vrede stichten van Friðrik herhaalde.

"Maar het ziet er dus naar uit dat de schoonheidskoningin geen woord gelogen heeft over dat laatste telefoontje", zei hij en hij nam weer een slokje van zijn slobber.

"Hoe is hij daar achtergekomen?" vroeg Katrín argwanend. "Zomaar ineens?"

Guðni haalde zijn schouders op. "Weet ik niet. Heb ik hem niet gevraagd. Maar hij is er op de een of andere manier achtergekomen en ik ging alleen op zijn gegevens af en heb een en een bij elkaar opgeteld. Ik denk dat het het makkelijkst is als jullie gewoon naar de tape luisteren." Hij haalde een cassettebandje uit zijn binnenzak en legde het op tafel. "Alles volgens het boekje", zei hij, "op de band, in aanwezigheid van een getuige." Hij leunde achterover in zijn stoel en haakte zijn duimen in de lussen van zijn riem.

Katrín pakte het bandje en probeerde zowel het zelfingenomen gezicht van die vent als het lichtgroene hemd dat tussen de knopen van zijn overhemd zichtbaar was te negeren.

> *"Vrijdag de zevenentwintigste juni tweeduizenddrie, vijftien uur negenenveertig. Aanwezig zijn GuDni Páll Pálsson, hoofdcommissaris, Einar Árnason, politieagent, en GuD-björg Jónsdóttir ..."*

Katrín keek vragend naar Guðni, die grijnzend terugkeek.

"Hé, ik vond dat dat wel kon, wat is er nou? *No harm in a little fun*, toch?"

Katrín schudde haar hoofd en liet de band doordraaien.

> *"Birgitta Vésteinsdóttir belde je vlak voor halftwee in de nacht van zaterdag op zondag, toen jullie allebei aanwezig waren in de discotheek Broadway. Wat wilde ze van je?"*
>
> *"Ik weet niet waar je het over hebt."*
>
> *"Geen geouwehoer, Birgitta belde je. Dat is niet iets wat we vermoeden, dat is iets wat we weten. Wat wilde ze?"*
>
> *"Ze wilde niks, ze belde me helemaal niet."*
>
> "Listen, honey, *hou die* bullshit *nou maar voor je. We weten dat ze je belde,* no question. *Ik ken vrouwen zoals jij. 's Ochtends sherry en 's avonds port en daartussenin niks dan de snob uithangen. De komende dagen geen sherry en geen port. Oké? Wat wilde Birgitta?"*

Er volgde een lange stilte. Iemand haalde zijn neus op, waarschijnlijk Guðbjörg, vervolgens was het weer stil.

Katrín keek weer vragend naar Guðni. "Volgens welk boekje is dat?" vroeg ze.

Guðni grijnsde alleen maar en knikte met zijn hoofd in de richting van de bandrecorder. "Rustig maar, het komt zo."

> *"Wat wilde Birgitta?"*
> *"Ik wil een advocaat."*
> *"Je hebt helemaal geen advocaat nodig, je bent niet eens gearresteerd."*
> *"Waarom ben ik dan hier?"*
> *"Omdat je zojuist een* fucking *politieman hebt mishandeld en een van de laatste mensen bent die met Birgitta Vésteinsdóttir gesproken hebben voor ze werd vermoord. Heb jij haar vermoord?"*
> *"Ik wil naar huis. Als ik niet gearresteerd ben, wil ik naar huis."*
> *"Je gaat niet naar huis. En je krijgt ook geen advocaat. En je krijgt ook geen jus. Niet voordat je me vertelt wat Birgitta van je wilde."*

Het werd weer stil, deze keer verstoord door een zacht geruis en een metalige klik.

Guðni wierp een blik op Katrín. "Een heupfles", zei hij en hij grijnsde. "Ik zette hem voor haar neus. Echt zo'n type uit de buitenwijken, dat wijf."

> *"Zin in een slokje, schat?"*

Katrín zette de recorder uit, haar gezicht was vuurrood.

"Volgens het boekje?" vroeg ze kil. "Volgens het boekje? Had je soms Chandler of Hammett in gedachten?" Ze onderdrukte de neiging om met haar voet te stampen en te schreeuwen, maar dat maakte niet veel verschil.

Guðni haalde zijn schouders op. "Hé, is het nou weer niet goed? Ik heb uit haar gekregen wat we nodig hadden, we kijken later wel naar de formaliteiten. Luister toch gewoon naar de *fucking* tape, mens."

Katrín schudde haar hoofd. Wat een ongelooflijke klootzak, dacht ze. Gewoon ongelooflijk. Na alles wat ze gedaan had om …

Ze duwde de bandrecorder van zich af.

"Nee", zei ze beslist. "Ik luister daar niet meer naar. Niet nu in elk geval. Wat had ze verder te zeggen?"

Guðni staarde haar aan. Pokkenwijven. Altijd hetzelfde. Weten niet wat ze willen. "Dat heb ik jullie daarnet verteld."

"Vertel het nog maar eens. In het IJslands, alsjeblieft."

Árni dacht dat Guðni een klein beetje rood werd, maar hij herstelde zich snel.

"Luister naar de tape." Hij stond op, spuugde zijn peuk in het koffiebekertje en gooide dat in de prullenmand. "Ik moet poepen", zei hij en hij beende de kamer uit.

De rode kleur op Katríns gezicht was duidelijker en blijvender dan op dat van Guðni. Árni bestudeerde zijn tenen. Ik moet eens nieuwe schoenen kopen, dacht hij. Of deze eens poetsen.

"Goed", mompelde Katrín. Toen zette ze de recorder weer aan.

Dreigementen, beloften en stiltes van verschillende lengten wisselden elkaar de volgende vijf minuten af. Het was vooral de grove uitleg van Guðni van de boodschap van Birgitta die eindelijk de gewenste reactie uitlokte.

"Hou verdomme je bek!" schreeuwde Guðbjörg. Vervolgens begon ze te huilen, zacht maar hevig, met lange uithalen. Guðni toonde weinig medelijden. Geen eigenlijk, dacht Árni later, en hij vroeg zich af of hij net zo hard zou kunnen zijn. En of dat iets was om na te streven.

Birgitta had Guðbjörg gebeld om haar te zeggen dat ze het kon vergeten dat Steinar ooit nog terugkwam. Hij stond op het punt om María Dís te verlaten, maar niet om terug te keren naar Kópavogur, maar om naar Fossvogur te gaan, naar haar. Ze zei tegen Guðbjörg dat ze naar de parkeerplaats aan de achterkant moest komen om dat bevestigd te krijgen, Steinar zou op weg daarheen zijn en was van plan om met haar mee te gaan. Nu.

"Ze zat met haar hand in zijn kruis en haar tong in zijn keel, die verdomde hoer, en ik ... ik werd zo kwaad! Zo verschrikkelijk kwaad! Hij had gezegd dat het een vergissing was geweest, met die kleine slet, een stomme vergissing en dat hij weer thuis wilde komen.

Had me van alles beloofd en zo … ik geloofde het gewoon niet. Geloofde niet dat hij daar midden in de heldere nacht dat krankzinnige mens stond af te lebberen … hoe dan ook, er lag daar een stapel stenen en ik … ik pakte er een met beide handen vast en … en …"

Guðbjörg, die deze tekst half snikkend had uitgesproken, haalde haar neus op en haalde enkele malen diep adem voor ze verderging, haast fluisterend.

"Ik was dronken … echt stomdronken. Ik was niet van plan om … om … ik dacht niet helder meer, liet me gewoon gaan, ik was zo kwaad … zo vrese …"

Guðni snoof minachtend. Of misschien grinnikte hij. Árni vertrouwde hem dat wel toe.

"En toen wat? Je sloeg haar half dood op die parkeerplaats en wat toen? … Praat eens wat harder, mens, wat gebeurde er toen?"
"Ik ging naar binnen … Steini … Steini sloeg me in mijn gezicht en schold me uit en stuurde me weer naar binnen. Hij zei dat ik moest verdwijnen en dat ik … mijn mond moest houden. Meer moest drinken. Veel meer moest drinken en dan naar huis moest gaan. En dat deed ik toen maar. En nu wil ik naar huis. Meteen."

Op dat moment was er geen twijfel mogelijk. Guðni grinnikte.

"Je gaat weer naar Kópavogur, honey, *maar niet naar huis. Je beweert dus dat je niet weet wat er verder gebeurde? Onschuldig als een* fucking baby*?"*

Maar Guðbjörg was klaar. Guðni bleef haar nog een poosje treiteren, maar kreeg niets meer uit haar dan verzoeken om een advocaat of toestemming om naar huis te gaan. Katrín zette het apparaat uit. De afkeer stond op haar gezicht te lezen toen ze naar Árni keek.

"Wat moet je nou met zo'n kerel?" vroeg ze.

Árni haalde zijn schouders op.

"Oké, het volgende hoofdstuk", vervolgde ze. "Steinar. Wat zei je nou over die … hoe noemde je hem ook weer?"

"Kleine Bleekneus?" Katrín knikte. Árni bevochtigde zijn lippen. Hij herhaalde het verhaal over zijn ontmoeting met Kleine Bleekneus maandag op Hlemmur.

"Toen drong het tot me door. Waar hij bang voor was", legde hij uit. "Het was een reclame achter op de bus die net stopte. Het was me toen niet opgevallen, ik lette er niet speciaal op. Maar toen Geir me vertelde over die zwarte engelen des doods …" Hij geneerde zich een beetje toen die melodramatische term een ongelovig lachje op Katríns gezicht toverde. "Hij gebruikte die woorden zelf, en toen Geir me dat vertelde, dacht ik nog dat hij misschien bang voor mij was geweest, de stakker. Omdat ik helemaal in het zwart gekleed was, snap je", verklaarde hij, ongewoon snel pratend. Hij schraapte zijn keel. Vertelde hoe hij het tafereel die ochtend weer voor zich had gezien, hoe de twee zwervers hadden gevochten om de nalatenschap van kleine Bleekneus en de bevestiging door Geir van het tijdstip. "Hij had ze gezien … die 'engelen' bedoel ik, in de nacht van zaterdag op zondag", vervolgde Árni. "En op maandag zag hij weer iets wat hem bang maakte. En dat kwam op de een of andere manier opeens allemaal bij elkaar in mijn hoofd. Toen belde ik en werd het bevestigd. Het was een tijdschriftreclame achter op die bus, de voorpagina met Steinar en María Dís, allebei in het zwart gekleed. VERLIEFD IN ITALIË was de kop."

Weer verscheen er een glimlach om de lippen van Katrín en weer geneerde Árni zich.

Hij schraapte nogmaals zijn keel. "En dus was ik er zeker van dat hij ze die nacht op die parkeerplaats heeft gezien. Steinar en María. Toen kwam de verklaring van de Hond over de vingerafdrukken van Steinar en bingo …" Hij schudde zijn hoofd. "Maar het moeten dus Steinar en Guðbjörg zijn geweest die hij gezien heeft. Zij was misschien ook in het zwart. Ze zijn allebei blond, al is Guðbjörg eerder rood te noemen. Ik begreep van Geir dat die kerel nogal gestoord en zweverig was. Het is dus niet onwaarschijnlijk dat hij ze heeft verward."

Katrín knikte. "Kan zijn", stemde ze in. "Zoals Stefán al zei, het is allemaal duidelijk." Ze zuchtte. "Op één ding na, misschien. Hoe heeft hij het voor elkaar gekregen? Waren er niet twee of drie getuigen die beweerden dat hij de hele tijd in de discotheek is geweest? En hij nam een taxi naar huis, ik herinner me niet dat de taxichauffeur heeft geklaagd over roet op de stoel of dat collega's die 's nachts in zijn auto keken hem een beetje vies vonden. Wat hij wel geweest moet zijn, als je kijkt naar het vuil in de jeep."

Árni dacht na. "Ik vroeg me laatst af", zei hij, "of hij altijd hetzelfde aanhad. Of gewoon een saaie smaak heeft." Hij glimlachte dom. "Waarschijnlijk is dat ook zo. Hij is naar huis gegaan, heeft eenzelfde of bijna eenzelfde pak aangetrokken en is weer naar de disco gereden. Had het meeste roet eraf geklopt toen hij weer uit de jeep stapte en niemand heeft iets gemerkt. Hij is alleen even binnen geweest om María te zien en voor een alibi te zorgen."

"En die getuigen waren María en Teódór, die allicht blij waren dat ze hem zo min mogelijk zagen, en natuurlijk Guðbjörg", zei Katrín en ze legde de stapel opzij waarin ze dat had opgezocht. Ze begon de papieren op haar bureau bijeen te rapen en er een stapel van te maken. "Misschien wil je het ziekenhuis even voor me bellen voor je naar huis gaat en vragen hoe het met de moordenaar gaat."

Árni knikte. "Er is nog iets", zei hij aarzelend.

Katrín keek op. "Ja?"

"Ik zat erover na te denken of dat kon. Als kleine Bleekneus hen daar die nacht heeft gezien."

"Ja?"

"Is het dan niet net zo waarschijnlijk dat zij hem ook gezien hebben?" Katrín dacht na.

"Is er iets wat erop wijst dat hij om zeep geholpen is?" vroeg ze ten slotte. Árni schudde zijn hoofd.

"Ik weet het niet. Geir wist nog niets."

"Het zou mooi zijn als we daar duidelijkheid over hadden voor we met Steinar babbelen." Ze legde de stapel opzij. "Wanneer dat ook is."

* * *

"Zijn alle papieren in orde?" vroeg Svavar.

Katrín knikte en gaf hem het dossier. Hij krabbelde zijn naam op de juiste plaats zonder te lezen wat er stond. "Ik zal hem bellen. Jij presenteert de zaak, oké?"

Katrín knikte weer. Ze had gehoopt dat Svavar het op zich zou nemen om met de verzoeken naar de rechter te gaan, had er niet op gerekend dat haar wens niet zou uitkomen. Twee arrestatiebevelen en een huiszoekingsbevel. Een redelijke score in de eerste zaak onder haar leiding.

Svavar keek haar aan met een goedkeurende blik, waarvan ze niet helemaal zeker was of ze hem verdiende, wilde of begreep.

"Dus het is allemaal rond?" vroeg hij glimlachend.

"Min of meer", gaf ze aarzelend toe. "Nog wel een paar losse eindjes."

Hij knikte met zijn zilvergrijze, goed verzorgde leidershoofd. "Natuurlijk. Er is altijd iets. Wat blijft er nog over?"

Ze haalde haar schouders op. "Haar computer. We hebben nog niets van Elín gehoord."

Svavar vertrok zijn gezicht. "Dat heeft niets met deze zaak te maken." Hij sloeg met zijn vlakke hand op zijn bureau om dat te benadrukken. "Ik wil dat eens en voor al duidelijk hebben. En ik vind eigenlijk dat dat jou duidelijk zou móéten zijn, te oordelen naar wat je hier beweerd hebt."

Ze antwoordde niet.

"Ik wil dat je hem direct naar Leifur brengt als je hem in handen krijgt", zei hij. Er was niets vergoelijkends in zijn stem meer te horen. "Áls je hem in handen krijgt, wel te verstaan. En zonder dat erin gesnuffeld wordt. Is dat begrepen?"

Katrín werd rood. Niet erg, maar genoeg om het zelf te voelen en zichzelf erom te verwensen. Ze schraapte haar keel. "Ja."

"Goed. Nog iets?"

Ongeduld is een ondeugd, dacht Katrín. Ze rechtte haar rug.

"Ja. Er is nog iets. We weten dat ze die nacht niet alleen naar Steinars huis is gegaan. Ze is ook naar het huis van zijn handelspartner en vriend gegaan, die bovendien een liefdesrelatie had met zijn vrouw – de huidige vrouw van Steinar, dus – voor ze terugkeerde naar de disco."

Svavar dacht daar even over na. "En? Verandert dat iets?"

Katrín haalde haar schouders op. "Weet ik niet. Waarschijnlijk niet. Maar dat is ook een open eind."

"Hm." Svavar draaide heen en weer in zijn stoel, met zijn handen gevouwen over zijn platte buik. Hij verwachtte er duidelijk niet veel van. "Oké."

Katrín wilde hem zeggen dat hij moest ophouden met dat gewiebel. Hij was geen haar beter dan kleine Eiður, haar zoon, ondanks een leeftijdsverschil van vijftig jaar.

"En dan is er natuurlijk nog het motief", zei ze rustig. "Of de motieven. We weten – of denken te weten – waarom Guðbjörg Birgitta aanviel. Maar we weten nog niet wat Birgitta in het huis van Steinar te zoeken had, we weten niet wat er op de diskette stond die ze voor het gezicht van Kristinn heen en weer zwaaide en last but not least we hebben geen idee waarom Steinar besloot om zich van Birgitta te ontdoen in plaats van wat elk verstandig mens in zijn plaats zou doen, namelijk de ambulance bellen."

Svavar hield zijn hoofd schuin, verslapte de greep waarmee hij zichzelf omklemd hield en duwde zijn vingertoppen tegen elkaar. Niet veel beter, dacht Katrín.

"Enig idee moeten we toch wel hebben?" zei hij. "Ligt het niet voor de hand dat die drie dingen met elkaar samenhangen? Wat ze zocht, de diskette en de reactie van Steinar?"

"Jawel", gaf Katrín toe. "Misschien is het niet voor de hand liggend, maar wel waarschijnlijk. Naar wat Kristinn beweert, dacht ze in elk geval dat ze na dat bezoek een of andere greep op Steinar had." Ze haalde haar schouders op. "Hij heeft zich daar natuurlijk uit willen losmaken."

Svavar rekte zich uit en leunde op zijn bureau. "Misschien dacht hij dat ze dood was?"

Katrín speelde afwezig met een potlood dat op het bureau lag. Dat was een mogelijkheid waar ze ook aan gedacht had.

"Ja", stemde ze in, "misschien heeft hij dat gedacht. Maar ook als dat zo was", voegde ze eraan toe, "dan was het toch voor de hand liggender geweest om 112 te bellen."

"Ja, ja", zei Svavar. "Zeker. Dat is zo. Maar dat kan Steinar ons waarschijnlijk allemaal uitleggen als het zover is."

"Daar reken ik op, ja."

"En hebben we genoeg om hem te beschuldigen? Zonder hun verklaringen?"

Katrín knikte. "Ik denk van wel. En we krijgen hopelijk nog meer als we zijn woning doorzoeken. Met name de computer. Daar staat waarschijnlijk op wat Birgitta tegen hem in handen had, wat het ook was."

"Mooi", zei Svavar en hij haalde opnieuw zijn glimlach van stal. Katrín had hem er bijna op gewezen dat ze zijn mislukte Harrison Ford-imitatie wel waardeerde, maar ze deed het niet, want ze hield niet van Harrison Ford. Net zomin als van Clint Eastwood of Sylvester Stallone. Kevin Spacey was meer haar type. En Pacino, al was dat eigenlijk een halve dwerg ...

"Katrín?"

Ze schrok op.

"Is alles in orde?" Svavar keek haar onderzoekend aan.

Ik moet koffie halen, dacht ze. Of even gaan liggen.

"Ja, ja. Ik zakte even weg, neem me niet kwalijk. Wat zei je?"

"Niets belangrijks. Ga met die papieren naar de rechter, laat de woning van Steinar verzegelen en ga dan naar huis om te slapen. Dat lijkt me geen overbodige luxe."

Katrín nam hem argwanend op, maar vond geen spoor van verwijt, in zijn stem noch op zijn gezicht, en ze ontspande zich weer.

"Dat doe ik." Ze stond op en pakte het dossier.

"En, Katrín?" vroeg Svavar toen ze al in de deuropening stond. Ze draaide zich om. "Hoe is het met Guðni?"

"Guðni?"

"Ja, gedraagt hij zich een beetje?"

Ze dacht na. "Nee", zei ze. "Guðni is gek." Ze draaide zich om en sloot de deur achter zich. Svavar riep haar iets na, maar ze hoorde niet wat het was. In elk geval deed ze alsof ze het niet hoorde.

* * *

"Nee", zei Geir, "het was een natuurlijke doodsoorzaak." Hij nam een slok. Een stel van rond de vijftig zat in een hoekje te fluisteren en twee mannen van in de veertig, allebei met hun jas aan, ondanks de zomerse warmte, zaten aan een tafeltje bij de deur en leken nogal bedrukt. Árni en Geir zaten op de bank langs de bar, aan de kant van de wc's. Verder was er niemand in de Næstibar en het was al na negen uur.

"Als je in zo'n geval over een natuurlijke doodsoorzaak kunt spreken", voegde Geir eraan toe en hij schudde zijn grijs omrande hoofd. "Ernstige nierschade en totale uitval van de lever in combinatie met hypothermia, neem me niet kwalijk, onderkoeling, als gevolg van langdurig drugs- en alcoholmisbruik."

Hij ging verder en schudde zijn hoofd, zacht maar zonder ophouden. "Wat is er natuurlijk aan als een man van nog niet eens zestig jaar zo sterft? Bijna hartje zomer, eenzaam en verlaten op Öskjuhlíð? Natuurlijk zou je dat niet moeten doen, maar ..." Hij slikte. "Soms kan ik het niet laten mezelf de schuld te geven. Dan zit ik te piekeren of ik niet iets had kunnen doen. Of dit ook gebeurd zou zijn als ik niet ... als ik hem veertig jaar geleden niet in de steek had gelaten." Árni dacht een traan te zien die op het punt stond een spoor te trekken over de donkere wal onder zijn linkeroog, maar Geir voorkwam dat op het laatste moment met een snelle beweging van zijn hand.

"Maar dat zijn zinloze gedachten. We drinken op Reynir Hámundur Aðalsteinsson, een groot mens."

"Proost", zei Árni. "Ik draag zelf ook een last op mijn schouders", bekende hij aarzelend na een korte stilte. Geir knikte, alsof het iets was wat hij altijd geweten had en wat hij alleen maar bevestigd wilde hebben. "Weet je, Geir", vervolgde Árni en hij vroeg zich tegelijkertijd zelf af waarom hij die twee met elkaar in verband bracht, dood en seks, maar ging toch verder. "Als ik een vrouw zie, dan is altijd ... of bijna altijd het eerste wat in mijn hoofd opkomt dat ik best met haar naar bed zou willen. Of niet, snap je?"

"En dan?" Geir dronk zijn glas leeg.

"En dan wat?" vroeg Árni.

"En wat is het volgende wat in je hoofd opkomt?"

Árni haalde zijn schouders op. "Gewoon. Van alles. Dan pas

kijk ik wie het is en wat ik haar te vertellen heb. Of zij mij. Maar dat is altijd het eerste. Ik kan er niets aan doen; het is om gek van te worden."

"Waarom?"

"Wat bedoel je waarom?"

"Waarom irriteert je dat zo?"

"Ach, ik vind het gewoon niet in orde. Op de een of andere manier ... onnatuurlijk. En vernederend."

"Voor wie?" vroeg Geir.

Árni dacht na voor hij antwoord gaf. "Zowel voor mij als voor de vrouwen eigenlijk. Maar vooral voor hen, natuurlijk."

"Ik begrijp dat niet", zei Geir en hij gebaarde naar de barman. "Nog eens hetzelfde." Hij wendde zich weer tot Árni. "Waarom is het vernederend voor hen dat je je afvraagt of je zin hebt om met ze het bed in te duiken of niet?"

Árni had het antwoord direct klaar. "Omdat ik ze dan reduceer tot seksobjecten en niets anders", mompelde hij. Het was niet de eerste keer dat hij daarover nadacht. Maar het was wel de eerste keer dat hij erover praatte en het verraste hem hoe gemakkelijk hem dat afging, hoewel hij nog nauwelijks iets gedronken had. En ondanks het feit dat zijn gesprekspartner zijn voormalige aanstaande schoonvader was en tweemaal zo oud als hijzelf.

"Ik beoordeel ze alleen op hun uiterlijk", zij hij na een korte stilte, "mijn eigen schoonheidsstandaard, op hun ..." hij aarzelde. Had willen zeggen 'geilheid', maar er waren grenzen. Die man was immers tweemaal zo oud als hij. "Op hun verleidelijkheid", vervolgde hij, "seksueel gezien, bedoel ik, voor mij persoonlijk."

"En waarop niet?" vroeg Geir verbaasd.

Árni hief zijn handen op. "Karakter", zei hij. "Eigenschappen. Wat ze verder te bieden hebben. Als mens, begrijp je?"

"Nee", zei Geir. "Ik begrijp het niet. En het is ook niet waar. Je beoordeelt ze ook op die andere dingen. Het duurt alleen langer. Het is niet altijd het eerste wat bij je opkomt, maar het komt. Het duurt soms even om te beseffen dat je graag met ze naar bed zou willen. Maar je vraagt het je altijd af. Vroeg of laat. Hoe dan ook. Een ogenblik maar. Een half misschien. Maar het is gewoon de natuur. De mannelijke natuur. Het vernedert niemand. En niemand hoeft er last van te hebben."

"Ik heb er last van", zei Árni. "Eindeloos."

"Dan moet je er iets aan doen."

"Dat probeer ik ook. Maar het gaat niet. Zoals ik al zei, het is om gek van te worden."

"Dat bedoel ik ook niet. Je doet er niets aan. Zat je niet te luisteren, jongen? Je moet je erbij neerleggen. Het is nu eenmaal zo, is altijd zo geweest en zal altijd zo zijn. Bij ons allemaal. Of in elk geval de meesten. Je moet er alleen mee leren omgaan, net als wij allemaal."

"En hoe gaan jullie er dan mee om?"

"We maken er geen probleem van. Piekeren er niet over. Merken het eigenlijk niet eens meer. Het is gewoon een van de vele dingen die altijd in ons hoofd opkomen als we een babbeltje maken met die schatten en het is alleen een probleem in jouw hoofd omdat je er een probleem van maakt."

De barman zette whisky voor Geir en bier voor Árni neer. Geir smakte met zijn lippen na de eerste slok en klakte met zijn tong.

"Perfect. Seks, mijn beste Árni, is een van de oerbehoeften. Als we een bed zien, denken we aan slaap. Als we voedsel zien of de geur ervan ruiken of erover praten, denken we aan eten. Hoe het zal smaken. Of we het lekker vinden of vies of gewoon in orde. Het is eigenlijk nog te veel gezegd dat we eraan denken, vaak is het gewoon een automatisme, een soort pavlovreactie die door ons hoofd schiet en zo snel weer verdwijnt dat je niet eens van een gedachte kunt spreken. En als we vrouwen zien, dan denken we aan seks. Bewust of onbewust. Dat zit nu eenmaal in ons, anders bestonden we niet. Leg je erbij neer. Verzoen je met je ballen, vriend, en de erfenis van generaties. Of het juk. Maar ik zal je zeggen, ik zit ook niet te wachten op een generatie die zo beschaafd en intellectueel is geworden dat mannen van dat juk verlost zijn." Er was een twinkeling in zijn ogen te zien toen hij naar Árni keek en zijn glas hoog in de lucht hief. "Op de vrouwen."

"Proost", zei Árni weinig enthousiast en hij bracht het glas naar zijn lippen. "Op de vrouwen." Ze zaten een poosje stil bij elkaar. "En als we honger hebben?" vroeg Árni aarzelend. "Echt uitgehongerd zijn?"

"Dan denken we aan niets anders dan vrouwen en seks", antwoordde Geir en hij grijnsde.

* * *

Katrín woog de schijf in haar handen. Ze vond hem nogal licht, vergeleken bij wat ze hoopte dat erop stond. Elín had hem stiekem in haar jaszak laten glijden toen ze haar de computer overhandigde.

"Ik ga ervan uit dat je hem moet inleveren", had ze gezegd. Ze had het schijfje in haar zak gestopt en haar aangekeken. Een samenzweerderige blik, dacht Katrín. Ze had geknikt en ze hadden zonder nog een woord te wisselen afscheid genomen.

Leifur kwam vrijwel op hetzelfde moment dat Elín door de deur verdween, binnenstormen. Heel vreemd. Ze hadden het bureau duidelijk in de gaten gehouden. Op Elín gewacht. Katrín vroeg zich af hoe deze mollige, langzame vrouw het voor elkaar had gekregen om binnen te komen zonder dat ze haar hadden kunnen tegenhouden. Ze kon niets bedenken. Ze had echter geen woorden vuilgemaakt aan Leifur toen hij probeerde haar uit te horen, erachter probeerde te komen hoeveel zij en de anderen wisten. Toen ze geen antwoord gaf, begon hij haar te bedreigen. Hij had het over serieuze gevolgen als ze niet wilde samenwerken in 'deze gewichtige zaak' en zwaaide met contacten op andere politiebureaus en een abrupt einde van de toch glanzende carrière die voor haar lag. Ze bleef zwijgen en toen veranderde hij van aanpak, begon haar te betichten van kortzichtigheid, communisme, gebrek aan vaderlandsliefde en subversieve gedachten. Toen dat niet hielp, probeerde hij een derde manier. De zachte. "Je begrijpt het niet", zei hij. "Het gaat niet alleen om Amerika of IJsland. Het betreft de hele wereld. Ik weet niet wat jij denkt, hoe veel jij weet, maar wij zijn the *good guys* in dit verhaal. Vergeet dat niet."

Katrín wist niet of ze moest lachen of huilen toen hij al die lege frasen liet rollen, de een nog belachelijker dan de ander. Op het eind had ze hem gewoon de computer overhandigd, hem de deur uitgezet en die voor zijn neus dichtgegooid.

En nu stond ze hier, in haar lege huis, met het schijfje in haar handen. Dat was een wonderlijk gevoel. Ze had het gevoel dat deze vrijdag langer had geduurd dan de hele week bij elkaar, maar ze wist dat hij nog niet voorbij was. Zich tot ver in de zaterdag zou uitstrekken. De vermoeidheid die haar bijna geveld had toen ze beneden aan het trappenhuis had gestaan, was helemaal verdwenen. In plaats daarvan werd ze overvallen door een vreemde mengeling van leegheid en doelbewustheid toen ze haar verlaten woning binnenstapte, een mengeling die haar weleens tot na het weekeinde op de been zou kunnen houden. Duisternis, dacht ze. Het wordt verdorie maar niet donker, deze dagen. Ze pakte de telefoon en belde Sveinn.

"Hai", zei ze toen hij opnam. "Hoe gaat het?" Ze zette met haar linkerhand de computer aan. Het kraakte en zoemde in de telefoon in haar rechterhand.

"Prima", antwoordde Sveinn. Hij leek in hogere sferen. Letterlijk en figuurlijk. "We gaan net de helling op."

Ik ook, dacht Katrín, ik ook ...

* * *

Teódór was nieuwsgierig en scheurde de eerste envelop vol verwachting open. Meestal waren het alleen rekeningen, bankafschriften en reclames die op hem lagen te wachten als hij 's avonds thuiskwam. Brieven als deze waren zeldzaam, brieven die hij niet verwachtte, waarvan hij niet wist van wie ze kwamen of wat erin stond. Brieven met kleurige, buitenlandse postzegels. En met afzenders van wie hij nog nooit gehoord had.

> *Dear Mr Skulason,*
> *We thank you for your generous contribution to our efforts towards relieving the suffering of the hunger-stricken population of ...*

Teódór fronste zijn wenkbrauwen. Wat was er aan de hand? Hij las verder. Een miljoen dollar. Hij zou die stichting, een of andere instelling waarvan hij nog nooit gehoord had, een miljoen dollar hebben geschonken. Hij schudde zijn hoofd. Dit moest een misverstand zijn. Een naamgenoot van hem misschien. Maar hij had geen naamgenoot. Hij had in elk geval geen algemene naam, dat was duidelijk. Hij opende de volgende brief. Die was precies hetzelfde. Hij werd bedankt voor een gift van een miljoen dollar aan een instelling die hij niet kende, maar die scholen beheerde in een land dat hij ook niet kende. Gabon, dacht hij. Is dat een land? Een vage herinnering aan een dode Franse acteur kwam in zijn hoofd op, maar hij duwde die snel van zich af en scheurde de derde brief open. Daarin werd hij bedankt voor de derde miljoen.

"Jezus Christus", mompelde hij tussen zijn opeengeklemde tanden en hij ging achter zijn computer zitten. Zette hem aan. Het duurde maar een halve minuut voor hij via draadloze verbinding contact had met het net en met de bank. Nog een halve minuut later tilde hij de computer in de lucht en smeet hem op de grond. "Jezus fucking Christus!" schreeuwde hij terwijl hij uit alle macht tegen de brokstukken schopte. María Dís verscheen in de deuropening, een en al schrik, met een slecht weggewerkt blauw oog aan de ene kant en drie goed zichtbare krassen over haar wang aan de andere kant van het gevecht met Guðbjörg.

"Wat is er?" Teódór schopte weer tegen de computer zonder haar een blik waardig te keuren. "Teddi, *come on*, wat is er aan de hand?" herhaalde María. Hij plofte neer in een stoel.

"Alles", zei hij. "Alles gaat fout." Hij wierp een blik op haar. "Zijn jullie allemaal zo?" vroeg hij kil.

"Wat bedoel je?" zei María terug. Net zo kil. Ze wist niet wat, maar er was iets helemaal niet in orde. Helemaal anders.

"Zo verdomd wraakzuchtig." María keek hem nadenkend aan.

"Dat hangt er natuurlijk van af wat jullie ons aandoen", zei ze toen. "En hoe." Hij ontmoette haar blik zonder te verblozen.

"Gitta en ik waren ooit samen, wist je dat?" vroeg hij.

María trok wit weg.

"Niet openlijk natuurlijk, ze was nog getrouwd met die loser ..." Hij keek naar haar. "Ik dumpte haar voor jou. Totaal", voegde hij er nadrukkelijk aan toe. "In tegenstelling tot wat Steinar gedaan heeft." Hij schudde zijn hoofd. "Christus, dat was vier jaar geleden ..."

María ging voor hem op haar hurken zitten. "En wat nu?" vroeg ze. "Wat is er gebeurd, Teddi?" Ze nam zijn handen in de hare. Hij kneep er even in.

"En zij heeft ..." Hij zocht naar de juiste woorden. "Zij heeft mijn rekeningen leeggehaald. Op Jersey. Alles, tot de allerlaatste kroon die ik ..." Weer had hij moeite het juiste woord te vinden. "Die ik in de loop der jaren heb gespaard", zei hij verlegen na een korte stilte.

María werd bleek en kneep steviger in zijn handen dan ze besefte. Hij probeerde zich goed te houden.

"Ook wat wij ... wat wij ...?"

Teódór maakte de zin voor haar af.

"... Van Steinar gestolen hebben?" De kleur kwam terug op María's gezicht, met dubbele kracht. "Dat ook", zei hij. "Zeshonderd miljoen in totaal, mijn liefje. Zeshonderd miljoen voor de arme kindertjes in Afrika." Hij barstte in lachen uit. Schaterde krampachtig en onbeheerst. Kon niet meer stoppen. Ze maakte haar handen los en keek de andere kant op.

"Je houdt me voor de gek", zei ze. Beledigd. Argwanend. Boos. Hij stopte met lachen, net zo snel als hij ermee was begonnen.

"Nee", zei hij, "ik hou je niet voor de gek." Hij glimlachte zuur naar haar. "We zijn heiligen, lieve Mæja. De heilige Teódór en fucking María, *mother of Jesus*. We zijn verdomme engelen, met een besproken plaats in de hemel, wist je dat? We hebben al die kleine, lieve, zwarte kindertjes gered ..." Hij begon weer te lachen, maar nu zachter en minder heftig.

"Ik zou die stomme koe kunnen vermoorden", zei María terwijl ze zich op de vloer liet zakken. Teódór glimlachte nog breder.

"Te laat, schatje, te laat." Hij stond op. Haalde een fles mousserende wijn uit de koelkast in de keuken en opende hem. "Bovendien zitten we nog niet direct in geldnood", zei hij en hij proostte met María. "In tegenstelling tot die arme Steinar."

* * *

HS, PSG, GM. Katrín vergeleek de initialen met de handgeschreven lijst van spilzieke computerdeskundigen van wie Sveinn en zijn collega's niet wisten wat ze de laatste maanden uitspookten. Klopt tot op de laatste komma, dacht ze. Sveinn. Helemaal gelukkig in de bergen en de kinderen al even vrolijk, zo leek het, als je afging op het telefoongesprek dat ze twee uur geleden met ze had. Ze was de tel kwijt hoe vaak ze geprobeerd had Sveinn zover te krijgen dat hij ze meenam op een tocht de bergen in met de jeep, maar hij had het steeds te ingewikkeld gevonden. Tot nu. Zijn zorgeloosheid en frivoliteit die grensden aan onverschilligheid, zijn ongeremdheid en haast grenzeloze vertrouwen dat alles altijd wel weer op zijn pootjes terechtkwam, dat waren de dingen die haar destijds in Sveinn hadden aangetrokken, afgezien van zijn uiterlijk, natuurlijk. Daar was nog altijd niets op aan te merken. Het probleem was alleen dat ook zijn geest eigenlijk onveranderd was gebleven. Hij was nog altijd eenentwintig. Of zeventien. Ze fronste haar wenkbrauwen. Was dat een geluk of een probleem? Was zij te veel veranderd of hij te weinig? Waren haar zorgen voor de toekomst en om de kinderen een teken van rijpheid of van vermoeidheid? Van uitgeputheid, misschien? Ze schudde haar hoofd. Idioot. Maar misschien nam ze het leven iets te serieus. Hij scheen de afgelopen dagen een heel klein beetje in de goede richting te zijn bijgedraaid. Had daarvoor wel een flinke schop onder zijn kont nodig gehad, maar toch ... Misschien werd het tijd dat zij haar nagels eens een beetje introk. Onzin, dacht Katrín. Integendeel. Die nagels waren duidelijk al die tijd veel te vriendelijk geweest. Zij had hem ermee laten wegkomen. Het laten gebeuren. Ze had zich begraven in haar werk, ze had het slagveld thuis verlaten. Steeds maar weer. Maar niet langer. Ze glimlachte vaag voor zich uit. Geen dag langer. Het zou lukken, ze was er zeker van. Ze was dol op Sveinn, hoe kon het ook anders na al die jaren? Ze dacht zelfs dat ze nog altijd van hem hield, wat dat ook mocht betekenen. Ondanks alles.

Katrín haalde de cd uit de computer en schakelde hem uit. Birgitta had een nauwkeurige boekhouding bijgehouden. Data, namen, zowel van personen als stichtingen en bedrijven, wie wat deed, waar en wanneer en in opdracht van wie. Het was niet gek dat die zogenaamde geheime dienst dat in handen wilde hebben. Ze verstopte de schijf onder haar ondergoed voor ze naar bed ging. Stond toen weer op en verplaatste hem, zette hem bij de andere cd's bij de computer. Ze lag een poosje te woelen waarna ze hem verplaatste naar de woonkamer, achter het enige echte kunstwerk in huis. Een portret door Hjördís Frímann. Haar appeltje voor de dorst. Het enige geschenk van Sveinn dat haar verrast had de afgelopen zeven of acht jaar. Prettig verrast, wel te verstaan. Een halfuur later sprong ze weer uit bed, pakte de cd en legde hem in het laatje van haar nachtkastje. Er waren nu eenmaal grenzen aan paranoia, zei ze hardop. En sliep als een blok.

* * *

Het blok steen waarop hij zat, was prettig ruw, zonder grof te zijn. De rust was alomvattend, zoals alleen aan het IJslandse strand mogelijk was in een stille, heldere zomernacht, als niets hem verstoorde, behalve de geur van zeewier. De zee kabbelde stil en verlokkend tegen de oever, ijskoud en dodelijk als je dieper kwam. Árni had er altijd naar verlangd om op zo'n moment in zee te springen en een flink eind te zwemmen. Hij wist dat sommigen eraan toegaven en ervan genoten. Maar hij wist ook dat hij er niet van zou genieten. Hij genoot ervan om hier te zitten en te kijken. En te luisteren naar het zeewier. Op dit uur van de nacht had je de drukte van de dag zo achter je gelaten. Hij was hierheen gereden met drie bier in zijn buik. In zijn bloed. Wist dat hij niet kon rekenen op enig mededogen van zijn collega's van de verkeerspolitie, maar nam het risico. Des te gewetensvoller piste hij in het zwarte zand voor hij weer in de Peugeot stapte en naar huis reed.

20

Dinsdag

Rechts op het bureau lagen alle papieren die met het onderzoek te maken hadden op twee keurige stapels. In de map die Katrín in haar handen hield, zaten de hoofdzaken, duidelijk en overzichtelijk samengevat op twee vellen papier, door haarzelf. Mijn eerste zaak, dacht Katrín. Mijn eerste zaak en eigenlijk was hij al min of meer opgelost toen ik hem overnam. En hij past op twee kleine velletjes papier. Haar tweede zaak, de aanval van Kristinn op Steinar, was ook al opgelost voor ze hem overnam. Deze paste op een halve bladzijde en zat in een andere map. Kristinn bekende de poging tot doodslag maar al te graag en leek er alleen spijt van te hebben dat hij niet in zijn opzet geslaagd was. Hoewel die zaak nauw samenhing met de moord op Birgitta, was er niets over te vinden op de twee bladzijden waarin Katrín zonder ophouden zat te bladeren, zonder een woord te lezen.

Guðbjörg had op zaterdag haar bekentenis ingetrokken en beweerde, en daar had ze gelijk in vond Katrín, dat Guðni haar had gedwongen te bekennen. Ze zweeg daarna als het graf. Daar veranderde niets aan, al slaagden de Hond en zijn team erin met negentig procent zekerheid aan te tonen dat de vingerafdrukken op de stoeptegel van haar waren. Toen verschillende huiszoekingen ertoe leidden dat er een zwarte jurk met bloedvlekken opdook bij een gelukkig traag werkende snelstomerij, haalde ze alleen maar haar schouders op. Pas toen ze haar vertelden dat Birgitta verdronken was, deed ze haar mond weer open. "Klootzak!", had ze gegild. "Die klootzak liet me geloven dat ik haar vermoord had!" En ze herhaalde hetzelfde verhaal: Birgitta belde, Guðbjörg reageerde, raakte haar zelfbeheersing kwijt en sloeg haar op haar hoofd met het eerste wat in de buurt was. Ze ging op bevel van Steinar weer naar binnen. Over het vervolg wist ze niets meer dan wat hij haar verteld had, namelijk dat de zaak wat hen betreft uit de wereld was. Ze zou naar alle waarschijnlijkheid worden aangeklaagd voor een poging tot doodslag en ernstige mishandeling.

De huiszoeking bij Steinar had ook in meer dan één betekenis bijzonder veel opgeleverd. Een diskette, een van de vele bij de computer van Steinar, maar de enige in de stapel waarop zowel zijn vingerafdrukken als die van Birgitta stonden, bleek kopieën te bevatten van tientallen e-mails van en naar allerlei kopstukken in de zaken- en bankwereld. De inhoud van de berichten vormde het topje van de ijsberg die Elín in Steinars computer had ontdekt, maar was toch in zijn eentje al afdoende om zowel Steinar als degenen met wie hij vuile zaken deed, ten onder te laten gaan. Geen wonder, dacht Katrín, dat Birgitta meende dat ze Steinar in haar macht had, met dat allemaal in handen.

De Financiële Recherche, een afdeling die tot over zijn nek in het werk zat en meer te lijden had onder onderbezetting dan andere afdelingen van de Nationale Recherche, vanwege de enorme toename van witwasschandalen in het recente verleden, werd gedwongen twee grote zaken op te schorten om zich te wijden aan wat waarschijnlijk het grootste en opzienbarendste faillissement in de geschiedenis zou worden, met ondergeschoven en onwettige deviezen van in totaal enkele miljarden kronen, als alles werd meegeteld, en er kwam nog geen eind aan.

Terwijl de diskette een steviger fundament legde onder de verklaring van Kristinn over de gebeurtenissen van die nacht, legde hij een strop om de hals van Steinar, die toch al stevig in de nesten zat na de getuigenis van Guðbjörg. Omdat de documenten op de diskette tot de minuut waren vastgelegd en de vingerafdrukken van Birgitta de enige waren buiten die van hemzelf, werd het moeilijk voor hem om vol te houden dat hij Birgitta die nacht niet had gezien. Het ironische eraan was, dacht Katrín, dat dit mooie bewijs in de zaak en de licht ontvlambare inhoud ervan, die Birgitta zelfs het leven had gekost, naar alle waarschijnlijkheid slechts voortkwam uit iets wat haar pas in tweede instantie te binnen was geschoten, volgens Elín. Het was in elk geval niet de reden van het bezoek geweest.

De e-mails van Steinar, legde Elín uit, waren toegankelijk voor iemand met de kennis en de vaardigheden die Birgitta bezat, waar ze ook was; ze hoefde niet in zijn privécomputer in te breken om ze te lezen. Vervolgens legde ze uitvoerig en in een haast onverstaanbare taal uit wat Birgitta had gedaan en waarom ze in de computer van Steinar moest inbreken om dat te doen. Het eerste deel was eigenlijk nog wel gemakkelijk. Ze had enkele honderden miljoenen kronen van niet op naam staande rekeningen op Jersey overgeschreven op rekeningen van buitenlandse liefdadigheidsinstellingen over de hele wereld. De verfrommelde bedankbrieven van drie daarvan zaten in de prullenmand en bevestigden de ontvangst van het geld met de bijbehorende dankbetuigingen aan het adres van de weldoener. Het tweede gedeelte was ingewikkelder, maar als Katrín het goed begreep, ging het vooral om het volgen van het spoor naar de dader. Van alle computers die op het net zijn aangesloten, is een nummer vastgelegd bij de provider, een soort elektronische vingerafdruk. Het was mogelijk om die sporen uit te wissen, slimme hackers kenden trucs om het er zo te laten uitzien dat een spoor eindigde in de computers waarin ze inbraken, maar als je wist waar je naar moest zoeken, was het altijd mogelijk om het spoor helemaal tot het begin te volgen. Birgitta had dat allemaal geweten en geen enkel risico genomen. Steinar kon ontkennen wat hij wilde, maar kon er niet omheen dat de overboekingen hun oorsprong hadden in zijn computer, via zijn aansluiting, met zijn wachtwoord. En ze had het niet eens voor zichzelf gestolen, dacht Katrín. Niet om te incasseren, maar om wraak te nemen.

Daar had ze moeite mee. Als Birgitta zich die nacht zo graag op Steinar wilde wreken, waarom wilde ze hem dan een halfuur later mee naar huis nemen? Ze trommelde met haar linkerhand nadenkend op haar bureau en bladerde ondertussen met haar rechterhand door de twee vellen papier.

Vervolgens hadden ze Teódór verhoord. Op zondag. Op de website van twee van de buitenlandse liefdadigheidsinstellingen die geprofiteerd hadden van Birgitta's wraakactie, was sprake van aanzienlijke giften van twéé IJslanders, maar hun woordvoerders weigerden namen te noemen en beriepen zich erop dat in beide gevallen geheimhouding vereist was en dat ze geen reden zagen om dat vertrouwen te doorbreken. Teódór wist van niets. Hij had niets gemerkt van een inbraak. Ontkende gewoon dat hij iets wist over wat Birgitta die nacht bij hem thuis te zoeken zou hebben gehad en beweerde ijskoud dat Kristinn de adressen wel verwisseld zou hebben of zat te liegen. Wist niets van een liefdadigheidsinstelling, behalve het Rode Kruis dat hij soms steunde door wat geld in de collectebus te gooien als iemand aan de deur kwam. Ze hadden niets in handen om hem onder druk te zetten, behalve de getuigenis van Kristinn, en daarbij lieten ze het. Zijn naam of ondernemingen op zijn naam doken verder nergens op in verband met de twijfelachtige transacties van Steinar, wat nogal onverwacht was vanwege de nauwe betrekkingen van beide mannen in het verleden en wat erop wees dat hij ofwel eerlijker of veel uitgekookter was dan Steinar. Katrín twijfelde er niet aan wat waarschijnlijker was, maar de Financiële Recherche zei niets tegen Teódór te hebben wat een nadere bestudering in dit stadium rechtvaardigde. Daarentegen gaf Teódór na enig aandringen toe dat hij Steinar waarschijnlijk niet meer had gezien in de discotheek na één uur of halftwee voor hij ruim na drieën tegen hem aanliep in de drukte bij de uitgang.

María Dís, die haar toevlucht had gezocht bij Teódór nadat de woning van haar en Steinar op vrijdag was verzegeld, en die zich niet verborgen hield toen ze op zondag bij hen aanklopten, deed veel ijveriger dan haar minnaar haar best om Steinar aan het kruis te nagelen. Haar verklaring was ondubbelzinnig. Bij nader inzien was ze tot de conclusie gekomen, zei ze, dat ze hem niet meer gezien had tussen één uur en kwart over drie, toen hij haar aan haar arm nam op de stoep voor de Broadway en haar de eerste de beste taxi introk. Nee, zei ze, haar vorige verklaring dat het anders was geweest, was geen leugen, ze had het zich niet goed herinnerd. Maar nu was ze zeker.

En ze hadden bij Steinar thuis nog meer gevonden. Waaronder zes ongeveer dezelfde kostuums, zwarte, en twaalf grijze zijden overhemden. De man had een saaie smaak, zoals Árni al had opgemerkt. Geen ervan was echter bevuild met roet en bloed, wat erop wees dat Steinar een snellere snelstomer had dan zijn ex-vrouw of, wat waarschijnlijker was, dat hij zo slim was geweest zich van de kleding te ontdoen. Maar niet alle kleding. Een paar schoenen met gladde zolen en smalle neuzen, maat 42, kwam precies overeen met de twee halve voetafdrukken op het platform bij het waterreservoir. In de haarfijne ribbeltjes in de leren zool zat een pikzwart, fijnkorrelig stof dat naar alle waarschijnlijkheid gelijk van samenstelling was als het roet in de tunnel, al moest de Hond dat nog bevestigen. Een lichtgrijze zijden stropdas, een van de vijf gelijksoortige Armanidassen in de kast van Steinar, gaf een bevestigende uitslag op het bloedonderzoek, al was er met het blote oog niets op te zien. De Hond zag het somber in of hij er het benodigde bewijsmateriaal uit kon halen, maar Katrín maakte zich daar weinig zorgen over. Het was genoeg om Steinar aan het schrikken te maken en samen met de vingerafdrukken in Birgitta's jeep en al het andere zou het meer dan genoeg moeten zijn om hem te pakken. Het was alleen nog de vraag of het voor doodslag of moord met voorbedachten rade moest zijn.

Birgitta was een zeer slechte echtgenote geweest, vond Katrín. En ze was waarschijnlijk ook geen 'goede' vrouw geweest, volgens de morele standaard van een kleingeestig iemand, dacht Katrín, zonder dat ze daarover zelf durfde te oordelen. Maar ze was een goede moeder geweest, als je afging op haar kinderen, haar moeder en haar ex-echtgenoot. Een goede dochter. En ongeëvenaard in haar werk. Een sterke, vastberaden en slimme vrouw, die je er eigenlijk alleen van kon beschuldigen een ongelukkige hand of in het slechtste geval een slecht oordeel te hebben in de keuze van haar mannen. Ze viel als een blok voor haar droomprins, maar toen hij veranderde in een klootzak had ze haar maatregelen genomen. Had hem bij de ballen gepakt, zoals ze had gezegd. En het was haar dood geworden. Katrín rilde toen het beeld van het afschuwelijke lijk van Birgitta in haar hoofd opkwam, nadat het enkele dagen was weggebleven. Weer zag ze voor zich hoe ze zich wanhopig probeerde omhoog te trekken aan de rots die boven het duistere water uitstak, hoewel ze wist dat dit niet gebeurd was.

Árni klopte zachtjes en stak zijn hoofd naar binnen. "Ik sprak net het ziekenhuis", zei hij, "we kunnen nu met Steinar praten."

Katrín knikte. "Mooi. Ik kom eraan." Ze wist dat het moeilijk zou worden om aan te tonen dat Steinar wist dat Birgitta in leven was toen hij haar uit de auto trok en over de balustrade gooide. Maar het was hopelijk niet onmogelijk.

* * *

"Omdat ze dood was", antwoordde Steinar zacht. Hij lag half rechtop in zijn bed, met twee slangetjes aan zijn lijf, het ene in zijn arm en het andere in zijn buik. Grauw en terneergeslagen, met kringen onder zijn staalgrijze ogen en ingevallen wangen. Zijn zwarte haardos was dof, levenloos en grijs aan de slapen. Ze zaten nu een kwartier bij hem in de misselijkmakende ziekenhuislucht en hadden hem duidelijk gemaakt dat hij niet hoefde te ontkennen dat hij haar in het waterreservoir had gegooid; het enige wat ze wilden weten, was waarom.

"Ik zweer het", zei hij, "het eerste wat in me opkwam, was 112 te bellen, maar toen dacht ik dat het sneller was om haar in de auto te tillen en zelf naar het ziekenhuis te rijden." Hij schudde zijn hoofd. "Maar toen ik haar op de achterbank legde, drong het tot me door dat ... dat ze dood was. En toen ... toen knapte er iets in mijn hoofd." Hij haalde bij vergissing zijn schouders op en vertrok zijn gezicht van pijn.

Katrín had bijna medelijden met hem. Hij strekte zijn hand uit naar het glas water op het nachtkastje, maar Katrín was hem voor en reikte het aan.

"Bedankt", zei hij zwak en hij gaf haar het glas terug. "Ik weet niet waar ik banger voor was", vervolgde hij, "om zelf in moeilijkheden te komen of dat de kinderen hun moeder zouden kwijtraken omdat ze de gevangenis in zou moeten. Ze ... ze wilde haar niet vermoorden." Hij keek smekend naar Katrín en toen naar Árni.

Ze toonden geen reactie.

"Ze was dronken, ze draaide helemaal door toen ze ons samen zag. Ik weet niet waarom ze daar opeens kwam opdagen." Hij zweeg en sloot zijn ogen.

Ze wachtten.

"Daarna", zei hij na een korte stilte, "stuurde ik Guðbjörg weer naar binnen en zei dat ze moest doen alsof er niets aan de hand was. Dat ze naar de bar moest gaan en vervolgens naar huis. En toen reed ik weg. Eerst ... eerst wilde ik wat met haar rondrijden en haar ergens achterlaten waar ze snel gevonden zou worden. Alleen niet in de buurt van de Broadway. In het Elliðaárdal of op Heiðmörk of in de haven of zoiets. Toen dacht ik aan het zomerhuisje."

Weer schudde hij zijn hoofd en reikte hij naar het water. Deze keer liet Katrín hem begaan.

"Ik besloot haar te begraven in de grond die ik daar vorig jaar had gekocht ... ik dacht niet helder", mompelde hij verontschuldigend. "Maar hoe had dat ook gekund? Ik reed met het lijk van een vrouw die ik ... die ik liefhad op de achterbank in haar eigen auto en mijn ex-vrouw had haar vermoord. En mijn echtgenote was ook in de discotheek. Ik bedoel, hoe had ik helder moeten denken?"

Katrín en Árni lieten de vraag onbeantwoord; hij scheen niets anders te verwachten.

"Toen kwam ik in de tunnel. Ik was bijna halverwege, toen ik me de tolhuisjes herinnerde. Het drong tot me door dat dit onbegonnen werk was. Ik bedoel, het was buiten nog helemaal licht en Birgitta was duidelijk te zien op de achterbank. Er was nog wel wat verkeer en bovendien zijn er genoeg mensen die ... die mijn gezicht kennen. Toen draaide ik om. Besloot om gewoon langs de Hvalfjörður te rijden. Toen zag ik dat hek. De deur stond halfopen." Hij zuchtte en sloot zijn ogen weer. "Zoals ik al zei, ik dacht niet helder die nacht."

"Wat wilde Birgitta van je?" vroeg Katrín toen ze het had opgegeven om op een vervolg te wachten. "Waarom stonden jullie daarbuiten op de parkeerplaats?"

Steinar schraapte zijn keel. "Ze ... ze ..." Hij bevochtigde zijn droge lippen.

"Ja?"

"Ik weet het eigenlijk niet", zei Steinar aarzelend. "Ze kwam in de bar naar me toe en vroeg of ik met haar mee naar buiten ging.

Zei dat ze onder vier ogen met me moest praten. Ze wilde me iets laten zien. Iets wat ze in de auto had."

"Wat?" Weer haalde Steinar bij vergissing zijn schouders op en weer vertrok hij zijn gezicht van pijn.

"Ik heb geen idee", kreunde hij zielig. "Gugga was er al voor ze me iets kon laten zien." Hij keek Katrín in de ogen terwijl hij dat zei, maar keek toen weg.

Wat een *drama queen*, dacht ze. "De sleutels. De autosleutels. Hoe kwam je daaraan?"

Hij keek weer naar haar, verbaasd. "Ze zaten gewoon in haar tas."

Zo simpel was dat, dacht Katrín. Een stel reservesleutels in haar tas. Ze knikte. "En waar zijn ze nu?"

"Ik ..." Steinar slikte. "Ik heb ze weggegooid."

"Waar?"

"Dat weet ik niet meer. Zoals ik al zei, ik dacht niet ..."

"Je dacht niet helder, ik weet het", zei Katrín. "Dat zei je al. Ik geloof dat alleen niet helemaal."

Steinar keek haar vragend aan.

"Anders dan jij vind ik het namelijk wel een teken van helder denken dat je die sleutels weggooide", legde ze uit. "Ik vind het ook getuigen van helder denken dat je alle vingerafdrukken uit de jeep hebt weggeveegd, naar huis bent gegaan, andere kleren hebt aangetrokken en weer naar de discotheek bent gegaan om voor een alibi te zorgen."

"Wat, wacht eens, waar heb je ... ik begrijp je niet."

"Dat geeft niet", zei Katrín rustig. "Maar ik geloof alleen niet dat Birgitta niets tegen je heeft kunnen zeggen voordat Guðbjörg op het toneel verscheen. Wij hebben namelijk de diskette gevonden, kijk eens aan." Steinar keek snel van de een naar de ander en likte snel zijn droge lippen. "Wat er eigenlijk op wijst dat je in elk geval nog niet helder genoeg hebt gedacht, moet ik toegeven", ging Katrín verder en ze knikte. "Anders had je die wel met de sleutels weggegooid. Maar je wilde natuurlijk zien wat erop stond voor je dat deed. En toen? Ben je vergeten om hem weg te gooien of dacht je dat het niet nodig was?"

Het gezicht van Steinar, dat daarvoor al vaal was, nam een nog ziekelijker tint aan. Árni probeerde te beslissen of het krijtwit was of asgrauw, maar kwam er niet uit.

"Ze zijn op dit moment je hele boekhouding aan het doornemen", zei Katrín rustig, "en letten misschien vooral op wat er níét in terug te vinden is. Jij weet waarschijnlijk beter dan wij wat dat betekent."

Steinar antwoordde niet. Hij lag daar maar als verlamd – wat hij tot op zekere hoogte ook was als Árni het goed had begrepen – en luisterde. Wilde niet horen wat Katrín zei, maar luisterde toch toen ze opsomde wat ze tot nu toe wisten.

"En ik denk", zei Katrín, nog even rustig en weloverwogen, ondanks de woede die ze vanbinnen voelde, "dat Birgitta jou die diskette heeft laten zien en precies heeft verteld wat erop stond. En wat ze van plan was ermee te doen. En dat je heel helder hebt nagedacht toen Guðbjörg je die mooie gelegenheid bood. Toen je besloot om Birgitta te vermoorden."

Steinar probeerde overeind te komen in zijn bed, maar gaf het op en zakte terug in zijn kussen met een van pijn vertrokken gezicht.

"Ik weet niet waar je het over hebt", zei hij hees. "Ze was dood. Gugga heeft haar gedood, niet ik."

"Nee", zei Katrín. "Birgitta is verdronken. Jij hebt haar gedood, niet Guðbjörg. Ze leefde toen je haar de auto in werkte en ze leefde nog altijd toen je haar in het water gooide. En waag het niet te zeggen dat je dat niet wist."

"Dat kan niet", mompelde hij zacht. "Dat kan niet waar zijn. Ik ... ik probeerde te zien of ze nog ademde, voelde haar pols ..." Hij slikte. Hoestte zwak. Slikte nog eens. "Ik was er zeker van dat ze dood was."

* * *

"Hij liegt", zei Katrín beslist. Ze zaten in haar kantoor en namen het gesprek woord voor woord door. "Hij liegt dat hij barst, ik weet het zeker. Vuile hypocriet. 'Ik weet niet waar ik banger voor was, om zelf in moeilijkheden te raken of dat de kinderen hun moeder zouden kwijtraken, bè bè bè ...' God, ik word er gewoon misselijk van. Hij dacht ook niet aan zijn kinderen toen hij ze in de steek liet. Vijf kinderen", zei ze woedend, "vijf kinderen zijn hun ouders kwijtgeraakt in deze rotzooi, in het graf of in de gevangenis. Hoe zou het nu met ze gaan?"

Árni krabde zich op zijn hoofd. "Tja", begon hij, niet zeker wat hij nu moest zeggen. Hij had er eigenlijk geen moment bij stilgestaan, tot nu toe.

"Hoe kunnen mensen dat maken?" De woede bleef in Katrín doorsudderen. "Hoe kunnen mensen die de zorg hebben over twee of drie kinderen het maken zich zo te gedragen?"

Árni krabde nu zijn slecht geschoren kaken in plaats van zijn hoofd. "Tja, ik weet het niet", zei hij en hij was zich er pijnlijk bewust van dat hij daar misschien wel wat meer over zou kunnen vertellen.

"Neem nou Kristinn", vervolgde Katrín. Ze leek de wat zielige opmerking van Árni niet eens gehoord te hebben en hij ademde lichter. "Zijn kinderen moeten hun moeder missen en wat doet die idioot? Dat onderkruipsel dat nog niet eens zijn eigen vuile ondergoed schijnt te kunnen wassen? Die zijn vrouw slaat, maar natuurlijk nog nooit in zijn leven een vinger tegen een man heeft durven opheffen? Wat doet hij als zijn kinderen hun moeder kwijtraken? Nou?"

Árni draaide in zijn stoel, maar zei niets.

"Troost hij ze?" vroeg Katrín sarcastisch. "Doet hij alles om hun het leven gemakkelijker te maken, biedt hij ze de bescherming die ze van hun papa nodig hebben, nu hun mama dood is? Nee." Ze sloeg met haar vlakke hand op het bureau. "Hij laat zich helemaal vollopen en besluit dan om een soort Rambo te spelen." De minachting klonk even hevig in haar woorden door als van haar gezicht af te lezen was. "Mensen zijn gek, wist je dat?" Ze richtte haar groene ogen op Árni, die wanhopig wegkeek.

"Ja", zei hij. "Dat weet ik."

"Hij heeft tenminste niet de moeder van zijn kinderen gedood", zei Katrín na een poosje en haar stem klonk iets milder. "Dat was nog gruwelijker geweest, maar ik heb wel even gedacht dat het zo was, ondanks de vingerafdrukken in de jeep, dat hij haar uiteindelijk toch zelf had gedood. Vanwege de maïs."

Árni knikte braaf tot hij besefte dat hij geen idee had waarover ze het had. "Welke maïs?" Ze vertelde hem over het braaksel dat de Hond had gevonden op het platform en de conclusies die Stefán en zij daaruit hadden getrokken.

"Maar het was dus Steinar die heeft staan kotsen na zijn heldendaad. Hij is in elk geval niet helemaal zonder gevoel, die klootzak."

Árni schraapte zijn keel. "Is dat zeker?" vroeg hij aarzelend.

"Dat Steinar niet helemaal zonder gevoel is?"

"Nee, of ja, misschien. Maar is het zeker dat hij heeft overgegeven?" Hij keek vragend naar Katrín die star terug staarde.

"Daar zeg je wat", zei ze ten slotte. "Daar zeg je wat, man. Bel jij ... hoe heet ze ook weer? Ásta?"

Árni knikte.

"Mooi", zei ze, "ik zorg wel voor de anderen."

Twee uur later zaten ze weer aan het bed van Steinar.

* * *

"Jij hebt geen maïs overgegeven", zei Katrín meteen toen ze op de stoel naast het bed ging zitten. Árni leunde tegen de vensterbank, met zijn armen over elkaar geslagen, net als de vorige keer.

"Wat bedoel je?" vroeg Steinar verbijsterd.

"Precies wat ik zeg. Jij hebt geen maïs overgegeven. Gewoon omdat je geen maïs gegeten hebt. Ik heb het nagevraagd. Ik heb met María Dís gesproken, met Teódór en de vrouw uit Hvalfjörður bij wie jullie hebben gegeten voordat jullie naar de disco gingen. María was ongeveer de hele dag bij je. Jullie hebben 's ochtends brood en yoghurt gegeten, 's middags soep. Niets anders. Je at sushi, vissoep, zoute koekjes, kaas, druiven en nog allerlei hapjes tijdens het diner voor de disco. Maar geen maïs. Niet één enkele maïskorrel, de gastvrouw in Hvalfjörður was er honderd procent zeker van. En je hebt ons zelf verteld dat je na het diner niets meer hebt gegeten. Birgitta had die avond echter wél maïs gegeten. Bij haar vriendin Ásta. Het duurt heel lang voor je die verteert, begrijp ik. En twee korrels bleven achter op het platform nadat je de meeste troep had opgeruimd. Twee kleine, gele maïskorreltjes." Ze schudde haar hoofd.

Steinar antwoordde niet.

"Ik weet niet hoe helder je die nacht hebt nagedacht", zei Katrín koud, "maar je hebt er geen heldere kop voor nodig om te begrijpen dat iemand die overgeeft, niet dood is. Een bewusteloos mens kan overgeven, iemand met een zware hersenschudding bijvoorbeeld, maar een dode niet. Maar ik denk eigenlijk dat ze even bij bewustzijn is gekomen en jij haar nog een klap op haar hoofd hebt gegeven. Ze had nog een verwonding op haar slaap, we dachten dat ze die misschien had opgelopen toen ze viel op de parkeerplaats of in het waterreservoir, maar dat is onzin, nietwaar? Jij hebt iets beetgepakt en hebt haar nog eens geslagen voor je haar over de reling gooide. Om er helemaal zeker van te zijn dat ze niet weer boven water kwam. Is het zo niet gegaan?" Steinar bleef zwijgen. Hij staarde naar het witgeschilderde plafond en ademde zwaar en onregelmatig, maar hij zei niets.

Katrín haalde haar schouders op.

"We komen morgen terug", zei ze, "dan denk je misschien nog iets helderder."

Ze stond op en Árni wilde haar volgen.

"Ze wilde alles in de war schoppen", mompelde Steinar toen Katrín de deur opende. Ze deed hem weer dicht en draaide zich om. Ze ging zitten en zette de bandrecorder aan.

"Alles", zei Steinar zonder ze ook maar een blik waardig te keuren, "niet alleen zakelijk, maar ook privé. Het was niet genoeg om … om ervoor te zorgen dat ik failliet ging en de bak in draaide. Ze moest me ook persoonlijk ruïneren." Hij likte zijn lippen en strekte zijn hand uit naar het glas water.

Katrín gaf het aan.

"Als ze dat niet geprobeerd had, had ze waarschijnlijk nog geleefd", zei hij bitter. "Dan had Gugga niet … en dan had ik niet …" Hij zweeg voor hij zover ging dat hij Birgitta de schuld gaf van haar eigen dood, maar het hing niettemin in de lucht. Katrín en Árni bleven zwijgen.

"Ze zwaaide die verdomde diskette voor mijn ogen heen en weer", zei Steinar. "Zei wat erop stond. Dat ik ook onverwachte berichten uit Jersey kon verwachten." Hij wendde zich tot Katrín. "Dat weten jullie ook, is het niet?"

Ze knikte en hij begon weer het plafond boven zijn hoofd te bestuderen.

"Zij wist er ook alles van. Ze heeft me destijds geholpen het allemaal op te zetten. Ik vatte het op als een dreigement. Net als de diskette. Ik probeerde met haar te praten."

Hij sloot zijn ogen toen zijn lichaam zacht begon te schokken. Árni vroeg zich af of hij op het punt stond in huilen uit te barsten, maar besloot dat dat niet mogelijk was.

"Toen omhelsde ze mij, begon me heftig te zoenen en me overal te betasten. Ik begreep pas toen het te laat was waar ze mee bezig was. Ik kuste haar terug, reageerde, dacht dat ze weer eens van mening veranderd was. Dat deed ze voortdurend. Soms wilde ze me, het volgende moment joeg ze me weer de deur uit en eiste alles of niets." Hij probeerde weer zijn gesprongen lippen te bevochtigen. "Hoe dan ook, opeens hoor ik een enorme klap en ze viel uit mijn armen op de grond. En daar staat Gugga met een steen in haar handen. Helemaal over de rooie. Ze wilde haar nog eens slaan, maar ik hield haar tegen. Ze vertelde dat Gitta haar had gebeld. Had gezegd dat ze moest komen. Had gezegd dat ze het kon vergeten dat ik ooit nog bij haar terugkwam. Toen begreep ik eindelijk wat Gitta aan het doen was. Dat ze me totaal te gronde wilde richten. Dat die kus en die omhelzing alleen maar spel waren, alleen maar een vertoning waarmee ze begon toen ze Gugga om de hoek zag komen en waarmee ze het voor mij bij Gugga wilde verpesten." Er schemerde een triomferend lachje om zijn rechtermondhoek. "Maar dat is haar niet gelukt", mompelde hij tevreden, "ik heb Gugga uitgelegd hoe het gegaan was." Hij keek naar Katrín. "En zij heeft het mij vergeven."

Katrín knikte en zette de bandrecorder uit. "Nee", zei ze toen ze weer opstond. "Het is Birgitta niet gelukt. Maar jou wel."

Steinar keek haar vragend aan. "Wat bedoel je?"

"Je legde Guðbjörg uit wat er gebeurd was voor ze kwam", zei Katrín droog, "maar je vergat te zeggen wat er gebeurde nadat ze was weggegaan. Dat hebben wij voor je moeten doen." Ze nam Steinar op met een onverholen afkeer. "En ze was niet blij. Ik denk dat ze nog minder blij is nu we kunnen bevestigen dat jij steeds hebt geweten dat Birgitta nog leefde. We zullen zien. Stuk verdriet", mompelde ze toen ze door de gang stampte.

Árni zag geen enkele reden om iets toe te voegen aan deze uitstekende karakterbeschrijving.

* * *

"Wat is de aanleiding?" vroeg Sveinn toen Katrín bij het avondeten het glas hief en met hem proostte. Afhaalpizza met peperoni, paprika en dubbel kaas.

"Geen enkele", antwoordde Katrín. "Maar ik heb begrepen dat het gezond is om een glas per dag te drinken."

"Mag ik dan ook?" vroeg een guitig stemmetje aan de andere kant van de tafel. Katrín keek naar haar dochter.

"Je mag het niet alleen, je móét. Alsjeblieft ..." Ze gaf haar over de tafel het glas aan.

"Oei!" klonk het algauw. Haar broertje giechelde, Katrín glimlachte. Ze wilde vanavond niet denken aan de kinderen van Kristinn en Birgitta. Ook niet aan de kinderen van Steinar en Guðbjörg. Of het haar zou lukken, was een ander verhaal.

"Wie wil er vanavond een video kijken?" vroeg ze. Er gingen vier handen de lucht in en hun eigenaren juichten luid van vreugde. Maar goed dat ze niet weten waarom ik vanavond zo gezellig ben, dacht Katrín.

"Svenni", zei ze toen de kinderen naar de videotheek waren, "hoe kun je op internet komen zonder dat ze de desbetreffende computer kunnen natrekken?"

Hij vulde hun glazen bij voor hij antwoord gaf. "Dat is moeilijk", zei hij, "verdomd moeilijk."

"Maar wel mogelijk?" Hij vertrok zijn gezicht.

"Ik weet het niet. Ik kan het in elk geval niet. Ze vinden de meeste van die mensen die wormen en virussen verspreiden toch wel, lijkt het. Hoe ze ook proberen verborgen te blijven."

Katrín dacht na. "Oké. Dan doen we het anders. Kun je een paar kopieën voor me maken van een cd?"

'Sveinbjörn Jónsson, journalist', schreef ze met grote letters op de eerste envelop. De letters werden een beetje klungelig, omdat ze geen plastic handschoenen had en haar afwashandschoenen moest gebruiken. Maar dat was maar beter ook, dacht ze. Het zou het Leifur en zijn collega's nog moeilijker maken. Ze zouden haar natuurlijk verdenken, dacht ze, maar ze zouden nooit iets kunnen bewijzen, alle zogenaamde of werkelijke supercomputers in Amerika ten spijt.

"En? Wat vind je van de IJslandse Geheime Dienst?" vroeg ze toen Sveinn thuiskwam met de eerste uitdraaien.

"Tja", zei hij en hij gaf haar de cd. "Als ik het goed begrijp, betalen ze goed ... kun je me er geen baantje bezorgen?"

Katrín glimlachte. "Hoe zou ik dat moeten doen, lieve Sveinn? Hij bestaat niet eens."

* * *

Dit is nog eens leven, dacht Stefán. Zo zou het altijd moeten zijn. De drie kleinkinderen spetterden en joelden in de *hotpot* onder de noordelijke avondzon en de waakzame ogen van hun opa, terwijl hun ouders druk heen en weer liepen tussen de keuken, de barbecue en de tafel op de veranda voor het huisje. Elín had hem in het weekeinde gebeld en ze hadden wat gebabbeld. Ze had onder andere gezegd dat sommige vogels rond Reykjavík vals waren gaan zingen. Wat betekende dat Friðrik Leifur de plaats waar hij de computer had afgeleverd toch had gewezen. Niet alleen Leifur en zijn collega's konden spionnetje spelen. Elín was vervolgens ergens anders heen gegaan met de computer, maar daar wist Friðrik niets van. Ook niet dat Stefán maatregelen had getroffen voordat mensen die er niets mee te maken hadden zich ermee zouden bemoeien. Maar hij hoefde zich daar nu geen zorgen over te maken. Wie dan leeft, wie dan zorgt. Nu had hij vakantie. Guðni had hem ook nog gebeld om over Katrín te klagen. Hij had gezegd dat ze er gisteren een potje van had gemaakt. Stefán hoefde zich daar ook niets van aan te trekken. Hij had Guðni erop gewezen dat hij met Svavar moest praten als hij klachten had. "Praat met Svavar", had hij gezegd, "ik ben op vakantie." Hij glimlachte.

"Wat zei je?" vroeg Ragnhildur, die aan kwam lopen met in elke hand een glas rode wijn.

"Zei ik iets?" vroeg Stefán verbaasd en hij pakte er een aan.

"Iets over vakantie?"

"O, dat", zei Stefán en hij besefte dat hij hardop had zitten denken. "Ik zei alleen dat ik op vakantie was."

"Ja", zei Ragnhildur en ze glimlachte breed. "Daar drinken we op."

"Proost."

"Hallo, opa en oma!" gilde Ragnhildur junior, vijf jaar en acht maanden oud.

"Zoenen, zoenen ..." riepen de andere kinderen.

"De opvoeding van die kinderen tegenwoordig", mompelde Stefán en hij kuste hun oma nog een keer.

"Proost", zei Árni verlegen en hij hief het glas.

"Proost", zei Ásta en ze glimlachte voorzichtig, zodat haar witte, een beetje scheve tanden blonken. Árni wist niet meer hoe vaak hij op het punt had gestaan haar te bellen in de vijf weken die voorbijgegaan waren sinds de begrafenis van Birgitta, toen hij ontdekte dat zij en haar buurman geen stel waren. Dat ze alleenstaand en vrij was. Eindelijk, op de eerste dag van zijn vakantie, had hij al zijn moed samengeraapt, was naar Reykjalundur gereden en had haar te spreken gevraagd. Hij had zijn boodschap overgebracht, stamelend en stotterend en vuurrood tot achter zijn oren, maar tot zijn grote verbazing had ze zonder aarzelen ja gezegd. En nu, acht uur, twee douches en evenveel moeizame gangen naar zijn klerenkast later zat hij tegenover haar aan een tafeltje op een mooi plekje in restaurant Lækjarbrekka en wachtte op zijn voorgerecht.

"Eh", zei hij onhandig en hij zette zijn glas neer. "Eh ... kom je hier vaak?" Hij had zijn tong kunnen afbijten van schaamte. Godverdegodver, dacht hij, wat zit ik te bazelen? Ze steunde op haar ellebogen en keek hem onderzoekend aan in zijn lichtblauwe ogen. Hij wendde zijn blik af. Mompelde iets onverstaanbaars. Hij was het helemaal aan het verknallen. Godverdegodverdegodver, ik ben het aan het verknallen ... Ze begon te giechelen. Eerst zachtjes en ingehouden, als een verlegen klein meisje, maar toen luider, uitdagend. Árni keek op. De kleurige kraaltjes in haar haren dansten op en neer in het kaarslicht en de vrolijkheid straalde uit haar bruine ogen.

Een zwarte engel, dacht Árni. Hij glimlachte beschaamd. God, wat kan een mens zich draaierig voelen.

Nawoord van de auteur

Twee dingen in dit boek kunnen wat vreemd lijken in de ogen van de lezer: dat alomvattende controlesysteem *Total Information Awareness*, anders genoemd *Terrorist Information Awareness*, en de gedachte dat een soort IJslandse Geheime Dienst in IJsland aan de ontwikkeling daarvan werkt in samenwerking met de haviken in het Pentagon. Ik heb er het volste begrip voor dat sommige mensen het vreemd vinden dat dergelijke zaken voorkomen in een boek dat een realistische misdaadroman zegt te zijn. Ik wil er daarom op wijzen dat alleen het laatstgenoemde een verzinsel is.

Na de terroristische aanslagen op de Twin Towers in New York en op het Pentagon in Washington op 11 september 2001 begon er in Amerika een kruistocht waarvan het einde niet in zicht is en waarover velen zich grote zorgen maken, vooral de vele maatschappelijke instellingen die strijden voor mensenrechten en democratie, zowel binnen de Verenigde Staten als daarbuiten. Een omstreden wet die algemeen bekend is als *The Patriot Act* werd haastig opgesteld en aangenomen, zo haastig dat verschillende leden van het Parlement toegaven dat ze pas achteraf gelezen hadden waar ze mee hadden ingestemd – toen het te laat was om er iets aan te doen.

Die wet houdt allerlei schendingen in van burgerrechten die voor de aanname ervan vanzelfsprekend waren en zelfs onaantastbaar is in de ogen van de meeste Amerikanen, alles in naam van de strijd tegen het terrorisme. De wet geeft onder andere het recht om mensen te arresteren op onduidelijke en ongefundeerde verdenkingen van niet-gedefinieerde bedreigingen van het algemeen belang, het recht om deze mensen onbepaalde tijd vast te houden zonder enige vorm van proces, zonder de verwanten te vertellen waar de desbetreffende wordt vastgehouden en op welke gronden en zonder dat de verdachte contact kan opnemen met een advocaat.

Dit alles wordt door vele Amerikaanse rechtsgeleerden gezien als een regelrechte schending van grondwettelijk bepaalde burgerrechten, om precies te zijn het vijfde en zevende amendement. Het Amerikaanse Hooggerechtshof, dat eigenlijk volkomen onafhankelijk zou moeten zijn, maar zich herhaalde malen een werktuig van de machthebbers heeft getoond, kwam niettemin tot een andere conclusie en bevestigde het recht van de staat op dergelijke praktijken. Het is genoeg als een vertegenwoordiger van de overheid, het liefst militair, verklaart dat een persoon tot een vijandelijk leger behoort of een illegaal strijder (*unlawful combatant*) is, zoals de gevangenen in Guantánamo Bay op Cuba, om zijn rechten van hem af te nemen, tot welk volk hij ook behoort.

José Padilla, een niet zo voorbeeldig Amerikaans staatsburger, is hier een goed voorbeeld van. Padilla was lid van een straatbende en kwam al op jonge leeftijd in aanraking met de politie. Enkele jaren geleden bekeerde hij zich tot de islam en nam de naam Abdullah al Muhajir aan. Hij werd op 8 mei 2002 gearresteerd, verdacht van terroristische activiteiten. Padilla zit voor zover ik weet nog altijd gevangen terwijl dit geschreven wordt, eind augustus 2003, zonder dat hem iets ten laste is gelegd[1], vijftien maanden na zijn arrestatie. Zijn advocaat, Donna Newman, heeft hem nog niet mogen spreken en de autoriteiten beweren zelfs dat hij geen recht heeft op juridische bijstand – hij is immers een vijandelijke strijder. Newman vraagt zich met vele anderen af of een Amerikaans staatsburger die tot geen enkel leger behoort, zo kan worden gekwalificeerd en daarmee rechteloos kan worden gemaakt, ongeacht wat hij gedaan heeft.

---

1 Opmerking van de vertaler: op 22 november 2005 is Padilla officieel het beramen van aanslagen ten laste gelegd.

The Patriot Act geeft de overheid ook het recht om te controleren welke boeken er in bibliotheken worden uitgeleend en in boekwinkels worden verkocht, en je zou zeggen dat dit een verregaande schending betekent van de privacy en een beperking van de burgerrechten van het Amerikaanse volk op velerlei gebied. Het gaat veel verder dan je voor mogelijk zou houden in een land dat zich erop voorstaat de belangrijkste fakkeldrager van de democratie ter wereld te zijn.

De rechten van buitenlanders, of het nu toeristen, studenten of werknemers van een van de vele buitenlandse ondernemingen zijn, zijn ook veel minder dan ze waren voordat de wet werd aangenomen. Als voorbeeld daarvan kan worden genoemd dat een geldige verblijfsvergunning vrijwel niets meer betekent als een of andere ambtenaar bij de federale politie, de staatsveiligheidsdienst of een dergelijke instelling beslist dat de desbetreffende persoon niet meer gewenst is in het land – en daar is niet veel voor nodig. Naam en nationaliteit kunnen volstaan om een persoon op de zwarte lijst te zetten en hem direct het land uit te zetten, en het maakt dan niets uit of de betrokkene een lang gewenste pelgrimstocht naar Graceland maakt of sinds jaar en dag een gewaardeerd werknemer van een grote onderneming is.

In september 2002 kondigde de researchafdeling van het ministerie van Defensie, het *Defence Advances Research Projects Agency*, afgekort DARPA, een nieuwe fase aan in de strijd tegen het terrorisme voor het Huis van Afgevaardigden en de Senaat. Er was sprake van een nieuw, revolutionair controlesysteem, opgezet door de toenmalige directeur van DARPA, John Poindexter (veroordeeld wegens zijn rol in het Iran-Contraschandaal tijdens de regering-Reagan). Het werd Total Information Awareness genoemd en riep veel woede en verzet op, niet alleen onder de belangrijkste organisaties die strijden voor mensenrechten en democratie, maar ook in het Parlement. Zelfs de conservatiefste republikeinen vonden het te ver gaan en in februari 2003, toen besloten werd over de financiering van de verdere ontwikkeling van het systeem, kreeg het ministerie van Defensie nul op het rekest. Het Parlement eiste uitgebreide informatie over de omvang, het doel en de denkbare gevolgen van de ingebruikneming van het systeem, en een uitvoeriger kostenraming van de ontwikkeling ervan. Eerder zou het geen cent krijgen.

Het ministerie van Defensie voldeed aan geen enkele van deze eisen van het Parlement. In plaats daarvan veranderde het de naam en diende in mei 2003 een nieuw verzoek in. Deze keer heette het systeem Terrorist Information Awareness, in de hoop dat de argwaan binnen het Parlement zou afnemen en zelfs verdwijnen door de angst voor het terrorisme en de wil om dat te bestrijden, vergelijkbaar met hoe The Patriot Act is doorgedrukt.

DARPA maakt geen geheim van de reden voor de naamsverandering. Op de website van DARPA (www.darpa.mil) staat een discussie over het Terrorist Information Awareness-systeem, waar het natuurlijk in een wat positiever licht wordt gesteld dan hier. Er staat onder andere: *Note: The program's previous name, "Total Information Awareness" program, created in some minds the impression that TIA was a system to be used for developing dossiers on U.S. citizens. That is not D[epartment]o[f]D[efense]'s intent in pursuing this program. Rather, DoD's purpose in pursuing these efforts is to protect U.S. citizens bij detecting and defeating foreign terrorist threats before an attack. Therefore, to make this objective absolutely clear, on May 20, DARPA changed the program name to Terrorism Information Awareness.*

Niets in de discussie over TIA wijst erop dat de bazen van defensie hun plannen hebben laten varen.

Afgezien van de naam en een vage belofte over maatregelen die misbruik van het systeem moeten voorkomen, bleef alles onveranderd, op één ding na. De nieuwe versie ging nog verder dan de eerste wat controle betreft.

De ruggengraat van het TIA-systeem is een reusachtige databank in de kelders van het Pentagon, waar op één plaats alle denkbare gegevens over burgers worden verzameld en verwerkt, met het doel een bepaald gedragspatroon te distilleren dat erop kan wijzen dat er sprake is van mogelijke terroristische activiteiten. Het aantal gegevens in deze databank wordt berekend in eenheden petabyte (1 petabyte = 1 miljoen gigabyte), dat wil zeggen een monsterlijk geautomatiseerd gegevensbestand van een maatschappij van 280 miljoen inwoners. In deze uit zijn krachten gegroeide databank worden onder andere alle gegevens over burgers opgeslagen uit databanken van internetbedrijven, banken en andere financiële instellingen, ziekenhuizen, bibliotheken, reisbureaus en openbare instellingen, zoals politie, belastingdienst en gezondheidszorg, om maar wat te noemen. En dat is nog niet alles.

In de nieuwe versie is namelijk ook iets opgenomen wat de bedenkers van DARPA *Lifelog* noemen. Elk individu heeft zijn eigen lifelog in dit systeem en daarin wordt letterlijk alles ingevoerd wat met dat individu te maken heeft en wat op elektronische wijze kan worden verworven – en dat is in de moderne maatschappij erg veel. Elke e-mail, elke website die de betrokkene bezoekt en wat hij daar doet (welke muziek zoekt hij? welke afbeeldingen? welke artikelen las hij? enzovoort), elk telefoonnummer dat de betrokkene kiest – en ook elk nummer waardoor hij gebeld wordt, natuurlijk. Het televisiegebruik wordt geregistreerd – niet alleen hoeveel er gekeken wordt, maar ook waarnaar men kijkt op de televisie op het adres van de betrokkene. In het lifelog wordt niet alleen nauwkeurig bijgehouden op welke kranten en tijdschriften de betrokkene is geabonneerd, maar ook welke kranten, tijdschriften en boeken hij daarnaast nog koopt – voor zover hij betaalt met een creditcard of pinpas, zoals steeds vaker gebeurt. Afschriften van banken en creditcardbedrijven, bezoeken aan artsen en ziekenhuizen, patiëntendossiers, aankoop van medicijnen, elektriciteitsverbruik, telefoonrekeningen, verzekeringen, gebruik van huurauto's en vliegtickets – de lijst is eindeloos.

En of dat nog niet genoeg is, is het ook mogelijk om dit zich uitbreidende systeem aan te sluiten op geautomatiseerde beveiligingscamera's die gezichten, manier van lopen en verdere kenmerken vastleggen van de mensen die voor hun lens opduiken, waardoor het mogelijk wordt gasten en voorbijgangers te registreren en die automatisch te combineren met de databank met vergelijkbare gegevens over vermeende terroristen of andere ongewenste individuen en gezochte misdadigers. Het verschil is echter dat het met die nieuwe supercomputer mogelijk wordt de bewegingen te controleren binnen elke instelling die in het bezit is van zo'n hightechcamera, die in toenemende mate de traditionele beveiligingscamera vervangt op vliegvelden, in banken, in stadions en elders. Zo zijn de beveiligingscamera's op luchthaven Keflavík van dit model en ze sporen vergelijkbare beelden op in bijvoorbeeld de databank van Interpol.

Al deze gegevens moeten binnenkomen op de supercomputer in het Pentagon, die ze vervolgens verwerkt en er bepaalde personen uithaalt die zich op een bepaalde manier gedragen die overeenkomt met het vooraf opgestelde gedragspatroon van terroristen. Hoe dat gedragspatroon eruitziet, wie degenen zijn die dat bepalen en op welke gronden, wordt echter niet meegedeeld. Deze personen worden vervolgens nader bekeken door de medewerkers van de verschillende beveiligingsdiensten – en gearresteerd of het land uitgewezen als daar reden toe is.

Dit klinkt inderdaad als een sciencefictionverhaal, en ik geef zelf direct toe dat ik het eerder in verband breng met de romans van George Orwell en Philip K. Dick, *1984* en *Minority Report*, dan met de werkelijkheid van een moderne democratie. Helaas is het de werkelijkheid. Er ging een koude rilling door het Amerikaanse Parlement toen dit plan voor een tweede keer aan hen werd voorgelegd en ondanks de naamsverandering lieten de parlementsleden zich geen rad voor ogen draaien. Het Huis van Afgevaardigden kende in mei 2003 een budget toe voor verdere ontwikkeling van het systeem, maar wel onder duidelijke voorwaarden die onder andere bepaalden dat er verder gewerkt zou worden aan het voorkomen van misbruik, voordat het mogelijk was een wet aan te nemen die dit systeem zou invoeren.

De meerderheid van de Senaat leek echter te hebben geluisterd naar zijn eigen geweten en naar de argumenten van computerdeskundigen en systeemanalisten, die erop wezen dat er geen enkele manier bestond om te voorkomen dat zo'n systeem misbruikt zou worden door de mensen die erover gingen. In juli 2003 verbood de Senaat dat een cent van de 369 miljoen dollar die het Amerikaanse budget ervoor had uitgetrokken, zou worden uitgegeven aan verdere ontwikkeling van dit systeem.

Je zou denken – en hopen – dat dit monster met de meeste koppen en de langste armen die ooit de privacy van het individu binnen een democratie hebben bedreigd, daarmee uit de wereld was. Dat is helaas niet zo. President George W. Bush drong er bij het Parlement op aan om de wet rond de TIA aan te nemen, en hoewel de haviken in het Pentagon deze keer de strijd verloren hebben, is hij nog niet voorbij. Ten tijde van het schrijven van dit boek, begin oktober 2003, gaat het wetsontwerp in de benauwde achterkamertjes van het Parlement van hand tot hand. Dat moet haast wel betekenen dat het controlesysteem nog een keer in een of andere vorm bij het Parlement zal worden ingediend en het is verstandig om goed op te letten of er in de tussentijd iets aan is veranderd en of het nog een keer wordt tegengehouden – of met de zegen van het Parlement werkelijkheid wordt.

De meest pessimistische critici van dit alomvattende controlesysteem – die zichzelf eerder realistisch dan pessimistisch noemen – zeggen dat het vroeg of laat werkelijkheid zal worden, met of zonder instemming van het Parlement. Ter ondersteuning van hun mening wijzen ze erop dat het al op twee plaatsen wordt toegepast, weliswaar op veel kleinere schaal. Enerzijds door de overheid van enkele staten in Amerika en anderzijds door ondernemingen die zijn gespecialiseerd in verwerving van gegevens over gewone burgers, zowel binnen de Verenigde Staten als daarbuiten.

Als we naar het eerstgenoemde kijken, bekruipt ons weer dat onwerkelijke gevoel waar ik het eerder over had, want de naam van de instelling komt rechtstreeks uit de bioscoop: *Multistate Anti-Terrorism Information Exchange* heet hij voluit, maar hij wordt algemeen met zijn afkorting aangeduid: MATRIX. Dit systeem is enigszins vergelijkbaar met de omstreden TIA, en hoewel het tot nog toe alleen in Florida wordt toegepast, hebben meer staten interesse getoond om het over te nemen en informatie uit te wisselen, zoals de naam al zegt. Zo kunnen de staten de beslissing van het Parlement in Washington opzijschuiven; in plaats van een overkoepelend systeem wordt er nu gewerkt aan het opzetten van een systeem in elke staat afzonderlijk. Er wordt onder andere aan gewerkt in Virginia, Maryland, Pennsylvania en New York, met financiële ondersteuning van het nieuwe veiligheidsdepartement, Homeland Security, dat zijn geld weer van de federale overheid ontvangt – en daarmee van het Parlement (en zo een duidelijk voorbeeld is van hetgeen we hier willen aantonen). En de minister van Justitie, de aartsconservatieve John Ashcroft, zou vier miljard dollar hebben toegezegd zodat het mogelijk wordt om MATRIX in alle vijftien staten op poten te zetten.[2]

Met het MATRIX-systeem kunnen opsporingsdiensten, om maar een klein, verzonnen, maar illustratief voorbeeld te noemen, in een handomdraai inlichtingen opvragen over de naam en het adres van alle blonde Chevrolet-eigenaars die geabonneerd zijn op de *Miami Herald* en in een bepaalde streek wonen. Of van alle donkerharige hondenbezitters die binnen een straal van 40 kilometer van een bepaalde bank wonen en een bruine bestelbus hebben. Of alle mensen die in de afgelopen twaalf maanden met een creditcard betaald hebben in een gelegenheid die veel bezocht wordt door homo's en lesbiennes. Maar tot nu toe heeft dit niet kunnen gebeuren, want volgens de wet is het verboden ...

De geldende wet in de Verenigde Staten laat er geen twijfel over bestaan dat de staat – en de overheden in de afzonderlijke staten – niet het recht heeft om systematisch gegevens over burgers te verzamelen, alleen als er een gerede verdenking bestaat van illegale activiteiten en met toestemming van de rechter (behalve natuurlijk, zoals eerder al werd gezegd, als iemand beslist dat er waarschijnlijk van terroristische activiteiten sprake is, bijvoorbeeld als de betrokkene Abdul heet of Al-Assad of een vergelijkbare verdachte naam heeft). Er is echter niets wat hun verbiedt dergelijke inlichtingen te kopen. Daarom zijn deze bedrijven een belangrijke schakel in de keten en daarom is het verzamelen van gegevens een winstgevende industrie geworden in de Verenigde Staten.

Laten we het bedrijf ChoicePoint tot voorbeeld nemen. Weinig IJslanders zullen dat bedrijf kennen. In Mexico is het echter bekend bij de meeste mensen die het nieuws een beetje volgen. Volgens de Mexicaanse kranten kocht ChoicePoint namelijk het

---

2 In april 2004 is het MATRIX-project echter stilgelegd, omdat de financiering stopte.

Mexicaanse kiesregister van het bedrijf dat het had samengesteld. Het kiesregister bevat 60 miljoen namen en adressen, maar er zijn bovendien gegevens in te vinden over nummers van paspoorten, sofinummers en bloedgroepen van de stemgerechtigden. Deze verkoop gebeurde niet in het openbaar, zoals je zou verwachten, al is hij later wel bekend geworden. De Mexicaanse regering gaf de verkoop toe, de minister van Binnenlandse Zaken, Santiago Creel, beloofde de zaak te onderzoeken en heeft het over een 'misdadige gebeurtenis'. ChoicePoint betaalde 250.000 dollar voor het kiesregister en verkocht het later door – waarschijnlijk voor een veel hoger bedrag – aan het Amerikaanse ministerie van Justitie en andere instellingen en grote bedrijven in Noord-Amerika.

In het afgelopen halfjaar heeft ChoicePoint ook, volgens het Duitse tijdschrift *Der Spiegel*, vergelijkbare gegevens verworven over miljoenen mensen in Argentinië, Brazilië, Costa Rica, El Salvador, Guatemala, Honduras, Columbia, Nicaragua en Venezuela en deze doorverkocht aan Washington.

Inlichtingen over inwoners van Zuid-Amerika – en daarmee mogelijke illegale immigranten in de Verenigde Staten – zijn echter maar bijzaak voor ChoicePoint. Het houdt zich voornamelijk bezig met Amerika zelf en de rond de 300 miljoen mensen die er leven. Voorlopig zoekt het bedrijf zijn klanten vooral in de particuliere sector, zoals verzekeringsmaatschappijen en banken, maar ook makelaars, autoverkopers en andere ondernemingen die inlichtingen nodig hebben over de gezondheid, het inkomen, de koopkracht, de schulden en mogelijke betalingsachterstanden van hun klanten. Arbeidsbureaus zijn ook een belangrijke doelgroep van ChoicePoint – en degenen die verantwoordelijk zijn voor het werven van ambtenaren geven graag toe dat ze van hun diensten gebruikmaken. Dat doet ook de federale politie (FBI), die samen met andere staatsinstellingen maar liefst 40 procent van de inlichtingen koopt die het bedrijf op jaarbasis aanbiedt.

Het MATRIX-controlesysteem is weer een voorbeeld van het goed gelukte handelsmodel. Het bedrijf Seisint heeft het systeem opgezet en schonk het vervolgens aan Florida – als zijn bijdrage aan het vaderland en aan de strijd tegen het terrorisme. Zoals al eerder gezegd is, heeft MATRIX veel belangstelling gewekt in andere Amerikaanse staten. Hank Asher, de directeur van Seisint, spaart zichzelf niet in de strijd tegen het terrorisme. Zo meldt *Der Spiegel* in zijn internetuitgave van 6 augustus 2003 dat Asher MATRIX niet alleen aan Florida had aangeboden, maar dat hij ook onbetaald heeft gewerkt voor allerlei niet nader genoemde takken van de Amerikaanse Geheime Dienst. Hij zou onder andere belangrijke aanwijzingen hebben verschaft over de terroristen die verantwoordelijk waren voor de aanslagen van 11 september 2001 en kreeg daar een openlijke schouderklop voor.

Seisint is niet het eerste bedrijf van Asher, maar hij is een voormalige drugssmokkelaar die zich uit de problemen die hem boven het hoofd hingen redde door een deal te sluiten met de politie, hen te helpen zijn collega's te grijpen en vervolgens tegen ze te getuigen. Men trok zich van dergelijke kleinigheden echter weinig aan en tegenwoordig is Brian Stafford, voormalig directeur van het apparaat dat ook echt Amerikaanse Geheime Dienst héét, (US Secret Service, het best bekend als de organisatie die zorg draagt voor de veiligheid van de president, maar ook onderzoek doet naar valsemunterij, grootschalige fraude, hacking, vervalsing van identiteitspapieren en dergelijke) de baas bij Seisint, volgens de *Washington Post*. De connecties van Stafford komen de onderneming zonder twijfel van pas, net als de connecties van Asher zelf met James T. Moore, die tot voor kort het ambt van *law enforcement commissioner* in Florida bekleedde.

Politici in Florida, onder wie gouverneur en broer van de president Jeb Bush, zijn de misstappen van Asher ook allang vergeten of hebben hem vergeven en zijn hem dankbaar voor zijn gulheid. Zo dankbaar, zegt *Der Spiegel*, dat ze zijn dienstbaarheid niet langer onbetaald wilden laten en daarom besloot het parlement van Florida om Seisint 1,6 miljoen dollar te betalen voor bewezen diensten.

Het MATRIX-systeem van Asher is slechts één van de vele controlesystemen die in Amerika als paddenstoelen uit de grond zijn geschoten na de terroristische aanslagen in dat land op 11 september 2001 en het leven van gewone Amerikaanse burgers, bedrijven en universiteiten zwaar maken, net zoals buitenlanders die voor studie, werk of gewoon voor hun plezier binnen de landsgrenzen willen verblijven. *Technology Alert List* is er één van. Daar worden gegevens verzameld over alle buitenlanders die willen werken als atoomdeskundige, scheikundige, celkundige, radardeskundige of iets dergelijks, maar ook van architecten, landmeters en andere mogelijke terroristen die een werkvergunning aanvragen.

De lijst van dergelijke systemen is lang en wordt steeds langer. En als de pessimisten of realisten gelijk krijgen, is het slechts een kwestie van tijd wanneer dat reusachtige monster, Terrorist/Total Information Awareness, weer van zich laat horen en zich boven aan de lijst nestelt.

Ik zal het niemand kwalijk nemen als hij in twijfel trekt wat hier beweerd wordt. Het klinkt gewoon te veel als een piratenverhaal, veel te bizar en ondenkbaar om echt te zijn. Het doet denken aan *1984* en *Minority Report*, die hiervoor al genoemd werden, maar niet minder aan de nachtmerrieachtige sociale satire van de eerste Amerikaanse Nobelprijswinnaar voor Literatuur Sinclair Lewis, *It can't happen here*, die beschrijft hoe ene Buzz Windrip dictator van de Verenigde Staten wordt.

Zelf had ik er de grootste moeite mee om het allemaal niet te veel als een jongensboek te laten klinken of als hysterisch gebabbel van een koortsige *leftwinger*. Maar dat is haast onmogelijk, omdat de werkelijkheid nog ongelooflijker is. Ik roep mensen die twijfelen – en iedereen die dit leest – op om mij niet te geloven, maar er informatie over te zoeken. Het internet is een prima plek om die zoektocht te beginnen. Aanknopingspunten zijn in deze tekst genoeg te vinden.

Ik zei aan het begin van dit nawoord dat twee dingen in het boek vreemd konden overkomen, maar slechts één ervan is aan mijn fantasie ontsprongen. Een IJslandse geheime dienst bestaat niet – voor zover ik weet. Het is echter herhaalde malen voorgekomen dat bepaalde partijen in IJsland voorstelden zo'n organisatie op te zetten. Als schrijver van misdaadromans zou ik het moeten toejuichen als zoiets van de grond komt. Als burger moet ik echter hopen dat het geen werkelijkheid is of wordt.

De hoofdcommissaris van politie heeft ook weleens beweerd dat er in IJsland geen behoefte is aan zo'n apparaat, omdat de taken die van oudsher in andere landen tot de geheime dienst behoren, hier bij de verschillende afdelingen van de politie in goede handen zijn. Afgezien van speciale eenheden die te vergelijken zijn met de lijfwacht van de Amerikaanse president is echter onduidelijk wat hij met deze woorden bedoelt.

Misschien vinden sommigen het echter het allervreemdst om zich IJsland voor te stellen als plaats waar die droom van de Amerikaanse haviken en nachtmerrie van allen die de democratie en bescherming van de privacy hoog in het vaandel hebben staan wordt getest. Ik vraag u: waarom moet ik mij identificeren als ik een video leen? Ik had een andere vraag kunnen kiezen als voorbeeld van de identificatie-ijver van de IJslanders, maar deze kwam om de een of andere reden het eerst bij mij op …

Ten slotte wil ik van de gelegenheid gebruikmaken om enige woorden van dank uit te spreken en nederig te vragen om vergeving van mijn zonden. In mijn streven om een goed verhaal te schrijven deins ik er niet voor terug om namen, eigenschappen, gewoonten van de mensen in mijn omgeving over te nemen. Ik zal echter nooit zo ver gaan om hele mensen te kopiëren. Daarom heb ik om toestemming gevraagd aan Leifur Hauksson, de radiojournalist, en die ook gekregen voor ik hem in dit verhaal opnam, en ik bedank hem daarvoor.

Hetzelfde geldt voor plaatsen en bedrijven. Het is één ding om ze te gebruiken als plaats van handeling voor allerlei gebeurtenissen die van het begin af aan verzonnen zijn, maar het is heel wat anders om ze in een kwaad daglicht te stellen. Terwijl ik Marinó Tryggvason, werknemer bij Spölur, hartelijk bedank omdat hij mij Guðlaug heeft laten zien, die niet genoemd is naar zomaar een ingenieur, maar naar Guðlaugur Hjörleifsson zelf (neem me niet kwalijk, Guðlaugur) en die op 165 meter beneden de zeespiegel ligt en daarmee het laagste toegankelijke punt van IJsland is, vraag ik hem en de andere werknemers van deze sympathieke onderneming vergiffenis dat ik het heb laten voorkomen dat ze hun plichten niet nakomen en het met de veiligheid niet zo nauw nemen en dit gewelf openstellen voor gewetenloze moordenaars en anderen die door de Hvalfjörðurtunnel rijden. Want als het erop aankomt, is dat eigenlijk het meest onwaarschijnlijke in dit boek …